CATHARINA SUNDBERG
Wikingerblut

Buch

Wir schreiben das Jahr 830: Der Kaiser des Frankenreichs beauftragt den intelligenten und machthungrigen Mönch Ansgar mit der Missionierung der schwedischen Heiden. Ansgar reist umgehend nach Dänemark, wo er sich dem abenteuerlustigen Wikinger Erik anschließt. Dieser kehrt nach langen Jahren auf See in die schwedische Heimat zurück, um endlich seine Jugendliebe Jorunn zur Frau zu nehmen. Doch Eriks Schiff wird meilenweit von ihrem Ziel entfernt von Seeräubern gekapert. Ansgar und Erik werden über Bord geworfen. An der Küste angekommen, finden die beiden Männer Unterschlupf auf einem kleinen Bauernhof. Estrid, die junge Tochter des Bauern, ist vom ersten Moment an fasziniert vom redegewandten Ansgar. Und sie bemerkt bald, dass auch der Mönch von ihr angetan ist. Doch es ist nicht Liebe, was Ansgar für das junge Mädchen empfindet: Als alle schlafen, zwingt der Mönch die ahnungslose Estrid mit Gewalt in sein Bett; am nächsten Morgen macht er sich mit Erik wieder auf den Weg, als ob nichts geschehen wäre. Was Ansgar nicht ahnt: In dieser Nacht hat Estrid ein Kind von ihm empfangen.

Autorin

Catharina Sundberg arbeitete viele Jahre als Meeresarchäologin und Historikerin, wobei sie hauptsächlich nach Wracks von Drachenschiffen tauchte und die Kultur der Wikinger erforschte. Inzwischen ist die Autorin, die für ihre Romane bereits mehrfach ausgezeichnet wurde, Journalistin beim *Schwedischen Tagblatt*. Catharina Sundberg lebt in Göteborg.

Weitere Bände sind in Vorbereitung.

Catharina Sundberg
Wikingerblut

Roman

Aus dem Schwedischen
von Friederike Buchinger

BLANVALET

Die schwedische Originalausgabe erschien unter dem Titel
»Wikinga Blot« bei Egmont Richter AB, Malmö.

Umwelthinweis:
Alle bedruckten Materialien dieses Taschenbuches
sind chlorfrei und umweltschonend.

Blanvalet Taschenbücher erscheinen im
Goldmann Verlag, einem Unternehmen der
Verlagsgruppe Random House.

2. Auflage
Deutsche Erstveröffentlichung September 2004
Copyright © der Originalausgabe 1995 by
Catharina Ingelman-Sundberg
Copyright © der deutschsprachigen Ausgabe 2004
by Wilhelm Goldmann Verlag, München,
in der Verlagsgruppe Random House GmbH
Umschlaggestaltung: Design Team München
Umschlagfoto: Werner Forman Archive/Statens Historiska Museum
Satz: deutsch-türkischer fotosatz, Berlin
Druck: GGP Media GmbH, Pößneck
Verlagsnummer: 36030
Redaktion: Nike Müller
UH · Herstellung: Heidrun Nawrot
Printed in Germany
ISBN 3-442-36030-7
www.blanvalet-verlag.de

1. Kapitel

Haithabu anno 830

Etwas an den Truhen auf der Ladefläche war merkwürdig. Sie schaukelten und rutschten nicht, als der Wagen die Landungsbrücke erreichte, und obwohl dunkle Wolken über dem Meer hingen, spiegelte sich das Licht des Himmels in ihren Beschlägen. Der Kutscher hielt die Pferde an und glitt behände von seinem Sitz. Er nickte den Reisenden zu und streckte fordernd seine Hand aus. Ein dunkelhaariger Mann in einem weiten Umhang tastete nach seinem Lederbeutel und entnahm ihm ein paar Münzen. Der Kutscher musterte sie kurz und half ihm, die Truhen abzuladen. Als er fertig war, deutete er zur Landungsbrücke.

»Versucht es bei Erik Bernsteinhändler da drüben. Vielleicht nimmt er Euch an Bord.«

Er schielte ein letztes Mal auf die Beschläge der Truhen und murmelte leise vor sich hin. Dann schnalzte er laut den Pferden zu, ließ die Peitsche knallen und verschwand in Richtung Stadt.

Der Mann in dem weiten Umhang gab seinen Begleitern ein Zeichen, die Truhen zu bewachen, und ging mit langsamen Schritten hinaus auf die Brücke. Vorsichtig, gleichsam prüfend, betrachtete er das Schiff, bevor er sich zögernd nach achtern begab. Es war formschön gebaut, mit einer niedrigen Reling und gebogenem Steven. Es bot Platz für zwanzig Ruderer, Mast, Stütztau und ein großes Rahsegel. Obwohl das Schiff ganz flach im Wasser lag, wusste er, dass es weit und sicher übers Meer fahren konnte. Die Wikinger waren als Schiffsbauer und Seefahrer weithin berühmt.

Die Männer im Boot schielten neugierig zu dem Fremden hinauf. Er war hoch gewachsen und stattlich und bewegte sich mit einer ruhigen, zurückhaltenden Würde, als trüge ihn eine große geistige Kraft. Das schwarze Haar fiel ihm über die Schultern, und die tief liegenden Augen sahen sich aufmerksam um.

Er ging zu den Männern, die sich im hinteren Teil des Schiffes aufhielten.

»Erik Bernsteinhändler, wo kann ich ihn finden?« Er zog den Umhang enger um seinen Körper und musterte die Männer nachdenklich.

»Den Schiffer? Vor dem nimm dich in Acht; er kann wild wie ein Stier werden. Warte lieber, bis er seinen Rausch ausgeschlafen hat.«

Ein kleinwüchsiger Mann mit einem Kessel in der Hand nickte viel sagend in die andere Richtung. Dort saß eine zusammengesunkene Gestalt an den Mast gelehnt. Der Mann schien Mitte zwanzig zu sein. Er war breit und kräftig, ein klein wenig stupsnasig vielleicht und hatte einen dichten, herrlichen Bart. Seine Arme hingen schlaff über den Knien, und seine blonden Haare standen ihm lockig und zerzaust vom Kopf.

»Ein guter Mann, der Bernsteinhändler, aber das Bier macht ihn höchst übellaunig.« Der Kleingewachsene grinste breit.

Ein deutliches Grunzen war zu hören, und es kam Leben in die kauernde Gestalt. Mit einem Stöhnen erhob er sich, stützte sich einen Augenblick gegen den Mast und kam dann o-beinig und schwankend näher.

»Wer behauptet, ich wäre übellaunig?«

Er packte den Koch und hielt ihn wie einen Hund am Schlafittchen. Der Mann zappelte hilflos, und der Kessel fiel scheppernd auf die Planken. Aber der Bernsteinhändler ließ nicht los.

»Naa?« Saurer Atem strömte Höllendämpfen gleich aus seinem Mund, und der Koch drehte mühsam sein Gesicht zur Seite. Erik Bernsteinhändler feixte, zog den Koch noch näher an sich heran und hauchte ihm direkt ins Gesicht. »Verträgst du die gute Seeluft nicht?«

Seine Augen blitzten belustigt. Dann ließ er den Mann los und wankte murmelnd zurück. Im selben Moment bemerkte er den Fremden.

»Und wer seid Ihr?« Erik versuchte, mit seinem Blick Halt zu finden. Sein Kopf fühlte sich an wie Granit. Er fasste sich an die Stirn und seufzte. Dass er es nie lernte. Dänischer Met schmeckte herrlich nach Getreide und Honig, war erfrischend wie das beste Svea-Bier, aber am Tag danach war es die reine Ragnarök. Er beugte sich über die Reling, wölbte die Hand ins Meer und spülte seinen Mund aus. Dann tauchte er den ganzen Kopf unter Wasser. Der Fremde wartete geduldig, bis der Händler wieder auftauchte.

»Mein Name ist Ansgar. In meinem Gefolge befinden sich der Mönch Witmar und ein paar Kaufleute. Man sagte mir, dass Ihr nach Svealand wollt, nach Birka.«

Erik strich sich abwartend die Wassertropfen aus dem Bart. Dann schüttelte er seinen Kopf, dass es spritzte.

»Wir segeln morgen!«, antwortete er schroff, schnaubte in seine Hand und trocknete sich mit dem Hemd ab.

Das kalte Wasser tat gut, und er fühlte sich sofort besser. Seine Augen funkelten wachsam. Was wollte der Fremde? Etwas an ihm war seltsam. Er trug einen Umhang und ein einfaches Büßerhemd, aber er hatte das Benehmen eines wohlhabenden und reichen Mannes. Erik versuchte seine Gedanken zu sammeln.

»Ja, wir wollen nordwärts nach Birka«, fuhr er fort. »Unser Schiff ist geladen, und im Morgengrauen lichten wir Anker.«

Er sagte das nicht ohne einen gewissen Stolz in der Stimme. Sein Leben als Kaufmann hatte ihn auf den russischen Flüssen nach Osten geführt, und der Handel hatte ihn reich gemacht. Drei Jahre lang hatte er Felle und Bernstein gegen die Schätze des Ostens getauscht. Nun befand er sich endlich auf dem Weg nach Hause, nach Björkö und Birka.

Er lächelte bei dem Gedanken an das Silber, die Stoffe und Waffen, die er vorn im Boot verstaut hatte. All das zeigte den Erfolg seiner Geschäfte. Zukunft und Wohlstand waren gesichert. Er hatte guten Grund gehabt zu feiern. Auch wenn er sich besser an Svea-Bier gehalten hätte.

»Nehmt Ihr uns mit an Bord?« Der Mann in dem weiten Umhang beugte sich vor, sodass sein Büßerhemd sichtbar wurde. Er öffnete einen Beutel und streckte dem Schiffer eine Hand voll Silbermünzen hin. Das Geld glänzte in der schmalen, weißen Hand. »Seht, wir können Euch reich entlohnen.«

Erik Bernsteinhändler sah sofort, dass es viel Silber war, mehr, als er je zuvor für einen solchen Dienst geboten bekommen hatte. Warum war es dem Fremden so wichtig, nach Birka zu kommen? Dieser Mann verunsicherte ihn. Er strahlte eine seltsame Kraft aus. Sie umgab ihn wie ein Schimmer, ließ ihn gleichsam leuchten. Unbewusst wich Erik einen Schritt zurück, als wäre er auf etwas Rätselhaftes gestoßen.

Ansgar spürte seine Zweifel und griff rasch in seinen Lederbeutel, um weitere Münzen herauszuholen.

»Seht her, nehmt das dazu. Ich höre, Ihr seid ein tüchtiger Seefahrer!«

Erik konnte seinen Blick nicht von den Münzen lösen. Wenn er den Mann mit an Bord nahm, würde er einen guten Verdienst machen. Für einen, der zahlen konnte, fand sich immer ein Plätzchen. Schließlich griff er nach den Münzen. »Ihr könnt Eure Kisten an Bord bringen, wir verstauen sie in der Mitte des Schiffs«, sagte er. »Meine Männer kümmern sich darum. Spätestens um Mitternacht müsst Ihr zur Abfahrt bereit sein.«

Er verstummte, und sein Blick wanderte zu den schweren Eichentruhen.

»Prächtige Kisten, mein Herr. Eiche und goldene Beschläge. Ich sehe, Ihr habt wertvolle Fracht. Ich werde dafür sorgen, dass Ihr eine sichere Überfahrt habt.«

»Der Herr hat mir eine große Verantwortung übertragen. Danke, Schiffer.«

Ansgar bekreuzigte sich still und wandte sich wieder zu seinem Gefolge. Erik sah ihm lange nach. Prächtige Truhen, Büßerhemd und ein kostbarer Umhang. Irgendetwas stimmte nicht.

Birka schlummerte noch ruhig im frühen Morgen. Entlang den verschlungenen Straßen drängten sich an die hundert Häuser, dicht nebeneinander gebaut, mit nur wenigen Armlängen Abstand. Die Giebel bildeten zur Straße eine Mauer aus Holz und Lehmziegeln, und auf der anderen Seite begrenzte ein niedriger Bretterzaun Hausplatz, Schuppen und Werkstätten. Von zwei Seiten wurde die Stadt von Wällen, einem Gräberfeld und wogenden Wiesenhängen umgeben, auf der dritten Seite erhob sich der mächtige Burgberg. Unterhalb der Burg und westlich der Stadt befand sich der Hafen mit seinen langen, schmalen Landungsbrücken. Hier lagen Schiffe aus Kaupang im Westen, Haithabu im Süden und Holmgård im Osten. Birka war eine Stadt weit gereister Händler und Seefahrer, eine Stadt, die aus einem kleinen Hafen und Marktflecken erwachsen und zur größten des ganzen Reiches geworden war.

In den Gassen begann es zu lärmen. Kinder schrien, man hörte das Rasseln der Joche und Karren, und durch das Handwerkerviertel hallten schwere Hammerschläge. Bei den Bronzegießern und Perlenmachern stiegen dünne Rauchfahnen von der Feuerstelle auf. Der strömende Regen des Morgens hatte aufgehört, aber es tropfte noch immer von den Dächern und Balken. Die Eichenplanken der Straßen glänzten in der Frühlingssonne.

Eine große, schlanke Frau ging langsam die Hauptstraße entlang. Sie trug eine weiße, bestickte Leinentunika und ein rotes, bodenlanges Hängekleid. Ihr Haar war dunkel, ihre Haut glatt und ihre Züge ebenmäßig und rein. Auf den ersten Blick sah sie unendlich schön aus, doch dann bemerkte man die Schwermut um ihren Mund und die schwarze Verlassenheit in ihren Augen. Sie wich müde einer Pfütze aus, ging zwei Frauen aus dem Weg, die Honigkrüge trugen, überquerte schließlich den Holzbelag der Straße und betrat einen Hof. Dort ging sie in die Webstube. Ihr Gesicht war angespannt, ihr Blick suchend. Dann entdeckte sie es, das fertige weiche Leinen für das Brauthemd. Jemand hatte Spinnwirtel auf dem Stoff abgelegt, die sie verärgert auf den Boden fegte. Brauthemd. Ein seltsamer Glanz trat auf ihr Gesicht, und ihre dunklen, leicht schräg stehenden Augen wurden feucht. Sie sank neben dem Webstuhl nieder. Nein, jetzt führte kein Weg mehr zurück.

Menschen hatten sich von weit her aufgemacht, und seit einer Woche wurde der Hof vorbereitet. In ein paar Tagen sollte ihre Hochzeit stattfinden. Es hätte ein Fest werden können, an das man gerne zurückdachte, aber sie würde nicht den Mann heiraten, den sie selbst zuerst gewählt hatte – Erik Bernsteinhändler, ihr Verlobter. Ihr Vater, Gudmund der Mächtige, hatte einen Hof und einen Hektar Land für den Brautkauf gefordert, und Erik war gezwungen gewesen, auf Wikingfahrt zu gehen. Er war gen Osten gezogen, um sein Muntgeld zusammenzubringen, das Silber, das er dem Vater für den Brautkauf bezahlen musste. Mindestens einen Herbst, einen Winter und einen Frühling würde er fort sein, hatte er gesagt, aber dann würde er wiederkommen, reich genug, um einen Hof erwerben zu können.

Das erste Jahr hatte sie gewartet, voller Sehnsucht, aber glücklich und erwartungsvoll im Gedanken an seine Heimkunft. Dann beschlichen sie Ungewissheit und Sorge. An den Abenden war sie mit einer Laterne an den Strand hinuntergegangen. Bei Regen und Schnee hatte sie dort im Schein der Lampe gestanden, die hinaus aufs Meer leuchtete. Sie dachte, wenn er dort draußen wäre, könnte sie ihm so den Weg nach Hause zeigen. Das Licht sollte ihm helfen, zu ihr nach Birka zurückzufinden. Es kam vor, dass sie über sich selbst und ihre Sehnsucht lachte, an die Menschen von Birka denken musste, die hinter den Fensterluken über sie tuschelten, aber sie liebte Erik mehr als alles andere, und sie wollte ihn zurück.

Darum war sie auch noch bis weit in den vergangenen Sommer hinunter an den Strand gegangen und hatte aufs Wasser geblickt, nach einem Zeichen gesucht, gewartet. Aber Erik, ihr Verlobter, war und blieb verschwunden. Nach drei Sommern glaubte niemand mehr, dass er noch am Leben war.

Jorunns Blick fiel auf das Webschwert an der Wand. Sie stand auf und nahm es herunter; das Verlobungsgeschenk, das Erik für sie geschnitzt hatte, bevor er aufgebrochen war. Der Griff war mit Schnitzereien geschmückt, das Schwert selbst war mit grünen, sich windenden Schlangenlinien bemalt, die in zwei grinsende Drachenköpfe mündeten. Vorsichtig legte sie es auf ihre Knie und strich zärtlich darüber, erinnerte sich an den Moment, als er es ihr überreicht hatte. Wie stolz er gewesen war, seine Augen hatten geleuchtet, glücklich und schelmisch. Sie sollte diejenige sein, die seine Kleider webte, hatte er gesagt, sie – seine zukünftige Frau.

Jorunn zog das Schwert sanft über das weiche Leinen. Wie sehr sie ihn vermisste, wie sehr sie um ihn trauerte. Ihre ganze Kindheit hatten sie zusammen verbracht, auf dem Hof, draußen auf den Feldern, bei der Ernte, während der Mahd. Sie hatten zusammen gefischt, waren gemeinsam geschwommen und gerudert. Unzertrennlich. Und aus ihrer Nähe war Liebe erwachsen. Doch jetzt gab es nur noch eine schreckliche Leere. Sie ging zur Truhe an der Querwand und nahm eine Hose und ein leinenes Hemd heraus. Sie hatte die Kleider gewebt, während sie auf Erik gewartet hatte. Sie betrachtete sie traurig. Sie hatte sie ihm geben wollen, wenn er wiederkam. Lange stand sie mit den Kleidern im Arm da, dann schleuderte sie sie in die Feuerstelle. Sie sank auf die Bank, das Gesicht in ihren Händen vergraben. Schwermütig starrte sie ins Feuer, während die Flammen gierig den Stoff verschlangen. Sie war so glücklich gewesen, als sie seine Kleider webte, und hatte Träume über ihr Leben zu zweit geträumt. Sie sah ihn vor sich, sein lockiges Haar, seinen wachen Blick, das Lachen, das immer in seinem Gesicht lag. Und jetzt? Warum war Erik fortgeblieben? Was war ihm zugestoßen? Jorunn schloss die Augen und presste die Hände an ihre Brust. Jetzt würde sie einen anderen heiraten. Warum also dachte sie an Erik? Er war vergessen, fort! Aber dennoch, ihre Gedanken wollten nicht weichen. Was, wenn er wüsste, dass sie die Frau eines anderen werden sollte. Mit einem Mal fühlte sie sich, als hätte sie ihn verraten, einen Treuebruch so tief wie ein Abgrund begangen. Nein, sie musste an die Zukunft denken, nicht in der Vergangenheit verharren. Lange saß sie still da, griff schließlich nach dem Brauthemd, stand auf und ging.

Die Dämmerung ging in den Morgen über, und die Sonne erhob sich langsam über der Stadt. In Haithabu, wo die Straßen so eng waren, dass nicht einmal zwei Karren aneinander vorbeikamen, wurden die Türen und Fensterluken für den neuen Tag geöffnet. Die Gassen füllten sich mit Leben, und im Hafen trafen die Fischer mit ihrem Morgenfang ein. Die Schiffe schaukelten sanft in der Dünung, es roch nach Meer und Tang. Entlang der Kais standen Fässer, Körbe und Jutesäcke, und auf den schmalen Brücken, die ins Wasser ragten, waren Kisten und Tonnen abgestellt worden. Ein paar Hühner gackerten in ihren Holzkäfigen, und ein einsamer Hund sprang zwischen Gerümpel herum. Die Schiffe, die auf dem Weg nach Westen waren, würden später aufbrechen, Erik Bernsteinhändler und die, die nach Norden wollten, waren klar zum Ablegen.
  Alle waren an Bord, die Last verstaut und die Truhen

des Fremden gut festgezurrt. Erik gab den Männern das Zeichen, sich an den Rudern bereitzumachen. Ein paar dunkle Wolken am Horizont verkündeten ein nahendes Unwetter, aber Erik ließ sich davon nicht aus der Ruhe bringen. Im Gegenteil, er liebte es, das Meer und die Mächte, die stärker waren als er selbst, herauszufordern. Er wusste, dass er sein Schiff beherrschte, und fühlte vor Anbruch der Reise eine tiefe innere Ruhe. Bei gutem Wind würden sie Björkö in weniger als zwanzig Tagen erreichen. Es sollte nicht mehr lange dauern, dann würde er endlich wieder zu Hause sein.

Ansgar hatte sich auf einer der Truhen niedergelassen und blickte gedankenverloren über das Ufer. Er ließ alles zurück, was ihm bekannt und vertraut war – für eine Fahrt ans Ende der Welt. Seine Gedanken wanderten nach Corbie zu seinen Klosterbrüdern, die ihn vor der Reise gewarnt hatten. Sie hatten ihn für seinen Wunsch, unter Heiden zu predigen, verachtet. Doch vielleicht waren sie einfach nur zu engstirnig.

Kaiser Ludwig der Fromme hatte persönlich nach ihm rufen lassen und ihn gefragt, ob er bereit sei, Christi Evangelium unter den Heiden zu verkünden. Dann hatte der Kaiser ihm Geschenke für den König der Svear mitgegeben und dafür gesorgt, dass ein Gefolge ihm auf der Reise Gesellschaft leistete. Schließlich hatte er ihn darum gebeten, sein Haar wachsen zu lassen. Mit Tonsur, blanker Kopfhaut, im Land der Heiden von Bord zu gehen war kaum ratsam. Ansgar lächelte vor sich hin. Der Kaiser hatte an alles gedacht. Nun war es an ihm, den Auftrag des frommen Regenten zu erfüllen und die Schweden zu bekehren. Ein kalter Wind blies über das Wasser. Jetzt führte kein Weg mehr zurück.

Sie ruderten aus dem Hafen. Als sie um die Landzungen gebogen waren und die schützende Bucht hinter sich gelassen hatten, erfasste der Wind das Segel. Es frischte auf. Erik lehnte über die Ruderpinne gebeugt und steuerte ein wenig nachlässig, während er sich umsah. Achtern verschwand die flache, vom Wind gebeutelte Küste aus seinem Blick, vorne waren die Schiffe der Kaufleute schemenhaft zu erkennen. Zusammen waren sie fünfzehn Knorren, stattliche Handelsschiffe auf dem Weg nach Norden, ins Land der Svear. Das Rahsegel schlug gegen den Mast, die Gischt spritzte. Die Schiffe segelten dicht nebeneinander und bildeten eine mächtige Mauer gegen Meer und Feinde. Sie würden sich auf der Überfahrt gegenseitig begleiten, denn die Ostsee war berüchtigt für ihre Seeräuber.

Der Wind nahm zu, und der Adler pflügte schneller durch das Wasser. Erik setzte sich und hielt die Ruderpinne mit der rechten Hand. Das Schiff glitt leicht und geschmeidig durch die Wellen, und er genoss es, die Bewegungen des Bootes im Wasser zu spüren. Es brodelte und rauschte um den Vordersteven, knackte in Mast und Segel. Zufrieden strich er sich das Salz aus dem Bart und blinzelte in Richtung Horizont. Im Hafen zu liegen hatte seinen Reiz, aber am besten ging es ihm auf offener See. Erik summte vor sich hin und warf einen Blick nach vorn. Die Wolken waren näher gekommen und schimmerten jetzt dunkelblau und violett. Es würde keine leichte Überfahrt werden. Vielleicht konnten sie Birka früher erreichen als berechnet. Sein Blick verlor sich in der Ferne.

Birka, Heimat. Dort war Jorunn, seine Verlobte. Hoffentlich war sie nicht des Wartens überdrüssig geworden. Aber nein, sicher nicht nach dem Treueversprechen, das sie einander gegeben hatten. Und sie würde sich bestimmt freuen, wenn sie all das Silber sah, das er mitbrachte. Genug Muntgeld für den Brautkauf, sodass sie endlich heiraten konnten. Das Silber reichte auch für einen eigenen Hof und ein gut gestelltes Leben in Birka. Ein beruhigendes Gefühl. Da Jorunn die Tochter eines der reichsten Männer der Stadt war, war sie ein Leben im Überfluss gewöhnt. Und er wollte ihr das Gewünschte bieten können. Erik atmete die feuchte Seeluft tief ein. Bald würde sie ihm gehören. Mit einem Mal sah er sie wieder vor sich und wurde von Sehnsucht übermannt, einem Gefühl, das so stark war, dass sein Körper schmerzte und er zu Stein erstarrte. Ohne Zweifel war er gern umhergezogen und hatte das Dasein als Wikinger genossen, aber wie nur hatte er es so lange ohne seine Jorunn ausgehalten?

Die Männer an Bord waren wortkarg und zurückhaltend. Sie hatten den gestrigen Tag fleißig getrunken, und ihre Sinne wurden von einer dumpfen Müdigkeit getrübt. Darüber hinaus verursachten die Wolken am Horizont Unruhe. Über ihnen lag etwas Bedrohliches. Es schien, als würde es Sturm geben. Sogar Ansgar, Witmar und die drei französischen Kaufleute, die sie begleiteten, verhielten sich abwartend. Sie schwiegen und wechselten nur die nötigsten Worte miteinander, eingewickelt in ihre Fellmäntel und Umhänge aus Lodenstoff. Erik, der eigentlich ein Gespräch anregen wollte, überlegte es sich anders, und seine Gedanken wendeten sich wieder den seinen zu Hause zu. Hielt sein Vater sich immer noch an die Sklavinnen, oder hatte er sich eine neue Ehefrau gesucht? Erik hatte seine Mutter nie kennen gelernt. Sie war nur wenige Tage nach seiner Geburt gestorben, und Harald glaubte noch immer, dass Erik schuld an ihrem Tod war. Sein fünf Jahre älterer Bruder war nie über das Geschehene hinweggekommen und lehnte Erik ab. Harald war höhnisch, überheblich, spöttisch und hatte Erik gelegentlich einfach eine Tracht Prügel verpasst.

Erik bekam einen grimmigen Zug um den Mund, erinnerte sich daran, wie er sich abgekapselt hatte und meist allein gewesen war. Aber Jorunn vom Gudmundhof hatte es geschafft, all das zu verändern. Sie war fröhlich und unvoreingenommen gewesen und hatte ihn zum Lachen gebracht. Sie hatten Spaß zusammen gehabt, und er war sicherer und selbstbewusster geworden. Dann, als sie älter wurden, erwachte die Lust aufeinander, und Erik wurde bewusst, dass er Jorunn wollte und keine andere. Er wollte sie besitzen, ganz und gar.

Noch am selben Tag, an dem sie beschlossen hatten zu heiraten, war sein Vater hinüber zum Gudmundhof geritten und hatte die Hochzeit vorgeschlagen. Am folgenden Morgen hatten Jorunns Eltern ihre Zustimmung gegeben und einen Hof oder einen Hektar Land als Brautpreis gefordert. Und nun hatte er es endlich geschafft, das Silber zusammenzubringen, aber es hatte länger gedauert, als er hätte ahnen können.

Erik blickte sich auf dem Boot um. Die Männer saßen noch immer stumm und reglos da. Er mochte das nicht und kramte in den Taschen nach seiner Flöte. Eine Weile fuhr er mit den Fingern über das glatte Holz, dann begann er zu spielen. Es war eine fröhliche, muntere Melodie, die ihm schließlich eingefallen war. Aber Ansgar hörte nicht zu, er war ganz in seine Gedanken versunken. Erik legte die Flöte beiseite und beugte sich neugierig vor.

»Was führt dich nach Birka, Fremder?«

»Kaiser Ludwig schickt mich, Gottes Lehre unter den Heiden zu verkünden.«

»Der Kaiser? Der Kaiser hat dich nach Birka geschickt?«

Erik fiel es schwer, das zu glauben. Aber Ansgar hatte es so gesagt, der Mönch war nicht schwer zu verstehen. Er beherrschte die Sprache der Svear gut, wenn auch mit einer Mischung aus fränkischem und germanischem Akzent.

»Ja, der Kaiser wünscht, dass ich dort das Christentum predige und prüfe, ob das Volk bereit ist, den christlichen Glauben anzunehmen.«

Eriks Gesicht wurde finster. Er hatte zwar von den Braunkitteln gehört, die in Sachsen und im Danaland umherzogen und die Menschen bekehren wollten, aber dass diese Seuche sich jetzt sogar bis nach Birka ausbreiten sollte? Er sah den Mönch misstrauisch an.

»Christentum, warum?«

»Die Heiden leben im Aberglauben, opfern ihren Göttern Tiere und Menschen und …«

»Opfern? So ist es Brauch. Wir sind glücklich mit unserem Glauben. Warum solltest du andere Lehren predigen?«

»Euer König hat nach mir geschickt.«

Erik merkte, wie der Ton zwischen ihnen schärfer wurde, spürte die Kühle in der Luft.

»Der König? In Birka herrscht Frieden. Du brauchst uns nicht beizubringen, wie man lebt!«, brach es irritiert aus ihm heraus. »Unsere Götter Odin, Thor und Frey wachen über uns. Wir brauchen keine anderen.« Erik machte eine kurze Pause und fuhr dann mit ruhiger Stimme fort: »Vielleicht kennst du unsere Götter nicht, aber bei uns opfern wir dem Gott, dessen Hilfe wir gerade benötigen. Unser mächtigster Gott ist Odin. Er ist der Gott der Weisheit, des Kampfes und des Todes. Ihm opfern wir im Kampf. Er weiß, was auf der Erde geschieht. Hugin und Munin, seine beiden schwarzen Raben, berichten ihm alles.«

Ansgar hob die Hand, um etwas zu sagen, aber Erik tat, als bemerkte er die Geste nicht, und sprach unbeirrt weiter:

»Die Götter wohnen in Asgård, dort leben auch Balder, der Gott des Friedens, und Thor, der Gott, den wir am meisten verehren. Er ist stark und schleudert seinen Hammer. Wenn es blitzt und donnert, ist er es, der mit seinem Wagen durch den Himmel fährt. Und Frey …« Erik hielt inne, und ein kleines Lachen huschte über sein Gesicht. »Ja, Frey, das ist der Gott des Friedens und der Liebe, der …«

»Ja, ja, ich kenne eure Verehrung für Abgötter«, unterbrach Ansgar ihn. »Aber ihr sündigt und habt unfreie Sklaven.«

»Nie habe ich erlebt, dass einer Frau das Liebesspiel missfallen hat«, wandte Erik schnell ein. »Und die Sklaven mögen unfrei sein, aber so ist es immer gewesen.«

Er verstummte. Wozu der Versuch, Menschen zu bekehren, die glücklich waren mit ihrem Glauben? Weder er noch die Menschen in Birka brauchten einen neuen Gott.

Ansgar schloss die Hände fest um seinen Rosenkranz. Er musste versuchen, sich gut mit dem Schiffer zu stellen, mochte er auch noch so heidnisch sein. Die Menschen hörten gerne auf einen, der in fremde Länder segelte. Darum hatte er gehofft, ihn bekehren zu können. Aber der Bernsteinhändler schien eigensinnig und stur zu sein. Ansgar holte tief Luft und fuhr fort.

»Aber eure Sklaven verrichten die schwerste Arbeit auf den Höfen, gerade wie es dem Hausherrn behagt.

Und die Sklavinnen sind das Eigentum eurer Männer, ganz nach deren Lust und Laune. So kann man nicht leben.«

Erik starrte den Mönch mit großen Augen an.

»Die Sklaven werden zum Arbeiten gebraucht. Wie sollten wir sonst klarkommen? Und die Sklavinnen? Ja, die Fleischeslust lässt sich nicht verleugnen. Kein echter Mann geht einer schönen Frau aus dem Weg. Auch du nicht, das sehe ich dir an!«

Erik lachte spöttisch, und ein Glitzern lag in seinen Augen. Ansgar predigte sicher, weil auf seinem Gewissen zahlreiche begangene Sünden lasteten. Kein Weib konnte einem Mann mit dieser Ausstrahlung widerstehen. Wenn der jemanden erlöste, dann auf der Schlafstatt.

»Seid nicht so ernst, Mönch«, sagte er spöttisch. »Das Leben ist herrlich. Genießt, was Euch geboten wird.«

Mit einem hellen Lachen zog er die Flöte hervor. Dann begann er zu spielen, laut und schrill. Aber Ansgar schwieg. Seine Finger tasteten nach dem Rosenkranz. Erik zog die Augenbrauen hoch und schob die Flöte zurück in die Tasche. Warum hatte er Ansgar mitgenommen? Der Mönch war auf dem Weg nach Birka, um neue Glaubenslehren zu verkünden. Das konnte Unglück mit sich führen.

Wolken senkten sich über das Meer, der Wind frischte auf, und große Schaumfetzen trieben achtern vorbei. Erik saß mit zusammengebissenen Zähnen am Steuerruder. Das Schiff hob und senkte sich mit den Wellen und fiel immer tiefer in die Wellentäler. Sie waren inzwischen weit von der Küste entfernt, ohne Möglichkeit, Windschutz zu suchen. Erik spähte übers Wasser.

Eines der Boote fehlte: der Schwan, Anunds Schiff. Lange hatte er nach dem schlanken Knorren aus Dorestad Ausschau gehalten. Er war leicht an seinem rindenfarbigen Segel und seiner wendigen Art, die Wellen zu kreuzen, zu erkennen. Wo war er jetzt? Obwohl der Schwan das schnellste Schiff von allen war, war er offensichtlich zurückgefallen. Anund war für seine Gier bekannt. Vielleicht hatte er zu schwer geladen. Dieser verrückte Krämer! Sie hatten vereinbart, während der Überfahrt zusammenzubleiben, um Seeräuber abzuschrecken. Jetzt hatten sie ein Schiff weniger. Das konnte gefährlich werden. Er warf einen hastigen Blick auf die Kisten in der Mitte des Schiffs. Hatte jemand bemerkt, wie sie an Bord gebracht wurden?

Ruder schlugen gegen die Ruderbänke, und Erik schreckte auf. Ansgar war auf dem Weg nach vorne, ein Kreuz in der Hand. In der anderen balancierte er ein Gefäß mit Weihwasser. Der Mönch war in ein fußlanges Messgewand geschlüpft. Es war aus weißem Stoff, Kragen und Ärmel waren mit kostbar bestickten Bordüren verziert. Die Haare wehten in sein Gesicht, und der Umhang schlug im Wind. Vorne am Steven stützte er sich gegen die Planken und zurrte das Kreuz fest. Mit eintöniger Stimme murmelte er etwas auf Lateinisch. Die Männer sahen ihm wortlos zu. Dann spritzte er Weihwasser über das Vorschiff und bat um eine ruhige Überfahrt. Ein Brecher schlug über dem Steven zusammen, und Erik fuhr zusammen.

»Was hast du vor, Mönch?«, brüllte er mit hochrotem Kopf. »Setz dich!«

Ansgar bekreuzigte sich und murmelte wieder etwas auf Lateinisch. Dann ging er zurück nach achtern. Die Männer starrten ihn an. Die wertvollen Kleider und die fremde Sprache hatten Eindruck auf sie gemacht. Seine Gelassenheit auch.

Mit einem entschlossenen Griff um die Ruderpinne steuerte Anund den Schwan auf die drei Langschiffe zu. Er segelte hart am Wind und legte sich mit dem Vorschiff neben das größte. Das rindenfarbige Segel knallte im Wind.

»Seid ihr bereit?«, schrie er durch die Hände.

»Endlich. Wir haben auf dich gewartet. Sind sie bewaffnet?«, fragte eine Stimme von unten aus dem Langschiff. Ein hoch gewachsener Mann in einem Lodenkittel beugte sich zu Anund vor. An seinem Gürtel hing ein Schwert.

»Die Kaufleute? Sicher, aber sie haben uns nicht viel entgegenzusetzen. Die schlagen wir schnell.« Anund lachte leise.

Der Hochgewachsene zog sein Schwert und betrachtete es kurz, bevor er es wieder in die Scheide steckte.

»Na, wir werden ja sehen, was sie können, aber sie müssten recht viele Schläge wechseln, um uns zu besiegen. Haben sie viel Silber in ihren Kisten?«

»So viel, dass es für uns beide reicht«, antwortete Anund rasch. »Hast du nicht gesehen, wie tief die Schiffe im Wasser liegen? Und der Kutscher sprach von kostbaren Geschenken.«

Der Hochgewachsene blies seine feisten Backen auf, strich sich über den Bart und grinste zufrieden. Die kleinen Augen funkelten.

»Obwohl wir mit dem Überfall vielleicht warten müssen. Wind und Wellen nehmen zu.«

»Ja, ein Unwetter zieht auf«, stimmte Anund zu und betrachtete nachdenklich den dunklen Himmel. »Mag sein, aber die Schiffe verlieren wir nicht außer Sicht. Wir folgen ihnen und warten auf die richtige Gelegenheit.«

Die Männer verstummten und lauschten. Der Wind wurde stärker, und die Wellen schlugen hart gegen die Schiffswand. Ein Windstoß fuhr über das Meer, und das Schiff krängte.

»Nein, hier können wir nicht liegen«, fuhr Anund fort und sah sich skeptisch um. Die Schiffe begannen gegeneinander zu schlagen.

»Abdrehen!«, brüllte der Hochgewachsene seinen Männern zu.

Ein Blitz kreuzte das Himmelsgewölbe, gefolgt von Donnergrollen und Windböen. Der Steuermann versuchte, den Wind optimal einzufangen, aber die Ruderpinne wackelte und schlug gegen seine Faust, und das Schiff gehorchte ihm nicht mehr. Im nächsten Augenblick hob sich die Reling backbord, rammte Anunds Schiff und splitterte. Das Schiff begann zu treiben. Anund beugte sich über die Reling und schrie:

»Wir warten, bis es sich wieder beruhigt hat. Folgt den Schiffen mit Abstand, aber lasst den Sturm uns nicht auseinander treiben.«

Der Hochgewachsene machte ein Zeichen, dass er verstanden hatte. Jetzt musste jeder allein dafür sorgen, das Unwetter so gut wie möglich zu überstehen.

Der Wind nahm zu. Donner rollte über das Wasser, grollend, dröhnend, während die Wellen wuchsen und der Wind sich gegen die Seile stemmte. Dann prasselte der Regen nieder, hart, peitschend. Erik zog seine Mütze in den Nacken.

»Schoten einholen!«, befahl er.

Seine Knöchel leuchteten rot, und die Steuerpinne

schnitt ihm in die Hand. Der Rumpf krängte heftig. Erik legte die Hände um den Mund und rief:

»Wir müssen den Göttern opfern!«

Der Koch gehorchte sofort. Entschlossen bahnte er sich seinen Weg zu den Vorratsfässern, konnte das Schloss des Fleischfasses öffnen und schleuderte den Inhalt heraus. Schweinefleisch und Hammelkeulen verschwanden im Kielwasser. Thors Zorn musste gestillt werden.

Das Unwetter folgte den Kaufleuten über das Meer. Es war, als wollten die Götter verhindern, dass die Schiffe irgendwie vorankamen. Wenn der Wind langsam wieder abflaute und der Seegang ruhiger wurde, dann nur, um von neuen Regenfällen oder einem neuen Unwetter abgelöst zu werden. Binnen zehn Tagen segelten sie mit hartem Wind aus Südwest an Danaland vorbei, hinein ins Baltische Meer und näherten sich dem Sveareich. Das tosende Wetter setzte Booten und Männern schwer zu, und nur der Bernsteinhändler und seine Besatzung schafften es ohne Riss im Segel. Erik forderte das Meer heraus, stellte seine Grenzen auf die Probe und verlangte sich und seinen Männern das Äußerste ab.

Sie hatten ihr Schiff so hart gesegelt, dass sie die anderen überholt hatten und nun weit vor ihnen lagen. Einen Moment beunruhigte es ihn, dass die anderen außer Sichtweite geraten waren, aber er tröstete sich damit, dass sie sie sicher bald einholen würden. Irgendwo in der trüben Regenfront mussten sie sein.

Als er eine Weile in den Regen geblickt hatte, entdeckte er achtern plötzlich einen dunklen Schatten. Er hielt inne, dann löste sich sein Gesicht in einem freudigen Lachen. Der Schwan, es war das rindenfarbene Segel! Der gierige Krämer Anund aus Dorestad hatte sie offenkundig gesichtet. Sehr gut, jetzt konnten sie zusammen fahren. Aufgeheitert blickte er nach vorne. In Höhe des Lastraumes war Ansgars gebeugte Gestalt zu sehen, die über der Reling hing. Sein dunkles Haar fiel ihm in die Stirn, und er übergab sich furchtbar. Erik begegnete Ansgars Blick.

»Ich bin kein Seemann«, sagte der Mönch entschuldigend und sank steuerbord zusammen.

»Fromm und gottesfürchtig zu sein hilft wohl nicht gegen Seekrankheit, wie?«, entgegnete Erik bissig.

Ansgar überhörte die Bemerkung. Im nächsten Augenblick zog sich sein Magen zusammen, und er musste sich erneut über die Reling erbrechen.

»Opfer du ruhig für Ran, Christenkotze ist sicher so gut wie jede andere«, bemerkte Erik trocken.

Die Abenddämmerung senkte sich langsam über das Wasser. Vor ihnen war Land in Sicht. Achtern war die dunkle Silhouette des Schwans erkennbar, und dahinter gingen Meer und Himmel in die beginnende blassgraue Nacht über. Erik suchte nach einem Platz, an dem sie ihr Lager aufschlagen konnten. Sein Blick hielt auch nach Feuern und nach an Land gezogenen Schiffen Ausschau, nach Stränden oder Buchten, in denen die Kaufleute vielleicht entschieden hatten, für die Nacht zu bleiben. Keine Schiffe. Bald ging die Dämmerung in eine dichte Dunkelheit über, und es wurde immer schwieriger, die Küste auszumachen. Sie hätten früher ihr Lager aufschlagen sollen. Eriks Finger trommelten ungeduldig auf der Ruderpinne, ein Windstoß kam vom Land. Dann hörte er etwas, lauschte, ahnte Geräusche von einem anderen Schiff. Die Kaufleute konnten nicht mehr weit sein. Die Unruhe wich, und er fühlte sich erleichtert.

In der Dunkelheit konnte er weder erkennen, dass es fremde Schiffe waren, Langschiffe, noch dass die Besatzung Kettenhemden und Helme trug und dass sie ihre Schwerter gezogen hatten. Er bemerkte ebenso wenig, dass die Männer ihre Schilde an der Reling aufgehängt hatten und ihre Speere bereithielten. Als er den schlanken Rumpf des Schwans aus der Dunkelheit auftauchen sah, winkte er ihm und deutete Richtung Strand. Dort, so wollte er sagen, dort in der Bucht, wo die Bäume ihre Zweige ins Wasser tauchen und der Strand in Wiesen übergeht, werde ich lagern. Er rief, aber er bekam keine Antwort. Der Schwan hielt direkt auf sie zu, ohne zu zögern oder auch nur einen Zoll zu weichen.

2. Kapitel

»Versuchst du mich zu rammen, Unglücksrabe?«, brüllte Erik und warf sich auf die Ruderpinne. Aber Anund steuerte sein Schiff sicher gegen den Wind und kam mit dem Steven direkt am Adler zu liegen.

»Das hätte schief gehen können, du hättest ...« Erik verstummte. Plötzlich bemerkte er mehrere andere Schiffe zugleich. Langschiffe!

Bewaffnete Männer mit Helmen und Schwertern, Schatten von Drachenköpfen. Feindliche Schiffe in der Gefolgschaft des Schwans? Erik witterte Gefahr. Hatte Anund sich mit Seeräubern eingelassen?

»Gib uns die Truhen, Erik!« Anunds durchdringende Stimme brach die Stille.

»Welche Truhen?«

Erik versuchte Zeit zu gewinnen. Die Kaufleute konnten nicht weit entfernt sein. Sie würden ihm beistehen. Vorsichtig tastete er nach der Axt an seinem Gürtel. Er hatte nicht vor, sich kampflos zu ergeben.

»Keine Kunststückchen. Die Truhen, habe ich gesagt!« Anund klang gereizter.

Erik zog die Hand zurück.

»Im Namen Gottes. Nein!« Ansgar sprang auf. »Die Truhen sind Geschenke Gottes. Niemand kann sie stehlen!«

Anund brach in höhnisches Gelächter aus.

»Was sagst du da, Mönch?«

»Unglück wird über Euch kommen, Ihr werdet in der

Hölle schmoren!« Ansgar bekreuzigte sich und hielt die Bibel mit gestreckten Armen vor seine Brust. »Niemand entgeht der Strafe Gottes. Kehrt um!«

»Hört, hört, was der da kräht! Wir müssen wohl zusehen, dass wir ihn zuerst zum Schweigen bringen!«, knurrte Anund und zog sein Schwert. Mit einem einzigen Hieb spaltete er die Bibel entzwei.

»Anund, komm zur Vernunft! Keiner hat Anspruch auf unsere Last. Du kannst in Birka handeln, du wie alle anderen«, sagte Erik fest und zog sein Schwert aus der Scheide.

»Kommt nur her, dann stech ich euch die Augen aus!«, schrie der Koch und drohte wild mit einem groben Eisenstab. Der kleine, dicke Mann sprang auf die Truhen, bereit zum Kampf.

Anund lachte und hob sein Schwert. Dann brüllte er: »Längsseits gehen!«

Im nächsten Augenblick stürmten die Männer das Schiff. Sie bahnten sich einen Weg zu den Kisten, stießen und schwangen die Schwerter gegen alle, die ihnen zu nahe kamen.

Erik duckte sich vor einer Axt und schaffte es, seinen Schild zu greifen, der an der Reling befestigt war. Ein brutaler Schwerthieb krachte ins Holz und spaltete den Schild beinahe in zwei Teile. Die Klinge blieb fest im Schildrand stecken und ließ sich nicht mehr herausziehen. Erik stürzte nach vorn und schwang den aufgespießten Schild wie eine Sense vor sich. Die Männer stürzten zu Boden, und er hieb mit dem Schwert nach ihnen. Einen traf die Schwertklinge in die Schulter, dass Knochensplitter flogen, einem anderen schlug er beide Beine ab.

»Pass auf!« Torkil, der Steuermann, schrie auf. Erik

sah den Speer in letzter Sekunde und sprang hoch. Die nadelspitze Waffe sauste zwischen seinen Beinen hindurch und bohrte sich in die Schiffswand.

»Nicht unpraktisch, solche O-Beine«, murmelte Torkil und zog den Speer aus dem Holz. Mit einem gewaltigen Wurf schleuderte er die Waffe in dieselbe Richtung zurück, aus der sie gekommen war. Der Mann, der zuerst geworfen hatte, fiel mit durchbohrtem Brustkorb um.

Oben auf den Truhen hielt der Koch noch immer den Angriffen stand. Er fluchte und brüllte und erstach den Ersten, der sich näherte, mit seinem Eisenspieß. Danach riss er Schwert und Schild an sich und schlug dem Nächsten die Arme ab. Er war so eingenommen vom Kämpfen, dass er nicht bemerkte, was hinter seinem Rücken geschah. Anund zielte sorgfältig. Als der Koch den Speer kommen hörte, war es schon zu spät. Die Speerspitze traf ihn in den Hals. Sein Blick erlosch, und er sackte auf den Kisten zusammen.

Im selben Moment ertönten Schreie und Ruderschläge vom Meer. Bogensehnen wurden gespannt, und ein Pfeilregen prasselte auf die Langschiffe herab. Erik blieb mit erhobenem Schwert stehen. Endlich! Die Kaufleute waren zu Hilfe gekommen.

Anund erkannte die Gefahr und rief seinen Männern zu, sich zu beeilen. Sie begannen, an den Truhen zu ziehen und zu zerren, um sie auf den Schwan hinüberzuhieven, gleichzeitig stürmten die Kaufleute über die Reling, die Schwerter bereit.

Stahl klirrte, und der Kampf wogte vor und zurück. Die Kaufmänner schlugen sich mannhaft und brachten viele von Anunds Männern zu Fall, doch sowie einer fiel, nahm ein anderer seinen Platz ein. Die Handelsmänner aus Birka und Haithabu schienen dem wenig entgegenzusetzen zu haben. Sie waren in der Minderheit und schlecht bewaffnet, die Gegner weit in der Überzahl.

Als die Kaufleute einsahen, dass der Widerstand zu groß war, begannen sie sich langsam zurückzuziehen. Nur Erik stand noch, fest entschlossen, sein Silber zu verteidigen. Er hieb mit der einen Hand und stach mit der anderen, bis das Schwert von Blut tropfte und der Griff der Streitaxt klebte. Ein kleiner Mann mit rotem Bart schleuderte seinen Speer und hätte beinahe getroffen, aber Erik wich aus und zog den Speer aus dem Schiffsboden.

»Das wird dein Tod sein«, schrie er rasend vor Zorn und warf die Waffe, die den Rotbärtigen in der Brust traf. Der nächste Mann, der ihn angriff, bekam das Schwert über die Stirn gezogen, das eine klaffende Wunde hinterließ. Erik packte ihn und warf ihn ins Meer. Die Feinde rückten näher, und die Reihen um ihn herum lichteten sich. Bald stand Erik allein da. Unauffällig zog er sich zum Mast zurück, um den Rücken frei zu haben.

»Ergib dich, Erik, und rette dich, solange du noch kannst!« Anund zeigte hinaus aufs Wasser, wo einige der Kaufleute schwimmend versuchten, das Ufer zu erreichen. »Du hast ohnehin alles verloren!« Anund sah gierig zu den Truhen und lachte laut.

Erik fühlte seinen Hass wachsen und wollte sein Schwert in den fetten Lumpen rammen. Einen Augenblick lang war es verdächtig still, dann hörte er Schritte. Erik sah gerade noch ein Kurzschwert aufblitzen, schaffte es, seinen Schild hochzuheben, und hörte, wie sich das Metall ins Holz bohrte. Im nächsten Moment zog Anund sein Messer aus dem Gürtel und stach zu. Erik warf sich nach hinten, stürzte gegen die Reling und fiel ins Wasser.

Als er wieder auftauchte, war es seltsam ruhig. Um ihn herum schwammen Tonnen und Gerümpel, weiter entfernt flohen die Kaufmänner in ihren Booten. Diese feigen Hunde, darauf, sich zu retten, verstanden sie sich, aber kämpfen konnten sie nicht. Erik fluchte laut. Gab es denn nichts, was er tun konnte? Plötzlich kam ihm eine Idee. Wenn es ihm gelänge, die Befestigung des Steuerruders zu durchtrennen und den Adler manövrierunfähig zu machen ... Dann würde Anund den Adler vielleicht zurücklassen.

Erik blickte sich um, niemand hatte ihn bemerkt. Leise tauchte er unter die Wasseroberfläche und schwamm nach achtern. Als er wieder auftauchte, hatte er das Steuerruder fast erreicht. Lautlos fuhr er mit der Hand am Holz entlang. Jetzt konnte er die Lederschlaufe unter seinen Fingern fühlen. Er griff nach seiner Axt und machte sich bereit zuzuschlagen. Aber wo war sie? Er tastete seinen Gürtel ab. Dann das Messer? Doch der Gürtel hing seltsam locker und schlaff über seiner Hüfte. Da begriff er. Er hatte die Waffen beim Fallen verloren. Müde und resigniert begann er zum Ufer zu schwimmen.

Nachts konnte sie nur schwer Schlaf finden. Jorunn träumte, dass Erik auf dem Weg zu ihr war, froh und sorglos wie immer. In seiner Hand hielt er einen prächtigen Schmuck, glitzernd und strahlend, hell wie die Sonne selbst. Es war Eriks Hochzeitsgeschenk für sie, etwas anderes hatte er nicht. Als sie die Hand ausstreckte, um den Schmuck entgegenzunehmen, verwandelte er sich und wurde zu Stein. Erik ließ ihn auf die Erde fallen und zeigte seine leeren Hände. Sie versuchte, ihn zu umarmen, aber seine Gestalt verschwand vor ihren Augen. Stattdessen trat der Schatten eines anderen Mannes hervor, Harald Sigurdsohn, Eriks älterer Bruder. Ihn, Harald, würde sie heiraten.

Jorunn zuckte zusammen. Taumelnd und benommen richtete sie sich im Bett auf. Draußen war es Nacht, ein Vogel war draußen im Wald zu hören. Sie zitterte noch immer, was hatte sie geträumt? Jorunn schlug die Decke beiseite und ließ die Nacht ihre Haut kühlen. Es begann hell zu werden, und ein bleicher Schimmer lag auf ihrer nackten Brust. Sie lauschte, zögerte, fasste einen Entschluss. Sie zog sich an und schlich hinaus. Sie querte den Hofplatz und setzte sich auf ein Joch draußen am Brunnen. In ein paar Tagen sollte das Hochzeitsmahl gehalten werden, und von diesem Tag an würde ihr neues Leben beginnen. Die Unruhe vor dem, was sie erwartete, bedrückte sie. Zwar wurde Harald Sigurdsohn als tüchtiger Mann geachtet, und ihr Vater, Gudmund der Mächtige, hatte ihr zu dieser Hochzeit geraten, aber Harald war nicht Erik, der Mann, mit dem sie ihr Leben teilen wollte. Als Erik zwei Jahre fort gewesen war, hatte ihr Vater begonnen, von einer anderen Hochzeit zu sprechen. Eines Tages erzählte er, dass ein Mann in dieser Angelegenheit zu ihm gekommen war. Ein stattlicher Mann, dreißig Winter alt. Und er hatte Geld genug für den Brautkauf, nachdem er zwei silberne Armreifen geerbt hatte, als seine Mutter starb, und darüber hinaus war er der Erbe des elterlichen Hofes, der Sigurdshof. Jorunn wurde blass, begriff, dass es Eriks Bruder war, von dem ihr Vater sprach. Wie sollte sie jemals mit dieser Hochzeit einverstanden sein? Sie lehnte ab, weigerte sich zu glauben, dass Erik nicht zurückkommen würde.

Es vergingen ein weiterer Winter, ein Frühling und ein Sommer, und als der Herbst kam, hatten sie noch immer nichts von Erik gehört. Die Bucht fror zu, und der Winter brachte Schnee und Kälte. Kein Erik. Jorunn wurde von Zweifeln heimgesucht. Sollte sie Harald heiraten, trotz allem?

Als das Frühjahr kam und das Eis aufbrach, hatte sie sich noch immer nicht entschieden. Schiffe brachen auf, Schiffe legten an, aber kein Erik. Schließlich sah sie ein, dass er niemals wiederkommen würde. Unschlüssig und fast gleichgültig stimmte sie der Hochzeit zu. Sie gab auf. Harald war ein Weg aus der Trauer und Hoffnungslosigkeit. Wenn sie den Mann, den sie am meisten liebte, nicht haben konnte, dann war Harald eine gute Wahl. Etwas in seinem Aussehen erinnerte an Erik, und er war als tüchtiger und zuverlässiger Mann bekannt. Vielleicht würde sie mit der Zeit lernen, ihn lieb zu gewinnen.

Jorunns Gedanken wurden von einem gequälten Schrei unterbrochen. Er kam aus dem Kuhstall. Ohne zu zögern, eilte sie zum Stall, riss die schwere Tür auf und lief hinein. Die Schreie wurden lauter. Jorunn blieb unvermittelt stehen, plötzlich voller Angst vor dem, was sie erwarten würde. Das angsterfüllte Klagen ging in herzzerreißendes Schluchzen über. Jorunn holte tief Luft und näherte sich vorsichtig den Geräuschen. In einem der Verschläge lag eine Sklavin in den Wehen. Sie blutete stark und warf sich wimmernd auf dem Stroh hin und her. Neben ihr hockte eine alte Frau und redete ruhig auf sie ein. Das Kind war fast da. Die Alte zog mit aller Kraft, und ein schwarzhaariger Kopf wurde zwischen ihren Händen sichtbar. Die Sklavin schrie, presste und schrie wieder. Und plötzlich lag das Kind da, im

Stroh, blutig und schleimig. Die Alte hob das Kleine an den Füßen hoch und schnitt die Nabelschnur durch. Dann gab sie ihm einen Klaps und legte es der Mutter an die Brust. Die Sklavin wimmerte immer noch, und rote, breite Rinnsale suchten sich einen Weg in das Stroh und bildeten eine wachsende Blutlache. Die Alte brüllte etwas Unverständliches, drückte fest gegen den Unterleib der Frau und versuchte vergeblich die Blutung zu stoppen. Jorunn war wie gelähmt, sah, wie sich die Hände der Alten klebrig rot färbten. Der Blick der Sklavin war voller Ohnmacht und Schrecken. Mit einem Mal wurde Jorunn klar, was vor ihren Augen geschah. Sie zerrte ihr Hängekleid herunter, riss es an den Nähten auf und reichte der Alten die Stoffstücke. Dann sank sie auf das Stroh und ergriff die Hand der Sklavin. Das dunkelhaarige Mädchen war noch jung, vielleicht erst dreizehn, vierzehn Winter alt. Ihr Gesicht war blass und gequält, das kurze Haar glänzte vor Schweiß. Sie versuchte etwas zu sagen, aber sie war zu schwach. Jorunn strich ihr über die Wange und drückte ihre Hand, aber die Finger fühlten sich schlaff und leblos an. Ihre Augen wurden matter und glitten weg. Jorunn schüttelte sie, aber die Kräfte des Mädchens versiegten. Als sie schließlich aufhörte zu atmen, flüchtete Jorunn aus dem Stall. Ihr Herz klopfte laut. Hinter der Hausecke ließ sie sich fallen und erbrach sich.

Sie saß lange still im Gras, bevor sie die Kraft fand aufzustehen. Durchgefroren ging sie zum Brunnen und zog zitternd den Wassereimer hoch. Geistesabwesend wusch sie Hände und Gesicht, während ihre Gedanken zu Harald wanderten. Eines Tages würde sie sein Kind tragen. Wollte sie das? Das Kind würde kommen, weil sie ihn geheiratet hatte, kein Kind, das aus Lust und Liebe entwachsen war. Oder würde es ihm vielleicht gelingen, ihre Lust hervorzulocken und aus einem beginnenden Gefühl der Zusammengehörigkeit und Freundschaft Liebe werden zu lassen? Aber ihm zuliebe unter Schmerzen gebären, vielleicht sterben? Das frische, kalte Wasser kühlte wie Raureif, und mit einem Mal keimten Zweifel in ihr auf. Sie hatte der Hochzeit zugestimmt, aber vielleicht wäre sie trotz allem allein glücklicher gewesen? Wie wäre es gewesen, Eriks Kind zu gebären? Dann wäre so vieles anders gewesen. Und sie hätte sich darauf gefreut, sein Kind zu bekommen.

Die Männer hatten am Strand ein Feuer gemacht. Einige hockten davor, um ihre Kleider zu trocknen, andere lagen erschöpft im Sand. Die Verwundeten wanden sich und klagten. Ansgar kniete sich an ihre Seite, sprach Gebete und flüsterte tröstende Worte. Seine Hände zitterten. Wie hatte die Reise so schlimm anfangen können? Hatte Gott ihn verlassen, oder waren die Heiden gefährlicher, als man ihm berichtet hatte? Seine Lippen bebten, und er kniff den Mund fest zusammen. Er durfte keine Schwäche zeigen, musste stark sein. Still bereitete er die letzte Salbung derer vor, die im Sterben lagen. Dann sprach er ein Gebet über sie und salbte sie mit dem heiligen Öl. Ein zahnloser Krieger wich zurück, hob plötzlich seinen Kopf und flüsterte:

»Lass mich, Priester, du könntest Odins Zorn wecken.«

Dann sank sein Kopf zu Boden, und er hauchte seinen Atem aus. Ansgar starrte ihn mit großen Augen an.

Während Ansgar betete und tröstete, gingen Erik und Witmar zwischen den Schiffbrüchigen umher und versorgten ihre Wunden. Witmar war wütend und aufgebracht über das, was geschehen war, und konnte die Tränen nur schwer zurückhalten. Ansgars Begleiter war ein ziemlich kleiner und unansehnlicher Mann, rund um den Bauch, aber nicht fett. Sein Haar hatte er hoch aus der Stirn gestrichen, seine Haut war rötlich und hell. Jetzt war er verschwitzt und hatte rote Wangen, ein Schwerthieb hatte sein Bein getroffen, und er hinkte schwer. Nachdem er die Blutung gestillt hatte, kümmerte er sich jedoch nicht weiter um die Wunde. Seine Sorge für die anderen war größer. Zusammen mit Erik verband er Schwerthiebe und Stichwunden und deckte die Wunden mit Rindenstücken des Eschenbaums ab, bis der Blufluss gestillt war. Die Verletzten würden sich wieder erholen, sie waren nicht ernsthaft verletzt. Aber fünf Männer waren fort, fünf Männer waren nach Walhall geführt worden. Erik blickte finster aufs Wasser hinaus.

Das Meer war dunkel und leer. Keine Segel, kein Rauch irgendwelcher Feuer. Die Kaufleute waren nirgends zu sehen und Anund und seine Männer schon lange verschwunden. Erik verschränkte die Beine und starrte ins Feuer. Ein anhaltender Schmerz pochte hinter seinen Schläfen. Sein Schiff war fort. Was sollte er jetzt tun?

Seine Kleider klebten ihm am Körper, und er erhob sich. Abwesend zog er sich aus und begann die nassen Sachen auszuwringen. Anund, ein Seeräuber? Warum hatte der Kaufmann aus Dorestad sich auf so etwas eingelassen? Weil seine eigenen Fahrten missglückt waren? Seine Geschäfte waren schlecht gegangen, und als er eine Stadt in Friesland angegriffen hatte, hatten viele seiner Männer ihr Leben gelassen, ohne dass es ihm gelungen war, irgendeine Beute zu ergattern. Aber warum

Svear überfallen, die eigenen Leute? Waren es die Kisten des Fremden, die ihn zu dieser Tat angestiftet hatten? Erik ballte die Fäuste und fluchte. Niemals würde er diese Untat ungesühnt lassen! Er hatte alles verloren. Nach drei Jahren auf Wikingfahrt war er plötzlich wieder mittellos. Was sollte jetzt geschehen? Konnte er Jorunn noch zur Frau nehmen? Erik vergrub das Gesicht in den Händen und sank verzweifelt zusammen.

In seiner Not ahnte er all das, was ihn bei seiner Heimkunft erwarten würde. Keine Jorunn, kein Schiff, kein Hof. Nichts. Lange saß er mit gesenktem Kopf da, tief in Gedanken versunken. Dann stand er schwerfällig und mühsam auf, um nach den Verwundeten zu sehen. Mit dem Fuß stieß er gegen etwas Hartes, das auf dem Boden lag. Er beugte sich herab und hob es auf. Es war die Dose mit der Messingwaage, der zusammenklappbaren Waage, die er in seinen drei Jahren als Kaufmann benutzt hatte. Er spürte das kalte Metall in seiner Hand, das rostige Schloss der Dose. Würde er je wieder Verwendung für die Waage haben?

Die Männer, die um das Feuer saßen, unterhielten sich leise. Trinkwasser und einige Tonnen Fleisch hatten sie retten können, aber alles, was sie besessen hatten, war fort. Der Mond kam hinter den Wolken hervor und warf seinen fahlen Schein auf das Wasser. Erik folgte dem glitzernden Licht mit seinem Blick. Er dachte an alles, was dort draußen zurückgeblieben war, weil Anund, der Schuft, sie verraten hatte. Mochten Odins Raben ihm die Augen aushacken und ihn in Stücke reißen!

Funken stoben aus dem Feuer, und ein Zweig flammte auf. Ansgars hoch gewachsene Gestalt war im Schein des Feuers zu erkennen. Er hatte seinen Mantel auf dem Boden ausgebreitet und war ins Gebet versunken. Erik beobachtete ihn. *In Gottes Händen, der Herr wacht über dich.* Erik erinnerte sich an die Worte des Mönches, als er versucht hatte, die Männer an Bord zu bekehren. Was murmelte er jetzt, der Braunkittel? Dass sie froh sein sollten, dass sie lebten?

Erik bereute, dass er ihn an Bord genommen hatte. Er hätte wissen müssen, dass der geheimnisvolle Fremde Unglück mit sich brachte. Eine merkwürdige Ausstrahlung ging von ihm aus wie ein schlechtes Omen. Büßerhemd und Mantel hatten Ansgars vornehme Herkunft nicht verbergen können, und die Münzen im Lederbeutel klingelten verlockend an seinem Gürtel. Viele mussten das bemerkt haben.

Dann die verzierten, glänzenden Beschläge der Truhen. Das war nicht die Last eines armen Mannes. Jemand musste von dem Fremden und dem, was er bei sich hatte, erzählt haben. Der Kutscher?

Erik fröstelte und zog seine nassen Kleider wieder an. Stumm sah er aufs Meer hinaus, wo vorher die Schiffe zu sehen gewesen waren. Jetzt lag das Wasser dunkel und ruhig vor ihm, kein Schatten, kein Laut, nur der blasse Schimmer des Mondes.

»Sie haben alles mitgenommen. Die Truhen mit unseren Büchern und Schriften, das Zelt, in dem wir predigen sollten, und die Geschenke für König Björn.« Eine eintönig klagende Stimme scholl aus der Dunkelheit. »Wir haben vierzig Bücher mitgebracht und kostbare Gaben. Jetzt haben wir nichts mehr.«

Ansgar ballte die Fäuste um den Rosenkranz.

»Na, aber die Geldbörse hast du wohl retten können«, brummte Erik mit einem kurzen Blick auf den Lederbeutel an Ansgars Gürtel. »Du wirst keine Not zu leiden haben. Aber fünf meiner Männer sind tot.«

»Du hast mir eine sichere Überfahrt versprochen.« Ansgar konnte es nicht lassen, aufzutrumpfen, dieser halsstarrige Schiffer ärgerte ihn.

»Und du mir den Schutz des Herrn. Ohne dich und deine Kisten wäre niemand in Versuchung geraten, mein Schiff zu plündern.«

»Und wenn du ein besserer Seemann gewesen wärst, hätten wir die anderen Schiffe nicht außer Sicht verloren.«

Erik sprang auf. »Du, du …«

»Beruhigt euch!« Witmar eilte zu ihnen und legte seine Hand auf Eriks Schulter. »Das Unglück hat uns alle heimgesucht. Darum müssen wir uns vertragen und überlegen, was wir jetzt tun können.«

Erik setzte sich. Er hatte sich nicht beherrschen können und schämte sich fast für seinen Ausbruch. Witmar hatte Recht, sie mussten sich gegenseitig helfen.

»Hört zu«, sagte er müde. »Wir sind in Svealand, ein paar Tagesmärsche von Birka entfernt. Ich schlage vor, dass wir uns heute Nacht hier ausruhen und morgen mit unserer Wanderung beginnen.«

Eriks Männer nickten zustimmend, und somit war die Sache entschieden. Erneutes Gemurmel hob an, und nach einer Weile hörte man Ansgars flehende Stimme.

»Folgt mir, ich bitte euch!«

Unter Ansgars Gefolgschaft fanden sich einige, die umkehren wollten. Nun versuchte er sie umzustimmen. So schnell durften sie nicht aufgeben, wie sollte es ihnen sonst jemals gelingen, die Heiden zu bekehren? Er gab ihnen zu verstehen, dass er selbst unter keinen Umständen gedachte, die Reise abzubrechen.

»Unser Schicksal liegt in Gottes Händen, fürchtet euch nicht. Ich selbst werde nicht eher zurückkehren, als bis ich meine Mission erfüllt habe. Tut ihr dasselbe«, mahnte er.

Aber als sie am nächsten Morgen aufbrachen, war Witmar der Einzige aus Ansgars Gefolge, der den Weg nach Norden gewählt hatte.

Sie waren tagelang unterwegs gewesen, durch Nadelwälder und Sümpfe, über Wiesen und Moränen. Manchmal waren sie durch Bäche und Flussläufe gewatet, manchmal hatten sie Fähren benutzen müssen. Endlich näherten sie sich Birka. Die Landschaft lichtete sich vor ihnen, und ein paar Höfe tauchten auf. Sie lagen in einer dichten Gruppe beieinander, umgeben von Äckern und Weiden. Ein ausgetretener Pfad führte zu den Häusern. Als sie näher kamen, entdeckten sie einen kleinen Platz und nicht weit davon einen Brunnen. An einem der Höfe floss ein kleiner Bach vorbei. Erik blieb stehen, strich sich ein paar Kiefernnadeln aus dem Bart und sah sich um.

»Wir rasten«, sagte er mit lauter Stimme. »Hier können wir vielleicht etwas zu essen bekommen.«

Witmar sah erleichtert aus. Seine Wunde schmerzte. Das Bein war geschwollen, und er musste sich ausruhen.

Am Hof unten am Bach stieg Rauch aus dem Dachfirst auf. Estrid saß allein in der Wohnhalle und webte. Ihr blondes Haar fiel ihr über die Schultern, weich und geschmeidig, ihr Gesicht wirkte entspannt. Sie schlug mit dem Webschwert gegen ihre Arbeit und prüfte den Stoff. Er war glatt und fest. Ruhig zog sie den Garnstrang durch die Kette, seufzte und legte den Strang aus der Hand. Sie wischte sich etwas Schweiß von der Stirn und stand auf. Ihre lange Leinentunika lag eng am Körper, und unter den Armen und den Brüsten hatten sich nasse Flecken gebildet. Sie fuhr mit den Fingerspitzen über das Gewebte und betrachtete den Stoff. Bald würde es fertig sein. Summend ging sie zur Kochstelle und stocherte in der Glut. Die Knechte waren noch immer draußen auf dem Feld, Mutter und Vater auf dem Markt. Sie würden kaum vor morgen früh zurück sein. Unentschlossen schritt sie im Wohnraum auf und ab. Die Katze strich ihr um die Beine, und sie beugte sich herab, um sie zu streicheln. Dann entschied sie sich. Sie blies Leben in die Glut, legte ein wenig nach und ging, um Fleisch zu holen. Vom Vortag war noch Suppe im Topf übrig, und sie brauchte nur noch ein paar Fleischstücke hinzuzugeben. Sie nahm einige Fladen Brot vom Dachbalken und streckte sich nach Knäckebrot und Salz. Dann griff sie nach dem leeren Eimer und ging aus der Stube. Es fehlte noch Wasser für die Suppe.

Vor dem Haus blieb sie stehen. Am Waldrand unterhalb des Abhangs entdeckte sie Männer, die sie nicht kannte. Sie bewegten sich bedächtig und schienen nicht bedrohlich. Aber ihre Kleider waren schmutzig, ihre Haare und Bärte ungepflegt. Estrid stellte den Eimer ab und richtete sich auf. Ein blonder, kräftiger Mann mit lockigen Haaren löste sich von der Gruppe. Er kam langsam näher, als wollte er verhindern, dass sie Angst bekam. Sein Gesicht wirkte entschlossen und war wettergegerbt, sein Blick freundlich und warm.

»Ich bin Erik Bernsteinhändler aus Birka. Wir sind auf Seeräuber getroffen und haben unser Schiff verloren. Unser Leben und einen Teil des Proviants konnten wir retten, aber jetzt sind unsere Vorräte verbraucht.«

Er war ein paar Schritte von ihr entfernt stehen geblieben, wirkte fast zu schüchtern, um auf sie zuzugehen. Seine Augen waren grau, durchzogen von blauen Streifen. Er hatte eine Lachfalte über der Nasenwurzel.

»Habt Ihr ... ich meine, gibt es etwas für uns auf Eurem Hof?«

Essen für acht ausgewachsene Kerle. Estrid dachte an den Kessel und die Fleischstücke. Wenn sie die Suppe ordentlich strecken würde, würde es schon für alle reichen. Aber konnte sie es wagen, sie zu beherbergen, mehrere unbekannte Männer? Unbewusst machte sie einen Schritt zurück.

Ein dunkelhaariger Mann in Mantel und Büßerhemd trat vor. Er trug den Kopf hoch, war groß und schön. Seine Augen glühten dunkel. Er verbeugte sich.

»Die Münzen in diesem Lederbeutel sind alles, was mir geblieben ist. Ihr sollt sie bekommen, wenn Ihr uns etwas zu essen gebt.«

Estrid fühlte eine seltsame Wärme von ihm ausgehen.

»Wer bist du?«

»Ein Gesandter des Kaisers. Ich bin ins Land der Svear gekommen, um das Christentum zu lehren.«

»Das Christentum?«

Ansgar lachte. »Ja, ich spreche vom christlichen Glauben. Man betet nur zu einem Gott, das ist die neue Lehre. Keine Leibeigenen, keine Blutopfer. Vor unserem Herrn sind wir alle gleich.«

Estrid horchte auf, und ein erwartungsvoller Glanz trat in ihre Augen. Sie hatte gehört, dass es noch einen anderen Gott als Odin, Thor und Frey geben sollte, aber sie wusste nicht viel darüber. Neugierig musterte sie Ansgar. Vielleicht würde er ihr mehr davon erzählen können. Er blickte sie freundlich an, strahlte etwas Friedvolles und Behagliches aus. Auch die anderen schienen rechtschaffene Leute zu sein. Da konnte sie sie wohl ins Haus bitten?

Ansgar sah die junge Frau in ihrem Leinenkleid an.

Seine dunklen, eindringlichen Augen ruhten in ihren. Sie schlug den Blick nieder, räusperte sich und stemmte die Hände in die Seite.

»Fremder, wenn du mir den Eimer mit Wasser füllst, kann ich euch allen etwas zu essen geben.«

Sie ließ den Eimer auf dem Boden stehen und ging ins Haus. Jetzt brauchte sie mehr Rüben und mehr Fleisch, damit die Suppe für alle reichte.

Die Männer hatten sich auf die Bänke niedergelassen. Ansgar saß genau gegenüber von Estrid. Stumm betrachtete er die junge Frau. Sie musste 16, 17 Winter alt sein, hatte die fülligen Formen einer erwachsenen Frau. Ihr Kleid war aus einem dunklen, selbst gefärbten Stoff genäht, der Gürtel, an dem ein Schlüsselbund hing, war mit bronzenen Beschlägen verziert. Sie ging mit weichen Schritten durch den Raum, rührte das Essen im Topf um, stellte Bier und Met auf den Tisch und tat alles, damit die Fremden sich wohl fühlten. Ihr Gesicht war freundlich, voller Leben, und sie lachte oft. Wenn sie sich vorbeugte, waren flüchtig ihre weißen Schultern zu erahnen, und man sah ihren Busen im Ausschnitt. Ansgar ließ sie nicht aus den Augen und ertappte sich dabei, dass er sie nicht aus dem Blick verlieren wollte. Ihre Haut leuchtete im Schein des Feuers, und er konnte sie riechen. Er hatte sein Leben Gott gewidmet, aber Frauen ließen ihn nicht unberührt. Er senkte den Blick und stand auf, fürchtete, dass ihn jemand beobachtet haben könnte. Also setzte er sich so weit wie möglich weg, auf die kleine Bank am Kopfende des Tisches.

Estrid betrachtete die Männer in der Stube. Die Knechte waren vom Feld zurückgekommen, und am Langtisch unterhielten sich die Männer. Das Bier wurde in fröhlicher Eintracht geleert, und sie wusste, dass sie rechtschaffene Männer im Haus hatte. Sie genoss die Gesellschaft. Es war oft langweilig und eintönig auf dem Hof, aber nun waren Fremde hier, die viel zu erzählen hatten. Sie zog das Überkleid aus und ließ die Abendkühle in die Tunika strömen. Innen im Haus war es warm und stickig, und der Stoff klebte am Körper. Sie holte tief Luft und betrachtete etwas geniert die nassen Flecken. Dort wo das Leinen feucht war, schimmerte ihre Haut durch. Eigentlich sollte sie sich etwas anderes anziehen, aber der Wohnraum war zum Bersten voll, und die Gäste erforderten ihre Anwesenheit. Zögernd ging sie vor zur Längswand und schob die Fensterluke auf. Draußen begann es zu dämmern. Sie schloss die Luke und drehte sich um. Ansgar starrte sie an.

Verlegen senkte sie den Kopf, verwirrt von dem schweren Ernst, der in seinem Blick lag. Dennoch konnte sie es nicht lassen, in seine Richtung zu schielen. Jetzt, nachdem er den schweren Umhang abgelegt hatte, sah sie, dass er hoch gewachsen und schön war. Sein Blick war wach, mit einer Spur Wehmut darin, und unter dem dunklen Haar blickte ein weiches und sensibles Gesicht hervor. Er hörte aufmerksam zu und schwieg, aber als er das Wort ergriff, verstummten die Männer und lauschten ihm. In seinem Lachen brach der Ernst auf, und er strahlte Licht und Hoffnung aus. Der Glanz, der von ihm ausging, wölbte sich fast wie ein Regenbogen und hatte einen seltsamen Einfluss auf seine Umgebung. Die Männer hörten ihm andächtig zu, sogen seine Worte und Gesten auf, vergaßen ihre Umgebung und wurden von Ansgar in seinen Bann geschlagen. Estrid fiel es schwer, den Blick von ihm abzuwenden. Ihre Augen leuchteten, und ihre Hände bewegten sich ohne Unterlass.

Erik betrachtete stumm die Männer am Tisch. Er bemerkte die Wirkung, die Ansgar auf einige von ihnen hatte. Wie konnte das möglich sein? Das Gesicht des Mönches war fein gezeichnet, vielleicht sogar schön, aber seine Hände waren weiß und schmal und hatten wohl noch nie ein rechtschaffenes Tagewerk verrichtet. Wie konnte sich irgendjemand etwas aus ihm machen?

Erik versuchte, sich in Erinnerung zu rufen, was Ansgar über sich selbst erzählt hatte, über seine Mutter, die starb, als er gerade fünf Jahre alt geworden war, und über den Vater, der ihn in eine Schule geschickt hatte, damit er lesen lernte. Seitdem war Ansgar im Kloster gewesen und hatte unterrichtet, wie so viele andere Braunkittel auch. Er hatte sogar das Mönchsgelübde in Corbie abgelegt und geschworen, bis zu seinem Tod zu bleiben. Erik verzog den Mund zu einer Grimasse. Hätte Ansgar dieses Gelübde nicht einfach halten können? Warum war er so darauf versessen, nach Birka zu reisen und dem Volk im Norden zu predigen? War er tief gläubig, ein Mann, der für alle das Beste wollte, oder war er nur ein Gesandter der Macht, ein williges Werkzeug in den Händen des Kaisers?

Estrid füllte im Vorbeigehen die Schüsseln auf und stellte frisches Bier auf den Tisch. Die junge, schöne Frau ließ ihn Ansgar vergessen, und seine Gedanken wanderten zu Jorunn. Was sollte er ihr sagen, wenn er nach Hause kam? Jetzt, da er weder Schiff noch Silber hatte? Was, wenn er damals zu Hause geblieben wäre? Aber ... Obwohl er gezwungen gewesen war fortzugehen, hatte er sich doch auf spannende Abenteuer gefreut. Vielleicht hatte er auch allen zu Hause zeigen wollen, was in ihm steckte. Nicht nur Harald war groß und stark und kam alleine zurecht, auch er selbst schaffte es, sein Leben ohne Almosen zu meistern. Erik zog die Messingdose hervor und fingerte nachdenklich am Schloss. Er hatte zu Jorunn gesagt, dass er nicht zurückkommen wolle, ehe er nicht das Muntgeld und genügend Silber zusammenhatte, um ihnen beiden ein gutes Leben bieten zu können. Sein Kopf sank ihm auf die Brust, und er steckte die Waage in seine Tasche zurück. Geistesabwesend griff er nach seinem Bier, hob das Horn und trank. Aus dem Augenwinkel sah er, dass Estrid zu Ansgar gegangen war und sich neben ihn gesetzt hatte. Erik bekam einen nachdenklichen Zug um den Mund. Hoffentlich verdreht der Mönch ihr nicht den Kopf, dachte er. Jetzt bekam das Mädchen sicher einiges vom Vater, vom Heiligen Geist und anderem Gewäsch zu hören. Denn einen richtigen Gott, auf den man sich verlassen konnte, hatte Ansgar nicht zu bieten. Obwohl der Christen-Narr auf dem Schiff gebetet hatte wie ein Wahnsinniger, hatten die Seeräuber alles mitgenommen, was er besaß. Wie erklärte er sich das? Und dass er, Erik, bei dem Geschäft alles verloren hatte? Nein, der Mönch verbreitete Irrlehren, sonst nichts. Er musste gestoppt werden, bevor er den Leuten völlig den Verstand raubte.

Um ihn herum stieg die Stimmung. Spielbretter und Glasfiguren wurden hervorgeholt, und Erik zog seine Flöte heraus. Jemand fand eine Fidel, und bald erklang Musik. Die Männer sangen und johlten und verschütteten Bier auf dem Tisch. Sie lebten wieder im Jetzt und hatten schon lange vergessen, was sie durchgemacht hatten.

Ansgar beobachtete das Schauspiel. Estrid sah ihn an.
»Warum singst du nicht?«
Er zuckte zusammen. Ihre Stimme klang warm und neugierig.

»Ich singe oft, wenn ich bete.«

»Dein Gott scheint so ernst.«

Er wusste nicht, was er antworten sollte, spürte ihre Nähe.

»Wir haben mehrere Götter«, fuhr sie eifrig fort. »Odin, Thor und Frey. Frey schenkt uns reiche Ernte, gesundes Vieh und viele Kinder. Er ist der Gott der Freude.«

Ansgar lachte, folgte einer plötzlichen Eingebung und rückte näher zu ihr heran. Über sich selbst erschrocken, zog er sich wieder ein wenig zurück.

»Natürlich darf man auch singen, wenn man an Christus glaubt. Ich habe nur einfach zugehört. Weiter nichts.«

»Aber kannst du dich nie einfach nur freuen?« Estrid sah ihn verwundert an und konnte nicht verstehen, dass er so ernsthaft und beherrscht war.

»Meine Freude ist es, Gottes Wort zu verkünden.«

»Und trotzdem wirkst du traurig. Sind alle Christen so?«

Sie musterte ihn mit kindlicher Neugier.

»Nein ...« Ansgar verlor seinen Ernst und fing an zu lachen. Dann verstummte er und wusste nicht, wie er fortfahren sollte, spürte ihre Anwesenheit. Ein wenig unbeholfen, griff er nach seinem Bier, trank und begann mitzusingen. Er trank nie etwas anderes als Wasser, höchstens mit etwas Wein vermischt. Das Bier schmeckte bitter. Nachdenklich stellte er den Becher ab. Vielleicht hatte Estrid Recht, vielleicht war er zu ernst.

Die Nacht brach herein. Der Vollmond leuchtete am hellen Frühlingshimmel, und der Tau legte sich sacht über die Felder. Drinnen in der Wohnhalle bei Estrid Torhildstochter ging langsam das Bier zur Neige, und die Fröhlichkeit am Langtisch verebbte. Die Knechte standen steifbeinig auf und wankten nach Hause, und die Männer vom Schiff begannen betrunken, nach Schlafplätzen zu suchen. Estrid stand auf und blickte sich um. Der Tisch war ein einziges Durcheinander, Suppenschüsseln, Kellen und Töpfe lagen zwischen Krügen und Trinkhörnern verstreut, hie und da fanden sich angebissene Brotfladen. Die Katze strich unter dem Tisch herum und schnappte nach Krümeln und Fleischbrocken, und im Stall muhten die Kühe, die nicht gemolken worden waren. Noch war niemand vom Markt zurückgekehrt. Jetzt musste sie selbst sehen, wie sie die Bande aus dem Haus bekam. Entschieden ging sie zur Schlafbank und öffnete das Schloss. Darin lagen Schafsfelle und Kienhölzer. Sie wandte sich an Erik.

»Die Felle werden euch heute Nacht wärmen. Folgt mir, dann werde ich das Nebenhaus aufschließen!«

Sie ging vor, der Schlüsselbund baumelte an ihrem Gürtel.

»Kommt jetzt. Wir haben morgen einen langen Marsch vor uns.« Erik versuchte seine Männer zum Aufstehen zu bewegen.

Sie nickten träge, stützten ihre Ellenbogen auf die Tischplatte und kamen langsam auf die Beine.

Erik ging dicht hinter Estrid, fühlte ihre Weiblichkeit. Was wäre wenn. Er hatte schon zu lange keine Frau mehr gehabt. Vielleicht würde er sie haben können, wenn sich alle hingelegt hatten, sodass es kein anderer merkte. Wenn er sich nur eine Weile gedulden würde. Aber nein, nicht jetzt. Bald sollte er Jorunn wiedersehen. Sie war es, nach der er sich eigentlich sehnte.

Estrid schloss das Nebenhaus auf und verteilte die Felle. Erik nahm eins und ging hinein. Die anderen folgten. Estrid sah ihnen nach. Plötzlich übermannte sie die Einsamkeit auf dem Hofplatz, und sie fühlte sich müde. Es war spät geworden, ohne dass sie es richtig gemerkt hatte. Die Kühle der Nacht ließ sie frösteln, und sie eilte zurück ins Haus.

Das Feuer war heruntergebrannt. Sie schob den Riegel vor, hängte die Haken ein und trat an die Kochstelle. Ein Feuer für die Nacht würde ihr gut tun. Sie stocherte in der Glut, legte Holz nach und wartete, bis die Flammen auflodertern. Langsam begann sie, die Spangen ihres Kleides zu öffnen. Dann hielt sie inne. Aus dem Schein des Feuers tauchte ein Schatten auf, eine Männergestalt. Es war noch jemand im Raum. Sie drehte sich erschrocken um. Ansgar!

»Kannst du nicht schlafen?«, fragte sie, in ihrer Stimme schwang ein Anflug von Furcht. »Die Tür zum Stall ist offen, du kannst direkt hineingehen.«

»Sicher, ich bin schon auf dem Weg. Ich wollte dir erst noch etwas zeigen.«

Seine Stimme war weich und freundlich. Etwas glänzte in seiner Hand.

»Ich konnte es vor den Seeräubern verstecken. Das haben sie nicht gefunden.«

Er lächelte sie an.

Estrid erkannte ihn jetzt deutlicher und fühlte, wie seine Kraft den Raum füllte.

»Dieses Silberkreuz hat der Kaiser mir geschenkt. Ich trage es immer bei mir.«

Estrid schwieg. Sie hatten den ganzen Abend nebeneinander gesessen, warum wagte sie sich jetzt nicht weiter vor?

Ansgar fuhr fort, aber sie hörte ihn nicht. Das Feuer prasselte.

»Es ist ein schönes Kreuz, ich brauche es, wenn ich bete. Komm, sieh es dir an.«

Seine Stimme klang vertraulich und warm. Folgsam setzte sie sich neben ihn und bemerkte nicht, dass ihr Kleid sich geöffnet hatte. Das Kreuz funkelte in seiner Hand, der Schein des Feuers tanzte und glitzerte in dem glänzenden Silber. Sie nahm das Kreuz und befühlte es vorsichtig mit den Fingerkuppen. Keiner von ihnen sagte etwas. Ein Lachen flog über sein Gesicht. Ihre Blicke trafen sich. Estrid lächelte unsicher, spürte die Hitze und Wärme, scheute vor etwas Fremdem in seinem Blick zurück. Ansgar griff nach ihrer Hand. Dann war es, als würde etwas in ihm zerspringen, und er konnte sich nicht länger beherrschen. Er presste sie fest an sich und schob seine Hand in ihren Ausschnitt. Seine Hände streichelten und tasteten unter ihrem Kleid. Sie wich zurück, schob ihn abwehrend fort, aber er war wie berauscht. Er drückte ihre Hände zur Seite und öffnete seine Kleider. Estrid zitterte unter ihm, begriff, dass in der Dunkelheit der Nacht plötzlich alles ernst geworden war. Das Kreuz kratzte auf ihrer nackten Brust, und Ansgar drängte sie atemlos an die Wand. Sie spürte ihn, schnappte nach Luft, und er drang tief in sie ein.

3. Kapitel

Es begann zu dämmern. Der Himmel über den Höfen und Feldern verdunkelte sich, die Stadt versank in der Nacht. Birkas Straßen und Häuser spiegelten sich im Wasser innerhalb der Pfahlsperre, und ein dichter Geruch von Tang und Teer hing über dem Strand. Die langen Holzbrücken draußen am Hafen waren menschenleer, die Schiffe schaukelten sacht auf den Wellen. Gegen den blauroten Himmel erhob sich der Wall mit seinen Holzpalisaden.

Die Stadt wappnete sich für die Nacht. Die Wachen verriegelten das Stadttor mit einem schweren Schloss, oben vom Wachturm waren Kommandorufe zu hören, wenn die Männer sich ablösten. In den Gassen innerhalb des Stadtwalls verebbte langsam der Lärm der Karren und Gespanne. In den Straßen herrschte Ruhe. Die Rufe der Händler waren lange verstummt, Schafe, Hühner und Schweine in die Ställe gebracht worden. In den Häusern und Höfen duftete es aus Kesseln und Töpfen, Frauen und Gesinde bereiteten das Abendessen, Sklaven kümmerten sich um die Tiere im Stall. Unten im Handwerkerviertel am Wasser löschten Schmiede und Gießer die Glut ihrer Feuerstellen, Kaufleute und Seefahrer saßen noch in den Schankstuben. Ein paar einsame Wanderer waren noch auf den Straßen zum Marktplatz unterwegs, sonst war es leer und still.

Draußen vor dem Stadttor, an einem Hang im Südwesten, lagen einige prächtige Höfe.

Eine Bogenschusslänge davon entfernt, oben auf einem Hügel, war ein Dach zu sehen, das sich von allen anderen abhob. Es war das Torfdach des Badehauses, das zum Snemunhof gehörte. Aus einem Loch im Dachgiebel stieg Rauch auf, und durch die Wände drangen aufgeregte Männerstimmen. Innen roch es scharf nach Schweiß und Mann.

»Der Mönch muss aufgehalten werden. Er bringt nichts anderes als Unglück über uns.«

Gunnar Snemun grimassierte derart, dass die Narbe über seinem Mund im Feuerschein glänzte. Die Glut verströmte Hitze, und die Männer im Badehaus wurden unruhig.

»Ansgar kann uns gefährlich werden. Ich weiß nicht, warum man nach ihm geschickt hat. Wer die neuen Lehren annehmen will, kann schließlich nach Dänemark segeln und dort bleiben.«

Die anderen murmelten zustimmend.

Snemun griff nach dem Schöpflöffel, goss Wasser über die heißen Steine und schnaufte laut, als der Wasserdampf sich im Raum ausbreitete. Die Männer hielten die Luft an und schützten mit den Händen ihre Gesichter.

Snemun starrte eigensinnig in die Glut. Er war von kleinem Wuchs, hatte einen krummen Rücken, aber breite Schultern und Oberarme. Sein Gesicht hatte markante, entschlossene Züge, sein Blick war wach und aufmerksam. Er hielt den Kopf vornübergebeugt und stützte das Kinn in beide Hände. Sein weißer, ein wenig eingesunkener Körper glänzte von Schweiß. Snemun war beunruhigt, besorgt über das, was ihnen bevorstand, wenn die christlichen Lehren in Björkö gepredigt würden. Seine Gedanken drehten sich um den Hof und seine Besitztümer, die er unter mühevollen Anstrengungen erworben hatte. Seine Äcker brachten gute Ernte ein, der Hof war gepflegt, und seine Fischgewässer zählten zu den besten in Björkö. Sein Weib, die vier Kinder und das Gesinde lebten in Frieden und Wohlstand. Ein Mann, der mit neuen Lehren auftauchte, würde die bestehende Ordnung nur stören. Snemun dachte voller Unruhe an das Thing, an dem er oft für die Bauern von Björkö gesprochen hatte. Was, wenn die Christen dort Einfluss bekämen? Wie sollte das gehen?

»Ansgar, er ist die neue Lehre.« Snemun hob den Kopf und sah die anderen ernst an. »Der Mönch ist gefährlich. Er will, dass wir nur einem Gott dienen.«

Er fuhr sich mit seiner verschwitzten Hand über die Stirn. Die Erde unter den Nägeln saß noch immer fest.

»Heute regieren der König und die Häuptlinge über uns, und auf dem Thing können wir unsere Anliegen vorbringen. Aber wenn die Kirche Macht bekommt, dann herrschen die Braunkutten über uns, und keiner wird uns mehr zuhören.«

Seine Narbe leuchtete feuerrot, und seine Gesichtszüge waren hart geworden.

»Die Kirche, meine Freunde, stiehlt und rafft alles an sich. Sie verlangen ein Zehntel dessen, was ihr an Schätzen besitzt. Sie nehmen sich ein Zehntel des gesamten Getreides, das ihr erntet, ein Zehntel aller Fische, die ihr fangt, ja, ein Zehntel von allem, das mit Münzen aufgewogen werden kann. Das müsst ihr dieser Kirche bezahlen!«

»Der Kirche?«

»Das ist doch Diebstahl!«

Snemun hob die Stimme.

»Ja, nichts anderes als Diebstahl. Ich habe mit einigen

Kaufleuten gesprochen, die in Wolin und Dorestad gehandelt haben. Sie haben es selbst mit eigenen Augen gesehen!«

Snemun rieb sich über der Lippe. Die Narbe bereitete ihm immer Probleme, wenn er schwitzte. Dennoch war er glimpflich davongekommen. Die Schwertspitze hätte ihn auch höher treffen können.

»Ich glaube, es ist Hergeir, der Häuptling, der hinter alldem steckt. Er will mehr Macht.«

»Hergeir, Birkas eigener Führer?«

Mård Ohnebart, ein Mann mit spärlichem Bartwuchs, hohen Wangenknochen und lebhaften, braungrauen Augen, nahm die Hände vom Gesicht und stöhnte. Snemun ließ sich nicht beirren.

»Hergeir«, fuhr er fort, »ist machtbesessen, und sein Herz ist schwarz wie ein Rabe. Er war es, der nach dem Mönch schicken ließ.«

»Aber Hergeir ist der Häuptling des Königs hier in Birka. Ist das nicht Macht genug?«, wandte Mård Ohnebart ein. Er verstand nicht, warum Hergeir oder sonst irgendjemand etwas auf Björkö ändern wollen sollte. Birka war eine reiche und wohlhabende Stadt. Die Menschen lebten gut von Handel und Fischerei, und niemand musste betteln gehen. Obwohl sich an die tausend Kaufmänner, Bauern und Handwerker in den Straßen drängten, gab es nur selten Streit. Totschlag und Auseinandersetzungen wurden beim Thing geregelt, und was dort nicht gelöst werden konnte, machte man unter sich aus. Nur in Anliegen, die alle Svear angingen, bestimmten König Björn und seine Ratsherren. Warum sollte das jemand ändern?

Mård räusperte sich, und Snemun unterbrach ihn, noch bevor er etwas sagen konnte.

»Hergeir weiß genau, was er tut. Er hat wahrhaftig gehört, wie es in Danaland gegangen ist. Als König Harald seine Macht nicht mehr halten konnte, ließ er sich taufen und erhielt die Unterstützung der Kirche und des Kaisers. So konnte er aufs Neue König werden. Hergeir hat seine Lehre daraus gezogen. Mit Ansgars Hilfe will er die Macht über Björkö an sich reißen!« Snemun schien sich seiner Sache sicher zu sein. Die hellrote Narbe leuchtete.

»Hergeir ... hm, kann er so hinterhältig sein?« Mård kratzte sich skeptisch über die Brust.

»Wenn es um Macht geht, kennt manch einer keine Grenze. Da ist nichts unmöglich«, warnte Snemun. Ihn beunruhigte, was im Gange war. Immer mehr Kaufleute hatten sich auf ihren Fahrten westwärts taufen lassen. Nach ihrer Rückkehr redeten sie über nichts anderes als die neue Lehre. Auch die gefangenen Christen hatten begonnen, offen über ihren Glauben zu sprechen. Auf Björkö lebten sie als Sklaven, aber es wurde getuschelt, dass sie zu Hause freie Männer gewesen waren. Die Irrlehren des Mönchs waren gefährlich. Wenn die Bewohner Birkas sich von Ansgar verführen ließen, würden die Sklaven freigelassen werden und das Thing der Stadt nicht mehr stattfinden. Stattdessen würden Hergeir und die Kirche über sie bestimmen. Sie mussten Ansgars Ziel im Keim ersticken, bevor er zu mächtig wurde. Es galt, schnell zu handeln.

»Der König erwartet Ansgar bald. Seine Boten sind schon auf dem Weg, um ihn willkommen zu heißen. Wir müssen ihnen zuvorkommen.« Snemun sah die andern auffordernd an.

»Was meinst du?«

»Wir halten Ansgar auf seinem Weg auf und sagen ihm, dass er nicht willkommen ist.«

»Und fragen, ob er nicht freiwillig umkehren möchte?«

Snemun deutete einen Schwerthieb durch die Luft an.

»Sollen wir ihn nicht predigen lassen, dann kann jeder, der will, ihm zuhören?« Einar Schwarzbart, ein schmächtiger Mann mit dunklem, abstehendem Barthaar und schwieligen Händen, nahm das Reisigbündel, das auf der Bank lag, und schlug es nachdenklich in seine Handfläche. »Die Leute bestimmen noch früh genug selbst, was sie glauben wollen.«

»Nein, nein! Das ist gerade das, was so gefährlich ist«, rief Snemun aufgebracht. »Ansgar wird so Streit und Zwietracht unter uns säen. Einer, der von seinem Glauben überzeugt ist, will auch andere mit sich reißen. Wir müssen etwas tun. Sonst wird Blut fließen!«

Die Männer verstummten. Dichter Wasserdampf hing im Badehaus, und es roch nach Schweiß. Die Birkenrute wurde herumgereicht, und die Männer schlugen sich damit, bis ihre Haut rot glühte. In Friesland und Danaland waren Menschen wegen ihres heidnischen Glaubens erschlagen worden. Sollte diese Finsternis, diese Unnachsichtigkeit nun auch Birka erreichen?

Snemun brach die Stille.

»Ich denke, wir stimmen darüber ab, was wir tun sollen. Dann soll das Los entscheiden, ob die Götter mit uns sind.«

Früh am nächsten Morgen ging eine Gruppe bewaffneter Männer zum Strand. Ein Boot legte ab, und die Segel wurden gehisst. Auf der anderen Seite der Bucht warteten gesattelte Pferde. Die ganze Nacht über hatte Snemun die Reise vorbereitet. Das Los war mit ihm gewesen, und sie hatten sich alle geeinigt, was zu tun war. Jetzt war er froh, endlich aufzubrechen.

Früh am Morgen schlich Estrid aus dem Haus und ging zum Bach hinunter. Ihr Gesicht war verquollen, und sie weinte leise. Sie fühlte sich schmutzig und wusch sich, bis ihr die Kälte auf der Haut brannte und ihr Körper feuerrot war. Lange stand sie über das klare, dunkle Wasser gebeugt, ohnmächtig und enttäuscht. Der Mann, zu dem sie so viel Vertrauen gefasst hatte, hatte sich plötzlich verändert. Sie hatte seine Anziehungskraft gespürt, die Verlockung und Wärme, die er ausstrahlte, und doch hatte sie nichts geahnt. Er war doch ein Gesandter Gottes, und seine plötzliche Verwandlung hatte sie überrumpelt. Würde sie je wieder einem Mann vertrauen können? Langsam erhob sie sich und ging ins Haus zurück. Niemand sollte etwas merken, niemand sollte jemals erfahren, was geschehen war. Sie schämte sich über sich selbst und ihren Körper.

Erik hörte sie kommen und sah ihr nach. Geflissentlich vermied sie es, jemandem näher zu kommen. Ihr Blick schien fern, und ihr weicher, gefälliger Gang von gestern war verschwunden. Stattdessen ging sie mit harten Schritten um den Tisch und sah die Männer so irritiert an, als könnte sie sie nicht schnell genug loswerden. Zuweilen blickte sie sich um, als würde sie auf jemanden warten. Ansgar war nirgends zu sehen. Erik überlegte erst, hinauszugehen und nach ihm zu suchen, erinnerte sich dann aber, dass der Mönch etwas von Beten und Fasten gemurmelt hatte. Außerdem wollte der Mönch mit Witmar reden. Sein Bein war angeschwollen, und das Gehen fiel ihm schwer. Da Estrids Mutter heilkundig war, waren sowohl Erik als auch Ansgar der Meinung, dass Witmar vorläufig noch auf dem Hof bleiben sollte. Wenn er wieder gesund war, würde er nachkommen. Eigentlich hatte Erik kein gutes Gewissen dabei, den Mönch zurückzulassen, aber er brauchte Ruhe und Pflege, und sie konnten nicht warten. Außerdem war es nicht Eriks Aufgabe, sich darüber den Kopf zu zerbrechen, schließlich war Witmar Ansgars Freund und Klosterbruder.

Erik löffelte langsam seine Grütze. Er fühlte sich schwerfällig und dumpf. Wie gewöhnlich hatte er zu viel Bier getrunken und war zu allem Übel auch noch mit einem gewaltigen Kater aufgewacht. Er fluchte und schob den Löffel in die Schüssel, dass es spritzte.

Als die Männer aufbrachen, kam Erik plötzlich eine Idee. Er zog die Dose mit der Messingwaage hervor und reichte sie Estrid. Er hatte darüber nicht nachgedacht, aber er mochte sie, und er wollte ihr gern ein Geschenk machen. Er wollte sie wieder fröhlich machen, sie wieder so sehen wie am Tag zuvor. Jetzt wirkte sie verwirrt und unsicher. Einen Moment lang streifte ihn der Gedanke, es könnte jemand bei ihr gewesen sein, aber nein, das war unmöglich. Die Männer hatten tief und fest geschlafen, und er hätte sicher gehört, wenn einer aufgestanden wäre.

Erik hielt ihr die Waage entgegen. Die glänzende Messingdose ruhte in seiner Hand. Estrids schwermütiger Blick wich für einen Augenblick, und ihre Augen strahlten. Sie öffnete den Mund und suchte nach Worten, als wollte sie ihm etwas anvertrauen, aber dann tat sie es doch nicht. Stattdessen brach sie in Tränen aus, schlug die Hände vors Gesicht und lief ins Haus. Verwundert steckte er die Dose in seine Tasche zurück. Was war mit ihr?

Eine Schar Reiter galoppierte entschlossen den Hügel hinauf. Schwerter und Speere blinkten in der Sonne,

Hufe schlugen gegen die Steine. Die Männer bogen in den Wald ein und ritten auf einem Trampelpfad weiter. An einem kleinen Felsen brachten sie ihre Pferde zum Stehen, stiegen den Berg hinauf und verschwanden zwischen mächtigen Eichen. Dort hielten sie, banden die Pferde an und ließen sich auf den Boden nieder, um zu warten. Snemun lächelte zufrieden. Ansgar und sein Gefolge mussten diesen Weg einschlagen, wenn sie zum Königshof wollten. Hier würden sie ihn aufhalten, bevor er königlichen Boden erreicht hatte.

Ansgar ging mit gesenktem Kopf. Sein Mantel streifte über den Boden, er atmete schwer. Immer und immer wieder quälten ihn seine Gedanken. Er wollte nicht daran denken. An die Hitze, die Lust, die Scham. Er war verzweifelt über seine eigene Schwäche, schämte sich seines tierischen Triebes. Die Erinnerung an den gestrigen Tag übermannte ihn, die Bilder wollten nicht weichen. Wieder spürte er Estrids Körper an seinem. Erinnerte sich, wie er von ihr verschluckt worden und in einem Strudel von Gefühlen ertrunken war. Bis zur Ekstase.

Als er wieder zu sich gekommen war, hatte Estrid unter ihm gelegen. Stumm, verwirrt. Erschrocken hatte er sich zurückgezogen, hatte versucht sie zuzudecken, um Vergebung zu bitten. Aber Estrid hatte nicht geantwortet, war stumm geblieben. Beschämt war er aus der Stube in den Viehstall hinübergeschlichen. Dort war er auf die Knie gefallen, hatte sich vor dem Herrn verbeugt und darum gebeten, dass der Höchste seine Untaten auslöschen möge. Die ganze Nacht hatte er sich den Gebeten und der Gewissenserforschung hingegeben.

Seit er sein Leben und seine Liebe Gott geschenkt hatte, war er davon überzeugt gewesen, dass er allen irdischen Sünden widerstehen konnte. Nur ein einziges Mal zuvor hatte er im Wahn gehandelt, aber damals war er noch jung gewesen und hatte nicht geahnt, was ihn erwartete.

Auf dem Weg ins Kloster Corbie war er in ein Wirtshaus gekommen. Eine üppige Bäuerin hatte ihm Essen und Herberge gewährt und seine Kleider geflickt. Sie hatte sich um ihn gekümmert, und er war einige Tage dort geblieben.

Eines Abends hatten sie sich bis spät in die Nacht unterhalten, und vielleicht hatte er mehr Wein als Wasser im Glas gehabt. Jedenfalls hatte er sich nicht entzogen, als sie ihn liebkoste. Als er in seine Kammer wollte, hatte sie ihn die Treppe hinauf ins Zimmer hineingeleitet. Dort half sie ihm aus seinen Kleidern und führte ihn zum Bett. Er hatte sich bester Dinge hingelegt und erst da bemerkt, wie die Flecken an der Decke gleichsam um seinen Kopf wirbelten. Es sang und rauschte in seinem Innern, und er rief nach ihr. Sie drehte sich in der Tür um und trat an seine Lagerstatt. Er hatte ihre Hand auf seiner Stirn gefühlt. Dann, ohne dass er genau wusste, wie, war sie bei ihm gewesen. In dieser Nacht umfing sie ihn und lehrte ihn, Freude und Verzückung im Körper einer Frau zu finden. Sein Genuss war so groß gewesen, dass er geglaubt hatte, dem Herrn in Seinem größten Geschenk begegnet zu sein. Erst später erkannte er den Fehler, begriff, dass solches Entzücken Sünde und das größte Vergehen war. Wer sein Leben dem Herrn geweiht hatte, musste der Wollust und Freude entsagen, um all seine Liebe ungeteilt Ihm, dem Allmächtigen, geben zu können.

Da hatte Ansgar sich dem Beten und Fasten hingegeben. Er hatte den Herrn gebeten, ihn von allen irdischen Versuchungen zu befreien, und bald darauf hatte er seinen inneren Frieden wiedergefunden. Seitdem war er sich sicher gewesen, unerschütterlich über alle weltliche Genüsse erhaben zu sein. Der gestrige Tag hatte gezeigt, wie sehr er sich getäuscht hatte. Ansgar verlangsamte seinen Schritt, sein Blick verfinsterte sich. Schuld. Musste er sich schuldig fühlen? Estrid hatte sich neben ihn gesetzt, und ihr Kleid war geöffnet gewesen, sodass er ihre Haut hatte sehen können. Das musste ihr bewusst gewesen sein. Seine Handflächen waren feucht, die Mönchskutte scheuerte. Diese Hure hatte ihn verführt. So war es! Er versuchte zur Ruhe zu kommen, aber seine Gedanken hörten nicht auf, ihn zu quälen. Die Einsamkeit war schwer zu ertragen. Wenn doch nur Witmar da wäre! Aber sein Bein hatte zu eitern begonnen, und die Heilung würde lange dauern. Ansgar seufzte und umschloss fest seinen Rosenkranz. Mochte der Herr ihm beistehen, ihm die Kraft und Stärke geben, die er brauchte.

»Sag, Mönch, solltest du nicht besser deinen Umhang ausziehen? Du schwitzt ja, dass es bis hierher stinkt!« Erik Bernsteinhändler kam von hinten näher. »Und du hast noch nichts gegessen, und Gebete gemurmelt hast du schon seit heute früh. Was ist los mit dir?«

Ansgar schwieg.

»Wir haben es bald geschafft, dann wirst du vor den König treten. Wenn ich du wäre, würde ich mich in den nächsten Fluss tauchen lassen.« Erik lachte spöttisch.

Ansgar blickte unbeirrt zu Boden.

»Gut, du willst also nicht baden. Armer König.« Erik hielt sich die Nase zu.

Der Mönch beschleunigte seinen Schritt.

»Irgendetwas wirst du wohl tun müssen. Oh, ich weiß!«

Erik verschwand im Wald und blieb für einen Moment fort. Als er zurückkehrte, hielt er etwas in der Hand.

»Steck dir etwas Wacholder hinters Ohr. Riech mal, was für ein Duft!« Erik hielt Ansgar einen Zweig unter die Nase. Dann lachte er und fing an zu singen. Der Braunkittel war schon den ganzen Tag nicht er selbst gewesen. Das freute ihn. Bisher, wenn er Ansgars Macht über seine Männer beobachtet hatte, war er beunruhigt gewesen. Jetzt fühlte er sich erleichtert. Der Mönch war menschlich, konnte sogar übellaunig sein. Vielleicht war er doch nicht so gefährlich?

Erik ließ seinen Blick über die Landschaft schweifen. Die Baumstämme schimmerten leicht violett, die Büsche würden bald ausschlagen. Zwischen Laub und jungem Grün wuchsen Buschwindröschen und Veilchen. Er atmete ein paar Mal tief und sog die frische, klare Luft ein. Jetzt war es nicht mehr weit bis Birka. Gegen Abend, allerspätestens bis Mitternacht, würde er zu Hause sein. Dann würde er Jorunn bald wieder sehen. Wie lange war er eigentlich fort gewesen? Mehrere Winter waren es geworden, mehrere Sommer auch. Ihm wurde plötzlich bewusst, dass das Silber ihn verblendet hatte und dass aus einem Jahr viele geworden waren. Aber er war überzeugt gewesen, dass er umso glücklicher mit Jorunn werden würde, je mehr Silber er mit nach Hause brachte. Er hatte im Hier und Jetzt gelebt. Er hatte keine Zeit und kein Versprechen gekannt, nicht einmal Platz für andere Menschen. Er war so von seinem Leben auf Fahrt erfüllt gewesen, dass er an nichts anderes dachte als daran, was ihm an diesem Tag nützte. Dass das, was er tat, andere Menschen traurig machen oder beunruhigen könnte, war ihm nicht in den Sinn gekommen. Für Erik war Birka immer noch derselbe Ort wie der, den er vor vier Jahren verlassen hatte. Und fast erwartete er, dass Jorunn am Strand stehen und winken würde.

Der Wald umhüllte sie mit Dunkelheit. Die späte Nachmittagssonne brach durch die Bäume und breitete ihre schrägen Strahlen über den Boden. Die Flechten auf den Felsen leuchteten silbergrau, und Gräser und Büsche wiegten sich sacht im Wind. Snemun lauschte. Er glaubte, etwas zu hören, fremde Geräusche, aus einiger Entfernung. Es klang wie knackende Zweige. Er setzte sich auf und horchte. Das Geräusch kam vom Waldrand. Vorsichtig spähte er den Hügel hinab. Männer mit üppigen Mähnen und Bärten schritten langsam den Weg herauf. Einer von ihnen trug einen dunklen Umhang und ging mit gesenktem Kopf. Snemun wartete. Die Männer kamen näher. Er musterte den Mann mit der weißen Kapuze. Seine Hände waren lang und schmal, und um den Hals trug er ein Kreuz an einer Kette. Ansgar? Snemun stieg lautlos in den Sattel. Die anderen folgten ihm. Sein Schwert hing schwer in der Scheide, der Speer zeigte spitz in den Himmel.

Sie warteten einen Moment. Die Männer kamen näher. Dann gab Snemun das Zeichen. Die Pferde brachen hervor und versperrten den Weg.

»Ansgar von Corbie?« Snemun zügelte das Pferd.

Ansgar blickte verwundert auf.

»Was wollt Ihr von mir?«

»Kehrt um! Wir wollen Euch hier nicht, niemand soll in unserem Land Irrlehren predigen!«

»Aber der Bote des Königs hat mich empfangen.«

Der Bote des Königs? Snemun wurde unsicher. Ein blonder, breitschultriger Mann trat vor. Seine Haare waren zerzaust, und seine braun gebrannten Wangen wurden von einem dichten, ungepflegten Bart bedeckt. Snemun hob die Brauen. Der Mann kam ihm bekannt vor. Wo nur hatte er ihn schon gesehen?

»König Björns Männer waren gerade hier. Sie haben uns willkommen geheißen und sind vorausgeritten, um den König zu benachrichtigen.«

»Nein!«

Snemun stieß zornig den Speer in den Boden. Sie waren zu spät gekommen. Der Gesandte des Königs war ihnen zuvorgekommen. Jetzt gab es nicht mehr viel, was er tun konnte. Wie sollte er, Snemun, Ansgar aufhalten, wenn der König selbst ihn willkommen geheißen hatte?

Snemun knetete die Zügel und starrte düster vor sich hin. Dann fiel sein Blick wieder auf den blonden Mann neben Ansgar. Er kam ihm irgendwie bekannt vor.

Plötzlich brach das Gesicht des Blonden in breites Lachen aus.

»Gunnar! Erkennst du mich nicht – ich bin es, Erik!«

Snemun wurde blass.

»Erik?«

Jetzt erkannte er ihn. Das blonde, lockige Haar, das wettergegerbte Gesicht. Erik lebte! Er hatte einen dichteren Bart als früher, war älter geworden und sah erschöpft aus, aber er war es! Snemun lächelte verwirrt.

Er dachte an Jorunn, die Eriks Verlobte gewesen war. Hoch und heilig hatte sie geschworen, auf ihn zu warten und sich um das zu kümmern, was ihm gehörte. Er selbst hatte mit ehrlichem Handschlag versprochen, Jorunn dabei zu helfen und über sie zu wachen, dass nichts

Böses geschehen würde, während Erik fort war. Aber als Erik nicht zurückkam, hatte er den Besitz des Freundes übernommen und auch nichts getan, um Jorunns Hochzeit zu verhindern. Bei allen Göttern der Asen, die Hochzeit von Jorunn und Harald! Was sollte er jetzt tun?

»Erik ... du hättest früher nach Hause zurückkehren sollen!« Snemun stolperte über seine Worte.

Erik bemerkte das Zögern, die befremdliche Stimme nicht.

»Aber jetzt bin ich da! Deck den Tisch und bring Bier herbei! Schickt eine Nachricht zu Jorunn. Um Mitternacht sind wir da!«

»Es ist zu spät, Erik!«

»Zu spät?«

»Ja, es geschehen ungute Dinge.«

»Ach was, das glaube ich nicht.«

Snemun schluckte. Wie sollte er das erklären? Er blickte zu Boden, dachte verzweifelt nach. Er selbst hatte vorgehabt, bei der Hochzeit dabei zu sein. Was sollte er nur tun? Sein Pferd wurde nervös, und er tätschelte ihm unbeholfen den Hals. Er musste Harald benachrichtigen, mit Jorunn sprechen, musste dort sein, bevor es zu spät war! Er öffnete den Mund, um etwas zu sagen, aber dann änderte er seine Meinung.

»Ach, kümmere dich nicht um das, was ich gesagt habe.« Snemun presste die Lippen zusammen. Dann drehte er sich heftig im Sattel um und rief. »Wir reiten zurück. Folgt mir!« Er nahm die Zügel auf, schlug dem Pferd hart die Fersen in die Flanken und verschwand mit den anderen am Fuße des Hügels.

4. Kapitel

Ein warmer Wind wehte durch die Halle, er roch nach Wacholder und Rauch. Die Festtafel drohte unter all dem Bier und Met zusammenzubrechen. Fleisch und Geflügel wurden in großen Schüsseln hineingetragen. Die Wände waren mit Laub und Zweigen behängt, Bänke und Tisch prächtig mit Birkenreisig und Webstoffen geschmückt. Vorfreude lag in der Luft. Wenn der Kaufmann Gudmund der Mächtige seine Tochter verheiratete, dann wussten die Gäste, dass sie reichlich bewirtet würden. Da würde das Essen für alle reichen, sogar für Gesinde und Sklaven.

Gudmund der Mächtige verheimlichte seinen Reichtum nicht. Er kleidete sich protzig, trug Ringnadeln in Silber und bewegte sich steif und stolz, wie es ihm für einen mächtigen Mann, der er schließlich war, angemessen schien. Seine Gesichtszüge waren grobschlächtig und eckig, sein breites Kinn und der Stiernacken verliehen ihm ein schroffes und grimmiges Aussehen. Er war klein und untersetzt, unter seinen dunklen, buschigen Augenbrauen glimmten wache, intelligente Augen.

Gudmund der Mächtige legte sich seinen Umhang über die Schultern und blickte über den Hofplatz. Als er seine Tochter entdeckte, hellte sich sein Gesicht auf, und seine Augen leuchteten. Er war stolz auf sein einziges Kind und hatte sich immer gewünscht, sie gut zu verheiraten. Nun würde sie einen rechtschaffenen Kerl bekommen. Er lachte laut und polternd und ging auf die Straße hinaus. Endlich würde die Hochzeit stattfinden.

Draußen auf dem Hofplatz hatten sich Spielmänner mit ihren Instrumenten eingefunden, und diejenigen, die mit Booten übergesetzt waren, sammelten sich lärmend unten am Strand. Der Met floss, die Sonne glitzerte auf dem Wasser, und über den Feldern lag ein schwacher Duft von Salz und Meer.

Dann erschien er – Harald, Helge Sigurdsohns ältester Sohn. Er ging mit ruhigem, festem Schritt, rieb sich die Nase, lächelte und lachte. Um die Schultern trug er einen tiefblauen Umhang, mit einer Ringfibel geschlossen, darunter einen braunen Kittel und schwarze Hosen, die an den Knien elegant geschürzt waren. An einem breiten Silbergürtel hing sein Schwert in der Scheide. Sein Griff glänzte und schimmerte bei jedem Schritt funkelnd in der Sonne.

Gleich hinter ihm ging Jorunn, dicht gefolgt von Haralds Vater und zwei Verwandten. Ihre Haut war dunkel, und ihre Augen leuchteten. Sie ging langsam und würdevoll, aufrecht und ohne sich umzusehen. Das hüftlange Haar war unter einem wogenden Schleier aus weißem Leinen verborgen, ihre Schultern bedeckte ein seidener Schal. Darunter leuchteten ein scharlachrotes Kleid und eine farbenprächtige Leinentunika. Ihre Kette aus Glas und Bernstein funkelte, über der Brust glänzten die ovalen Fibeln, die das Kleid hielten.

Jorunn war für ihre Schönheit bekannt. Jetzt war sie schöner denn je.

Die Musikanten begannen zu spielen, und das Gefolge schritt langsam vor zum Hofplatz. Der offene Platz war von einem Zaun umgeben und mit Blumen und jungen Birken geschmückt. Die Gäste folgten, versammelten sich im Kreis um das Brautpaar und warteten auf die Zeremonie.

Gudmund der Mächtige trat nach vorn und legte sein Schwert auf den Hügel. Harald nahm seines ebenfalls ab und legte es daneben. Die Männer musterten sich kurz, dann schritt Gudmund auf Harald zu.

»Heute sollst du meine Tochter heiraten. Möge Thor euch schützen!«

Mit diesen Worten überreichte er ihm ein silbernes Amulett, einen Thorshammer, an einer Kette befestigt. Harald nahm den prächtigen Schmuck entgegen und legte ihn sich um den Hals. Dann zog er einen Lederbeutel aus dem Gürtel und reichte ihn Gudmund.

»Hier ist das Muntgeld für deine Tochter. Vor Zeugen habe ich nun meine Mitgift entrichtet.«

Gudmund nahm das Geld mit einer Verbeugung und ergriff die Hand seiner Tochter. Behutsam legte er sie in die Haralds.

»Ich rufe unseren Gott Frey und euch alle als Zeugen. Und so will ich eure Ehe besiegeln.«

Gudmund trat ein paar Schritte zurück und blickte sie an. Mochten sie glücklich werden. Die Trauung hatte er nach altem Brauch auf heidnische Art vollzogen, obwohl er selbst bereits Christ war. Im Herbst hatte er sich in Haithabu taufen lassen, und zu gegebener Zeit wollte er alle auf dem Hof bekehren lassen. Hergeir, der Häuptling, hatte nach einem Mönch aus dem Frankenreich schicken lassen, und sowie der Gesandte des Kaisers in Birka ankommen würde, würde Gudmund ihn zu sich rufen und predigen lassen. Der Kaufmann lachte vor sich hin. Mit dem neuen Glauben würde es viel einfacher werden, in der Stadt zu handeln, und er selbst würde noch mächtiger werden. Gemäß dem Gebot des Papstes sah es der Kaiser am liebsten, wenn die Händler unter seiner Krone mit christlichen Kaufleuten Geschäfte machten. Gudmund zog ein seidenes Taschentuch hervor und trocknete sich zufrieden die Stirn. Dann richtete er seinen Blick wieder auf das Brautpaar. Vielleicht würden sie glücklich werden, vielleicht hatte Jorunn Erik wirklich vergessen. Ihr Gesicht verriet wenig Zweifel, ihre Hand lag sicher in Haralds. Jetzt lächelte sie und suchte seinen Blick. Eine warme Neugier glänzte in ihren Augen. Gudmund war froh über das, was er sah, schritt wieder nach vorn und legte seine Hand über die Hände des Brautpaars. Danach traten Familie und Freunde vor, und jeder Einzelne legte seine Hand auf die der anderen und wünschte ihnen Glück. Als Jorunn und Harald auf diese Art verbunden waren, ergriff Gudmund der Mächtige erneut das Wort:

»Zu Tisch, meine Freunde, es ist aufgetragen!«

Er hob seine Arme in Richtung der Halle. Nun war es Zeit für das Hochzeitsmahl. Es würde Essen und Trinken im Überfluss geben, bis es bei Einbruch der Dunkelheit Zeit für das Beilager wurde. Dann, zu dieser späten Stunde, würde das Brautpaar im ehelichen Bett die Eheschließung besiegeln. Der Gedanke stimmte ihn froh. Seine Tochter sollte es gut in ihrer Ehe haben. Bald würden die beiden den Sigurdhof erben. Haralds Vater war in die Jahre gekommen. Und wenn er selbst einmal nicht mehr sein würde, würde seine einzige Tochter ein ebenso wohl geordnetes und reiches Leben führen, wie sie es hier gehabt hatte.

»Lasst uns auf das Wohl des Brautpaares trinken, liebe Leute. Drinnen gibt es Bier!« Gudmund der Mächtige führte seine Gäste lautstark ins Haus.

Die Männer nahmen lärmend auf den Langbänken

Platz, schon heiter und berauscht vom Met. Sie waren laut und lebhaft und füllten behände ihre Trinkhörner wieder auf. Sie holten ihre Messer hervor und schnitten sich gierig Fleischstücke aus den überquellenden Schüsseln ab.

Jorunn, die mit den anderen Frauen auf der Querbank saß, lächelte den Männern zu. Hier im Warmen hatten sie ihre Umhänge und Kittel zu Boden gleiten lassen, saßen mit hochgekrempelten Ärmeln da und zeigten ihre behaarten Arme und schwellenden Muskeln. Sie suchte Haralds Blick. Ihre Augen waren dunkel, und ein neuer, fremder Glanz lag in ihnen.

»Das wird ein feines Lager. Du hast eine gute Wahl getroffen!« Einar Schwarzbart knuffte Harald freundschaftlich in die Seite. »Nur noch ein paar Stunden. Jorunn, was für ein Weib! Ich würde dir zwei geben, um sie zu bekommen.«

Er zwinkerte bedeutungsvoll und füllte sein Trinkhorn.

»Skål! Ein Hoch auf unsere Liebesgöttin Vâr und euer gemeinsames Glück!« Schwarzbart leerte sein Horn mit einem Zug, rülpste und schlang sein Essen in sich hinein. Helge Sigurdsohn, Haralds Vater, hustete hohl und führte den Becher zum Mund. Der Met linderte. Nun war sein ältester Sohn so gut wie verheiratet, und er selbst würde sich bald aufs Altenteil zurückziehen. Aber er war froh darüber, dass Harald den Hof übernehmen würde und nicht Erik, sein jüngerer Sohn. Harald war zuverlässig und verantwortungsbewusst und nicht so unbeständig wie Erik.

Helge Sigurdsohn unterdrückte einen Hustenanfall und spuckte auf den Boden. Natürlich vermisste er Erik, den Abenteuerlustigen, der immer glaubte, alles zu schaffen. Und er war untröstlich gewesen, als sein Sohn nicht zurückgekehrt war, trauerte um ihn, wie man nur um jemanden trauern kann, der einem wirklich nahe stand. Aber Erik und Jorunn? Nein, Erik war eine ruhelose Seele. Es hätte niemals gut gehen können mit ihnen. Selbst wenn es Erik gelungen wäre, sich einen eigenen Hof aufzubauen, wäre es ihm bald zu langweilig geworden, ihn in Stand zu halten. Dann hätte er sich an seinen Vater gewandt, um Hilfe zu erhalten, und bei einer Missernte hätten sie alle hungern müssen. Darüber hinaus war Jorunn verschwenderisch. Erik wäre es sicher nicht gelungen, sie zu zügeln, wenn sie sich von dieser Seite zeigte. Alles, was andere in dieser Gegend besaßen, wollte sie auch haben, aber wenn sie etwas bekommen hatte, wirtschaftete sie schlecht damit und verschwendete alles. Nein, Erik wäre ein schlechter Mann für sie gewesen. Harald hingegen war sparsam, ja geradezu geizig. Er würde sie sicher in ihre Schranken weisen.

»Skål, Helge!« Gudmund der Mächtige unterbrach ihn in seinen Grübeleien. Helge nickte, trank und fühlte, wie das Bier seine Kehle wärmte.

»Ist sie noch Jungfrau, was meinst du?« Einar Schwarzbart konnte seinen Blick nicht von Jorunn wenden. Er strich sich Bratenfett aus dem Bart und stieß Mård an.

»Eine Schönheit wie sie? Ne, die ist bestimmt nicht unberührt geblieben!« Mård Ohnebart feixte. Seine helle Haut war rot, die glatten Wangen glänzten vom Schweiß. »Du glaubst doch nicht etwa, dass Erik sich von ihr fern halten konnte ...«

»Aber siehst du nicht, wie unnahbar sie ist, wie kalt ihre Schönheit?«, beharrte Schwarzbart.

»Leidenschaftlich ist sie zweifellos!«

Mård blickte hinüber zur Querbank, wo Jorunn in ein lebhaftes Gespräch vertieft war.

»Jede Wette, dass es bei ihr war wie bei der Jungfrau und dem Knäuel«, murmelte Schwarzbart und griff nach seinem Bier.

»Häh?«

»Hast du noch nie von der Jungfrau und dem Fadenknäuel gehört?« Schwarzbart wischte sich laut lachend den Schaum aus dem Bart, und Bierdunst waberte über den Tisch. »Na, von diesem Mädchen, das so besorgt um seine Jungfräulichkeit war.«

Mård blickte interessiert vom Tisch auf.

»Ne ...«

Schwarzbart räusperte sich.

»Also, weißt du, es gab einmal ein Mädchen, das die Burschen nie in seine Nähe ließ. Nicht einmal bei der Sommersonnenwende oder anderswo bei einem Markt.«

Mård verzog seinen Mund.

»Sie war ein hübsches Mädchen, das kannst du mir glauben, und die Kerle versuchten alles, um sich an sie heranzumachen. Aber auf einem Markt vor nicht allzu langer Zeit wurde ein Pferdeknecht sauer und fragte geradeheraus, warum sie so feindselig zu den Männern war.«

Schwarzbart nahm noch einen Schluck Bier.

»Ja, da sagte das Mädchen, dass sie Angst um ihre Jungfräulichkeit hätte, die wolle sie um jeden Preis behalten.«

Mård grinste.

»Aber der Pferdeknecht begriff schnell und sagte, er könne ihr behilflich sein.«

»Ja-ha, und wie sollte das zugehen?«, wunderte sich Mård gespannt.

»Er versprach, ihre Jungfräulichkeit zusammenzunähen.«

»Zusammenzunähen?«

»Ja, er sagte, sie könne sich auf ihn verlassen, und wenn sie ihn nur machen ließe, würde er sie zunähen.« Schwarzbart merkte, dass er noch mehr Zuhörer bekommen hatte, und hob die Stimme. »Jaa, dann holte er ihn also raus, nahm sie zwischen die Beine und sagte, dass er nähen würde.«

Die Männer brachen in herzliches Gelächter aus.

»Jetzt lügst du, Schwarzbart«, schrie Mård enttäuscht. »Das hast du dir ausgedacht!«

Schwarzbart schüttelte energisch den Kopf.

»Nein, du, hör zu. Als der Pferdeknecht seine Sache erledigt hatte, sagte er zu ihr, dass sie sich keine Sorgen machen müsse, jetzt wäre sie sorgfältig genäht.«

»Ach, und du willst mir weismachen, dass sie das geglaubt hat?«

»Ja, er zeigte ihr einfach seine beiden Knäuel und sagte, dass er da wahrhaftig einen richtig starken und guten Faden drinhabe.«

Schwarzbart prustete vergnügt und schlug mit der Faust auf den Tisch, dass die Holzschüsseln hüpften. Dann verstummte er abrupt und wurde mit einem Mal ernst.

»Mit echten Pferdeknechten muss man vorsichtig sein. Ein unzuverlässiges Volk.«

»Ist das jetzt dein Ernst?« Mård knuffte ihn in die Seite.

»Ja, mit den Pferdeknechten und Sklaven auf dem Gudmundhof ist nicht zu spaßen. Das sind Christen, die zu Hause freie Männer waren. Keiner weiß, auf welche Ideen die kommen. Das kann gefährlich werden, wenn Ansgar hierher kommt.«

»Kann schon sein, aber an deine Geschichte glaube ich trotzdem nicht.« Mård reckte sich nach dem Bier. Ein Schwätzer war er, Einar Schwarzbart, und er log dreister als das schlimmste Hexenpack.

Ein Gewitter lag in der Luft, in der Ferne grollte es. Noch schien die Sonne unbeirrt, doch sie musste mit den sich auftürmenden Wolken wetteifern, die am Horizont aufzogen. Gunnar Snemun trieb sein Pferd an. Das Hemd hing nass an seinem Körper, der schwarze Hengst hatte Schaum vor dem Maul. Endlich tauchten Adelsö mit dem Königshof und das Schiff in der Bucht auf.

Der Fährmann hatte sich gemütlich auf der Brücke ausgestreckt und zuckte zusammen, als er die Männer kommen hörte. Widerwillig stand er auf.

»Kümmere dich um die Pferde!«

Snemun sprang vom Pferderücken und rannte zum Schiff. Die Ruder schlugen gegeneinander, als der Rumpf ins Wasser glitt. Wenn der Wind auffrischte, würde er Birka noch vor Einbruch der Dunkelheit erreichen. Dann würde er es schaffen. Solange Jorunn und Harald noch nicht zum Beilager gekomken waren und unter Zeugen das Ehebett bestiegen hatten, war die Eheschließung ungültig. Noch gab es eine Möglichkeit, die Hochzeit aufzuhalten.

Die Tür öffnete sich, und zwei königliche Reiter kamen herein. Ihre Wämser und Hosen waren staubig, die Kappen nass geschwitzt.

»Er ist gekommen!« Der größere der beiden trat an den Hochsitz und verbeugte sich.

Ein verschlossener, kleiner Mann mit schmalen, unruhigen Augen stand auf. Er lachte leer und verbindlich.

»Soo, Ansgar ist hier?«

»Ja, Häuptling, er kann jeden Moment eintreffen.«

Hergeir, Häuptling von Birka, lächelte zufrieden. Der Mönch hatte sich verspätet, aber immerhin hatte er den weiten Weg ins Sveareich bewältigt. Dem Himmel sei Dank hatte Birka endlich jemanden, der predigen konnte. Es war schwer gewesen, König Björn dazu zu bringen, einen Missionar aus dem Frankenreich einzuladen, aber schließlich hatte er sich einverstanden erklärt. Er hatte einen Boten zum Kaiser schicken lassen, der dann selbst den Mönch ausgewählt hatte, von dem er glaubte, dass er für diesen Auftrag geeignet war. Ansgar konnte nur ein fähiger Mann sein. Sobald er da war, würde er ihm etwas zu essen anbieten und ihn sich ausruhen lassen. Dann würde er ihn zum König führen. Es galt, König Björn vom ersten Moment an freundlich zu stimmen. So würde er niemals Verdacht schöpfen. Danach, vielleicht schon am nächsten Tag, würden sie nach Birka übersetzen. Hergeir ließ Essen und Trinken kommen und die Musikanten rufen. Ansgar sollte würdig empfangen werden.

Jorunn spähte durch die Türöffnung hinaus. Draußen verschwand die Sonne hinter den Wolken, und der Fjord glitzerte silbern. Die Wolken verdunkelten sich, schwer und träge, als warteten sie nur darauf, aufzubrechen.

Es war warm und feucht, Schweiß perlte ihr von der Stirn. Jorunn löste vorsichtig den Haarknoten und ließ das dunkle Haar herunterfallen. Sie sehnte sich danach, sich für einen Moment zurückzuziehen. Nun sollte sie bald als Jungvermählte auf den Sigurdshof ziehen. Endlich würde sie ihr Zuhause verlassen, ihren eigenmächtigen Vater und ihre unduldsame Mutter. Sie würde ihr eigenes Leben leben können, die väterlichen Ermahnungen und das schwierige Temperament ihrer Mutter loswerden. Aber wie sollte sie mit Harald zurechtkommen?

Sie betrachtete ihn in der Nische des Langtisches und dachte über das nach, was sie sah. Er war groß und schlank, hatte breite Schultern und kräftige Oberarme. Seine Haut war ebenmäßig, die Haare glatt und sein Mund schmal und dünn. Seine Augen waren eine Spur zu klein, aber leuchtend blau und glitzernd. Er hatte eine aufrechte und würdevolle Haltung, und um den Hals trug er eine Bärenklaue. Sie bringe ihm Glück, hatte er gesagt, und das Glück war mit ihm gewesen, nun, da er sie heiraten konnte. Harald merkte, dass sie ihn ansah, und zwinkerte ihr verschwörerisch zu. Verlegen blickte Jorunn auf die Tischplatte. Nein, Harald war nicht einfach irgendein Mann, viel mehr einer von denen, die den Frauen keine Ruhe ließen. Jetzt würde sie ihm gehören. Sie spürte eine neugierige Erwartung, fragte sich, ob er sie mit seiner Umarmung glücklich machen könnte und ob sie ihm viele Kinder schenken würde. Sie hielt ihre Gedanken zurück. Die Erinnerung an die blutende Frau im Stall kehrte zurück. Die Sklavin war verblutet. Die Bilder dieses furchtbaren Abends quälten sie noch immer. Die arme Frau. Sie war gestorben, und das Kind hatte man im Wald ausgesetzt.

Jorunns Gedanken wanderten zu Torhild, ihrer Mutter. Auch sie war einmal Sklavin gewesen. Sie war schön gewesen, und viele Männer hatten sich mit ihr vergnügt. Wie so viele andere Sklavinnen auf dem Hof, auf den sie verschleppt worden war, war sie schwanger geworden. Wer der Vater war, wusste sie nicht, und sie hatte versucht, das Kind loszuwerden. Es war ihr nicht gelungen, also hatte sie es ausgetragen. Aber das Kind kam tot zur Welt, und Torhild war lange Zeit danach kränklich geblieben. Zu guter Letzt war es dem Hausherrn zu viel geworden, und er hatte sie verkauft. So war sie auf dem Gudmundhof gestrandet. Dort hatte Gudmund der Mächtige sich in sie verliebt und sie zur Frau genommen. Sie war der Leibeigenschaft entkommen und eine freie Frau geworden. Dank der Ehe ihrer Mutter mit Gudmund war Jorunn selbst in Freiheit geboren worden, noch dazu auf einem reichen und wohlhabenden Hof. Ihr selbst war es gut ergangen, aber der Sklavin ... Wenn der blutenden Frau im Viehstall ein wenig früher geholfen worden wäre, hätte sie vielleicht überlebt. Es gab heilkundige Menschen auf dem Hof. Stattdessen war sie gestorben. Jorunn schüttelte kaum merklich den Kopf und versuchte das schreckliche Bild zu verdrängen; die blutverschmierte Alte, die schreiende Sklavin. Wenn sie ihr doch nur hätte helfen können! Jorunn atmete schwer und sah fort. Die Zweifel waren wieder da. Wollte sie wirklich Haralds Kind gebären, ihm zuliebe die Qualen einer Geburt auf sich nehmen? Für Erik, ja, aber für Harald?

Nein, es war nicht richtig, jetzt daran zu denken. Sie stand auf und ging auf den Hofplatz hinaus, ihr Blick folgte gedankenverloren einer kreisenden Möwe. Aus der Ferne hörte sie Gesang und Fröhlichkeit. Sie lächelte ein wenig. Es war ein reiches und gelungenes Festmahl, von dem die Gäste sicher noch lange sprechen würden. Es fehlte an nichts, und dieses eine Mal hatte ihr Vater nicht gegeizt. Sie zog die Schuhe aus und ließ das strohige Gras des Vorjahres ihre Füße kitzeln. Es war nass und kalt und kühlte angenehm ihre Fußsohlen. Wenn sie sich einen Moment gesammelt hatte, würde sie wieder zu den Gästen hineingehen.

»Jorunn!« Es war Haralds Stimme. »Du musst reinkommen. Sie warten auf uns.«

Er lachte weich und umarmte sie. Sacht fuhren seine Hände über ihren Körper. Die hellblauen Augen glitzerten. Sie wehrte sich.

»Noch nicht!«

Jorunn schob ihn von sich fort.

»Komm!«

Harald ließ sich nicht entmutigen. Sie gehörte jetzt ihm. Mit einem festen Griff um ihre Taille zog er sie mit ins Haus. In der großen Halle blieb er stehen und nahm einen Becher voll Met.

»Du und ich, wir trinken aufeinander.« Er tastete suchend in seiner Tasche und zog einen kleinen Stoffbeutel hervor. Als sie sich umdrehte, schüttete er schnell ein wenig von dessen Inhalt in den Met. »Trink jetzt!«

Er nahm seinen eigenen Krug und prostete.

»Auf Vâr!«

Sie sah ihn unsicher an, legte dann den Kopf in den Nacken und trank.

Als sie den Hof erreichten, brach das Unwetter los. Ein Wolkenbruch prasselte nieder, und der Regen peitschte ihnen ins Gesicht, dass es schmerzte. Ansgar suchte verzweifelt Schutz.

»So kommst du schließlich doch noch zu deinem Bad«, rief Erik fröhlich. »Dein Gott scheint ein weiser Mann zu sein!«

Ansgar warf ihm einen verärgerten Blick zu.

Erik zog seinen Kittel über den Kopf, duckte sich und rannte zum Hof. Hergeir musste wohl zu Hause sein, niemand war bei diesem Wetter draußen. Die Männer folgten ihm, Ansgar ging ein Stück hinter den anderen. Er hatte sich auf den Empfang beim König gefreut, hatte sich eine feierliche Zeremonie vorgestellt, wie er würdigen Schritts und hoch erhobenen Hauptes vor den König der Svear treten würde. König Björn und Hergeir hätten ihn unter Ehrbezeugungen willkommen geheißen, und er selbst hätte seine kostbaren Geschenke überreicht. Nun kam er klatschnass und schmutzig hier an, seiner Gaben und all seiner Habseligkeiten beraubt.

Erik pochte an das Tor. Die Tür öffnete sich, und zwei Männer mit Kienfackeln tauchten in der Türöffnung auf.

»Bettler!« Sie schoben die Tür schnell wieder zu und verriegelten sie.

»Öffnet!«

Erik brüllte die stumme Hauswand an.

Eine Luke in der Langwand wurde aufgeschoben, und ein glatt rasiertes Männergesicht erschien dahinter.

»Sag Hergeir, dass wir angekommen sind, Ansgar und dann noch ich, Erik Sigurdsohn, der Schiffer.«

Die Luke wurde wieder geschlossen.

Die Männer mit den Fackeln kamen zurück und hielten die Tür auf.

»Gott segne Euch!« Ansgar glitt hastig an den Männern vorbei, fuhr sich mit den Händen durchs Haar und ordnete seinen Umhang. Hergeir wartete.

»Willkommen im Land der Svear! Wir konnten es kaum erwarten, Euch hier zu sehen.«

Der Häuptling reichte Ansgar beide Hände und führte

ihn in die große Halle. Sein Umhang hing regennass und schwer um seine Schultern, seine Lederschuhe hinterließen Spuren auf dem Fußboden.

»Wir haben von Eurer Mission in Danaland gehört«, fuhr Hergeir lächelnd fort. »Die Heiden hier oben sind ungehobelte Burschen. Es ist gut, einen Mann der Kirche hier zu haben.«

Der kleine, untersetzte Mann ging zum Tisch und kehrte mit einem Becher Met zurück. Sein graues Haar lag glatt gekämmt an der Kopfhaut.

»Soweit ich mich erinnern kann, warst du genauso heidnisch wie ich, als ich dich das letzte Mal gesehen habe«, murmelte Erik düster in seinen Bart und warf Hergeir einen finsteren Blick zu. Der Häuptling erregte Übelkeit in ihm. Er konnte nicht verstehen, warum König Björn sich mit solchen Leuten abgab. Hergeir war so unglaublich kriecherisch, dass wahrhaftig jeder misstrauisch wurde. Dass der König dies nicht bemerkte, stimmte Erik fast traurig. Nun denn, es war nicht seine Sache. Für ihn galt es, so schnell wie möglich ein Boot zu nehmen und nach Birka überzusetzen. Er wandte sich an den Häuptling.

»Meine Männer und ich müssen weiter nach Birka.«

Hergeir lächelte gefällig.

»Meine Fährleute rudern bei jedem Wetter. Ich werde dafür sorgen, dass sie sich um euch kümmern.« Er trat an einen hohen Holzschrank am schmalen Ende des Raumes und kam sofort wieder. In seiner Hand lag etwas Schimmerndes. Ein Bernstein. »Danke, dass du Ansgar zu uns geführt hast. Nimm dies zum Dank dafür.«

Er streckte ihm die Hand mit dem Stein hin.

Erik verbeugte sich und verzog seinen Mund. Eigentlich hätte er den Mönch in Haithabu zurücklassen sollen. Auf der anderen Seite hatte er jetzt wenigstens etwas, das er seiner Verlobten überreichen konnte.

»Beilager, Beilager!«
Die Gäste klatschten rhythmisch in die Hände. Lautstark und ausgelassen forderte die berauschte Gesellschaft das Brautpaar auf.

Harald suchte Jorunns Blick. In ihren Augen lag ein seltsamer Glanz. Sie schien weit weg zu sein und ihn gar nicht zu bemerken. Er sah zur Tür hinaus. Der Regen hatte aufgehört. Draußen auf dem Hofplatz waren einige Sklaven dabei, das Bett mit Laub zu schmücken. Dort sollte er endlich mit Jorunn zusammenkommen.

»Beilager, Beilager!« Die Gäste riefen immer erhitzter. Jorunn hielt sich die Ohren zu und stand auf.

»Beruhigt euch, liebe Leute. Lasst uns erst zu Ende essen. Dann werdet ihr schon was zu sehen bekommen!« Sie setzte sich hastig. Rote Flecken flammten auf ihrem Hals.

Harald lächelte amüsiert. Der Met schien seine volle Wirkung zu entfalten. Hoffentlich hatte er nicht zu viel von dem Pulver hineingegeben.

»Harald!«
Plötzlich fühlte er eine Hand auf seiner Schulter.
»Harald, komm mit nach draußen!«
Verwundert drehte er sich um. Snemun! Warum war er so spät zur Hochzeit gekommen?

»Willkommen, Freund, setz dich und nimm einen Schluck!« Er hob das Horn, dass das Bier spritzte.

Snemun schüttelte abwehrend den Kopf.
»Harald, ich muss mit dir sprechen!«
»Morgen. Geh lieber und begrüß Jorunn. Sie hat den ganzen Abend auf dich gewartet!«

»Ja, ja, ich werde schon noch mit ihr sprechen. Aber jetzt bist du es, mit dem ich reden muss!«

Snemun griff Harald am Handgelenk.

»Komm!«

Murrend folgte Harald ihm. Er wankte durch die Tür und stieß gegen den Türstock. Draußen auf dem Hofplatz stolperte er, rutschte auf dem nassen Gras aus und fiel. Schwankend kam er wieder auf die Füße. Er streckte die Arme aus, um das Gleichgewicht zu halten, und summte fröhlich vor sich hin. Er konnte nicht verstehen, was Snemun von ihm wollte, die Worte flogen gleichsam an ihm vorbei. Sie waren genau genommen erstaunlich schwer auseinander zu halten. Er wackelte mit dem Kopf und blickte erwartungsvoll zum Bett hinüber. Plötzlich horchte er auf. Erik? Snemun sagte etwas über seinen Bruder. Warum redete er jetzt von ihm?

»Harald, Erik ist zurückgekommen. Er ist auf dem Weg hierher. Er wird noch vor Mitternacht da sein.«

5. Kapitel

Was sagte er da? Gegen Mitternacht würde Erik kommen? Aber nein, Erik war tot. Harald schüttelte den Kopf. Snemun merkte, dass seine Worte keine Wirkung hatten.

»Harald!« Er griff den Freund und schüttelte ihn. »Du kannst Jorunn jetzt nicht heiraten. Sie ist Eriks Verlobte.«

Harald betrachtete ihn misstrauisch. Snemun war voll, ganz klar, sternhagelvoll. Das Bier drückte, und er ging ein paar Schritte zur Seite. Johlend ließ er den Strahl über den Hügel spritzen.

»Harald, hör zu!«

»Ja, ja …« Er zog die Hosen hoch.

»Du musst mit dem Beilager warten. Erik ist auf dem Weg hierher, und er glaubt, dass Jorunn immer noch auf ihn wartet.«

»Ja, ja, ich weiß, das sagtest du schon.«

»Du musst mir glauben, Harald, ich habe ihn selbst getroffen!«

Snemun wusste nicht, was er tun sollte. Harald hörte nicht zu. Er machte einen Schritt nach vorn und gab ihm eine schallende Ohrfeige.

»Was …!« Harald drehte sich blitzschnell um und schlug dem Kameraden die Beine weg. »Hornochse! Danke, dass du nur mein Bestes willst, aber ich habe nicht vor, deinen Rat zu befolgen!«

Er spuckte zornig aus und wankte ins Haus zurück.

Langsam wurde es dunkel. Zwei Schwäne flogen vom Wasser auf, und ihr Flügelschlag zerriss die Luft, bis er allmählich in der Ferne verklang. Erik sah ihnen lange nach. Weiße Schwäne über dem Birkafjord. Seine Wangen begannen zu glühen, und eine plötzliche Wärme durchfuhr seinen Körper. Endlich zu Hause. Seine Handflächen fühlten sich feucht an, und das Schlucken fiel ihm schwer. Er senkte den Blick, räusperte sich und sah erneut zögernd über das Wasser. Die Schwäne waren fort. Er zuckte mit den Schultern und schüttelte langsam den Kopf. Dann rief er nach den Männern und ging an Bord.

Die Fährmänner schoben das Boot ins Wasser. Die Rah glitt in die Höhe, und der Nachtwind füllte das Segel. Die Wasseroberfläche glitzerte, und die Dämmerung spiegelte sich in den Wellen. Die Bugwelle stieg und senkte sich, feine Schaumfetzen trieben vorbei und verschwanden achtern.

Erik streckte einen Arm aus und ließ seine Hand ins Wasser hängen. Jorunn. Jetzt sah er sie deutlich vor sich. Ihr Gesicht, ihr Blick, das dunkle, wallende Haar. Er stellte sich ihren Körper vor, und Sehnsucht übermannte ihn. Er wollte sie haben und verstand nicht, warum er freiwillig so lange fortgeblieben war. All die Jahre in der Fremde war ihm keine begegnet, die ihr glich. Jorunn war eigenwillig, anmutig, begehrenswert, sie verführte, aber konnte genauso abweisend sein. Sie lächelte und lachte oft, das war das Schönste an ihr, aber sie war auch nachdenklich und wehmütig. Als er sie zurückgelassen hatte, waren ihre Augen schwarz vor Verlassenheit gewesen. Und dennoch hatte sie sich nicht beklagt. Sie hatte dort gestanden, einsam und stark.

Der Wind wehte einen schwachen Duft von Feld und

nassem Moos herüber. Dort vorn wurde Birka in der Dunkelheit sichtbar. Äcker und Felder lagen im Dunkeln, aber der Stadtwall mit seinen Holzpalisaden zeichnete sich wie ein schwarzer Schatten gegen den Nachthimmel ab. Die hohen Klippen um die Burg wirkten schwarz und bedrohlich. Einmal, als feindliche Schiffe auf dem Fjord gesichtet worden waren, hatte er dort Zuflucht gesucht. Vor seinem inneren Auge hatte er Birka in Flammen stehen gesehen, Feuer, das in den Straßen wütete bis hinunter in das Handwerkerviertel am Hafen. Zum Glück aller war es nicht wirklich so ausgegangen, sondern der Feind war zurückgedrängt worden.

Erik sah sich um. Der rote Himmel war verschwunden, und ein Streifen Violett hatte sich zwischen Wolken und Meer ausgebreitet. Er strengte seine Augen an. Sie waren schon ganz nah. Die mächtigen Eichenpfähle der Sperre standen schwarz vor der Einfahrt zum Hafen, die Wellen schlugen und wollten das Schiff gegen das Hindernis treiben. Die Fährleute holten das Segel ein und legten die Ruder aus. Geschickt umruderten sie die Sperre, öffneten den gewaltigen Holzriegel und glitten leise bis an die Landungsbrücken.

Erik stand auf. In der Dunkelheit konnte er die Holzhäuser ausmachen, die Gassen und die Rauchwolken der entfernteren Höfe. Alles sah aus wie an jenem Tag, an dem er die Stadt verlassen hatte. Er atmete tief ein und wunderte sich, dass niemand gekommen war, um ihn zu begrüßen. Dann hörte er Lärm und Musik oben vom Hügel und begriff, dass ihn niemand hatte kommen hören.

Es war warm und stickig in der Wohnhalle. Bier- und Schweißdunst stand über leeren Fässern und dreckigen

Tischen. Hie und da lagen umgestülpte Trinkhörner, und unter den Bänken waren Knochen und Fischabfälle zwischen Wacholder festgetreten. Sklaven brachten neue Fässer, die Gäste riefen laut, sangen und johlten. Harald beugte sich über Jorunn.

»Komm«, sagte er und versuchte den Lärm zu übertönen. »Es ist so weit.«

Er streichelte ihren Nacken. Ein glücklicher Ausdruck ruhte auf ihrem Gesicht, ihre Augen glänzten glasig. Er drehte sie zu sich um und küsste sie. Sie reagierte bereitwillig, wimmerte leise. Benommen lehnte sie sich an seine Schulter. Die Wärme pulsierte in ihrem Körper, und sie fühlte sich berauscht und entspannt. Plötzlich hatte sie Lust, sich auf den Boden zu legen, hier und jetzt. Sie zog den Schal herunter, legte den Arm um seine Brust und versuchte ihn mit auf den Boden zu ziehen. Er wankte und sträubte sich dagegen.

»Nicht hier!«

Jorunn erahnte Stimmengewirr und Gelächter am Tisch. Die Geräusche wurden lauter und leiser. Das Licht der Fackeln blendete sie, und sie schloss die brennenden Augen. Eine mystische Dunkelheit umgab sie, und sie wusste plötzlich nicht mehr, wo sie war.

»Komm jetzt!« Harald zog sie mit sich, presste sie an sich und fuhr spielerisch mit seiner Hand unter ihre Tunika. Lustvoll glitten seine Finger über ihre Haut. Sie bewegte sich gefügig, stöhnte und war weit weg, ruhte in sich selbst. Er sah sie mit einem schwachen Lächeln an. Geschmeidiger als jetzt würde sie nicht mehr werden. Vorsichtig hob er sie hoch und trug sie aus der Stube hinaus.

Als die Gäste merkten, was nun geschehen würde, jubelten sie. Das Beilager war der Höhepunkt jeder Hochzeit. Damit würde die Eheschließung gültig, ein freudiger Moment, dem alle entgegenfieberten. Fröhlich lärmend standen sie vom Tisch auf und folgten dem Brautpaar. Die Musikanten stimmten einen Brautmarsch an, und die Stimmung stieg.

Schwarzbart und Mård drängten sich durch die Menge und gaben sich nicht eher zufrieden, bis sie die besten Plätze auf dem Hofplatz ergattert hatten.

»Hier ist es gut.« Schwarzbart lachte und knetete sich vergnügt seinen Bart. Hochzeit war das Beste, was es gab.

Vorsichtig legte Harald Jorunn auf das Bett und begann, sie auszuziehen.

Das hüftlange Haar fiel über ihre Schultern, Kleid und Tunika umrahmten sie mit ihren kräftigen Farben. Als er die Brustfibeln gelöst hatte, fiel der Stoff auf das Laubbett hinab und entblößte ihre nackte Haut.

Jorunn wehrte sich nicht. Ihr Gesicht war verschwitzt und glänzend, ihr Blick fern. Sie fühlte seinen Arm, streichelte ihn und lachte leise.

Harald spürte die Blicke der Gäste, hörte das erwartungsvolle Murmeln und sah sich leicht geniert um. Er war Zeuge vieler Hochzeiten gewesen, aber nun, da er selbst Bräutigam war, fühlte er sich plötzlich unsicher. Ein bisschen unbeholfen zog er sein Hemd aus, befreite sich von Gürtel und Hosen und stand nackt vor ihr.

Der Abendwind war kalt, und er fröstelte. Jorunn erahnte eine Gestalt vor sich und nahm den Geruch von Schweiß und Mann wahr. Berauscht richtete sie sich im Bett auf und zog ihn an sich. Sie schwebte, war sich selbst entglitten und konnte sich nicht länger steuern. Sie schlang ihre Arme um ihn, überschüttete ihn mit Küssen, biss und streichelte ihn, krallte sich fest in seinen Rücken. Sie forderte immer zügelloser, schrie und stöhnte.

Harald schnappte unter ihrer klammernden Umarmung nach Luft, schwitzte, erschreckt von ihrer Kraft. Was hatte er mit ihr getan? Das Pulver? Sie war die Frau, die er immer begehrt hatte, jetzt war sie ganz außer sich. Jorunn rollte sich über ihn, schrie und lachte.

Es ging ein heiteres Raunen durch die Menge, ein Murmeln, das immer lauter wurde. Bald polterten laute Lachsalven in die Nacht hinaus.

Harald wurde immer verwirrter, merkte, wie seine Lust nachließ. Dann war sie wieder über ihm, kratzte und heulte wie eine besinnungslose Hexe. Er versuchte sie mit seinem Körper niederzudrücken und dazu zu bringen, sich zu beruhigen, aber vergebens. Sie war kräftig wie ein Tier, und sein Verlangen und Begehren erloschen. Vorsichtig versuchte er sich zurückzuziehen, aber es war zu spät.

Harald war ein gut gebauter Mann, kräftig, muskulös, mit breiten Schultern und Oberschenkeln. Er hielt sich aufrecht und war stolz auf seinen starken, geschmeidigen Körper. Aber als nun der Beweis seiner Männlichkeit regieren sollte, war nur wenig zu sehen. Jeder, der noch Herr seiner Sinne war, konnte erkennen, dass jetzt, da er seine Manneskraft gebraucht hätte, nicht viel davon übrig war. Es ging ein enttäuschtes Raunen durch die Menge. Die Leute nörgelten, versammelten sich um das Bett, glotzten und zeigten. Plötzlich wurde Harald die Situation bewusst. Schnell riss er seinen Umhang an sich und schützte sich selbst und Jorunn.

Als Gunnar Snemun das Segel draußen auf dem Fjord entdeckte, eilte er hinunter zum Strand. Es musste Erik sein, kein anderer konnte so spät noch auf dem Weg nach Birka sein. Aus einiger Entfernung sah er, wie die Männer die Ruder ins Wasser ließen, das Boot langsam durch die Sperre lenkten und an der Brücke anlegten. Snemun wartete einen Moment. Erst als Erik die anderen verlassen hatte und allein den Hügel hinaufschritt, ging er ihm entgegen. Er zögerte. War es wirklich richtig, ihn hier zu treffen, oder war es besser, wenn Erik die Hochzeit selbst entdeckte? Er blieb stehen und strich sich nachdenklich über den Mund. Nein, es war sicher das Beste, ihn zu warnen.

»Erik!«

Snemun ging zu ihm und legte freundschaftlich den Arm um seine Schulter.

»Hör zu, Freund ...«, seine Stimme stockte, und er sah zu Boden, »Erik, das musst du verstehen. Jorunn wartet nicht auf dich. Sie glaubt, dass du tot bist.«

Erik zuckte zusammen, merkte, wie sich seine Muskeln spannten.

»Jorunn ...? Wovon sprichst du?«

Snemun räusperte sich, seinen Blick beharrlich gesenkt.

»Erik, nichts ist mehr so, wie es war, sie ...«

»Jorunn, wo ist Jorunn?«

Snemun machte ein paar Schritte zurück, antwortete nicht. Erik packte ihn und drehte seinen Arm mit eisernem Griff nach oben.

»Rede!«

Snemun schluckte und fand keine Worte.

»Erik, wir ... wir wussten nicht, dass du lebst. Jorunn, sie ... ja ...« Seine Stimme schien zu schweben, erstarb, und er nahm einen neuen Anlauf. »Erik, Jorunn hat sich verheiratet. Hörst du die Musik? Das ist ihre Hochzeit!«

»Lügner!« Erik riss den Arm herunter.
»Nein, nein«, rief Snemun und versuchte, sich loszumachen. »Es ist wahr. Wir glaubten, du seist tot!«
Erik schwitzte. Die Beine wurden ihm schwach, und er fühlte, wie sein Körper schwer wurde, gleichsam mit dem Boden verschmolz.
»Dein Vater hat Jorunn an Harald vergeben«, sagte Snemun düster. »Aber es ist deine eigene Schuld. Du hättest früher nach Hause kommen sollen!« Er befreite seinen Arm.
»Jorunn und Harald? Nein, nein, was ist das für ein Spiel, das du mit mir treibst?«, fragte Erik mit schneidender Stimme, seine Adern traten ihm auf die Stirn.
»Es ist wahr, Erik«, antwortete Snemun beherrscht. »Wir wollten dir nichts Böses, aber niemand hat geglaubt, dass du noch wiederkommen würdest.«
Erik lauschte, hörte den Lärm und die Musik, sah Snemuns ernstes Gesicht. Plötzlich begriff er, und ihm wurde klar, was Snemun so verzweifelt zu sagen versuchte. Das Lachen und Stimmengewirr, das durch die Nacht wogte, kam von Jorunns und Haralds Fest, ein Hochzeitsmahl! Und von allen Tagen, die gekommen und gegangen waren, seit er Birka verlassen hatte, war er ausgerechnet an diesem zurückgekommen! Die Musikanten spielten noch. Er hörte Händeklatschen und Lachen. Wie weit war das Fest gediehen? Hatten sie schon das Beilager eingenommen? Er unterdrückte einen Fluchtinstinkt und horchte. Wie von einer übernatürlichen Kraft gelenkt, wandte er sich dem Lärm, dem Schicksal zu.
Entschlossen begann er, den Hügel hinaufzugehen. Er hatte nicht vor aufzugeben, er würde kämpfen um das, was ihm gehörte.

Der Lärm nahm zu, Lachsalven und lautes Klatschen lösten einander ab. Die Fackeln leuchteten in die Nacht.

»Beilager, Harald! Weg mit dem Umhang«, rief die Menge bald schreiend, bald brüllend vor Lachen.

»Das kannst du besser, Harald!«

Vernarbte Wikinger reichten dem Paar Bier und Pilzpulver, und ein alter zahnloser Greis schlug sich vor Vergnügen auf die Schenkel. Erik hielt starr vor Entsetzen inne.

Der Hofplatz war von einem geschmückten Zaun umgeben, und an jedem Querbalken brannte eine Fackel. Oben auf dem Platz waren vier Öllampen angezündet worden, die ein prächtiges, mit Laub geschmücktes Brautbett beleuchteten. Die Decke war zu Boden gefallen, und dort, wo ihr eigentlicher Platz war, lagen Kleider und ein weiter, tiefblauer Umhang verstreut. Sein Mut sank, und Erik ging zögerlich näher. Das Brautpaar musste das Beilager schon eingenommen haben. Als er näher kam, bemerkte er heftige Bewegungen unter dem Umhang. Der Stoff hob und senkte sich wie Wellen im Sturm, und es sah aus, als würde ein heftiges Handgemenge darunter vor sich gehen. Jemand schrie, und es hagelte Schimpfworte. Im selben Moment wurde der Mantel weggerissen, und eine nackte Frau setzte sich auf. Sie drohte mit der Faust und fauchte.

»Und auf dich habe ich ein halbes Jahr gewartet!« Sie stemmte die Hände in die Hüfte und spuckte auf das Bett.

»Jorunn!« Erik schnappte verwirrt nach Luft.

Die Frau schwankte, und der Mann auf dem Lager versuchte, sie wieder unter den Umhang zu ziehen. Das war zu viel für Erik. Ohne zu überlegen, was er tat, stürmte er nach vorn und zog den Mantel fort. Mit einem einzigen kräftigen Griff hob er Harald aus dem Bett und stellte ihn auf die Füße. Dann verpasste er ihm einen Fausthieb, dass er zu Boden ging. Ohne den Gefallenen eines Blickes zu würdigen, stieg er auf das Bett.

»Jorunn, ich bin es, Erik!«

Jorunn kicherte und schlang die Arme um ihn, viel zu benommen, um zu begreifen, wer er war. Sie war sich lediglich darüber im Klaren, dass der Mann, den sie bis eben an ihrer Seite gehabt hatte, nichts für sie hatte tun können und dafür jetzt jemand anderes an seine Stelle getreten war. Angestachelt vom Jubel, der sie umgab, überschüttete sie nun Erik mit ihrer Erregung. Verwirrt fühlte er ihren warmen, nackten Körper und ihre pochende Begierde. Sie stöhnte, und ihre Hände tasteten. Beifall erscholl, und die Menge witterte etwas, das über das Gewöhnliche hinausging. Erik versuchte sie zu halten, sodass sie sich beruhigte, aber sie ließ sich nicht bändigen.

»Erik!«, schrie sie plötzlich. »Erik, bist du es?« Sie klammerte sich an ihn, bedeckte ihn mit Küssen. Die aufgekratzten Zuschauer sahen und hörten nicht, wer der Neuankömmling war, aber sie freuten sich lautstark, dass ein anderer den Platz des Bräutigams eingenommen hatte. Einige hatten nicht einmal gesehen, was passiert war, und glaubten, dass Harald nun endlich zum Zuge gekommen war. Die Musikanten stimmten eine neue Melodie an, die Gäste sangen, und die Stimmung stieg. Helge Sigurdsohn, der gesehen hatte, wie Harald am Beilager gescheitert war, hatte sich so für seinen Sohn geschämt, dass er den Platz bereits verlassen hatte, und Gudmund der Mächtige war schon so betrunken, dass er nichts mehr hörte oder sah. Aber Schwarzbart hatte begriffen, was geschah. Er befeuchtete seine Lippen und schrie:

»Worauf wartest du, Mann!«

Erik spürte die Frau in seinen Armen, hörte Jubel und Musik. Dann stand ihm die Situation klar vor Augen. Das Brautpaar hatte die Ehe noch nicht besiegelt. Er begriff sein Glück mit überbordender Freude. Er ließ sich hinreißen, legte Jorunn aufs Bett und zog rasch seine Kleider aus. Sie seufzte glücklich und machte sich bereit, ihn zu empfangen. Erik sah die Frau vor sich, fühlte die Wärme und Erregung, die von ihrem Körper ausgingen. Der Lärm um sie herum löste sich in nichts auf, als wären sie allein auf dem Platz. Jorunn, seine Frau! Er beugte sich über sie, und als Jubel in den Nachthimmel aufstieg und ihn ein Glücksgefühl erfüllte, gab er sich hin.

Erik betrachtete sein Zuhause aus der Ferne. Der Hof lag auf der Südseite eines kleinen Hügels, ganz außerhalb der Stadt. Das Haupthaus hatte ein neues Dach bekommen, und der gesamte Besitz war von einem neuen Zaun umgeben. Die Felder waren gepflügt und die Saat ausgesät. Wie immer war alles gut gepflegt und ordentlich.

Erik blieb stehen und sog den Geruch von Humus und Erde ein. Langsam nahm er das wohl bekannte Bild des väterlichen Hofes in sich auf. Er hätte glücklich darüber sein sollen, endlich wieder zu Hause zu sein. Aber Kränkung und ein unstillbarer Zorn brannten in seinem Herz. Der Vortag hatte in wildem Tumult geendet. Er erinnerte sich an Fackeln und die jubelnde Menge, Jorunn, die sich fest an ihn klammerte. Erst als die Erregung gewichen war, hatte er wieder klar denken können. Da erst hatte er begriffen, was geschehen war. Jorunn hatte Harald geheiratet, aber er selbst war es gewesen, der die Ehe besiegelt hatte. Er hatte sich die Frau eines anderen

Mannes genommen. Eine Frau, die ihm hätte gehören sollen. Sein erster Impuls hatte ihm gesagt, sie mitzunehmen und zu verstecken, aber Harald, der wieder zu sich gekommen war, hatte sein Schwert gezogen. Unbewaffnet war er nicht in der Lage gewesen, sich zu verteidigen, und hatte nach einem ungleichen Kampf fliehen müssen. Die Menschenmenge hatte sogar diesem Kräftemessen applaudiert und unter Jubel und Freude Harald und Jorunn weggetragen. Die Gäste waren wie eine mächtige, brausende Welle gewesen, und Erik hatte eingesehen, dass er nicht viel ausrichten konnte. Er musste den richtigen Augenblick abwarten. Im Lichte des nächsten Tages würde er das Geschehene klären und die Eheschließung für ungültig erklären lassen.

In dieser Nacht hatte er kaum Schlaf gefunden, und seine Glieder waren ungelenk und steif. Er streckte sich, massierte seine müden Gliedmaßen und schlug den Weg zur Wohnhalle ein. Als er näher kam, erkannte er alles wieder. Dort befand sich das Strohdach über dem Giebel, dort das Nebenhaus und die kleinen Grubenhäuser. Wie oft hatte sich ihm dieses Bild geboten, wenn er vom Meer nach Hause gekommen war? Eine dünne Rauchwolke suchte sich ihren Weg aus dem Abzugsloch im Dach und verflüchtigte sich im Wind. War jemand zu Hause?

Sein Schritt wurde langsamer, sein Blick unruhig. Wie würde er empfangen werden? War der Vater zornig? Erik hatte ihn selten anders als schroff und aufbrausend erlebt. Vielleicht war das der Grund, warum er es nie geschafft hatte, eine Frau im Haus zu halten. Erik erinnerte sich, wie er als kleiner Junge Ragnhild lieb gewonnen hatte, eine füllige und warme Frau, die mehrere Jahre bei ihnen gewesen war und sich um Haus und Hof gekümmert hatte. Sie hatte immer gut für ihn gesorgt und ihm immer etwas Gutes zu essen gegeben. Oft hatte sie Geschichten von anderen Ländern erzählt, und wenn er sich wehgetan hatte, war er auf ihren Schoß geklettert und getröstet worden. Aber im selben Jahr, in dem er neun Winter alt wurde, hatte der Vater Ragnhild fortgejagt und sich an ihrer Stelle eine andere Frau genommen. Erik hatte geweint und ihm nie verziehen, aber Harald war es gleichgültig gewesen. Er nannte seinen jüngeren Bruder eine Heulsuse und Erik Rotauge und fand, dass er kein ganzer Kerl war und allmählich erwachsen werden sollte.

Erik war jetzt fast da. Der Hofplatz war verlassen. Ein paar Schweine wühlten im Abfall vor dem Stall. Es roch scharf nach Stroh und Dung. Der väterliche Hof. Das Blut pochte in den Schläfen, und Unsicherheit beschlich ihn. Zuhause? Plötzlich spürte er eine Hand auf seiner Schulter und fuhr herum. Brynolf, der Hofknecht! Groß und dünn stand er vor ihm und grinste übers ganze Gesicht. Er blinzelte und zeigte seine morschen Zähne.

»Willkommen daheim, Erik. Schön, dich hier wieder zu sehen! Es gibt niemanden, der deine Heimkunft nicht mitbekommen hätte, wirklich …«

Erik lachte und wurde flammend rot.

»Harald war fuchsteufelswild, als er wach wurde«, fuhr der Knecht fort. »Wir mussten ihn in der Stube einschließen. Hätten ihn nicht zwei Mann zurückgehalten, wäre er mit dem Schwert zu dir gestürmt.«

»Hat er sich inzwischen beruhigt?«

»Jorunn ist bei ihm auf dem Hof. Sie versuchen so zu tun, als wäre nichts gewesen.«

»Das dürfte schwer werden.« Erik lachte grimmig.

Der Knecht blickte ihn ernst an.

»Sei vorsichtig. Harald wird versuchen sich zu rächen.«

Erik wich seinem Blick aus, sah über seine Schulter. Ein krummer, gebückter Mann war auf dem Weg in die Wohnhalle. Er war grauhaarig und dünn, sein Hemd hing ihm lose am Leib. Erik ging langsam hinauf zum Haus.

Sein Vater drehte sich um, als er jemanden kommen hörte. Er hielt inne und stützte sich gegen den Türstock.

»Ich habe dich zurückbekommen!«, murmelte er. »Du bist nach Hause gekommen.« Er umarmte ihn, schniefte und trocknete die Nase mit seinem Ärmel. Seine Hände zitterten.

»Komm!« Er schob den Sohn vor sich her ins Haus, ging zum Bierfass und füllte zwei Becher. Das Bier schäumte und tropfte zu Boden.

»Trink!«

Der Vater musterte ihn aufmerksam. Er wollte hören, was der Sohn zu berichten hatte. Es war wichtig, jetzt mit Erik zu sprechen, allein.

Erik sah sich um. Es war sauber und ordentlich um die Feuerstelle herum, neben der Tür stand ein Webstuhl.

»Du hast eine Frau im Haus?« Erik blickte seinen Vater fragend an.

»Nicht meine, aber eine«, antwortete er ausweichend. »Sie wird bald kommen. Jetzt lass hören!«

Erik lächelte ein wenig, berichtete schließlich.

Er erzählte von seinen Fahrten auf den russischen Flüssen, von den Märkten, Pelzen, von Bernstein und Silber, das er in Ladoga ergattert hatte. Sein Vater hörte zu, die Lider ruhten schwer über seinen müden Augen. Gelegentlich nickte er, schien stolz und zufrieden zu sein. Dann verdunkelte sich seine Miene. Besaß sein

Sohn kein Schiff mehr? War er überfallen worden? Erdreistete sich der Lümmel, mit leeren Händen nach Hause zu kommen?

Erik bemerkte die Veränderung, der Vater war wieder Helge Sigurdsohn, der Strenge und Gebieterische, der stets ermahnte, lenkte und richtete. Er verstand, was der Vater dachte. Er, Erik, war genauso armselig nach Hause gekommen, wie er fortgesegelt war. Dennoch hatte er Anspruch auf Jorunn erhoben und war sich nicht einmal zu fein gewesen, auch noch die Familie zu schänden. Vor aller Augen.

Erik ahnte, was kommen würde, und stellte das Bier auf den Tisch.

»Vater, Jorunn gehört mir. Ich bin gekommen, um sie mir zurückzuholen.«

Seine Stimme war schneidend, seine Hände verkrampft.

Helge Sigurdsohn fuhr sich übers Gesicht. Die erdigen Hände hinterließen schmutzige Streifen auf der Haut.

»Du wolltest ein Jahr fort sein, du bliebst drei.«

»Andere sind noch länger fortgeblieben als ich!«

»Ja, aber du hast dein Wort gegeben.« Der Vater sah ihn anklagend an. »Erik, es ist zu spät. Du kannst Jorunn jetzt nicht mehr einfordern!«

»Aber ohne Muntgeld hätte ich sie niemals heiraten können.«

»Das kannst du jetzt auch nicht!« Sein Vater schlug mit der Faust auf den Tisch.

Erik lehnte sich vor und packte den Vater hart an der Schulter. Er zitterte und schüttelte ihn zornig.

»Aber die Ehe ist ungültig. Du weißt selbst, wie es beim Beilager zugegangen ist.«

»Doch, doch! Das weiß ich gut. Du hast mich zum

Gespött aller gemacht.« Er sah ihn missbilligend an. »Erik, meine Vereinbarung mit Gudmund steht fest. Jorunn ist jetzt Haralds Frau.«

»Jorunn gehört mir.«

»Gehörte«, verbesserte sein Vater. »Und denk daran, nimmst du die Frau eines anderen, wirst du von jedem geächtet, gejagt und bedroht. Siehst du das ein? Komm zur Vernunft und versöhne dich jetzt mit Harald!«

»Niemals!«

Erik stand wütend auf, kehrte dem Tisch den Rücken und verließ mit schnellen Schritten das Haus.

6. Kapitel

Die Morgensonne tastete sich durch den Türspalt und warf ihr schräges Licht in die Halle. Eine Sklavin mit dunklen, markanten Gesichtszügen schob die Tür auf und betrat den Raum. In den Händen balancierte sie einen großen Waschbottich.

Sie ging an einer Reihe verzierter Pfosten an der Längsseite des Raumes vorbei, an den aufgestellten Steinen der Feuerstelle, und warf einen flüchtigen Blick auf den Langtisch, auf dem noch die Krüge, Kannen und Trinkhörner des gestrigen Gelages standen. König Björn blieb sich treu. Er hatte wieder gefeiert, sie erinnerte sich an den Krach und die Heiterkeit des Vorabends. Wie er gesungen hatte, mit glühenden Wangen und seinem goldenen Horn in der Hand. Er war der Einzige weit und breit, der drei Flöten auf einmal übertönen konnte. Am liebsten trat er allein auf, ein Vergnügen, das die anderen allerdings nicht teilten.

Der König war nicht oft auf Björkö, er wohnte auf Adelsö und hielt sich am liebsten hier in seinem Königshof auf. Das imposante Langhaus war größer und schöner als das irgendeines anderen Großbauern, doch damit gab er sich nicht zufrieden. Er wollte, dass sein Hof der größte und stattlichste war, den man je gesehen hatte, und war ununterbrochen damit befasst, ihn zu erweitern. In einem der Anbauten hatte er den Boden mit Kiefernholz ausgelegt. Diesen Raum hatte er zu seinem eigenen Schlafgemach gemacht.

Die Sklavin passierte den Raum mit dem Ring aus Götterstandbildern und blieb vor der Querwand stehen. Die Tür zum Schlafgemach war geschlossen. Drinnen knarrte der Bretterboden. Gedämpfte Stimmen drangen durch die Tür, ein Frauenlachen und die weiche Stimme des Königs. Sie sank auf die Langbank und murrte. Eine der Sklavinnen, die mit dem Frühstück hineingegangen war, war offensichtlich geblieben. Jetzt musste sie wieder warten. Wenn König Björn in dieser Stimmung war, brauchte er viel Zeit für sich.

Es war später Vormittag geworden, bis die Geräusche endlich nachließen und es still wurde. Die Sklavin wartete noch eine Weile, schob dann die Tür auf und ging hinein.

Mitten im Raum standen ein schwerer Eichentisch und einige Stühle, an der schmalen Wand befand sich ein gewaltiges Bett, mit verschlungenen Fabeltieren verziert. Überall an der Längsseite des Raumes entlang standen schwere Truhen mit prunkvollen Beschlägen, und die Wände schmückten bunte Wandbehänge. Der König saß halb nackt auf seinem Stuhl.

Er gab der Sklavin ein Zeichen, näher zu kommen, und sie kniete gehorsam vor ihm nieder. Er war verschwitzt, und seine Haut war blass, seine fetten Oberarme lagen schwer auf seiner Brust. Das Haar stand nass und strähnig ab, sein Gesicht wurde von einem grauen, aber gepflegten Bart bedeckt. Seine kleinen, blassblauen Augen musterten sie eine Weile, und in seine Augen trat sofort ein lüsterner Glanz.

Er lachte leise, beugte sich vor und streifte ihre Schultern mit den Fingerspitzen. Sie schlug die Augen nieder und hielt still, konnte sich nichts anderes vorstellen, als dass der König nur ein wenig fingern wollte. Aber noch hatte er Kräfte übrig. Gebieterisch befahl er ihr aufzustehen, und als sie auf die Füße gekommen war, fasste er sie an den Schultern und drehte sie um. Dann beugte er sie über den Tisch. König Björn hatte viele Frauen, aber an den Sklavinnen hatte er besonderes Vergnügen. Gekonnt warf er Gewand und Kittel beiseite, stieß einen vergnügten Ausruf aus und schritt freudig zur Tat. Doch er stellte bald fest, dass Frey offensichtlich gerade nicht bei Laune war oder etwas anderes nicht stimmte. Das Vergnügen war also nicht von langer Dauer, und der König ordnete enttäuscht seine Beinkleider. Vielleicht hatten gewisse Gedanken und Grübeleien ihm einen bösen Streich gespielt, denn, das fiel ihm plötzlich ein, heute war der Tag, an dem der Gesandte des Kaisers ihn besuchen sollte. Hergeir und Ansgar waren auf dem Weg. Er würde es gerade noch schaffen, sich zu waschen, bevor sie kamen. Verdrossen beugte er sich über den Bottich und begann die tägliche Waschung. Seufzend tauchte er den Kopf in das kalte Wasser und wusch Hände, Haar und Gesicht. Als er so weit war, schnäuzte er sich und spuckte in den Bottich. Während ihm das Wasser aus dem Bart tropfte, legte er den Arm um die Taille der Dunkelhaarigen.

»Jetzt, meine Schöne, kannst du den Waschbottich dem Nächsten bringen!« Er kniff sie liebevoll in den Po und schickte sie widerwillig aus dem Raum. Viel lieber hätte er den Tag mit dieser Schönheit verbracht als mit dem fremden Mönch. Aber jetzt war der Gesandte des Kaisers da, und jetzt musste er verzichten und auftreten, wie es sich für den König der Svear geziemte. Eigentlich hielt er nicht viel davon, dass ein Fremder nach Birka kam, ein Christ mit neuen Lehren, aber sein Häuptling Hergeir hatte ihn überredet. Damit die Kaufleute in Birka weiter Handel treiben konnten, war es wichtig, dass alle zu der neuen Lehre Zugang bekamen. Sonst würden sie sich vielleicht neue Handelsplätze suchen, hatte Hergeir gesagt.

König Björn grunzte und versuchte seine Haare in Ordnung zu bringen. Der knöcherne Kamm war voll loser Haare. Ihm wurde bewusst, dass sich mehr Haare im Kamm als auf seinem Kopf befanden. Bald würde er vielleicht ebenso kahl sein wie die Braunkittel mit ihren Tonsuren. Unlust überkam ihn. Nicht auszudenken, wenn es in Birka von Menschen mit Mönchskränzen nur so wimmelte.

Von draußen drangen Geräusche an sein Ohr, und er schlüpfte rasch in die restlichen Kleider. Schon hörte er Waffengerassel und schwere Schritte, die Wachen traten in die Halle. Der König legte sich seinen Umhang über die Schultern, band sich das Schwert um und ging hinaus.

In der Türöffnung hielt er inne. Seine Hände wurden unruhig, und der schwere Körper spannte sich. Ansgar!

Der Mönch war nicht der graue und sanfte Mann, den er sich vorgestellt hatte. Vor ihm stand eine ansehnliche, hoch gewachsene Gestalt mit einer eigentümlichen Ausstrahlung. Der Mönch lächelte und streckte beide Hände aus. Der König ergriff sie und erwiderte Ansgars Blick. Der Mönch lächelte noch immer, doch sein Lächeln spiegelte sich nicht in seinen Augen. Der König erstarrte. In diesem Moment begriff er. Das, was Ansgar getrieben hatte, diese lange, beschwerliche Reise nach Birka auf sich zu nehmen, war nicht seine Liebe zu Gott gewesen. Nein, Ansgar war jemand, der nach der Macht strebte, einer, der gefährlich werden konnte.

»Du gewinnst nichts, wenn du dich an ihm rächst!«

Jorunn ging katzengleich zur Schlafbank. In ihrem Kopf wüteten Messer, sie fühlte sich schwindelig, und ihr war übel. Am liebsten hätte sie sich hingelegt und geschlafen. Wegdämmern und vergessen. Aber ihr war klar, dass sie etwas tun musste. Sie musste Harald besänftigen. Gelang ihr das nicht, würde er sich an Erik rächen. Und das durfte nicht geschehen, ihrem Liebsten durfte nichts Böses zustoßen. Sie dachte an den Vortag. Erik war zurückgekommen, und er war genauso kraftvoll und überwältigend gewesen, wie sie ihn sich vorgestellt hatte. Dass er danach nicht unbewaffnet gegen seinen Bruder kämpfen konnte, sah sie ein, und es war klug von ihm gewesen, sich nicht auf einen Zweikampf einzulassen. Wenn er jedoch eine Waffe gehabt hätte, hätte er Harald sicher besiegt. Erik war stark. Noch immer spürte sie seinen muskulösen, kraftvollen Körper. Er war wie ein Sturm über sie gekommen und hatte sie in Höhen getragen, die sie nie zuvor gekannt hatte. Taumelnd vor Glück, hatte sie ihn empfangen. Würde sie es jemals wieder erleben, ein Gefühl, so stark, dass sie gar nicht verstand, wie es möglich sein konnte? Der Gedanke an das, was geschehen war, trieb ihr das Blut in den Schoß, und ihre Brust spannte sich. Wie sie sich nach Erik sehnte, wie sie ihn vermisste. Aber … Jorunn schloss die Augen und versuchte, ihren Atem zu beruhigen. Jetzt musste sie sich um Harald kümmern.

»Vergiss, was vorgefallen ist«, flüsterte sie und beugte sich über ihn. Unbeholfen glitten ihre Finger durch sein Haar, streichelten seinen Hals, seine Brust. Vor der Hochzeit hatte sie sich vorgestellt, wie es wohl sein würde, ihm nahe zu sein, mit den Händen seinen Körper zu berühren. Aber nach dem, was beim Beilager geschehen war, war alles anders. Der Mann unter ihren Händen fühlte sich rau und fremd an.

»Vergessen? Niemals!« Harald stieß sie fort und stand auf. »Ich werde Erik zum Zweikampf herausfordern. Du bist meine Frau, niemandes sonst.«

Rasend vor Wut, riss er Schwert und Schild von der Wand. Erik, der Hund, hatte ihn niedergeschlagen und ihn gedemütigt. Diese Tat würde er büßen. Er hatte diesen kleinen, selbstgefälligen Wicht noch nie leiden können. Als Kind hatte er so lange geheult, bis er bekam, was er wollte, und er hatte geschrien und geflucht, wenn irgendetwas nicht nach seinem Willen gegangen war. Erik würde ihn nicht ungestraft beleidigen. Harald verzog den Mund und spuckte aus. Die Leute hatten ihn ausgelacht, und er war zum Gespött der ganzen Stadt geworden. Mit dieser Schande konnte er nicht leben. Nein, das musste gerächt werden.

Jorunn schmiegte sich von hinten an ihn und fuhr mit ihren Händen unter sein Hemd. Ihre langen, weichen Finger streichelten ihn ruhig. Sie sagte nichts, drückte sich nur fester an ihn. Sie musste ihn auf andere Gedanken bringen. Nichts durfte Erik zustoßen, alles andere war ihr gleichgültig. Wie dumm sie gewesen war – zu glauben, sie könnte ihn vergessen. Das, was oben auf dem Hofplatz geschehen war, war Erinnerung genug. Nichts in ihr würde ihn jemals vergessen können.

»Ihr seid Brüder, Harald. Du kannst ihn nicht töten«, lockte Jorunn mit weicher und sanfter Stimme.

Harald schüttelte den Kopf. Listig war sie, sein Weib, eine Katze, die sich an seinem Rücken festkrallte. Aber sie würde sich ihm nicht in den Weg stellen können. Er stieß sie von sich, aber sie umarmte ihn erneut. Weich und anschmiegsam drückte sie sich an ihn, ihre Hände glitten über seinen Körper, ihre Finger vergruben sich in seinem Haar.

»Harald, besinne dich! Auch du hättest gehandelt wie Erik und verteidigt, was dir gehörte.« Jorunns Hände waren wie Schmetterlinge auf der Haut. Sie streichelten ihn, weckten die Hitze in seinem Blut. Das Schwert fühlte sich plötzlich groß und plump an, der Schild schwer. Jorunn bemerkte die Veränderung und nahm ihm lächelnd die Waffe ab. Stumm legte sie sie auf den Boden. Harald blickte sie an, und in seinen Augen strahlte ein neuer Glanz. Ihr weicher Leib war nah, ihre Brust wölbte sich schwer und üppig unter dem Leinen. Sie verströmte einen intensiven Duft nach Frau.

Wortlos wandte er ihr sein Gesicht zu und zog sie auf die Bank hinunter. Seine kräftigen Hände umfassten ihre Schultern und hielten sie fest. Jorunn war seine Frau, nur seine. Niemals würde Erik sich zwischen sie drängen können. Dass sie vom selben Blut waren und aus einem Geschlecht stammten, was kümmerte ihn das? Nein, beizeiten würde er seine Rache fordern. Nur Jorunn durfte nie davon erfahren.

»Komm«, flüsterte er. »Komm zu mir. Ich weiß, dass ich dich glücklich machen kann.«

Schwer legte er sich auf sie, einen lüsternen Zug um den Mund. Jorunn fühlte ihn bei sich und erstarrte. Aber er nahm es nicht wahr. Im nächsten Augenblick spürte sie seinen keuchenden Atem neben ihrem Ohr.

Das Feuer prasselte, und die Hammelkeule brutzelte in den Flammen. Erik hängte den Spieß höher und sah zu, wie der Rauch im Dach verschwand. Ein Teil zog durch das Stroh, der Rest suchte sich seinen Weg durch das Loch, das als Schornstein diente.

Das Haus, das Snemun ihm überlassen hatte, bot zwar ein Dach über dem Kopf, aber nicht viel mehr. Ein stechender, süßlicher Geruch lag in der Luft. Es roch nach Pferd und Moder. Das Stroh hätte erneuert werden müssen, die Wände waren undicht, und an einigen Stellen waren die Bänke verfault. Nur der Stall an der Schmalseite und die Tenne mit dem Vorratsspeicher waren in gutem Zustand. Aber hier konnte er bis auf weiteres wohnen, bis er sich etwas Eigenes gebaut hatte. Nach Hause auf den Hof zurückzukehren konnte er sich jedenfalls nicht vorstellen. Er starrte nachdenklich in die Glut. Wie seltsam sie gewesen war, seine Heimkehr, wie anders, als er es sich ausgemalt hatte.

Snemun ging in der Stube auf und ab und blieb vor dem alten und schmutzigen Langtisch stehen. Er fuhr sich ein paar Mal über den Mund, während er sich sorgfältig im Raum umsah. Die Narbe an der Lippe juckte.

»Das Haus steht leer, seit mein Vater tot ist, das merkt man. Aber fürs Erste wird es wohl reichen.«

Er lehnte sich an den Tisch. Er wackelte. Murrend zog er seine Axt aus dem Gürtel und schlug ein paar lose Holzzapfen fest.

»Du kannst hier so lange wohnen, wie du willst, im Gegenzug bitte ich dich um einen Gefallen.«

Erik drehte den Spieß um. Das Fett der Hammelkeule tropfte zischend ins Feuer.

»Ich habe dir versprochen, das Fischen zu übernehmen und den Handel. Was noch?«

»Wir müssen den Mönch loswerden.« Snemun rüttelte am Tisch. Jetzt stand er fest. »Wir müssen ihn vertreiben, bevor er den Leuten den Kopf verdreht.«

Snemun war ein Mann, der in die Zukunft blickte. Er ahnte Dinge und konnte vorhersehen, was sich ereignen würde. Jetzt hatte er gesehen, dass Ansgar großes Unheil über Björkö bringen würde.

»Den Mönch vertreiben? Dieses Netz wird sich nicht so leicht an Land ziehen lassen«, antwortete Erik nachdenklich. »Wenn er spricht, hören viele zu.«

»Gerade deshalb dürfen wir nicht zu lange warten«, entgegnete Snemun grimmig. Er nahm die Bänke am Tisch in Augenschein. Eine von ihnen sah brüchig aus. Er schlug auf ein morsches Astloch. Die Axt ging glatt hindurch.

»Ein Glück, dass wir noch nicht dazu gekommen sind, uns zu setzen!«, sagte Erik mit breitem Grinsen.

»Hör zu«, fuhr Snemun fort und senkte die Stimme. »Der Kaiser hat Ansgar zu uns geschickt, um Birka zu christianisieren. Wenn ihm das gelingt, kann es passieren, dass wir vom Frankenreich regiert werden und nicht länger unsere eigenen Herren sind. Es heißt, er wolle eine Kirche hier in Birka bauen.«

»Hier? Soll ihn doch der Troll holen. Das müssen wir verhindern«, sagte Erik, nun wieder ernst.

Snemun nickte stumm.

»Aber wie?«, fuhr Erik fort.

Sie saßen eine Weile schweigend da. Snemun erhob sich, ging vom Tisch zur Fensterluke und wieder zurück. Die Narbe an der Oberlippe war ganz rot geworden.

»Ich weiß!«, rief Erik plötzlich und sprang auf. In seinem Eifer stieß er gegen den Spieß, der kurz in der Gabel schaukelte, bevor er mit einem Krach fiel.

»Wir müssen das Volk dazu bringen, Ansgar zu misstrauen, ihn lächerlich machen, das wird am besten wirken«, redete er weiter und griff nach dem Spieß, um ihn wieder zurückzulegen. Brüllend ließ er los. Das Eisen war heiß, und er hatte sich ernsthaft die Hand verbrannt.

Der Sommer kam früh und brachte helle Abende und Wärme. In Birka wurden Türen und Fenster zu Sonne und Meer geöffnet, und draußen vor dem Stadttor leuchteten grüne Felder. Das Gras auf den Äckern war umgegraben, das Korn hatte bereits Ähren angesetzt. Auf der anderen Seite des Fjords flimmerte Adelsö im blaugrünen Dunst, und hinter den Holzzäunen des Königshofes blühten Obstbäume und Wiesenblumen.

Ansgar wanderte langsam hinauf zum Hof, er schwitzte stark unter der schweren Mönchskutte. König Björn hatte ihn zu einem Gastmahl geladen, nun blieb ihm nichts anderes übrig, als zu erfahren, was er im Sinn hatte.

Der König grüßte höflich und bat ihn in die Halle. Die Kühle im Königshof war angenehm, und Ansgar wischte sich erleichtert die Schweißperlen von der Oberlippe. Er blickte sich um. Der Saal war mit Blumen und Wandbehängen geschmückt, und in der Mitte des Raumes war ein prächtiger Langtisch gedeckt. Musikanten spielten, und Diener in fußlangen Kleidern trugen auf. Der König lächelte freundlich und bat den Mönch, direkt neben dem Hochsitz Platz zu nehmen. Dann nickte er Ansgar zu, damit er sich bediente. Der König betrachtete ihn neugierig.

Wild und Geflügel, Sauermilch und frisch gebackenes Brot, der Mönch würde diese Köstlichkeiten doch sicher essen mögen? Der König hatte noch dazu zwei Kannen Wein bringen lassen, dieses merkwürdige saure Getränk, das die Christen zu trinken pflegten. Er hatte ihn einem Kaufmann abgekauft, der von weither gekommen war, und freute sich, endlich Verwendung dafür zu haben.

Ansgar nahm sich von den Speisen, sah sich im Saal

um und erblickte den Ring mit den Götterstatuen. Odin, Thor und Frey waren aus großen Eichenstücken grob geschnitzt. Sie wirkten starr und bedrohlich. Götzenanbetung, heiliger Christ! Abscheu erfüllte ihn, und er blickte weg. Weiter hinten im Raum bemerkte er einige Spieltische. Es stimmte, die Barbaren waren nicht nur für ihr Lotterleben und ihre wilden Trinkgelage bekannt, sondern widmeten sich auch Brett- und Glücksspielen. Ansgar schnitt sich ein Stück Fleisch ab und begann zu essen. Heiden, dachte er. Es würde schwer werden, sie zu bekehren. Aber mit Gottes Hilfe würde es gelingen. Und wenn er sie erst ordentlich getauft hatte, würde der Kaiser ihn sicher reich belohnen. Dann konnte Kaiser Ludwig auf das Ende der Wikingerraubzüge hoffen, und mehr: Das Reich der Svear könnte ins Kaiserreich eingegliedert werden. Ansgar betrachtete nachdenklich die Götzenbilder. Sie würden dort nicht mehr lange stehen bleiben. Vergessen waren die Strapazen der Reise. Nun würde seine Mission endlich beginnen.

König Björns durchdringender Blick wanderte immer wieder zu Ansgar. Der Mönch hatte darum gebeten, eine Kirche bauen zu dürfen, und dieser Wunsch hatte sich schon unter den Leuten herumgesprochen. Eine Kirche in Birka! Nein, so etwas wollte hier niemand haben. Aber es würde schwer werden, dem Mönch etwas zu verweigern. Und irgendwo musste er ihn schließlich predigen lassen.

»Vater, seid Ihr sicher, dass Ihr eine Kirche benötigt?« Der König wandte sich zögernd an Ansgar.

»Wir haben unser Zelt verloren, das Zelt des Herrn, Euer Gnaden.«

König Björn versuchte, seinen Ärger zu verbergen. Dieser Mönch meinte offenbar, dass Zelt und Kirche dasselbe waren. Obwohl er fremd war, bat er auf eine Weise, die einer Forderung gleichkam. Bescheiden war er wahrlich nicht, der Braunkittel. Der König sah auf die Tischplatte hinunter. Oh, wie er es bereute, dass er den Mönch hatte rufen lassen.

Eine der Sklavinnen kam und trug neue Schüsseln auf. Der König hielt seinen Blick auf sie gerichtet. Ein Teil ihres Haares war zu einem Kranz aufgesteckt, der Rest fiel in einem langen Pferdeschwanz über den Rücken. Sie hatte dunkle, glänzende Augen, und ihre Haltung war scheu. Ihre Haut war blass, die Hände lang und schmal. Etwas Unbestimmbares umgab sie. Sie sah aus wie eine Seherin, vielleicht auch wie eine Hexe.

Der König lehnte sich zurück. Plötzlich sah er die Nebelschwaden in den Sümpfen vor sich, zwischen den Birken draußen auf Björkö. Außerhalb der Stadtmauern, jenseits der Höfe, lag das Schwarze und Dunkle, das alle fürchteten. Hexen, Trolle und Gespenster. Dort hielten sie sich auf, heimtückisch versteckt in den verzauberten, nassen Sumpfwiesen. Dorthin verirrte sich niemand mehr nach Einbruch der Dämmerung, und am Tag eilte man vorbei, ohne stehen zu bleiben. Der König trank mit großen Schlucken. Ein listiges Funkeln trat in seine Augen.

»Hört zu, Vater. Es gibt eine Lichtung, umgeben von Birken auf der Ostseite Björkös. Dort könnt Ihr Eure Kirche bauen. Und denkt daran, wir werden alles tun, was in unserer Macht steht, Euch zu helfen.«

Der König streckte sich und stellte vergnügt sein Weinglas ab. Sicherlich, bevor er so eine Entscheidung traf, hätte er erst seinen Rat befragen müssen, aber das beunruhigte ihn nicht. Seine Ratsmänner pflegten zu tun, was er sagte.

Ansgar bedankte sich und war erfreut. Wenn doch nur Witmar bei ihm wäre und seine Freude teilen könnte. Jetzt, wo er seine Kirche errichten würde!

Erik zielte und warf seinen Fischspeer. Die Wasserkaskaden funkelten. Sie glitzerten noch mehr, und eine Schlammwolke stieg vom Grund auf. Kleine Wellen breiteten sich auf der Oberfläche aus, und es wurde still. Viel zu still.

Der Hecht war weg. Er hatte ihn verfehlt, schon wieder!

Erik zog den Speer zurück. Nichts schien ihm mehr zu gelingen.

Vor kurzem hatte er gehört, was sich drüben auf dem Hof seiner Eltern zugetragen hatte. Vor einigen Wochen hatten sie sich geeinigt, sein eigener starrköpfiger Vater und Gudmund der Mächtige. Sie hatten sich getroffen, um die Ereignisse der Hochzeit zu besprechen, und beide meinten, dass Jorunn und Harald als rechtmäßig verheiratet anzusehen seien. Nichts von dem, was geschehen war, konnte daran etwas ändern. Zweifellos bedauerten sie Eriks Schicksal, aber gleichzeitig fanden sie auch, dass er selbst die Schuld daran trug. Dann hatten die Männer ihre Übereinkunft mit einem Handschlag besiegelt und sich ihr Wort gegeben, in Eintracht miteinander zu leben. Snemun hatte ihm alles berichtet.

Erik blickte über das Wasser, hielt die Hände schützend vor die Augen, um sie vor dem blendenden Licht zu schützen. Wenn sie nicht vor der Küste überfallen worden wären. Dann wäre er einige Tage vor der Hochzeit angekommen. Und dann! Und wenn …

Wenn?

Nein, jetzt konnte niemand mehr etwas ändern. Er

strich vorsichtig den Schlamm von den Widerhaken und spülte den Speer ab. Er konnte Jorunn nicht mehr zurückgewinnen. Er musste auf seine Frau verzichten. Zornig schleuderte er den Speer ins Wasser.

Erik stützte sich auf die Ruder und spähte auf den Fjord hinaus. Einige Frauen waren ins Wasser gegangen und standen vornübergebeugt, ihre Kleider in der Taille hochgesteckt. Sie wuschen. Ihre Hände wrangen und kneteten die Kleider, Schlaghölzer fuhren mit Hieben auf den Stoff nieder.

Er ruderte näher heran und hielt die tropfenden Ruderblätter über die Wasseroberfläche. Die Frauen bemerkten ihn nicht. Er blinzelte in das helle Licht, suchte nach Jorunn. Gebeugte Frauenkörper, pralle Oberarme, weiße Haut und wogende Brüste. Doch keine Jorunn. Hier gab es keine mit ihrem geschmeidigen Leib, keine mit ihrem dunklen, wallenden Haar. Nein, Jorunn war nicht hier, auch keine andere, die er von früher gekannt hätte.

Er schloss die Augen, resigniert und verzweifelt. In Gedanken sah er sie beide zusammen, so wie es damals gewesen war. Als sie sich einander angenähert hatten, Freunde und Vertraute geworden waren, damals, bevor er aufgebrochen war. Er erinnerte sich an die innige Wärme der Worte und Blicke, die sie miteinander gewechselt hatten, an Spannung und Verlangen, die aufflammten, wenn sie sich berührten. In einem solchen Moment der Nähe hatte er angefangen, von Hochzeit zu sprechen, und Jorunn hatte ihn fest und glücklich umarmt. Wie froh er gewesen war, als er begriff, dass Jorunn ihm gehörte. Dann ereilte ihn die Forderung des Gudmundhofes. Jorunn würde die seine werden, aber nur, wenn er ein ausreichendes Muntgeld aufbringen konnte. Und er hatte es so gut wie geschafft. Wenn nur Anund, dieser niederträchtige Hund, nicht gewesen wäre, der ihm alles geraubt hatte. Erik fühlte sich verlassen und fluchte zornig mit zusammengepressten Kiefern. Langsam ruderte er ans Ufer zurück und tauchte gedankenverloren die Ruderblätter ins Wasser. Die Sonne verschwand, duckte sich hinter einer hellen Wolkenwand, um gleich wieder hervorzukommen. Dann entdeckte er sie. Ja, sie war es.

Jorunn ging hinunter zum Wasser. Ihr Gang war geschmeidig, ein wenig wogend, ihre Haltung aufrecht und entschlossen. Sie trug einen großen Weidenkorb, erkannte ihn und blieb sofort stehen. Einen Augenblick lang starrte sie Erik überrascht an, dann wandte sie sich ab. Er versuchte ihren Blick zu fangen, doch vergeblich. Sie tat, als hätte sie ihn nicht gesehen.

Es knirschte laut, als der Kiel des Bootes auf den Strand schrammte, und ein paar Enten flogen erschrocken auf. Erik legte die Ruder beiseite und sprang an Land. Die Insel Grönsö lag nicht weit von Björkö entfernt, aber hier suchte nur selten jemand die Stille. Hier konnte er sich in eine Felsspalte legen und nachdenken. Er musste zur Ruhe kommen und überlegen, was er jetzt tun sollte. Langsam bahnte er sich einen Weg ins Innere der Insel. Trockene Zweige knackten, es duftete mild nach Birken und Kiefern. In einer Felsschlucht unter Eichen und Ahorn fand er Blaubeeren und beugte sich hinab, um sie zu pflücken. Sie schmeckten sauer und hart, und er spuckte sie wieder aus. Einen Steinwurf entfernt entdeckte er Moosbeeren. Sie waren wässriger und kleiner als die Blaubeeren, hatten aber eine wundersame Wirkung auf den Körper. Die Frauen sagten, sie seien gut für die Liebe. Er steckte sich ein paar in den Mund und sammelte eine Hand voll. Vielleicht würden sie seine Laune heben.

Er streifte auf der Insel umher, während der Tag verging und die Sonne im Westen sank. Die Natur umschloss ihn, erfüllte ihn, und es wurde ihm leichter ums Herz. Auf einer Lichtung setzte er sich ins Gras und blickte in den Himmel hinauf. Was sollte er tun? In Birka bleiben? Vielleicht würde er für einen der Kaufmänner arbeiten können. Kaufen und Verkaufen, das gefiel ihm. Aber irgendwie musste er sich genügend Silber beschaffen, um seine eigenen Geschäfte in Gang zu bringen. Wenn alles gut ging, würde er nach und nach ein eigenes Schiff ausrüsten können. Oder sollte er einen eigenen Hof erbauen? Erik setzte sich auf, rupfte einen Grashalm ab und ließ ihn durch seine Hand gleiten. Er musste von vorn beginnen, alles vergessen, was ihm widerfahren war. Snemun würde ihm vielleicht helfen können. Das müsste gehen. Und Jorunn?

Er warf den Grashalm fort, bereute es und nahm schnell einen neuen. Nein, er musste sie aus seinen Gedanken verbannen. Sie hatte ihm gehört, aber jetzt war sie die Frau eines anderen Mannes. Haralds Frau, die Frau seines Bruders. Erik schloss die Augen und sank zurück ins Gras. Was geschehen war, war seine eigene Schuld. Wenn er nicht so lange fortgeblieben wäre! Wenn ...

Lange döste er im Gras, und er musste ein wenig geschlafen haben, denn sein Rücken war kühl, als er aufwachte. Vom Wasser drangen Geräusche zu ihm herauf. Ein paar Möwen flogen kreischend in den Himmel, und am Ufer knirschte Kies. Ein Ruder schlug ins Wasser. Er stand auf und blickte zum Strand.

Wie ein Traumbild stand eine Frau in den glitzernden Wellen.

Sie war allein. Ihr hüftlanges, dunkles Haar fiel ihr über die Schultern. Die schrägen, durchdringenden Augen betrachteten ihn stumm.

7. Kapitel

Sie sahen sich lange an. Keiner von ihnen sagte etwas. Erik atmete schwer. Jorunn! Er war ihr so nah, musste nur die Arme nach ihr ausstrecken und sie an sich ziehen. Sie würden sich ins Gras betten können, einander besitzen, wie sie es einst beschlossen hatten. Aber nun?

Jorunn senkte den Blick und rieb unbeholfen die Hände an ihrem Kleid. Erik. So stattlich war er. Seine Haltung, sein Körper, auf männliche Art vollkommen. Sein Gesicht war reifer, seine Züge klarer und entschiedener geworden, als sie sie in Erinnerung hatte.

Aber in seinem Blick lag etwas, das sie nicht kannte. Schmerz?

Jorunn sah ihn scheu an. Warum war sie ihm gefolgt? Um das Vergangene zu klären? Um sich von den Gedanken an das Geschehene zu befreien? Ja, sie wollte mit ihm sprechen. Sie musste mit ihm sprechen!

»Jorunn!«

Erik ging langsam auf sie zu. Er wollte sie berühren, sie umarmen, aber er streckte seine Hände nicht aus. Sie waren nicht länger verlobt. Sie gehörte einem anderen.

Wie ein Waldgeist lockte sie ihn, wie eine Urkraft zog sie ihn zu sich. Er fühlte die Wärme, spürte das Feuer, ein Feuer, das nicht brennen durfte. Plötzlich überwältigten ihn Ohnmacht und Zorn.

»Warum hast du nicht gewartet?« Er fasste sie hart an den Schultern.

Jorunn merkte die Veränderung, wurde unsicher.

»Nein«, murmelte sie, »nein, nein, so nicht.«

Er beugte sich über sie, schüttelte sie mit festem Griff.

»Du hast es versprochen!«

Jorunn schnappte nach Luft, spürte die Kraft und Wut in seinem Körper. Dann überkam er sie, der Zorn über die Ungerechtigkeit seiner Worte. Sie befreite sich aus seinem Griff und schlug ihm ins Gesicht.

»Warten? Oh, ja, ich habe gewartet. Aber du? Du bist nicht zurückgekommen, du Schuft!«

Er ließ sie mit einem verwunderten Ausdruck los. Sie hatte ihn geschlagen! Sie ... Er begegnete ihrem Blick und sah ihren Zorn und ihre Trauer. Dann verstand er. Sie liebte ihn noch immer, darum ... Seine Wange brannte.

Er zog sie heftig an sich.

Niemand würde es erfahren. Niemand würde es erklären müssen. Niemals.

Sie konnten einander nicht länger widerstehen.

Er zog sie fort vom Strand, zwischen die Bäume. Im Schutz der Blätter umarmten sie sich hitzig. Keiner von ihnen sagte etwas, sie wagten es nicht, die Gedanken in Worte zu formen. Er hatte die Glut entfacht, die schon immer da gewesen war. Eine Glut, die bei ihnen beiden zu Flammen und Funkenregen wuchs. Der Boden brannte, ihre Haut wurde heiß, und sie waren endlich beieinander.

Hinterher ruhte ihr Kopf auf seinem Arm, glücklich. Sie berührte ihn, streichelte ihn und erzählte von ihrem Warten, den einsamen Wanderungen am Strand. Sie versuchte, ihm klar zu machen, wie sie den Gedanken aufgegeben hatte, ihn jemals wieder zu sehen. Dann wurde ihre Stimme zögerlich und konnte die Worte kaum mehr tragen: Die Hochzeit mit Harald war ein Weg aus der Dunkelheit gewesen, ein Weg fort von dem, was sie verloren hatte und niemals wiederbekommen konnte.

Harald? Erik erstarrte und erschauerte fröstelnd. Plötzlich drehte er sich weg, fort von dem Waldgeist, der ihn verführt hatte. Geächtet? Nein! Er musste sie in Ruhe lassen, sie gehörte einem anderen. Jorunn war ein Traum, die Wirklichkeit sah anders aus. Er sprang auf und blickte sie aus großen, weit aufgerissenen Augen an. Die Freude verschwand aus seinem Blick, und er betrachtete sie mit bodenloser Verzweiflung. Sie gehörte ihm nicht, er musste sie vergessen. Er stand unschlüssig da, dann drehte er sich um und ging mit schnellen Schritten hinunter zum Strand. Hastig schob er das Boot ins Wasser und ruderte fort. Wie durch einen Schleier sah sie ihn verschwinden. Ruderschläge verklangen über dem See.

Sie schob das Zubettgehen hinaus. Blieb noch am Feuer, beschäftigte sich mit Kesseln und Schüsseln. Jorunn schaute in die Kammer, zögerte, wollte nicht zu Harald hineingehen. Sie scheute seine Umarmung, verspürte Widerwillen bei dem Gedanken an seine Lust. Er durfte sie nicht anfassen, nicht jetzt, noch nicht. Sie schlang ihren Schal fester um die Schultern und band die Haare zusammen. Und wenn ihr anzusehen war, was sie getan hatte? Sie durfte sich nicht verraten. Das konnte gefährlich sein. Wenn jemand etwas über sie beide herausfand, würde Erik in die Verbannung gezwungen, und an das, was mit ihr passieren würde, wagte sie nicht einmal zu denken. Sie schob die düsteren Gedanken beiseite und versuchte stattdessen, sich an Erik zu erinnern, die kurze Zeit, die sie gehabt hatten, noch einmal zu durchleben. Es gab keinen Zweifel, sie liebte ihn noch immer. Ob sie ihn jedoch jemals wieder treffen konnte? Vielleicht, wenn sie sich heimlich nach Grönsö schlichen? Aber ...

Nein, das, was geschehen war, durfte nie wieder passieren, niemals. Jorunn streckte ihren Körper, holte tief Luft und sah zur Kammer hinüber, in der Harald wartete. Sie gehörte jetzt zu ihm. Sie senkte den Blick, presste die Lippen aufeinander, ihre Glieder verspannten sich in Abwehr. Sie zog den Schal um den Kopf, der Stoff roch nach Erik.

Vorsichtig fuhr sie mit dem Tuch über ihre Wangen.

Lange verharrte sie so, Eriks Geruch ganz dicht an ihrem Gesicht.

Die Nachmittagssonne warf lange Schatten über den Hofplatz, der das Nebenhaus verdunkelte. Vor dem Haupthaus saß Ansgar in der Sonne und knüpfte ein Netz. Hergeir, der Häuptling, hatte dafür gesorgt, dass er bei einem Kaufmann in einem schönen alten Haus am Hafen Herberge gefunden hatte. Der Händler selbst war auf Fahrt gen Osten und wurde nicht vor dem Frühjahr zurückerwartet, aber seine Frau kümmerte sich gut um ihn. Sie betrachtete es als große Ehre, einen Diener Gottes zu beherbergen, und versorgte ihn mit Speis und Trank und allem, was er sich wünschte.

Ansgar beobachtete das Spiel der Wolken über dem Hausdach. Das Haus, in dem er wohnte, lag mit der einen Schmalseite zur Straße, die andere grenzte an den Hofplatz. Das Gebäude war aus gutem Holz gezimmert, mit verziertem Dachfirst. Zum Hof gehörten außerdem zwei einzelne Grubenhäuser, in dem einen wurde gebacken, im anderen wurden die Vorräte aufbewahrt. Innen im Kaufmannshaus lag in der Mitte eine große Wohnhalle, von der kleine Kammern und ein Verschlag für die Tiere abgetrennt waren. In diesem Haus lebte Ansgar in viel größerem Wohlstand, als er es sich vorgestellt hatte, ganz anders als die einfache Klosterzelle, die er in Corbie bewohnt hatte. Doch obwohl er gut mit Essen und Herberge versorgt wurde, erschien ihm vieles schwer. In der Stadt wurden ihm Schimpfworte nachgerufen, und er wurde verhöhnt. Einmal, als er zum Wirtshaus unten am Hafen gegangen war, war eine Horde betrunkener Krieger über ihn hergefallen und hatte ihm mit dem Tode gedroht, wenn er nicht ins Frankenreich zurückkehren würde. Sicher, sie waren im Rausch gewesen, aber dennoch. Ansgar tröstete sich damit, dass er trotz allem glimpflich davongekommen war. Im Reich der Svear gab es Männer, die ihr Schwert zogen, nur weil ihnen jemand etwas Spöttisches hinterhergerufen hatte. Eine einfache Beleidigung war ihnen Grund genug für einen Zweikampf.

Ansgar fuhr gedankenverloren mit den Händen über das Netz. Wie sollte es ihm je gelingen, diese Barbaren zu christianisieren? Aber nein, er durfte nicht zweifeln. Der Svearkönig hatte nach ihm geschickt, und es gab viele, die seinen Predigten dankbar zuhörten. Viele von ihnen wollten sich taufen lassen.

Ansgars Gedanken wurden von einem leisen Lachen unterbrochen. Öyvind, der junge Sklave des Bronzegießers, war auf den Hof gekommen. Er schlenkerte beim Gehen mit den Armen, sein Gesicht war schwarz und rußig. Ansgar lächelte, grüßte freundlich und reichte ihm sein Seil und Ösen. Er sollte ihm mit dem Netz helfen und war eine angenehme Gesellschaft. Mit ihm fühlte Ansgar sich weniger einsam. Der Junge hörte gerne zu, wenn Ansgar erzählte, und zwischendurch sangen sie zusammen Psalmen. Glücklich hatte er Öyvind versprochen, dass er Chorknabe werden durfte, wenn die Kirche erst fertig war. Die Kirche, ja ... Ansgar betrachtete die Schlaufen vor sich. Warum hatte er noch immer keine Hilfe für den Kirchenbau gefunden? Wenn doch nur Witmar da wäre. Er hätte ihn jetzt gebraucht.

Harald war unzufrieden, er hatte noch immer nicht vergessen können, was bei der Hochzeit vorgefallen war. Erik hatte ihn zum Gespött aller gemacht, und er wurde ohne Unterlass an das Geschehen erinnert. Sowie er sich in der Stadt zeigte, wurde Gelächter laut. Die Einwohner flüsterten, feixten und starrten ihn frech an. Die Schimpfworte fanden kein Ende. Niemand forderte, dass Erik zur Rede gestellt werden sollte, nein, seinem Bruder brachte man dafür auch noch Hochachtung entgegen. Er selbst war es, der büßen musste. Sein Hass auf Erik wuchs. Dieser Hundsfott! Harald wollte Rache, wollte ihn töten. Aber das war unmöglich. Wenn Jorunn davon erfuhr, würde sie ihm niemals verzeihen. Und er wollte ihre Liebe gewinnen, wollte ihr gemeinsames Leben, das sie sich gerade aufbauten, nicht zerstören. Wenn sie herausfände, dass er Erik getötet hatte, würde er sie für immer verlieren. Nein, sein Bruder musste durch ein Unglück sterben, damit niemals jemand erfahren würde, wer dahinter steckte.

Als Harald eines Tages beobachtete, wie der groß gewachsene Sklave Odd Sote auf dem Gudmundhof einen der Hausknechte niederschlug, kam ihm eine Idee. Er wusste, dass der Sklave den anderen vom Gudmundhof missfiel und sie es gerne gesehen hätten, wenn er den Hof verlassen hätte.

Am nächsten Tag rief er Odd Sote zu sich. Der Sklave stand vor ihm und sah zu Boden. Er war groß und breit, hatte ein kräftiges Kinn, und seine Fäuste waren grob und hart wie Schleifsteine. Harald dachte an die, die behaupteten, dass Sote in einer anderen Stadt gewütet hätte und deshalb von dort verjagt worden sei. Das entsprach vermutlich der Wahrheit, aber er zählte zu den allerbesten Sklaven auf dem Gudmundhof und hatte deshalb bleiben dürfen. Sote konnte zupacken und tat, was man ihm auftrug, darüber hinaus war er zäh und stark wie kaum jemand sonst. Nun konnten seine Kraft und Stärke Verwendung finden. Haralds Blick verdunkelte sich, und das Weiß in seinen Augen funkelte.

»Ich kann dir die Freiheit zurückgeben«, sagte er leise, wissend, was das bedeutete.

Sote blickte ihn erstaunt an und fingerte ungeschickt mit den Daumen an seinem Gürtel herum. Harald Sigurdsohn, der Schwiegersohn Gudmunds des Mächtigen, stand hier vor ihm, gespannt und aufrecht. Seine Miene verriet nichts, seine Augen verhießen Vergeltung und Unglück.

»Kraft und Mut hast du«, fuhr Harald fort. »Wenn du tust, was ich dir sage, lasse ich dich gehen. Wenn du mich aber verrätst, werde ich dich töten lassen.«

Odd Sote trat unruhig von einem Fuß auf den anderen, seine Augen verengten sich zu schmalen Schlitzen. Nach langem Schweigen murmelte er schließlich eine Antwort und nickte.

Die Tage wurden kürzer, die Nächte waren schwarz und kalt. Die Vogelbeeren wurden reif, und Pilze schossen aus Baumstümpfen und Erde. Es ging auf den Herbst zu. Am Stadttor wanderten die Wachen auf und ab, um sich warm zu halten, und die Frauen auf dem Platz hatten ihre Leinenkleider gegen dicke Wollkleider getauscht. Am Brunnen holten sie Wasser und plauderten eine Weile, während die Kinder spielten und lärmten. In den Gassen zum Hafen hin luden die Gastwirte ihre Waren ein. Sie schleppten Fisch, Früchte und Gemüse in offenen Kisten und rollten große Tonnen mit Bier und Getreide herbei. In schönen Krügen trugen sie vorsichtig Honig. Es war noch früh am Tag, die Luft war diesig und kalt.

Unten im Hafen zog die Dämmerung vom See herauf, und über Brücken und Badehaus nieselte Tau. Die Straßen direkt am Strand waren glatt und rutschig, die Holzplanken glänzten grau. Ein paar Hühner gackerten, Schweine wühlten im Abfall, und an den langen Holzbrücken knarrten die Schiffe in ihren Vertäuungen.

Ansgar lauschte den Geräuschen, die vom Strand heraufdrangen, und betrachtete verschlafen die feuchte Holzwand der Kammer. Er fröstelte. Zitternd entstieg er dem Bett und schlang sich seinen Umhang fest um den Körper. Dann schlüpfte er in die Schuhe, fuhr sich mit dem Kamm durch die Haare und verließ den Raum. Vorsichtig öffnete er die Tür und trat hinaus.

Ein schneidender Nordwind zog durch die Gassen und zwang ihn, gebückt zu gehen. Aber er ging mit Gottes Frieden im Herzen. Er konnte sich über eine täglich wachsende Schar freuen, die ihn aufsuchte. Die schroffen Heiden mit ihrer rauen Schale kamen, um ihm zuzuhören und das Wort des Herrn zu empfangen. Jenen, die ihn mit Schimpfworten verfolgt hatten, schien es langweilig geworden zu sein. Dennoch beunruhigte ihn etwas. Noch immer hielt er seine Predigten auf der Allmende draußen vor der Stadt. Doch bald würde es zu kalt werden, um dort zu predigen. Am liebsten hätte er sofort angefangen, seine Kirche zu bauen, aber der König schien weniger erpicht darauf zu sein. Sicher, er hatte ihm Land gegeben und versprochen, ihn zu unterstützen, aber die Zeit verstrich, ohne dass etwas geschah. Sobald die Scheunen und Lager gefüllt und die Herbstsaat ausgebracht wäre, würde er ihm Männer zum Arbeiten schicken, hatte er gesagt. Aber würde er Wort halten? Bald musste er handeln, sonst würde die Kirche nicht vor Anbruch des Winters fertig werden.

Ansgar trat gegen einen Stein, der an einer Hauswand abprallte und in den Abwassergraben fiel. Ein blonder Knirps, der vor der Wand spielte, warf ihm einen missbilligenden Blick zu und flüchtete ins Haus. Ansgar sah ihm lange nach.

Draußen vor der Stadt pfiff der Wind ungebremst, und die kalte, feuchte Luft schlug ihm rau ins Gesicht. Ansgar zog den Umhang enger und beschleunigte seinen Schritt.

Die Allmende grenzte an ein paar kleine Felsen im Süden, einen Espenhain und dichtes Gebüsch auf der Ostseite. Es war ein großer, offener Platz, der von allen Seiten gut einzusehen war, und viele konnten seine Predigten hören. Ein Großteil derer, die anfangs nur aus Neugier zugehört hatten, waren wiedergekommen. Die meisten waren weit gereiste Kaufleute, aber es kamen auch Frauen, Gesinde und Sklaven. Ihre Zahl nahm stetig zu.

Ansgar bog vom Weg ab und betrat die Allmende. Während er dahinschritt, wurde er von großer Dankbarkeit dem Herrn gegenüber erfüllt. Hergeir hatte davon gesprochen, sich taufen zu lassen. Wenn Ansgar ihn für seinen Glauben gewinnen konnte, würden sich die anderen sicher zahlreich der christlichen Lehre anschließen. Vielleicht hatte er schon zum Mitwinteropfer eine richtige Gemeinde beisammen.

Nach einer Weile war er angelangt. Eine Schar Gläubiger wartete bereits. Er stieg auf eine flache Felsplatte, sammelte sich einen Augenblick in Stille und wandte sich dann an die Versammelten. »Meine Freunde, habt Vertrauen in Gott«, begann er. »Ob ihr, die ihr euch hier versammelt habt, Kaufleute oder Sklaven seid, Handwerker oder Bauern, hat keine Bedeutung. Vor Gott sind wir alle gleich. Er, der Höchste, zieht niemanden vor. Gott hilft allen, die Ihm ihr Herz zuwenden.«

Ansgars Stimme war leise und tief, ihr Klang weich und fast sinnlich.

»Gott ist euer Alles, eure Stütze, euer Trost. Er ist nicht wie Odin, Thor oder Frey, Er ist kein Gott, dem ihr opfern müsst. Christus wird immer mit euch sein. Wählt ihr Ihn zu eurem Gott, braucht ihr keine anderen Götter mehr.«

Ansgar hielt inne und betrachtete die, die gekommen waren, um ihn zu hören. Dort saßen Männer und Frauen, Alte und Junge. Alle hatten ihm ihre Gesichter zugewandt und warteten darauf, dass er weitersprach. Sie folgten ihm, und das beglückte ihn. Die Menschen hörten ihm zu. Er hatte nie genau überlegt, weshalb das so war. Er selbst sah sich nur als Verkünder des Herrn. Einer, der auserwählt war, die Botschaft des Allmächtigen zu verbreiten.

»Ihr, die ihr Sklaven seid und euch noch nicht habt bekehren lassen, lasst euch taufen, denn eines Tages wird der Herr sich eurer erbarmen und euch alle befreien. Denn das sollt ihr wissen: In der neuen Lehre gibt es keine Sklaverei. In einem christlichen Birka ist kein Platz mehr für Sklaven. Ihr alle werdet frei sein.«

In der Menge wurde Gemurmel laut. Die, die gebeugt und mit geschorenen Haaren dasaßen, lauschten andächtig. Sollte diese neue Lehre das Wunder sein, auf das sie gewartet hatten?

Ansgar betrachtete sie stumm. Vor ihm saßen Männer und Frauen, die rechtlos waren. Rechtlos gegenüber ihrem Besitzer und somit Eigentum und Handelsware des Hausherrn. Sie waren Leibeigene ohne Rechte, durften nicht über sich selbst bestimmen und niemals Waffen tragen. Eine Frau konnte sogar ihr Kind verlieren, wenn das der Wille des Hausherrn war. Er konnte befehlen, es im Wald auszusetzen. Ansgar sprach zu diesen armen Leuten, zu den niedrigsten, den Leibeigenen. Aber Ansgar sprach auch zu jenen, die ein Schiff, ein Haus, einen Hof besaßen. Er wollte alle überzeugen.

»Und ihr, die ihr Handel betreibt«, fuhr er mit lauter Stimme fort, »wisset, dass der Herr mit den Seinen ist. Ihr habt gesehen, wie Er Kaufleute auf See und weit fort in fernen Ländern geschützt hat. Nun könnt ihr selbst euch taufen lassen und diesem Gott hier in Birka dienen.«

Der Wind peitschte über das Feld und beugte das Gras. In der Ferne war Hundegebell zu hören. Ansgar war ganz in seine Predigt vertieft.

»Der neue Gott fordert keine Blutopfer. Kein Tier, kein Mensch muss mit seinem Leben für Frieden und eine gute Ernte bezahlen«, fuhr er fort. »Derjenige, der dem neuen Gott seine Liebe schenkt, erhält auch Seinen Schutz.«

»Glaubt ihm nicht!« Eriks höhnische Stimme brach die Stille. »Ansgar ist bei mir an Bord gewesen und hat den Herrn um eine sichere Überfahrt gebeten. Dennoch wurde mein Schiff geplündert, und wir haben alles verloren. Der neue Gott ist nicht stärker als einer unserer eigenen Götter.«

Ansgar erkannte den Schiffer, aber er tat, als bemerkte er ihn nicht. Stattdessen sagte er:

»Am Anfang schuf Gott Himmel und Erde, Er ist der Höchste. Übergebt Ihm eure Seele, und Er wird euch beistehen, was immer auch geschehen mag. Bei Missernten oder Seenot, Er ...«

Das Hundegebell war näher gekommen. Es raschelte und lärmte im Gebüsch. Ansgar räusperte sich.

»Folgt dem Herrn, und ihr werdet die Seligkeit erfahren. In Gottes Reich gibt es keine Sklaven. Dort seid ihr alle frei!«

»Aber dort gibt es auch keine Höfe, um die man sich kümmern muss!«, rief Erik höhnisch und reckte seine Faust gen Himmel.

Das Hundegebell war nun ganz nah. Ansgar verstummte. Es knackte im Gestrüpp, und ein paar Schafe sprangen hervor.

»In Gottes Namen ...«

»Määääh!«

Die Schafe trabten blökend den Abhang hinauf. Immer mehr strömten herbei, wie von einer unsichtbaren Kraft getrieben.

»Danket dem Herrn, preist Seinen Namen und vollbringt Seine Werke ...« Ansgar blickte verwirrt auf die Schafherde.

»Christus sagt ...«

»Määääh!«

Die Anwesenden standen auf und wichen vor den Tieren zurück, die verschreckt auf dem Abhang im Kreis liefen. Nun endete alles in einem einzigen Tumult. Ansgar konnte seiner Stimme unmöglich Gehör verschaffen. Er versuchte seinen Umhang hochzuhalten und die Schafe zu bremsen. Er lief auf die Tiere zu, stolperte und verlor Rosenkranz und Psalmbuch. Er fuchtelte und brüllte, aber die Tiere ließen sich nicht verscheuchen.

»Bääääh ...« Das Blöken wurde lauter. Schafe, Hammel und Lämmer strömten über den Abhang.

»Bääää ...« Die Tiere sprangen, blökten, irrten verschreckt über die Allmende.

Erik rief: »Hört nicht auf den Mönch. Ihr weckt nur den Zorn der Götter. Besinnt euch, solange noch Zeit ist!«

Aber er hätte gar nichts zu sagen brauchen. Die Menschen ergriffen die Flucht. Ein Teil von ihnen war erschrocken und erkannte in dem Geschehen eine Strafe. Ihre alten Götter rächten sich. In Angst und Bestürzung flüchteten sie. Andere verließen den Hügel verwirrt und verwundert. Kurz darauf war Ansgar allein. Verzweifelt suchte er nach dem Psalmbuch. Als er es endlich entdeckte, waren nur noch Reste davon übrig. Die Schafe hatten Blätter und Einband gefressen.

Es war eng beim Bernsteinhändler. Am Langtisch saßen Snemun, Schwarzbart und Mård und spielten Brettspiele, über der aus Steinen aufgeschichteten Herdstelle hing ein Kessel. Die Flammen des Feuers warfen lange flackernde Schatten auf den Erdboden, es roch nach Rauch, und ein bitterer Hopfendunst zog durch den Raum. Vom Tisch schollen laute Männerstimmen und fröhliches Gelächter herüber.

»Ein Teil Honig und vier Teile Wasser.« Erik summte vergnügt vor sich hin. Bald war der Met fertig. Jetzt musste er nur noch den Honig mit dem warmen Wasser in dem kleinen Holzfass mischen und dann alles zusammen im Kessel verrühren. Er ging zum Langtisch und gab Snemun einen leichten Klaps auf die Schulter.

»Ich muss jetzt umfüllen!«

»Kannst du mit dem Met nicht bis morgen warten, er ist ja doch frühestens in einer Woche fertig!« Snemun beklagte sich laut.

»Was ist das denn für ein Weibergewinsel? Wir wollen doch auch davon trinken, oder was? Komm schon, fauler Hund!«

Erik wischte sich den Schweiß aus dem Gesicht und nahm den Kessel vom Feuer. Er wartete, bis Snemun das Fass hingestellt hatte, und schüttete dann die Hälfte des Wassers dazu.

»Pass auf, Dreckschwein!« Snemun sprang schnell beiseite, mit nass gespritzten Beinen. Erik lachte, mischte den Honig unter, rührte um und goss anschließend alles zusammen in den Kessel zurück. Dann hängte er den Kochtopf wieder über das Feuer.

Die Ereignisse des Tages fielen ihm wieder ein, und er begann zu singen. Während er das Gebräu abschöpfte, sang er immer lauter, bis sich das Lied in fröhlichem Gelächter auflöste. Er fühlte sich leicht, zum ersten Mal seit langem.

»Komm jetzt, du bist dran!«, grunzte Schwarzbart von der Bank herüber.

»Ja, ja.« Erik trocknete sich achtlos die Hände am Kittel und setzte sich. Ruhig schüttelte er den Würfel in der Hand, bevor er ihn fallen ließ. Sechs! »Versuch erst mal, mir das nachzumachen!«

Er leerte seinen Becher, schenkte nach und ging pfeifend zurück zum Feuer. Auch der andere Kessel kochte. Er hob den Deckel. Darin lag das Leinensäckchen mit den Hopfenblüten, das Wasser war zur Hälfte verkocht. Er probierte vorsichtig. Das Gebräu war bitter.

»Komm her. Zeit zum Schütten!«

Mård Ohnebart stand widerwillig auf, zog ein großes Holzgefäß hervor und stellte es vor den Freund.

»Halt fest!« Erik goss den heißen Trank in das Fass und bewegte das Hopfensäckchen im Sud hin und her. Dann deckte er den Topf mit einem Tuch zu. Es duftete nach Honig und Hopfen.

Er drehte sich wieder zu den anderen, prostete ihnen zu und leerte erneut den Becher.

»Übrigens, Met verträgt er wohl auch nicht, dieser Mönch?« Erik rülpste laut.

»Mit Schafen hat er es jedenfalls nicht so«, murmelte Schwarzbart und grinste breit.

»Ja, dem haben wir's gegeben, dem Ansgar! Habt ihr sein Gesicht gesehen, als er bemerkte, dass die Schafe das Buch gefressen haben?« Erik lachte schallend.

»Und habt ihr gemerkt, wie nervös er war? Er wusste nicht, wie er sich verhalten sollte. Aber ich habe die Schafe ja auch direkt auf ihn zugetrieben«, sagte Snemun und setzte prustend den Becher ab. Ein Würfel sprang über die Tischkante und rollte über den Boden.

»Ah, aber ich habe dir geholfen. Stell dir vor, man würde auf seine alten Tage noch Schafhirte.« Schwarzbart bückte sich nach dem Würfel.

»Schafhirte, du? Höchstens Schafskopf!«

Erik feixte und fing wieder an zu singen. Er winkte mit den Armen und versuchte, die anderen mitzureißen. Beduselt begann er von der Bank zu rutschen. Snemun und Mård bekamen ihn zu fassen und zogen ihn auf die Bank zurück. Ja, das ähnelte Erik. Er hatte zu viel getrunken. Bald würde er unter dem Tisch liegen. Es war einer dieser Abende, an denen ihn nur der Schlaf vom Becher trennen konnte.

Aber er hatte schließlich einen Grund zu feiern. Endlich war es ihm gelungen, Ansgar in die Schranken zu weisen. Sie hatten ihn aufgefordert, nach Hause zurückzukehren, und hatten ihm sogar gedroht, doch er hatte so getan, als wäre nichts gewesen. Lange hatten sie beratschlagt, was sie tun sollten. Ihn zu überfallen war unklug, denn das würde die Kaufleute gegen sie aufbringen, und Beschimpfungen und Drohungen hatten nichts bewirkt. Schließlich war Erik auf die Idee mit den Schafen gekommen. Sie würden vor den Augen aller mit Ansgar Schabernack treiben. Etwas tun, das er nicht kontrollieren konnte. Dann erst würden die Menschen anfangen zu zweifeln.

Snemun stieß Erik in die Seite und hob den Becher.

»Skål, du Spaßvogel!«

Erik trank in großen Zügen, strich den Schaum aus dem Bart und lallte vergnügt:

»Vielleicht braucht es gar nicht mehr als das heute, damit sie ihn bald wieder in ein Schiff setzen.«

»Ach, komm, das erfordert noch größere Schandtaten als das.« Snemun wurde mit einem Mal ernst. »Aber dabei müssen wir vorsichtiger sein. Manch einer sucht bestimmt Rache.«

»Dann wählen wir den Zweikampf. Mein Schwert hat schon angefangen zu rosten. Es wird Zeit, es zu reinigen.« Erik ließ seinem Mundwerk freien Lauf, sorglos, wirr und belustigt. Dann schwankte er in Richtung Feuer, setzte sich jedoch rasch wieder. Ihn schwindelte.

»Mehr Met«, murmelte er undeutlich und hielt den Becher hoch. »Je mehr man trinkt, desto mehr Durst bekommt man.« Er sank auf den Tisch und gähnte. Es schaukelte. Alles schaukelte. Langsam rutschte er auf die Bank.

»Ja-ha, jetzt ist es wieder so weit!« Snemun betrachtete teilnahmsvoll seinen Freund.

»So kann er doch nicht liegen bleiben!« Schwarzbart versuchte, seinen Kameraden wachzuschütteln.

»Ach, lassen wir ihn in Ruhe!« Mård Ohnebart zuckte mit den Schultern.

»Nein, wir legen ihn auf die Schlafbank«, sagte Snemun entschieden und bekam ihn zu fassen, als er gerade zu Boden rutschen wollte. »Fasst mit an!«

Erik sträubte sich, aber die Männer trugen ihn lärmend weg. Als sie vor der Bank standen, ließen sie ihn mit einem Plumps fallen.

»Hier kannst du deinen Rausch ausschlafen und von Schafen träumen«, sagte Schwarzbart und zog die anderen lachend hinaus.

Odd Sote schlich sich aus seinem Versteck im Wald. Ein heller Vollmond leuchtete zwischen den Baumkronen, und er entdeckte rasch den Pfad. Lautlos glitt er zwischen den Stämmen hindurch, lief mit weichen, geschmeidigen Schritten. Die Axt, die an seinem Gürtel hing, behinderte ihn nicht. Er war stets heimlich bewaffnet, und das kalte Metall mit dem festen Holzgriff war ein Teil seiner selbst geworden.

Es war still. Entfernt konnte er Wind und Meer erahnen. Er erreichte eine Lichtung, durchquerte ein Birkengehölz und näherte sich der Brache hinter Snemuns Hof. Dort lag das alte Haus. Die Wände waren schief, das Dach eingesunken. Die Wohnhalle war leicht zu erkennen.

Plötzlich horchte er auf. Es raschelte im Gestrüpp, die

Nacht füllte sich mit Geräuschen. Er duckte sich und versteckte sich im Gebüsch. Drei Männer kamen den Pfad entlang. Sie torkelten und stützten sich gegenseitig an den Schultern. Gelegentlich lachte einer laut auf, sie sangen und lärmten und stanken nach Schweiß und Met.

Sote wartete, bis sie verschwunden waren. Dann zögerte er einen Moment, bevor er vorsichtig auf den Pfad zurückkehrte.

Die Tür stand offen, und es roch süß und muffig. Odd blieb in der Türöffnung stehen. Es war schummerig, Tisch und Bänke waren nicht zu erkennen. Er wartete, bis seine Augen sich an die Dunkelheit gewöhnt hatten, und schlich in den Raum. Die Glut leuchtete schwach in der Feuerstelle, und von der Schlafbank drangen Schnarchen und Prusten herüber. Odd Sote kicherte leise. Der Bernsteinhändler war voll, sternhagelvoll. Er würde nicht einmal rechtzeitig wach werden. Der Sklave zog vorsichtig die Axt aus dem Gürtel. Nichts rührte sich. Lautlos näherte er sich dem Bett.

»Töte ihn und flieh«, hatte er geflüstert, Harald vom Gudmundhof. »Und niemand darf erfahren, wer dahinter steckt!« Sotes Augen funkelten. Totschlag hatte ihn aus seiner alten Stadt vertrieben. Nun würde ein Mord ihn zu einem freien Mann machen.

Er stieß gegen ein Holzfass, und etwas Nasses, Klebriges rann seine Wade hinab. Erschrocken blieb er stehen, unruhig auf die Schlafbank starrend. Er hielt den Atem an. Nichts bewegte sich. Vorsichtig schlich er sich ans Kopfende. Was, wenn Erik ihn belauerte, wenn der Bernsteinhändler darauf wartete, dass er so nah kam, dass er sein Bein packen könnte. Dann würde er nur noch ziehen müssen, sich über ihn werfen und ihm ein Messer in den Rücken stechen. Sote wich zurück, spürte Widerwillen in der Magengegend. Das Fell hob und senkte sich noch immer. Odd Sote handelte rasch. Er trat einen Schritt nach vorn. Er hob den Arm und zielte. Dann schlug er mit einem gewaltigen Hieb zu.

8. Kapitel

Der Hof ruhte in nasskaltem Nebel, Nebengebäude und Umzäunung erhoben sich wie graue Schatten aus dem lehmigen Grund. Die Äcker waren gepflügt, der Wald war still. Langsam zogen die Wolken fort, gefolgt von Schneeregen, der zunahm und sich verdichtete. Die Holzwände der Wohnhalle glänzten vor Feuchtigkeit, und draußen auf dem Hofplatz lag die festgetretene Erde unter einer dünnen Eisschicht verborgen. Heute Nacht würde es Schnee geben.

Estrid ging gebeugt, den Arm voller Feuerholz. Mühsam öffnete sie die Tür zur Stube und trat ein. Ein eiskalter Wind pfiff durch den Raum, und sie schloss rasch die Tür. Hustend ging sie zum Feuer und legte Holz nach, sah sich dann nach ihrem Umhang um. Sie fröstelte, trotz ihres Wollkleides und des Kittels. Doch sie ließ den Umhang liegen. Sie sah ein, dass sie mit so vielen Kleidern am Leib zu unbeweglich wäre, um spinnen zu können. Seufzend griff sie nach dem Spinnrocken. Sie schob ihn unter den Arm, zog das Flachsbüschel zu einem langen Faden und befestigte ihn an der Spindel. Dann gab sie der Rolle Schwung und begann, mit steifen Fingern zu spinnen. Verbissen zog sie Flachsbausch um Flachsbausch in die Länge. Ihre Gedanken waren weit weg. Zwischendurch zog sie den Faden immer wieder zu weit, dass er riss und sie von vorn beginnen musste, aber sie spann unbeirrt weiter, als ginge sie all das nichts an.

Plötzlich hielt sie inne und fasste nach der Tischkante. Das Blut wich ihr aus dem Gesicht, und sie presste die Lippen aufeinander. Die Übelkeit überkam sie wie eine Welle, und sie stand schwankend auf. Es gelang ihr, die Tür zu öffnen, und draußen im Regen würgte sie und erbrach sich. Sie verharrte lange vornübergebeugt, während die Übelkeit immer wieder ihren Körper schüttelte. Als sie es endlich wagte, zurück ins Haus zu gehen, war sie durchnässt und fror. Sie nahm die Spindel und begann zu weinen. Die Tränen rannen ihr Gesicht hinab, und sie starrte leer und abwesend ins Feuer. Allmählich konnte sie es nicht länger verbergen, und ihre Mutter hatte begonnen, ihr verwunderte Blicke zuzuwerfen. Doch was sollte sie sagen? Ihre Eltern hatten Witmars Predigten angehört und waren zum christlichen Glauben übergetreten. Jetzt verdammten sie alles Leben, das in Sünde entstanden war. Niemals würden sie sich des Kindes annehmen.

Estrid bekam einen bitteren Zug um den Mund. Früher hätten sie das Kleine auf dem Hof willkommen geheißen, am liebsten einen Jungen. Nun sprachen sie von Sünde und Verdammnis und anderen seltsamen Dingen, von denen sie nie zuvor gehört hatte. Wer war er eigentlich, dieser neue Gott? Verurteilend und voller Ansprüche an die Seinen, das war alles, so viel verstand sie. Estrid mochte die Unnachgiebigkeit der neuen Lehre nicht. Eigensinnig hielt sie an ihrem alten Glauben fest. Als Witmar erzählte, wie er selbst und Ansgar den irdischen Verlockungen abgeschworen und ihr Leben dem Herrn geweiht hatten, hatte sie das Bedürfnis verspürt, laut zu schreien. Ansgar! Ja, wenn Witmar wüsste.

Sie dachte oft an das, was geschehen war, und verfluchte, dass sie sich von Ansgars Reden und seiner Ausstrahlung hatte betören lassen. Wenn es ihr nur geglückt wäre, ihn aufzuhalten, als er sie begehrte! Nun war seine Saat in ihr aufgegangen und war zu einem Leben herangewachsen, das sie nicht töten konnte.

Sie wollte nicht, dass ihr Kind leiden musste, nur weil ein neuer Geist in der Stadt herrschte. Wenn alles beim Alten geblieben wäre, hätte sie es zur Welt bringen können, ohne dass jemand sie dafür verachtet hätte, aber jetzt, ja, wie sollte es jetzt weitergehen? Estrid sah auf ihr Kleid hinunter, unter dem sich ihr Bauch wölbte. Sie konnte es nicht mehr lange verheimlichen. Ansgars Kind, das Kind der christlichen Lehre. Sie lehnte sich zurück, und ihr Kinn sank schwer auf die Brust. Der Spinnrocken glitt zu Boden und rollte unter den Tisch. Sie ließ ihn liegen.

Erik wachte davon auf, dass jemand gegen das Holzfass stieß. Mit benebeltem Verstand und den Kopf tief im Schaffell vergraben, wunderte er sich, dass die Kameraden wieder zurückgekommen waren. Dann lächelte er; natürlich, sie wollten mehr trinken, mehr Met! Er grinste breit und hob erwartungsvoll den Kopf. Doch er ließ ihn schnell wieder auf das Fell zurücksinken. In seinem Schädel flimmerte, pochte und dröhnte alles. Er rührte sich nicht, öffnete vorsichtig die Augen und versuchte, seinen Blick zu steuern. Vor ihm tauchte irgendetwas Dunkles auf, etwas seltsam Dunkles, etwas Schwarzes im Schatten der Nacht. Er starrte. Es bewegte sich lautlos auf ihn zu. Seine Gedanken rasten. Der Schatten war groß und gewaltig. Mård konnte es nicht sein, aber vielleicht Snemun? Nein, die Gestalt war ihm fremd. Erik nahm einen eigentümlichen Geruch wahr, den stickigen Dunst von Tier und Stall. Irgendetwas stimmte nicht, etwas befand sich im Raum, das dort nicht hingehörte, etwas, das nie zuvor bei ihm gewesen war. Diese Erkenntnis machte ihn kühl und wachsam. Vorsichtig hob er den Kopf. Und im selben Augenblick sah er die Axt aufblitzen. Er rollte zur Seite und spürte, wie das Metall seinen Rücken streifte. Als die Axt sich in das Holz grub, drehte er sich um und griff nach dem Schaft. Mit einem Schrei zog er die Axt heraus und zielte mit aller Kraft auf den Unbekannten. Der Hieb ging daneben, und im nächsten Moment war der Riese über ihm. Erik hatte Schwierigkeiten, in der Dunkelheit etwas zu erkennen, fühlte nur einen Arm über seinem Hals und bekam keine Luft mehr. Sein Kopf schmerzte, seine Beine gaben nach, und er merkte, wie er nach hinten gezogen wurde, die Arme in einem gewaltsamen Griff gefesselt. Erik stolperte, zerrte und versuchte einen Arm freizubekommen, aber der Griff um seinen Hals wurde fester, und er würde die Axt nicht mehr lange festhalten können. Benommen wankte er in den Raum, Richtung Metfass, den mächtigen Arm des Mannes wie einen Alb um den Hals. Dann sammelte er sich in einer letzten Anstrengung, nahm Anlauf und warf sich auf die Seite. Der Riese stolperte, das Metfass kippte um, und das klebrig süße Getränk ergoss sich auf den Boden. Beide Arme befreit, griff Erik sich wieder die Axt. Noch bevor der Fremde sein Gleichgewicht wiedergefunden hatte, spaltete er den gewaltigen Schädel des Mannes vom Scheitel bis zur Nasenwurzel.

Erik rang nach Luft, seine Augen brannten unter den Lidern. Mühsam drehte er den Toten um. Odd Sote! Er unterdrückte einen Schrei. Er hatte den Sklaven des Gudmundhofs getötet, einen der Hausknechte von Jorunns elterlichem Hof! Erik sank zitternd auf die Bank. Zwischen ihm und dem Sklaven hatte es keine ungeklärten Angelegenheiten gegeben, warum also hatte er sich in sein Haus geschlichen, um ihn umzubringen? Der Unhold hatte ihn ins Jenseits befördern wollen, als er schlief und sich nicht einmal verteidigen konnte. Wer steckte hinter einem solchen Verbrechen? Jemand vom Gudmundhof? Jemand, der etwas gegen seine Pläne hatte, Ansgar von Björkö zu vertreiben? Erik starrte den Toten an, sein Kopf arbeitete nur langsam. Sein Herz klopfte, und das Blut pochte in seinen Schläfen. Odd Sote? Mit einem Mal kam ihm ein schrecklicher Gedanke. Der Tod des Sklaven würde nicht ungesühnt bleiben. Bevor es hell wurde, musste er ihn im Wald unter Steinen versteckt haben. Dann würde niemand erfahren, auf welche Weise er verschwunden war. Erik stand auf. Er musste Sote so schnell wie möglich fortschaffen.

Gudmund der Mächtige legte den Pfeil an die Sehne und spannte den Bogen, dass sich die Enden fast berührten. Harald beobachtete ihn neugierig. Das Kinn vorgereckt, sein Stiernacken gerötet.

»Siehst du die Axt dort drüben?«, fragte der Schwiegervater und nickte in Richtung einer Axt, die im Hackklotz steckte, ungefähr achtzig Armlängen entfernt. »Ihr Schaft ist abgenutzt, und davon wird wohl kein Werkzeug besser.«

Gudmund ließ die Sehne los, der Pfeil schoss davon und spaltete den Schaft in zwei Teile.

»Man soll nicht an dem festhalten, was alt ist und seinen Zweck erfüllt hat«, lachte Gudmund und blickte zur Axt hinüber. Dann hielt er das Silberkreuz hoch, das er um den Hals trug. »Man munkelt, dass die Kirche im Frankenreich vorhat, nur noch Handel mit Christen zuzulassen. Es war gut, dass es uns gelungen ist, Ansgar hierher zu holen. Wie du siehst, habe ich meinen Thorshammer gegen das Kreuz getauscht, und ich werde dafür sorgen, dass alle auf meinem Hof getauft werden.«

»Du bist schon immer gerissen gewesen«, antwortete Harald lächelnd. »Und wer nicht von dem lernt, was rundherum geschieht, der wird nicht reich. Es ist an der Zeit, dass Birka endlich bekehrt wird.« Er betrachtete noch einmal die Axt. »Deinen Pfeil wirst du wohl nicht zurückbekommen.«

Er zog einen weiteren aus dem Köcher, spannte seinen Bogen und schoss. Mit einem trockenen, kurzen Knirschen zersplitterte Gudmunds Pfeil. Die Männer lachten laut.

Harald fühlte sich wohl in der Gesellschaft des Schwiegervaters, und genau wie die meisten anderen Männer in Birka übten sie viel. Da der Haraldhof und der Gudmundhof nah beieinander lagen, hatte es sich so ergeben, dass sie oft ihre Kräfte miteinander maßen. Sicher war Gudmund nicht mehr so schnell und gelenkig wie Harald, aber für sein Alter war er sportlich und kräftig. Beinahe jeden Tag waren sie gemeinsam beim Bogenschießen, Schwimmen, Laufen oder übten mit dem Schwert. Wer nicht mit Waffen umgehen oder schnell laufen konnte, konnte keinen Kampf um Schiff und Besitz gewinnen. Das wussten beide.

Gudmund der Mächtige betrachtete flüchtig seinen kaputten Pfeil und wandte sich dann an Harald.

»Das eine oder andere hast du schon gelernt, wie ich sehe, aber jetzt schießen wir aus größerer Entfernung.«

Er ging hinüber zu dem Platz, den das Gesinde seit langem nutzte, um den Göttern zu opfern. Die kleinen Holzstatuen von Odin, Thor und Frey standen immer noch da, ausgebleicht und modrig. Eine Weile musterte er sie schweigend: Thors roten Bart, die abgeblätterten, grauen Skulpturen von Odin und Frey. Sie waren schon lange nicht mehr neu angemalt worden, und ein paar angetrocknete, braune Flecken auf dem Holz verrieten, wie das Opferblut gespritzt hatte. Gudmund starrte die alten Götter an und stieß sein Messer in Odins Auge. Harald wich erschrocken zurück.

»Denk an das Mittwinteropfer ... die Leute auf dem Hof sind noch nicht bekehrt wie du«, stammelte er.

»Ansgar hat versprochen, uns alle zu taufen, darum haben wir für die hier keine Verwendung mehr.« Gudmund trat gegen die Statuen, dass sie wackelten. »Schau her, triffst du das Messer aus einer Bogenschusslänge Entfernung?«

Gudmund wog den Bogen in seiner Hand und zielte spöttisch auf das Messer. Er summte leise vor sich hin, froh und zufrieden über Haralds Gesellschaft. Er hielt viel von seinem Schwiegersohn. Natürlich war seine Tochter ihm das Liebste, aber da er keinen eigenen Sohn bekommen hatte, stand Harald ihm besonders nah. Er war ein Mann nach seinem Geschmack, und wenn sie sich im Bogenschießen, Schwimmen oder Kämpfen maßen, dann schienen sie viel gemein zu haben. Harald war ein Mann, mit dem man gern zusammen war und auf den man sich verlassen konnte.

»Ein Bogenschuss, das sind über 200 Armlängen. Das wird nicht leicht«, sagte Harald, während er den Abstand abschritt. Er wollte das Messer treffen, nicht Odin. Denn auch wenn er sich bekehren ließ und seinem alten Glauben abgeschworen hatte, so hatte er doch immer noch Respekt vor den alten Göttern.

Er zielte sorgfältig, aber seine Hände zitterten, als er den Bogen spannte. Er holte ein paar Mal tief Luft und versuchte es erneut. Der Pfeil schnellte mit Schwung davon, streifte das Messer, prallte gegen einen Stein und zerbrach mit einem lauten Knall. Odin war noch immer unversehrt.

»Hast du etwa Angst vor unserem alten Göttervater hier? Das ist ganz und gar unnötig!«, lachte Gudmund und schlug Harald freundschaftlich auf die Schulter.

»Nein, das ist es nicht. Ich war mit meinen Gedanken woanders.«

»Ach so? Dann willst du vielleicht mit mir reden?« Gudmund der Mächtige fuhr sich mit dem Handrücken über den Mund und sah Harald fragend an. »Ist etwas mit meiner Tochter? Bist du unzufrieden mit ihr?«

»Nun, Jorunn ist eine schöne und begehrenswerte Frau, aber sie kommt nicht wie eine richtige Ehefrau zu mir.«

»Nicht?«

»Ich weiß nicht, was mit ihr los ist, aber manchmal glaube ich, dass sie an Erik denkt.«

»An Erik, den Mistkerl?«

»Mistkerl? Ja, ein Hundsfott ist er und ein viel schlimmerer Schweinehund, als du ahnst«, erwiderte Harald.

Er betrachtete seinen Schwiegervater von der Seite. Er war klein und untersetzt, aber sehnig wie ein Weidenzweig. Gudmund war vierzig Winter alt, aber noch voller Manneskraft. Sein Alter war nur an den Falten rund um seine Augen erkennbar. Jetzt sah er ihn an wie ein Vater seinen Sohn, wenn er hofft, dass dieser sich ihm anvertraut. Harald ahnte, dass es an der Zeit war zu reden. Doch nicht über Jorunn. Er holte tief Luft, stützte sich auf den Bogen und sagte:

»Vor einer Weile hast du mich gefragt, was mit Odd

Sote geschehen ist«, begann er vorsichtig. »Damals wusste ich noch nicht, was ich jetzt weiß. Der Sklave ist tot. Und Erik hat ihn umgebracht.«

Gudmund blickte erstaunt auf.

»Erik? Dein Bruder hat den Sklaven getötet?«

Harald hob die Axt, die er am Gürtel getragen hatte. Es war eine stabile eiserne Axt mit breit geschliffener Schneide, eine, wie Sklaven sie verwendeten, wenn sie Holz für die Umzäunungen schlugen.

»Das hier ist Odd Sotes Axt. Der Knecht vom Snemunhof hat sie am Hügel unterhalb von Eriks Haus gefunden. Erik hat Sote mit seiner eigenen Axt erschlagen.«

»Aber warum?«

»Er wusste, dass er dein bester Sklave war. Er wollte sich schon lange dafür rächen, dass du Jorunn mir gegeben hast.«

»Aber es ist Odd Sotes Axt, es hätte ihn auch ein anderer als Erik töten können«, wandte Gudmund ein.

»Nein, Snemuns Knecht hat gesehen, wie Erik den Toten weggetragen und im Wald vergraben hat.«

Gudmund verstummte. Hatte Erik wirklich Sote umgebracht? Dann würde er ihm drei Felder für den Sklaven schulden. Wenn er nicht auf andere Weise dafür bezahlen wollte.

»Erik ist gerissen wie ein Fuchs. Er weiß, wie er dir am ehesten schaden kann«, fuhr Harald ruhig fort und merkte, dass seine Worte Wirkung zeigten. »Der Schurke weiß auch, dass du die neue Lehre nach Birka bringen willst. Er will allerdings, dass alles beim Alten bleibt. Zusammen mit einigen anderen steckt er hinter dem Widerstand gegen Ansgar. Unter anderem war er an dem Spuk mit den Schafen beteiligt. Das wissen alle. Ich will meinem Bruder nichts Böses, aber ich warne dich dennoch. Erik kann gefährlich werden.«

In Haralds Augen war ein listiges Funkeln getreten. Nicht weil er sicher war, dass man alles glauben konnte, was über Erik gesagt wurde, sondern weil er durch diese üble Nachrede Gudmund auf seine Seite ziehen konnte. Und Gudmund der Mächtige hörte ihm zu. Die Gerüchte in der Stadt waren auch ihm zu Ohren gekommen, aber er hatte nichts darauf gegeben. Jetzt hatte er Beweise. Stumm betrachtete er die Axt, die Harald in den Händen hielt. Dass Erik sich für so etwas hergab. Harald hatte Recht, Erik musste weg.

»Einen Sklaven zu verlieren ist schlimm genug. Aber nichts und niemand darf der Christianisierung Birkas im Weg stehen!«, entgegnete Gudmund scharf. »Deine Schilderung zeugt davon, dass dein Glaube stark genug ist, um sogar deinen eigenen Bruder zu opfern.«

»Ich verteidige keinen Unhold!«, antwortete Harald bestimmt.

»Ist dein Glaube stärker als Blutrache? Kannst du das schwören?«

Harald nickte und hielt Gudmunds Hand mit einem festen Händedruck.

Gudmund lächelte breit und umarmte den Schwiegersohn. Dann wandte er seinen Blick den Holzfiguren zu, das Messer steckte noch immer in Odins Auge fest. Gudmund hielt den Bogen vor sich, zielte und spannte die Sehne so straff, dass das Holz ächzte. Der Pfeil schoss davon, und der Griff des Messers splitterte bis zum Schaft. Noch lange zitterte der Pfeil in Odins einzigem Auge.

Die fahle Herbstsonne lag über Wald und Feldern und wärmte den dunkelblauen Himmel kaum. Björkö lag eingebettet in Herbstlaub, gelb und leuchtend. Harald Sigurdsohn legte die Bartaxt beiseite und hauchte in seine Hände. Sein Gesicht war kalt, sein Blick fern und nachdenklich. Gedankenverloren sah er sich um. Nun hatten sie das nötige Holz gefällt, die Stämme entrindet und die Eckpfosten aufgestellt. Aber er war nicht sicher, ob sie es schafften, die Kirche fertig zu bauen, bevor der Schnee kam. Der Platz für den Kirchenbau war schlecht gewählt, die Pfosten senkten sich oder versanken im Boden. Sie hatten Steinhaufen und Ringe um das Holz gelegt, aber nichts schien zu helfen. Nur dieser seltsame Mönch aus Corbie beklagte sich nicht. Wenn die Zimmerleute darüber murrten, auf so sumpfigem Boden zu bauen, antwortete er nur, dass es Gottes Wille sei. Der König hatte ihm den Grund überlassen, und darum war es auch im Sinne des Herrn, dort die Kirche zu errichten. Nur diejenigen, die entsagten und die Prüfungen auf sich nahmen, waren es wert, Gott zu dienen. Darum mussten sie weiterbauen.

Harald wunderte sich, dass sich alle damit abfanden. Vier erfahrene, handfeste Männer taten, was der Mönch sagte, auch wenn sich weit bessere Plätze zum Bauen fanden. Vielleicht weil Ansgar ihnen etwas anderes gab: Er sorgte sich um sie und hatte für jeden Einzelnen ein freundliches Wort. Während sie das Holz bearbeiteten, Löcher gruben und Pfosten aufstellten, sprach er zu ihnen, freundlich und aufmunternd. Er erzählte von Sünden und Versuchungen und von denen, die der neue Gott aus großer Not gerettet hatte. Die Männer hörten zu, und seine Worte klangen noch lange in ihnen nach. Ein Gott statt vieler, ein allmächtiger Gott, an den man sich mit allen Sorgen wenden konnte, ein Gott, der kein Blut forderte. Tag für Tag wuchs Haralds Vertrauen in die neue Lehre. Die Bärenklaue, die er stets um den Hals getragen hatte, hatte er vergraben und sich stattdessen ein Kreuz machen lassen. Als Gudmund der Mächtige alle auf seinem Hof hatte bekehren lassen, waren auch die Leute vom Haraldhof getauft worden. Nur Jorunn hatte sich geweigert.

Harald hatte versucht, mit ihr zu reden, aber das Gespräch hatte im Zorn und mit harten Worten geendet. Einmal hatte er sie in seiner Verzweiflung geschlagen, doch er verstand nicht, was für eine maßlose Wut ihn übermannt hatte. Danach war sie noch verschlossener geworden, und es hatte lange gedauert, bis sie ihm verzieh. Obwohl sie sich versöhnt hatten, ließ sie ihn wissen, dass sie nicht im Traum daran dachte, sich taufen zu lassen. Sie ließ ihn auch nicht mehr an sich heran, und jedes Mal, wenn er versuchte, sie zu umarmen, drehte sie sich weg. All das machte Harald sehr traurig, aber er hoffte, dass es sich mit der Zeit ändern würde. Denn er selbst war erfüllt von der neuen Lehre und hatte sich Gudmund dem Mächtigen und seinen Männern angeschlossen, die alles taten, um Birka christlich zu machen. Es war schwer ohne Jorunns Unterstützung.

Er hörte Schritte und sah auf. Ansgar war auf dem Weg zu ihm, lächelnd.

»Müde?«

»Nein, nur in Gedanken«, antwortete Harald und griff wieder nach seiner Axt. Er nickte in Richtung der aufgebockten Stämme. »Das wird ein gehöriges Stück Arbeit mit dem Holz, aber wir müssten es schaffen, bevor der Boden gefriert.«

Ansgar nickte.

»Mit eurer Erfahrung wird es gelingen, und vergiss nicht, dass Gottes Kirche nichts anderem ähneln soll.

Sie soll aus stehendem Holz errichtet sein, mit starken, gegabelten Pfosten, tief eingelassen in die Erde. Ihr Dach soll hoch sein, durchbrochen und weit in den Himmel emporstreben. Ihr sollt ein Haus bauen, das prächtiger sein wird als alle anderen.«

Ansgar wurde von lautem Rufen unterbrochen.

»Der König kommt!« Einer der Männer zeigte den Hang hinunter, wo der König und seine Wachen angeritten kamen.

»Es scheint, als bekämen wir Besuch«, sagte Ansgar, und ein breites Lächeln huschte über sein Gesicht. »Dann werden wir ihn wohl begrüßen müssen.«

Der König! Endlich kam er, der mächtige Führer dieser Barbaren. Vielleicht hatte er sich aus Neugier auf die neue Lehre zu ihnen aufgemacht, vielleicht wollte er Christi Evangelium hören. Warum sonst sollte er sich die Mühe machen, Adelsö zu verlassen?

Das Gefolge galoppierte auf den Kirchplatz und hielt an. Der König zügelte sein Pferd und saß ab. Der schwarze Hengst tänzelte, sein Fell dampfte. Die Wachen hielten sich abwartend im Hintergrund. Der König kam mit einem milden Lächeln auf den Lippen näher. Sein Umhang flatterte, der Gürtel mit dem Schwert glänzte in der Herbstsonne.

»Gottes Frieden, Vater. Ihr baut an der Kirche, wie ich sehe.« König Björn schlug einen leichten Ton an.

»Ja, Euer Gnaden, noch vor dem ersten Schnee werden wir fertig sein.«

»Ich sehe, Ihr habt die Männer Gudmunds des Mächtigen zur Hilfe bekommen.«

»Sowohl Hergeir als auch Gudmund haben mir in dieser Angelegenheit zur Seite gestanden.«

»Aha«, murmelte der König, dem es gar nicht gefiel,

das zu hören. Er lenkte das Gespräch rasch auf andere Dinge.

»Und wie kommt Ihr unter uns Heiden zurecht, Vater?«

Der König lächelte, spöttisch und mit steifem Nacken.

»Recht gut«, antwortete Ansgar kurz und knetete seine Hände. »Einigen gefällt es sicherlich nicht, dass ich predige, aber viele wollen auch von der neuen Lehre hören. Auf mehreren Höfen haben sich die Hausherren bekehren lassen und mit ihnen alle, die auf dem Hof leben. Das erfreut mich bis tief in mein Herz.«

»Gut!« Der König benetzte seine Lippen und überlegte, was er sagen sollte. War es schon so weit gekommen, dass das Gesinde den neuen Glauben annahm, nur weil der Bauer es tat? Er war zu fleißig in seinem Wirken, dieser Ansgar. Predigen durfte er – aber nicht zu viel. »Sagt, wird es Euch nicht zu einsam hier draußen, Vater?«

»Gott ist mein Begleiter.«

»Aber Gott kann Euch wohl nicht auf Weiberart Gesellschaft leisten?« Das Gesicht des Königs lebte auf, und seine Augen leuchteten. »Wir im Norden genießen unsere Frauen und Sklavinnen, und Ihr seid mein Gast …«

Ansgar blickte verlegen zu Boden.

»Ja, und nachdem Ihr mein Gast seid, Vater, sollt Ihr wissen, dass ich Euch mit vielen schönen Frauen bewirten kann. Sagt einfach …«

»Nein, nein!« Ansgar wurde rot. »Meine Liebe gehört nur Gott allein.«

»Schade, schade«, brummte der König und fuhr mit seiner haarigen Hand unter den Gürtel. »Na, wie gut, dass Ihr einen anderen Gott habt. Unser Frey wäre beleidigt gewesen!«

König Björn zuckte mit den Schultern und fand es an der Zeit, das Gespräch zu beenden. Er sah sich um und ging zu den aufgerichteten Pfosten in der Mitte. Seine goldbestickten Elchlederschuhe versanken im Lehm und wurden nass im Morast. Die Pfosten standen schief und würden wohl auch niemals gerade stehen. Innerlich lächelte er listig. In Wahrheit stand das Glück auf seiner Seite. Alles war gekommen, wie er es sich gedacht hatte. Ohne Schwierigkeiten war es ihm gelungen, den Kirchenbau auf diesem unzugänglichen Platz durchzusetzen. Niemand hatte sich zur Wehr gesetzt, nicht einmal Hergeir. Der König sackte tiefer in den Morast. Hergeir? Seltsam. Warum hatte der Häuptling nichts gesagt? Er, der sich darum bemüht hatte, Ansgar herzuholen, hätte sich darüber beklagen müssen, dass er die Kirche in diesen öden Sumpf verlegt hatte. Der König sog die klare Herbstluft durch die Nase ein, und ein skeptischer Zug spielte um seinen Mund. Hergeir konnte der Sache gar nicht gleichgültig gegenüberstehen. Die Gerüchte sagten, dass er sich taufen lassen wollte. Warum blieb er dann so ruhig?

Der König begann unsicher zu werden. Hergeir arbeitete eng mit den Kaufleuten zusammen und führte oft ihre Rede an. Vielleicht wartete er nur, bis der Mönch sie bekehrt hatte. Dann, wenn sich genug Männer dem neuen Glauben angeschlossen hatten, wollte der Häuptling vielleicht selbst die Macht übernehmen, Birka christianisieren lassen und seinen eigenen König verjagen? Was, wenn er eine Verschwörung vorbereitete? König Björn atmete heftig und fing an, unter seinem Umhang stark zu schwitzen. Nervös setzte er seine Besichtigung fort. Von nun an musste er auf der Hut sein. Es war höchste Zeit, Spione und Informanten nach Birka zu schicken. Er durfte keine Zeit verlieren. Der König hatte es plötzlich eilig. Mit ein paar schnellen Schritten war er neben seinem Pferd und stieg auf. Dann hob er die Hand zum Gruß, nickte seinen Männern zu und verschwand an der Spitze seines Gefolges überstürzt in Richtung Stadt.

Der Frost kam früh, schon Anfang November. Es war kalt, beißend kalt. Die Bucht fror zu, der Boden gefror, und in den Sümpfen ragte das Gras aus dickem, undurchdringlichem Eis. Dann begann es zu schneien. Der Schnee bedeckte Gräben und Sumpf mit einer weichen weißen Decke. Es wurde wieder warm, als ob die Natur es sich anders überlegt hätte, aber dann kehrte der Frost zurück. Harsch glitzerte silbern, und die Luft war klar und trocken. Darauf hatte der Häuptling gewartet. Jetzt war es leicht, sich einen Weg durch den Wald zu bahnen.

Es war windstill. Schwere Wolken zogen über den Nachthimmel, der zuweilen vom kalten Mondlicht erhellt wurde. Weit entfernt leuchteten Sterne.

»Sind die Männer bereit?« Hergeir wandte sich an Gudmund und sah sich unruhig um. Der Hofplatz lag im Dunkeln, aber im Hintergrund war der Gudmundhof groß und schwarz zu erkennen. Ein Hund bellte, und die Pferdehufe knirschten im Schnee. Sonst war es still.

»Wir sind so weit, Euer Gnaden«, antwortete der Kaufmann angespannt und versuchte, sein Pferd ruhig zu halten. »Wir sind zwölf Mann stark und haben Fuhrwerke und Schlitten dabei.«

»Gut«, sagte Hergeir erleichtert. »Danach wird niemand mehr an unserem Ernst zweifeln.«

»Nein, und die, die gegen uns sind, werden einsehen, dass wir stärker sind. Niemand wird uns daran hindern,

Birka zu bekehren.« Gudmund der Mächtige schloss die Faust um das Kreuz, das er um den Hals trug.

Hergeir nickte stumm und betrachtete die Männer auf dem Platz. Sie waren warm angezogen, mit Fellmützen, Umhängen und geschnürten Hosen aus Wolle. Am Gürtel trugen sie ihre Schwerter. Die Nacht war schon weit vorangeschritten. Es war Zeit aufzubrechen.

»Folgt mir!«, forderte der Häuptling sie auf und gab seinem Pferd die Sporen. Er übernahm zusammen mit Gudmund die Führung, und sie ritten in Richtung der Sümpfe. Die Fuhrwerke schepperten, und die Schlitten schlugen gegen Steine und Felsen. Ängstlich lauschte Hergeir nach Geräuschen und betete, dass niemand sie hörte. Wenn sie sich nur leiser vorwärts bewegen könnten. Noch hatte niemand sie gesehen, es durfte nichts schief gehen. Sie kämpften für das, was gut und richtig war. Deshalb durften sie nicht versagen. Er freute sich auf den Tag, an dem die Opfer aufhören und sich alle zum neuen Glauben bekennen würden! Dann würde Birka unter seiner Herrschaft erblühen. Ohne königliche Launen und Vorschriften ...

Die Wolken trieben fort, und der Mond wurde sichtbar. Hergeir blickte himmelwärts. Es war beinahe Vollmond. Eine helle Kugel leuchtete über der schneebedeckten Landschaft. Wenn das Licht sie nur nicht verriet.

Als sie den Kirchplatz erreicht hatten, fanden sie das bearbeitete Holz auf dem Boden gestapelt und die zugeschlagenen Pfosten ordentlich aufeinander gelegt. Es war, wie er gehofft hatte, die List des Königs war ihnen zu Hilfe gekommen. Das Holz musste nur aufgeladen werden. Hergeir lachte leise vor sich hin. Jetzt würde er büßen, der König, dieser selbstgefällige Herrscher auf Adelsö. Ansgar, Gottes treuer Diener, hatte die lange und gefährliche Fahrt nach Birka auf sich genommen, um Gottes Wort zu verkünden. Während vieler Monate hatte er zur Freude der Sklaven und christlichen Kaufleute gepredigt. Aber dann, als er anfing, die Menschen um sich zu scharen, hatte der König alles getan, um ihn aufzuhalten. Dieser faule Blähbauch von König, der sich in Lust und Überfluss aalte, fühlte sich offenbar bedroht. Er wollte weiter von Adelsö aus schalten und walten und jedwedes Bestreben der Bewohner Birkas nach größerer Selbstbestimmung hintertreiben. König Björn wollte Ansgar mundtot machen, bevor die Christen zu mächtig wurden. Warum sonst hätte er dem Mönch den Sumpf als Bauplatz geben sollen? Der Bau würde misslingen, das wusste er, und so war es auch gekommen. Die Pfosten hatten sich gesenkt, und die halb fertige Kirche war eingestürzt. Die Zimmerleute waren gezwungen gewesen, das gesamte Bauholz aufzusammeln und von vorn zu beginnen. Jetzt standen die Pfosten da, eingeschneit und festgefroren, das Holz war aufgeschichtet. Holz, aber keine Kirche!

Hergeir hielt das Pferd an und drehte sich zu Gudmund.

»Hast du das gesehen? Sumpf. Nicht einmal ein Zelt würde hier aufrecht stehen. Und dieses Land gibt der König für Ansgars Kirche!«

Hergeir schnaubte verärgert.

»Ja, aber das wird ihm noch Leid tun!«, antwortete Gudmund ruhig. »Wir brauchen das Christentum. Wenn es Ansgar nicht gelingt, Birka zu bekehren, werden Wolin, Dorestad und andere Städte kommen und mächtiger werden als wir. Der König ist ein einfältiger Gesell, der das nicht begreift. Darum muss er weg.«

»Für immer«, stimmte Hergeir zu und betrachtete

mit wachsendem Zorn den erbärmlichen Kirchplatz. Der König, was für eine Memme, elendes Pack! Der Häuptling spuckte in den Schnee. Dann richtete er sich auf und gab seinen Männern ein Zeichen. Es war Zeit, die Last zu tragen. Die Männer arbeiteten stumm und verbissen. Sie wussten, worum es ging. Bevor die Nacht vorüber war, mussten sie das Holz fortgeschafft haben. Hergeir trieb sie zur Eile an. Es durfte nichts schief gehen. Als Häuptling von Birka musste er dafür sorgen, dass das Volk seine Kirche bekam.

Das konnte nicht wahr sein. Der König sprang auf, sodass die Tischplatte mit einem Knall zu Boden fiel. Was sagte der Bursche da, Hergeir hatte die Kirche abgetragen und auf seinen eigenen Grund gebracht? Der König stöhnte und ruderte mit den Armen.
»Nein, nein!«, wimmerte er, das Blut rötete seine Wangen.
Der Bursche starrte ihn erschrocken an und zog sich eingeschüchtert zur Tür zurück. Dass die Botschaft eine solche Wirkung haben konnte. Der König schritt in der Halle auf und ab und knetete seine Hände.
»Diese niederträchtige Laus, was für eine Ungeheuerlichkeit!«, schrie er wütend. Der Häuptling hatte sich gegen ihn erhoben, öffentlich dem König der Svear getrotzt. Hergeir war zur Tat geschritten, ohne ihn um seinen Rat zu bitten. Was für eine unerhörte Schmach! Der König fuhr sich mit einer müden Geste über die Stirn. Das durfte so nicht weitergehen. Der Häuptling musste beseitigt werden. Sofort.

Auf dem Haraldhof ging die Nacht in den Morgen über, und ein grauer Tag suchte sich durch Luken und Fensteröffnungen seinen Weg ins Haus. Harald lag wach, er hatte die ganze Nacht nicht schlafen können. Im Licht des frühen Morgens betrachtete er seine Frau. Sie schlief zusammengerollt, ihm den Rücken zugewandt. Abweisend, gleichgültig und kalt, diese Nacht wie so viele andere Nächte. Es war lange her, dass Jorunn zu ihm gekommen war, und er verstand nicht, warum. Er erkannte, wie verschlossen und abweisend sie war. Aber im Schlaf war nichts von ihrem Zorn zu sehen, nur ihre Weiblichkeit. Ihre weichen, weißen Arme schimmerten im Morgenlicht, ihre Brust hob und senkte sich in den gleichmäßigen Wellen des Schlafs. Plötzlich weckte sie Lust in ihm. Er brauchte sie, er sehnte sich nach ihr. Wenn sie ihn doch nur lieben und ihm in seiner Zuwendung zu dem neuen Gott folgen könnte. Wenn sie nur damit aufhören würde, ihn von sich zu stoßen. Er starrte sie an; nein, er ertrug ihre Kälte nicht mehr. Vorsichtig berührte er ihren Körper und legte für einen Moment seine Hand in ihre. Sie schlief noch immer, bemerkte ihn nicht. Unendlich langsam befreite er seine Hand und ließ sie über ihre Brust wandern, hinunter zu ihrem Bauch. Ihre Haut war warm, und er fühlte ihr Herz schlagen. Es schlug ruhig, und es bedeutete Leben und Hoffnung in der Dunkelheit. Doch dann wurde er ungeduldig.

»Ich bin dein Freund, ich will bei dir sein«, flüsterte er. Er sah sie zärtlich an und streichelte sie sanft weiter. Seine Hand glitt leicht über ihren Körper, so sacht und sanft, wie er sie nie zuvor berührt hatte. Jorunn wachte verwirrt und benommen auf und wollte sich dieser Zärtlichkeit öffnen. Der warmen Hand, die wie ein Schmetterling über ihre Haut tanzte. Es gab nur einen, der sie so streicheln konnte: Erik. War er endlich zu ihr gekommen?

»Bist du es?«, murmelte sie schlaftrunken und drehte sich auf den Rücken. Mit geschlossenen Augen streckte sie ihre Arme aus, um ihn zu umarmen. »Komm!«

Harald antwortete nicht und streichelte sie behutsam. Er war jetzt so nah, und sie war auf dem Weg zu ihm. Glücklich beugte er sich über sie.

»Meine Geliebte«, murmelte er fiebrig, und sein Griff wurde fester. Die Zartheit verschwand, und Begierde übermannte ihn. Keuchend öffnete er ihren Schoß, und Jorunn wurde mit einem Mal gewahr, was gerade geschah.

»Harald, nein!«, rief sie und wollte ihn von sich stoßen. Aber es gelang ihr nicht, Harald war zu kräftig. Sein heißer Körper drängte, fühlte sich hart und fremd an, aber vertrieb bald ihr Zögern. Harald war ihr Mann, sie wollte so sehr, dass alles gut wurde, sehnte sich nach Nähe und Wärme. Und er war so zärtlich zu ihr gewesen, vielleicht sogar ...

Die Gedanken verebbten, und wachsende Wollust übermannte sie. Wenn ich nur nicht sein Kind empfange, dachte sie verwirrt, als sie keine Kraft mehr fand, ihn aufzuhalten.

Der Schnee glitzerte in der Sonne, und die Bäume warfen lange Schatten. Erik, der seit der Morgendämmerung unterwegs war, war schon mehrere Fallen abgegangen. Ringsum auf den Inseln war es ihm gelungen, ein Eichhörnchen und einen Hermelin zu fangen. Vergnügt wanderte er über die gefrorenen Sumpfwiesen. Er war gerne draußen und blinzelte zufrieden in den weißen Schnee. Die Kälte brannte auf seinen Wangen, und es knirschte unter den Füßen. Die Luft war rau, und sein Atem dampfte. Die Kälteperiode hielt schon eine ganze Weile an, und es schien ein langer Winter zu werden. Schon jetzt lag der Schnee höher, als er es je erlebt hatte. Er sah sich um und entdeckte etwas Dunkles in all dem Weiß. Er hielt inne und bückte sich. Ein abgebissener Eichhörnchenschwanz und frische Spuren im Schnee. Ein Baummarder! Er verfolgte die lang gestreckte, kaum sichtbare Spur mit dem Blick. Sie endete an einem Baum, unter dem Rindenspäne wie Eiderdaunen um den Stamm verstreut lagen. Gespannt blickte er nach oben. Vielleicht hatte der Marder das Eichhörnchen erwischt, dessen Kobel eingenommen und sein Tageslager dort aufgeschlagen. In diesem Fall könnte er ihn vielleicht herauslocken. Die Pelze, die er am Gürtel trug, kamen ihm plötzlich einfach und dürftig vor. Ein Marderpelz war mehr wert als seine beiden zusammen. Wie gern hätte er Jorunn den weichsten und feinsten Marderpelz geschenkt, den es gab. Eine solche Gabe würde ihr zeigen, dass er sie immer noch liebte, ja, fast noch mehr als damals, als er Birka verlassen hatte. Wenn sie ihren Pelz bekommen hatte, würde er die Reste zusammenpacken und verkaufen. Marderpelz; das würde ihm viel Silber auf dem Wintermarkt einbringen.

Erwartungsvoll spähte er in alle Löcher, versuchte, sich die möglichen Fluchtwege des Marders vorzustellen. Dann zog er sich vorsichtig zurück, den Pfeil im Bogen eingespannt. Er schob die Zunge zwischen die Zähne und pfiff einen kurzen Ton. Es rauschte in den Baumkronen, sonst war alles ruhig. Er versuchte es noch einmal, diesmal lauter. Leise strich er in großem Bogen weiter um den Baum und hielt inne. Ein Windstoß fuhr durch die Baumwipfel, und eine Wolke leichten Neuschnees rieselte zu Boden. Erik zuckte zusammen. War jemand hinter ihm her?

Er ließ den Blick über Boden, Bäume und einige Büsche auf einem einsamen Hügel schweifen. Plötzlich wusste er, wo er war, und fluchte.

In seinem Eifer, den Marder zu fangen, hatte er nicht beachtet, wohin ihn der Weg führte. Unter den schneebedeckten Büschen tief unten in der Erde lag Sote, der Sklave. Erik erinnerte sich; ihm fiel wieder ein, wie er mit dem Toten im Haus gesessen hatte, bevor er sich endlich zusammengerissen und Snemun aufgesucht hatte. Zusammen hatten sie Sote fortgetragen und ihn unter Erde und Steinen vergraben. Nur die Axt war verschwunden geblieben, sie mussten sie auf dem Weg verloren haben. Das hatte ihn lange beunruhigt, bis er schließlich nicht mehr daran gedacht hatte. Aber jetzt kehrten die Qualen zurück. Wann würden jene, die Sote geschickt hatten, es das nächste Mal wagen? Erik versuchte das Unbehagen abzuschütteln und drehte sich um. Wieder fiel Schnee vom Baum. Er sah auf, lauschte. Er glaubte, etwas zu hören. War der Marder über die Baumkronen geflüchtet? Nein, aber vielleicht bewegte er sich oben im Geäst. Es war keine Spur zu sehen, die von dem Baum wegführte. Vorsichtig ging Erik zum Stamm und fuhr mit der Hand über die Rinde. Plötzlich entdeckte er das Tier: den langen, schlanken Körper, den schönen, feinen Pelz. Erik spannte den Bogen, und der Pfeil schoss davon. Der Marder taumelte und fiel in den Schnee. Reglos blieb er liegen.

Erik jubelte. Ein echter Marderpelz. Das würde ihm auf dem Markt viel einbringen. Marder, Zobel und Eichhörnchenfell; diesen Winter hatte er das Glück auf seiner Seite gehabt. Wenn es ihm hold blieb, würde er sich zu gegebener Zeit ein neues Schiff kaufen können.

Er besah sich das Tier und untersuchte den Pelz. Der

Pfeil hatte keine Spuren hinterlassen. Pfeifend kniete er sich hin und begann das Tier zu häuten. Achtsam zog er das Messer an dem warmen Körper entlang, darauf bedacht, das Fell nicht zu beschädigen. Er arbeitete schweigend und konzentriert, den Blick fest auf das Tier geheftet, ohne die Männer zu bemerken, die näher gekommen waren. Erst als er aufstand, sah er die Reiter. Sie trugen Langröcke und Loden, waren mit Kurzschwertern und Äxten bewaffnet. Sie steuerten direkt auf ihn zu. Er erstarrte und tastete nach seinem Messer. Er würde sich nicht kampflos ergeben.

Ansgar war auf dem Weg nach Hause. Die Planken waren vereist, und er musste vorsichtig gehen. In den Werkstätten und Häusern war die Arbeit in vollem Gange. Es klopfte und lärmte aus Höfen und Nebenhäusern, Webstühle und Töpferscheiben klapperten. Ein paar Schweine wühlten in den Gräben vor den Hauswänden, und eine Gruppe Kinder sprang johlend an ihm vorbei. Sie kämpften mit Holzschwertern und jagten einander durch die Straßen. Ansgar sah ihnen lange nach. Dann ging er zum Wasser hinunter, wo Kürschner und Seiler arbeiteten. Er wollte den Weg an den schönen Handwerkerhäusern vorbei einschlagen. Draußen vor einem stattlichen Holzhaus lag ein Haufen Hirschknochen. Der Knochenschnitzer schien immer zu arbeiten und niemals eine Pause zu machen. Nadeln, Kämme und prächtige Griffel für die Wachstafeln – all das stellte er her. Den Sommer über hatte er seine Waren in einer Bude draußen auf der Straße verkauft, doch nun war die Klappe geschlossen. Sogar die Tür zur Schankstube war zu. Als Ansgar vorbeiging, klang von drinnen gedämpftes Murmeln heraus. Die Heiden waren eigentlich gesellige und versöhnliche Menschen. Nicht alle waren Barbaren. Viele waren friedlich und gastfreundlich und alltags nicht anders als das gemeine Volk im Frankenreich. Nein, er hielt sie nicht für Wilde. Sie waren, allen üblen Reden zum Trotz, tüchtige Menschen. Nur im Glauben waren sie irregeleitet. Ihre heidnischen Gebräuche waren grausam, aber allein deshalb waren sie noch keine schlechten Menschen. Wenn es ihm nur gelänge, sie zu bekehren, würde ihr Leben früher oder später dem der Dänen und Sachsen ähneln. Das Sveareich, diese barbarische Heimstatt im Norden, würde sicher bald zum Kaiserreich gehören.

Ansgar trat auf die Hamngatan und blickte zum Stadtwall mit den Holzpalisaden auf. Er zog sich von der Burg den Hügel hinunter um die ganze Stadt herum und machte schließlich weit draußen im Wasser einen Bogen. Er diente als mächtige Verteidigungsanlage mit mehreren Wachtürmen und war errichtet worden, um die Bewohner der Stadt vor Seeräubern zu schützen. Die Einwohner Birkas waren wohlhabend und vermögend, reicher als alle anderen Menschen im Norden. Mochte er Erfolg haben in seinem Streben und sie bekehren. Wenn er die Reichen für sein Anliegen gewinnen konnte, würden sie dafür sorgen, dass alle anderen auf ihren Höfen ebenfalls getauft würden. Vielleicht würden sie ihm sogar Geld geben. Wie wichtig war doch die Unterstützung der Mächtigen. Ansgar dachte an Hergeir, den Häuptling, der sein eigenes Land für den Kirchenbau zur Verfügung gestellt hatte. Dank seiner Hilfe hatte die Kirche fertig gestellt werden können.

Ansgar pries sein Glück. Er konnte die seinen nun in seiner schönen Kirche empfangen, und auf dem Wintermarkt würde er Hergeir taufen und alle anderen, die sich bekehren ließen. Eines Tages würden sich alle in der Stadt zu Gottes Wort bekennen. Die Götzenanbetung der Heiden war nichts für vernünftige, aufgeklärte Menschen, und die Bewohner Birkas konnten sich darüber erheben. Er musste ihnen nur zeigen, wie.

Ansgar hob den Blick und sah undeutlich das Gräberfeld unterhalb der Burg. Er rief sich ein Ereignis in Erinnerung, von dem Hergeir ihm erzählt hatte, das für die Leute hier nicht ungewöhnlich war. Als einer der Häuptlinge des Landes gestorben war, war er von einer Sklavin ins Grab begleitet worden. Als er sorgfältig ins Grab gebettet war und die Frau neben ihrem vornehmen Herrn niederkniete, hatte ihr jemand von hinten einen Stoß gegeben, dass beide unter einer dichten Schicht Erde und Torf begraben worden waren. Und dennoch hatte diese Frau einen schöneren Tod gehabt als die Sklavin, die der Sitte des Landes entsprechend zusammen mit ihrem toten Herrn verbrannt worden war. Ansgar wandte seinen Blick ab und erschauerte.

Entschlossen nahm er seine Wanderung Richtung Wasser wieder auf. Die Sonne glitzerte auf dem zugefrorenen Fjord, und Schnee und Eiskristalle funkelten. Er blieb stehen und genoss die Aussicht, ließ den Blick langsam über die Landschaft schweifen. Es war ein schönes Land, in das er gekommen war, ein Land, das sich hoch über die Barbarei erheben sollte. Mochte es in seiner Macht stehen, diese Menschen dazu zu bringen, das Wort Gottes anzunehmen. Erst dann würden sie ein besseres Leben führen können. Es war eine große und schwierige Aufgabe, die vor ihm lag, wenn sie ihm aber gelänge, würde der Kaiser ihn reich belohnen. Ansgar zog zufrieden seinen Umhang enger und kehrte um. Es war kalt geworden, und er sehnte sich nach einem warmen Honigtrunk aus dem Kessel. Ansgar eilte den Weg entlang, bog in die Köpmansgatan und erreichte sein Zuhause.

Vor der Tür stand eine Frau. Sie sah elend aus in ihrer Armut, ihre Kleider hingen verschlissen und zerlumpt an ihr herunter. Weiches, blondes Haar schimmerte unter einem grauen Kopftuch hervor. Eng an die Brust gepresst, trug sie ein Bündel in einen Wollschal gewickelt. Sie reckte ihm das Bündel entgegen und sah ihn flehend an. Stumm zog sie das Tuch vom Kopf.

9. Kapitel

Ansgar blickte sich hastig um. Niemand hatte sie gesehen. Schnell zog er Estrid zu sich in die Kammer. Das Kind schlief. Sein weiches, rundes Gesicht sah friedlich aus, sein Kopf war von dunklen Locken umgeben. Ansgar erstarrte, gepackt von einer plötzlichen Vorahnung. Das konnte doch nicht sein …? Er schob den Gedanken beiseite und sammelte seine Kräfte für die Begegnung mit der Frau. Estrid? Es war, als hätte er Angst davor, ihr Bild in sich aufzunehmen. Seit diesem unseligen Abend am Feuer hatte er sie verleugnet. Er hatte so viel Kraft darauf verwendet, sie aus seinem Bewusstsein zu verdrängen, dass er irgendwann davon überzeugt gewesen war, das Geschehene habe niemals wirklich stattgefunden. Nur im Traum hatte er gesündigt, in der Realität hatte der Herr ihn stark gemacht, und er hatte allen Versuchungen widerstanden.

Jetzt war sie hier.

Er starrte sie widerstrebend an. Estrid. Sie war schön in ihrer Wehmut, ihre Haltung gerade und würdevoll. Nur ihre Kleider waren zerrissen, ihr Gesicht müde und erschöpft.

Was wollte sie?

Sie sprach ruhig und gefasst:

»Meine Eltern haben mich vom Hof gejagt.« Sie legte das Kind vorsichtig auf die Schlafbank.

»Aber … das Kind«, stammelte er verwirrt.

»Es ist *Euer* Kind!«

Die Worte zerrissen ihn, würgten ihn. Du sollst nicht sündigen, du sollst nicht ... Die Gewissheit traf ihn wie ein Peitschenhieb. Warum? Hatte der Herr ihn verlassen? In seinen Predigten hatte er gesagt, dass man nur eine Frau haben darf, die Frau, mit der man sein Leben teilt. Alles andere wäre Sünde. Wahrheit, Treue, Entsagung, das war die christliche Botschaft.

Er dachte an die christliche Gemeinde, die sich auf Björkö zu bilden begonnen hatte, an die Kirche auf Hergeirs Grund, an alles, auf das er verzichtet und das er ausgestanden hatte, um seine Mission im Land der Svear durchzuführen.

Und nun das.

Niemand würde ihm länger Vertrauen entgegenbringen. Er hatte gesündigt; er war nicht besser als all die Heiden, die er hatte bekehren wollen. Nein, er konnte nicht zu dem stehen, was geschehen war, er musste seine Tat leugnen. Für immer.

Entschieden verschränkte er seine Finger. Senkte seinen Blick.

»Das Kind ist nicht von mir!«

»Das Kind ist von dir!« Estrid stand aufrecht und stolz vor ihm. Ließ ihn ächzen.

Ansgar fand keine Schonung.

»Du lügst!«

»Nein, du musst mir helfen.« Estrid flehte. Aber ihre Stimme trug. Sie war stark. »Du hast gesagt, dass du den Menschen in der Not beistehst.«

»Aber ...«

»Du hast gesagt, dass du ein Gesandter Gottes bist, dass du allen helfen kannst.«

Ansgar sah sie verwirrt an. Sie war so schön, ihr Gesicht so weich. Er musste sich zwingen, sie fortzujagen.

»Das Kind«, flüsterte sie und spürte seine Kälte.
»Das Kind ...«, brauste er auf. »Setz es im Wald aus.«
Estrid starrte ihn an, ihre Pupillen weiteten sich, und ihr Gesicht wurde weiß vor Entsetzen. Sie schwieg, fand keine Worte, ihr ganzes Wesen bäumte sich auf gegen seine Worte. Raserei und Zorn packten sie, und sie wollte schreien.

»Dass der Troll dir die Zunge herausschneide!« Voller Verachtung beugte sie sich zu dem Kind und nahm es hoch. Dann trat sie vor ihn und spuckte ihm ins Gesicht.

Der Königshof lag in dichtem Neuschnee eingebettet. Abdrücke von Hufen und Füßen führten in unregelmäßigem Muster über den Hofplatz, ein paar Hasenspuren verschwanden im Wald.

Drinnen im Königshof knisterten Fackeln, und geschmiedete Öllampen erleuchteten den Saal. Ein angenehmer Duft von Rauch und Wacholder lag im Raum.

»Sag, wer ist eigentlich dieser seltsame Mönch, den du in Haithabu mitgenommen hast?«

König Björn lehnte sich über den Langtisch und blickte Erik aus schmalen Augen an.

Die Fackeln knackten, Harz und Holz prasselten.

»Ich ...«

Erik wusste nicht, was er sagen sollte, und fürchtete etwas zu erzählen, das der König nicht hören wollte. Er wich seinem Blick aus und betrachtete mit Erstaunen die Pracht im Saal. Der Schein des Feuers brachte das Silber in den Webteppichen und Gobelins zum Leuchten. Er hatte gehört, was über den Königshof geredet wurde, doch niemals hätte er es sich träumen lassen, all das einmal selbst zu sehen. Und jetzt hatten die Wachen ihn auf Geheiß des Königs hierher gebracht. Den Grund kannte er nicht.

Erik schielte abwartend zu dem mächtigen Mann mit dem Marderpelzkragen. Der König atmete mit einem leicht pfeifenden Ton, sein Bauch wölbte sich schwer über den Gürtel. Um die Schultern trug er einen roten Rock aus Biberpelz, darunter blaue Hosen, die mit Bändern unter den Knien geschnürt waren. Das Schwert mit Knauf und Griff aus Silber war an einem Lederriemen um seine Taille gegurtet.

Worauf wollte er mit seiner Frage nach Ansgar hinaus?

Eine Sklavin brachte Met und reichte jedem einen Trinkbecher. Wortlos füllte sie die Gläser bis zum Rand.

»Met schenkt Unsterblichkeit, Urteilsvermögen und Weisheit«, lachte der König, ganz offensichtlich war er ihm freundlich gesonnen. Die Reiter hatten Erik zuerst erschreckt, sodass er sein Messer gezogen hatte. Er hatte geglaubt, dass sie hinter ihm her waren. Dass jemand sie dafür bezahlt hätte, ihn zu töten, so wie der Sklave damals. Aber sie hatten Erik nur gebeten, ihnen nach Adelsö zu folgen. Der König habe nach ihm geschickt.

Erik musterte den mächtigen Herrscher. König Björn wusste, dass er Ansgar an Bord gehabt hatte, und nun wollte er Erik dazu bringen, über den Mönch zu berichten. Aber was?

»Ansgar?« Erik drückte sich vor einer Antwort. »Ich kenne ihn kaum, aber so viel weiß ich, er ist ein Mann von starkem Glauben.«

König Björn prüfte den Schiffer mit wachsamen Augen. Bestimmt wusste der Bernsteinhändler mehr über Ansgar.

»Sag mir, Schiffer, was denkst du über den Mönch?« Der König fragte fordernd, lächelte verbindlich.

»Er ist ein Mann mit vielen Begabungen. Er hat meine Besatzung verzaubert«, erwiderte Erik, unruhig abwartend, was der König im Sinn haben mochte.

König Björn wurde ungeduldig und erhob sich. Er begann im Raum auf und ab zu schreiten, die Hände auf dem Rücken verschränkt.

»Folgen die Menschen ihm, und nehmen sie seine Lehren an?« Der König blieb stehen, so nah, dass Erik die Unsicherheit und Unruhe spürte, die von ihm ausgingen. Jetzt verstand er. Der König fürchtete Ansgar. Er hatte Angst vor der neuen Lehre, war unschlüssig gegenüber dem Neuen und Fremden, das der Mönch mit sich führte.

Erik schwieg einen Augenblick, dann antwortete er:

»Ansgar bringt alle dazu, zuzuhören. Er hat die seltene Fähigkeit, die Menschen mitzureißen. Die Versammlungen draußen auf Björkö werden immer größer.«

»Das habe ich befürchtet.« Der König nahm seine Wanderung wieder auf und betrachtete die Gobelins an seiner Wand. Er hatte sie von einem chasarischen Kaufmann aus dem Osten erhalten, einem Mann mit orientalischen Sitten und Gebräuchen. Dennoch hatte er diesen Mann ganz und gar nicht als Fremdling empfunden. Wohingegen Ansgar für ihn genau das war. Es war etwas Bedrohliches an diesem Mann, der Zwietracht säen und herrschen zu wollen schien. Der König trat ungeduldig von einem Bein aufs andere und sah den Schiffer auffordernd an. Der Bernsteinhändler sollte mehr erzählen.

»Ansgar ist ganz erfüllt von seiner Überzeugung. Er lehnt den heidnischen Glauben ab und will alle bekehren«, fuhr Erik fort, »obgleich wir gut leben, hier im Sveareich, und nichts Schlechtes daran ist, beim Alten zu bleiben.«

Der König setzte sich und stand sofort wieder auf.

»Ja, wir stehen einig um unsere Asen-Götter. Darum können wir die Erde nutzen und unsere Weiden einvernehmlich erhalten. Darum folgen wir den Gesetzen und Gebräuchen des Sveareichs. Der neue ...«, seine Stimme wurde unsicher, »der neue Glaube kann all das entzweien.«

Letzteres sagte der König leise zu sich selbst. Aber Erik hörte und begriff.

»Die Überzeugung eines Menschen ist nie das Leben eines anderen wert«, sagte er kühn. »Der neue Glaube darf das Alte nicht zerstören.«

Der König horchte auf. Der Schiffer hatte offenbar erkannt, was die neuen Lehren mit sich bringen konnten. Vielleicht hatte er sogar schlechte Erfahrungen mit dem Mönch gemacht? Der König kehrte zum Tisch zurück und trank den restlichen Met. Dann rief er nach der Sklavin, um Mundvorrat und Getränke bringen zu lassen. Er wollte alles hören, was der junge Mann zu berichten hatte. Über Ansgar, über Hergeir und über die neue christliche Gemeinde.

Es war spät am Abend, als Erik nach Björkö zurückkehrte. Er ging direkt zu Snemun. Der Freund sah seinen gehetzten Blick, warf seinen Umhang um und trat hinaus.

Die Bäume ragten schwarz und kahl in den Nachthimmel. Der Schnee knirschte unter ihren Schritten.

»Der König fürchtet Ansgar«, sagte Erik kurz.

»Woher weißt du das?« Snemun sah ihn erstaunt an. Die Kälte brannte auf ihrer Haut.

Erik berichtete von den Reitern, die ihn nach Adelsö gebracht hatten, und von dem Gespräch mit dem König, das mit der Zeit immer vertraulicher geworden war.

»Du warst beim König?« Snemun schüttelte den Kopf. »Meinst du, ich merke nicht, dass du nach Svea-Bier stinkst?«

Erik wurde wütend.

»Drei Wochen lang hatte ich Ansgar an Bord. Verstehst du nicht? Der König fühlt sich von dem Mönch bedroht. Er hat mich zu sich gerufen, um alles zu erfahren, was ich weiß.«

»Dich? Um so was herauszubekommen, hat er doch wohl andere Leute.«

Erik ging nicht darauf ein.

»Der König will, dass ich ihn wissen lasse, was auf Björkö vor sich geht, ich soll über alles berichten, was Ansgar sagt oder tut.«

Snemun warf Erik einen zweifelnden Blick zu, bemerkte jedoch den Ernst in den Augen des Kameraden. Plötzlich begriff er, dass Erik die Wahrheit sagte. Er blieb stehen und hielt ihn am Arm fest.

»Komm, wir gehen zu dir.«

Es begann zu schneien. Als Gunnar Snemun später die Stube verließ, um nach Hause zu gehen, reichte ihm der Schnee schon bis zu den Knöcheln.

Eine Männertraube bewegte sich langsam die Straße hinunter. Offenbar waren sie auf dem Weg in die Schankstube. Sie trugen Schilde und Schwerter und blickten sich beim Gehen unentwegt um. Sie verhielten sich leise und sprachen kaum miteinander. Bei der Schankstube hielten sie an. Sie standen eine ganze Weile dort, ohne hineinzugehen. Stattdessen beratschlagten sie sich und stapften ein Stück weiter die Straße hinunter. An einer Querstraße mit guter Aussicht auf das Wirtshaus hielten sie inne. Es war kalt, doch die Männer hatten keine Eile. Der Wind nahm zu, und der Schnee fiel dicht auf Dächer und Planken. Sie rührten sich nicht.

Ansgar sah die bewaffneten Männer nicht, als er ins Schankhaus eilte. Er suchte nach Estrid und war in Gedanken. Als er die Tür zum Wirtshaus aufstieß, entdeckte er sie. Das Kind lag ruhig neben ihr auf der Bank, auf dem Tisch standen eine Mahlzeit und Met. Sie aß und hielt ein Stück Brot in der Hand. Er zögerte und erschauerte bei dem Gedanken an ihre Begegnung am Vortag. Setz das Kind im Wald aus, er verstand das nicht. Er selbst wäre über eine solche Äußerung entsetzt gewesen. Jetzt waren es seine eigenen Worte. Er bereute sie bitter, schämte sich und begriff, dass er sie nicht gehen lassen durfte. Sofort nachdem sie seine Kammer verlassen hatte, hatte er darüber nachgedacht, wie er sie besänftigen konnte. Gleichzeitig, tief im Innern, versuchte er die schlichten Gedanken zu ersticken, die, die schrien, dass er das nur für sich selbst tat. Weil er fürchtete, sie könnte ihn sonst verraten. Ansgar zögerte in der Türöffnung.

»Nimm dich in Acht!«

Ein Mann mit dicken, lockigen Haaren und entschlossenem Gesicht drängte sich vor ihn. Der Schiffer!

Ansgar fasste ihn an der Schulter und versuchte ihn am Hineingehen zu hindern. Aber Erik rempelte ihn an, und er verlor das Gleichgewicht. Hilflos schlug Ansgar mit den Armen um sich und zog Erik im Fallen mit sich. Die Männer tasteten nach Halt, eng umschlungen in einem vergeblichen Versuch, die Balance wiederzufinden. Vergeblich. Sie fielen. Fibeln, Kittel und Umhang verhakten sich, rissen Löcher in den Stoff, und mit lautem Krachen stürzten beide über die Schwelle in die Halle. Ansgar schimpfte, das Büßerhemd kratzte, der Rosenkranz war gerissen. Die Perlen prasselten tänzelnd zu Boden. Estrid blickte verwundert auf. Sie war reichhaltig bewirtet worden, und der starke Met hatte sie aufgemuntert. Als sie die beiden Männer ineinander rasseln und zu Boden stürzen sah, stieg ein Lachen in ihr auf. Ihr Körper bebte, sie hielt sich den Bauch und prustete aus vollem Hals. Die anderen stimmten ein, und rasch war der ganze Raum von Heiterkeit erfüllt.

Erik konnte sich das Lachen ebenso wenig verkneifen. Benommen stand er auf und klopfte sich die Kleider ab, noch immer mit einem breiten Grinsen im Gesicht. Dann blieb er mit offenem Mund stehen. Estrid? Was hatte sie hierher geführt? Mit schnellen Schritten war er an ihrem Tisch.

»Estrid, was für eine Überraschung. Das müssen wir feiern!« Sein Gesicht hellte sich auf, und ohne zu fragen, was sie wollte, rief er die Wirtin zu sich.

»Bring mir zwei Hörner Met, voll bis zum Rand!«

»Betrittst du Wirtshäuser immer auf diese Art?«, fragte Estrid fröhlich, stand auf und umarmte ihn. Erik, wie gut, ihn zu sehen! Hier war der Schiffer, der ihr seine Kaufmannswaage schenken wollte. Nach wenigen Tagen in Birka hatte sie ihn wieder getroffen. Was für ein Glück sie hatte. In einer so großen Stadt war es gut, noch jemanden außer Ansgar zu kennen. Eine unbestimmte Schwere fiel von ihren Schultern, und mit einem Mal fühlte sie sich leicht und froh.

»Wie mir scheint, bist du gut in Birka angekommen«, sagte sie und lachte auf.

Erik wandte sich ihr mit einem Lächeln zu, das jedoch schnell erstarb. Erst jetzt fiel ihm auf, wie jämmerlich und ärmlich sie aussah. Ihre Kleider waren verschlissen, ihr Rücken gekrümmt, und das Gesicht, das ihn anblickte, war blass und fahl. Sie sah älter aus und war dünn geworden, ihr Blick tief und ernst. Aber obwohl es ihr schlecht ging, war sie immer noch schön. Die glatte Haut, ihr weicher, runder Körper. Ihre Brust lag schwer in ihrem Ausschnitt, ihr Busen wirkte üppiger, als er ihn in Erinnerung hatte.

»Ja, angekommen bin ich wohl, aber ich kann nicht behaupten, dass es gut war«, sagte er zweideutig.

»So?«

Erik öffnete den Mund, um zu antworten, aber im selben Moment fing das Kind auf der Bank an zu weinen. Estrid beugte sich hinüber und beruhigte es mit sanften, leisen Worten. Erik beobachtete sie verwundert. War das ihr Kind? Er wollte gerade fragen, aber Ansgar bemerkte seinen Blick und unterbrach ihn in seinen Gedanken.

»Estrid ist vom Hof fortgegangen. Ich habe ihr eine Herberge hier in der Stadt besorgt«, sagte er und stellte sich dicht neben sie. Sein Blick flehte um ihr Stillschweigen. »Sie ist hierher gekommen, um an der neuen Lehre teilzuhaben.«

Estrid hörte Ansgars beruhigende Stimme, erkannte den milden, aber ernsten Ton. Diese Stimme hatte sie einst dazu gebracht, zuzuhören. Estrid sah ihn erstaunt an. Aus seinen Augen strahlten Wärme und Mitgefühl. Wie war das möglich? Sie erinnerte sich an den Hass und die Verachtung, die gestern von ihm ausgegangen waren. Jetzt war er wie ein anderer. Wie konnte er sich so verändern?

»Ja, ich habe mein Zuhause verlassen«, fiel Estrid ein, »aber nicht der neuen Lehre wegen. Es gab für mich daheim auf dem Hof nicht viel zu tun, also bin ich hierher gekommen. Vielleicht finde ich hier Arbeit. Man sagt, dass es hier gute Möglichkeiten gibt. Und vielleicht weißt du ja, wo ich eine ordentliche Kammer finden kann?«

»Ich habe schon mit der Kaufmannsfrau gesprochen, bei der ich wohne«, unterbrach Ansgar eilig. »Dort wirst du es warm und gut haben.«

Er bemühte sich, gleichmütig zu klingen, während er seinen Worten größtmöglichen Nachdruck verlieh. Er war gezwungen, sie zu sich zu locken. Er musste. Vorsichtig drückte er ihren Arm.

»Lass uns weiterreden«, flüsterte er kaum hörbar.

Estrid ahnte, dass er etwas Wichtiges zu sagen hatte. Sie nickte stumm und senkte den Blick.

Erik schielte zu Ansgar. Warum flüsterte er? Der Mönch saß Estrid zugewandt, schien seltsam erpicht auf etwas zu sein. Erik sah die beiden neugierig an. Estrid. Was machte sie in Birka? Das Kind schien ihres zu sein. Warum hatte sie dann ihr Zuhause verlassen? Wer würde ihr hier in der Stadt helfen?

Er beobachtete sie in der Nische, bemerkte die Wehmut in ihrem Gesicht. Sie kam ihm so zerbrechlich und verlassen vor. Sie war nicht mehr die sichere, warme Frau, die sie in ihrer Stube aufgenommen hatte. Ihre Art erinnerte ihn daran, wie sie an dem Morgen gewesen war, als sie sich wieder auf den Weg gemacht hatten, damals, als er der plötzlichen Eingebung gefolgt war und ihr seine Kaufmannswaage hatte schenken wollen. Eine unvermittelte Wärme durchströmte ihn. Was auch immer Estrid nach Birka führte, er musste ihr zur Seite stehen. Er konnte nicht schweigend mit ansehen, wie Ansgar sie mit seinem Glauben umgarnte. Sie durfte nicht verführt werden. Entschlossen trat er zu ihr und blickte sie entschlossen an.

»Du hast uns beigestanden, als wir deine Hilfe brauchten. Jetzt will ich das wieder gutmachen.« Er lächelte, offen und freundlich, nahm ihre Hände in seine. »Mein Haus liegt draußen vor dem Stadtwall. Dort ist Platz für dich und das Kind.«

Ansgar räusperte sich und sagte mit lauter Stimme: »Wir haben im Kaufmannshaus schon alles für sie vorbereitet.« Beschützend legte er seinen Arm um ihre Schultern und sah sie zugleich auffordernd, fast befehlend an.

Estrid lächelte unsicher und zog ihre Hände zurück. Sie spürte Eriks Mitgefühl, und der Gedanke daran wärmte sie, aber sie musste mit Ansgar sprechen.

»Danke, Erik, ich glaube, dass …« Weiter kam sie nicht, bis Ansgar ihr erneut Einhalt gebot.

»Estrid, komm mit mir. Ich habe schon angekündigt, dass wir auf dem Weg sind.« Die Stimme des Mönchs war fest, und es war deutlich zu hören, dass er keinen Widerspruch duldete. Ohne ihr Zeit für eine Antwort zu geben, stand er auf und streckte seine Hand aus. »Ich habe versprochen, dass wir nicht zu spät kommen.«

Lächelnd zog er Estrid von der Bank, und sie spürte seine Hand in ihrer. Sein Blick ließ ihren nicht los.

Erik musterte sie verwundert. Woher wusste Ansgar, dass Estrid nach Birka gekommen war? Warum hatte er es so eilig, sie mitzunehmen? Nun stand er neben ihr, schön und stattlich, mit funkelnden Augen.

Ein Gefühl von Abscheu erfüllte ihn, und er wandte sich hartnäckig an Estrid.

»Du folgst einfach der Hamngatan den Hügel hinauf und gehst durch das Stadttor. Auf der anderen Seite der Weiden, oben über dem Hang, liegt ein großer Hof und nicht weit davon ein altes Haus mit Strohdach. Das ist mein Haus. Dort gibt es reichlich Platz für dich und das Kind. Ich bin da, wenn du mich brauchst.«

Estrid nickte, ihr blondes Haar fiel über ihre Schultern. Dann nahm sie das Kind in den Arm und folgte Ansgar zur Tür. Dort drehte sie sich zu Erik um, um etwas zu sagen, aber Ansgar verstellte den Weg und schob sie hinaus.

Erik stand auf und deutete auf die Perlen, die auf dem Boden verteilt lagen.

»Vergiss deinen Rosenkranz nicht, Mönch!«, rief er ihm nach. Dann sank er auf die Bank zurück. Plötzlich fühlte er sich einsam.

Nachdenklich nippte er an seinem Bier. Estrids Kind. Das Bild des Kleinen stand ihm unvermittelt wieder vor Augen. Es war etwas Vertrautes an ihm. Erik starrte die Tischplatte an und versuchte nachzudenken, doch er wurde durch den Lärm und das Geschrei auf der Straße unterbrochen. Er lauschte, stand auf und ging hinaus. Es hatte aufgehört zu schneien. Ein Wanderer verschwand den Hügel hinauf, unten am Wasser lagen die Straßen leer und dunkel. Ein Straßenköter bellte, aber das Rufen und Schreien war verklungen. Die Straße war seltsam still. Erik duckte sich und hielt sich dicht an der Hauswand. Vorsichtig schlich er zum Hafen hinunter und kreuzte eine Seitenstraße. Plötzlich hörte er Schritte.

»Packt ihn!« Eine Stimme rief in die Dunkelheit, und im nächsten Augenblick stürzte eine Gruppe von Männern hervor und umringte ihn.

»Da ist er, der Heidenhund. Jetzt haben wir ihn.« Tjalve Tryggvessohn, Verwalter auf dem Gudmundhof, gluckste erfreut.

Erik wich zurück und bemerkte, dass die Männer mit Speeren und Äxten bewaffnet waren. Es waren fünf starke Kerle. Er würde sich nur schwer befreien können. Sie kreisten ihn enger ein. Erik schwitzte, sein Herz schlug ihm bis zum Hals. Die Männer waren vom Gudmundhof, und sie waren sicher nicht gekommen, um Brettspiele zu spielen.

Tjalve stützte sich auf seine Speeraxt und spuckte in den Schnee.

»Also, du versuchst das Wort Christi aufzuhalten? Das versucht niemand ungestraft! Jetzt wirst du erleben, dass dein Thor nicht viel wert ist.« Tjalve lachte höhnisch, hob die Axt und schlug zu.

Aber Erik war vorbereitet. Blitzschnell zog er den Kopf ein und sprang zur Seite. Dann tat er einen großen Schritt nach vorn und wand Tjalve die Waffe aus den Händen. Er schwang sie hoch über seinen Kopf in einem großen Bogen um sich herum. Die Männer mussten zurückweichen. Als der Kreis groß genug geworden war, machte er einen Satz, rammte die Axt wie einen Stab in den Boden und sprang gelenkig über die Männer hinweg. Bevor sie sich sammeln konnten, stand Erik wieder auf den Füßen. Geschwind wie ein Wiesel lief er den Hügel hinauf, die Männer hinter sich. Ein Speer schoss an seiner Schulter vorbei und bohrte sich vor ihm in die Straße. Erik blieb stehen, griff nach ihm und rammte ihn einem seiner Verfolger in den Bauch. Den nächsten Mann stoppte er mit dem Schwert. Mit einem Hieb trennte er ihm einen Arm vom Körper ab und lief weiter. Völlig außer Atem erreichte er das Ende der Straße und sah sich um. An einem der Häuser war ein Holzstapel aufgeschichtet. Die Männer kamen schnell näher. Erik umfasste das Schwert mit beiden Händen und kappte die Stützen, die das Holz zusammenhielten. Es knarrte, dann rollten die Scheite donnernd den Hügel hinunter.

Tjalve sah sie auf sich zukommen und versuchte auszuweichen, doch er stolperte und verlor sein Kurzschwert. Zwei seiner Männer, die ihm dichtauf folgten, scheiterten an einer Wolke aus Schnee. Erik konnte verschnaufen und wartete auf Tjalve.

»Ein Feigling bist du, mir mit fünf Mann aufzulauern«, schrie er noch immer atemlos. »So etwas vertrage ich ganz schlecht.«

Tjalve antwortete mit einem Hieb gegen seine Beine. Erik, der so geschickt war, dass er früher reihum über alle Ruder seines ganzen Schiffs gesprungen war, sprang schnell hoch. Dann zielte er sorgfältig und rief:

»Deine breite Nase ist genauso groß und voll wie dein Maul, da kannst du dich ruhig mit einer kleineren begnügen. Aber sieh dich vor, du könntest Nasenbluten bekommen.«

Im nächsten Moment hatte Erik Tjalve die Nase abgeschlagen und war eilig in den Gassen verschwunden. Er hörte erst auf zu rennen, als er das Stadttor hinter sich gelassen hatte. Seine Ehre hatte er verteidigen können, aber der Preis war hoch gewesen. Die Nase, die er dem Mann vom Gudmundhof verschafft hatte, würde mit einer einfachen Strafe auf dem nächsten Thing nicht wieder gutzumachen sein. Gudmund der Mächtige selbst würde dafür sorgen, dass eine solche Schandtat gerächt würde.

Es war spät geworden. Die Kaufmannsfrau hatte sich rührend um Estrid und das Kind gekümmert. Sie hatte in der Badestube angefeuert, die unglückliche Frau mit neuen Kleidern versehen und den Kleinen statt des verschlissenen grauen Wollschals in ein schönes Tuch in kräftigen Farben gewickelt. Der Kaufmann brachte oftmals Stoffe aus dem Osten mit nach Hause, und seine Frau besaß mehr Kleider, als sie selbst benötigte. Sie half dem Mönch gern. Schon seit Ansgar bei ihnen eingezogen war, war sie stolz darauf, ihn bei sich zu haben. Sie wollte nichts lieber, als ihm zu Diensten zu sein.

Während sie den Langtisch sauber machte, schielte sie neugierig zu Estrid hinüber. Sicher hatte die Frau mit dem Kind sich an Ansgar gewandt und ihn um Hilfe gebeten. Ihr wurde warm ums Herz. Ansgar sorgte sich um jeden. Sie dachte an Öyvind, den Jungen, um den er sich kümmerte. Und nun wollte er sich sogar dieser armen, bemitleidenswerten Frau annehmen. Was für ein gutherziger Mensch!

Sie bewunderte den schönen Mann aus dem Frankenreich, kam zu seinen Predigten und lauschte hingerissen seiner neuen Lehre. Nie zuvor hatte sie jemanden so reden hören wie ihn. Und sie konnte sich auch nicht daran erinnern, jemals jemanden gesehen zu haben, der sich so für die Armen und Schwachen einsetzte. Es konnte nur ein guter Gott sein, der diesen mächtigen Mann nach Birka gesandt hatte. Sie hatte vor zu warten, bis ihr Mann wieder nach Hause kam, aber dann, so hoffte sie, würden sie beide in die neue Gemeinde aufgenommen werden.

Ansgar trat ein, sein Gebetbuch in der Hand. Er lächelte freundlich, und sie tauschten einen einvernehmlichen Blick aus. Die Kaufmannsfrau nickte, verneigte sich tief und entfernte sich leise.

Das Kind schlief in einer Wiege am Feuer. Es dampfte aus dem Kessel, und der heiße Honigtrank wärmte. Estrid hatte beide Hände um den Becher gelegt und grübelte mit geschlossenen Augen.

Vielleicht hätte sie erst mit Ansgar sprechen sollen,

ruhig und leise, sie hätte ihm nicht einfach nur das Kind reichen sollen. Jetzt sah sie ein, dass sie womöglich überstürzt gehandelt hatte. Seit er in die Schankstube gekommen war und sie geholt hatte, war er der sanfte, sichere Gottesverkünder gewesen, zu dem sie damals so großes Vertrauen gehabt hatte. Im Grunde war er doch ein guter Mann. Und das, was zu Hause auf dem Hof ihrer Eltern geschehen war? Auch da war er sanft und freundlich gewesen, bevor er sich plötzlich verwandelt und sich hitzig auf sie geworfen hatte. Sie nahm einen Schluck aus dem Becher. Natürlich hatte sie selbst auch gespürt, wie sich das Gefühl wie eine Bogensehne zwischen ihnen gespannt und so weit gedehnt hatte, bis sie schließlich losschnellte. Sie musste an das Silberkreuz denken, das er ihr hatte zeigen wollen, und daran, wie sie sich neben ihn gesetzt hatte, ein wenig unruhig, zögernd. Sie war dennoch zu ihm gegangen; und sie hatte seiner Nähe nicht widerstehen können. Zu spät hatte sie erkannt, dass er nicht anders war als andere Männer. Sie hätte es wissen müssen.

Und nun hatte er sie aufgesucht und wollte alles wieder gutmachen. Sie lächelte erleichtert. Alles würde gut werden.

»Vergib mir«, sagte er leise und nahm ihre Hand. Seine Fingerspitzen fuhren über ihre Handfläche. »Ich war so überrumpelt. Ich wusste nicht, was ich sagen sollte.«

Sie sah ihn an, seine Hand brannte in ihrer.

Wieder spürte sie die Wärme und seine seltsame Ausstrahlung. Sie dachte an den Aufbruch von zu Hause, die lange Wanderung, das erste Treffen mit ihm. Jetzt war all das so lange her, war es überhaupt wirklich geschehen? Verzweiflung und Schwermut wurden zu einer Sinnestäuschung und schwanden. Rundherum war Licht.

»Ja«, sagte sie dann. »Ich vergebe dir. Ich kann nicht in Feindschaft leben.«

»Nein, Gott ist mit uns, Estrid«, sagte Ansgar lächelnd und drückte ihre Hand. Sein Blick ruhte fest in ihrem.

Mit einem Mal fühlte sie sich sicher. Sie saß schweigend da, wollte den Frieden nicht stören. Die Stille umschloss beide. Ansgar spürte ihre heiße Hand und machte sich vorsichtig los. Er sah das Kind in der Wiege an. Was sollte er sagen? Dass er für sie und den Kleinen sorgen würde, wenn sie ihn nur nicht verriet? Dass sie sich niemandem anvertrauen durfte? Niemals.

Er hörte sie atmen, spürte ihre Ruhe und Lieblichkeit. Was er vorgehabt hatte, ihr zu sagen, entglitt ihm, und er wurde von Verlangen erfüllt. Sein Atem ging schneller, und er musterte ihren Körper. Sie war schön, ihre Haut weich und weiß wie Milch. Sein Blick wanderte zu ihren Hüften und langsam wieder hinauf. Estrid hatte die Augen geschlossen und bemerkte seine Blicke nicht.

Die Kleider, die sie trug, waren zu groß, fielen ihr weit über Arme und Brust. Ansgar starrte, konnte nicht aufhören, sie anzusehen. Er betrachtete ihre Brust, sah, wie sie sich hob und senkte, rund und füllig. Er schwitzte, hatte vergessen, was er hatte sagen wollen. Wortlos legte er sein Gebetbuch beiseite, wagte kaum zu atmen. Vorsichtig streckte er seine Hand aus, um sie zu streicheln, hielt sie zitternd vor Estrid. Sie atmete ruhig, Schweißtropfen glänzten auf ihrer Haut. Die Borte um ihren Ausschnitt war feucht.

Ansgar konnte seinen Blick nicht abwenden, starrte auf die Rundungen, die unter dem Stoff verschwanden. Er beugte sich vor, gefangen.

Sie spürte seinen Atem vor ihrem Gesicht und sah auf. Erstaunt begegnete sie seinem Blick.

»Vergib«, murmelte er. »Vergib.« Dann stand er plötzlich auf und ging zum Feuer.

Estrid blickte ihm nach, sie zitterte. Wieder hatte sie seine sonderbare Kraft gespürt.

Ansgar konnte nicht schlafen. Er dachte an Estrid und daran, wie sie sich näher gekommen waren. Er hatte lange mit ihr gesprochen, über seinen Glauben, den Auftrag des Kaisers und über seine Befürchtungen wegen des Kindes. Gott der Allmächtige hatte ihn auserwählt, Seine Botschaft zu verkünden, und ihn ins Land der Svear geschickt, um zu predigen. Diese Mission durfte nicht misslingen. Deshalb war es Gottes Wille, dass niemals jemand etwas von ihrem gemeinsamen Kind oder dem, was zwischen ihnen gewesen war, erfahren durfte. Der geringste Zweifel an seiner Person konnte ihm schaden und das Volk daran hindern, sich der neuen Lehre zuzuwenden.

Er hatte versucht, bei ihr Verständnis zu wecken, und hatte sie um Vergebung und Stillschweigen gebeten. Gott sei Dank hatte sie ihm ihr Wort gegeben, und sie waren im Guten auseinander gegangen. Aber dennoch ... Etwas beunruhigte ihn, eine Ahnung, ein Gefühl.

Die ganze Nacht über schwebte er in einem Zustand zwischen Traum und Wirklichkeit. Im Traum war er von wilden Tieren umzingelt, die heulten und nach ihm schnappten, ihre Klauen wie Fischerhaken ausgefahren. Er wehrte sich, doch sie stürzten in seine Kammer, abgemagert, schwarz und ausgehungert. Sie rissen und zerrten an ihm, fauchten in die Nacht, und ihre scharfen Zähne bohrten sich tief in sein Fleisch. Bald hatten sie ihn in eine Ecke gedrängt. Sie hatten ihre Krallen gespreizt, ihre Augen leuchteten gelb und hasserfüllt. Ansgar brüllte und schrie, wie er noch nie zuvor geschrien hatte. Erst in den frühen Morgenstunden überwältigte ihn der Schlaf.

Als er aufwachte, war er nass geschwitzt, seine Schlafstatt zerwühlt. Da überkam sie ihn wieder, die Unruhe, die stärker war als alles andere. Estrid hatte begriffen, aber konnte er sich auch auf sie verlassen?

Was sollte er tun, wenn sie alles erzählte?

10. Kapitel

Zwei Mondwechsel waren vergangen, und bis zum dritten Vollmond des Jahres waren es nur noch wenige Tage. Kaufleute von weither waren bereits zum Wintermarkt unterwegs. König Björn verließ seinen Hof und schritt langsam auf die Landzunge hinaus. Den Hof im Rücken, wandte er das Gesicht zum Meer. Im Norden sah er Wacholderbüsche und Birkenreiser, die den Weg übers Eis markierten, im Süden konnte er eines der Wirtshäuser erahnen. Er lächelte vor sich hin; die Bauern von Birka wussten, wie man Reisende aus der Ferne behandelte. Schon Anfang November pflegten sie Pfosten in den Grund zu schlagen, Holz, das später meist ein gutes Stück aus dem Eis herausragte. Darauf errichteten sie Böden, Wände und Dächer und sorgten für Öfen und Feuerstellen. Drinnen hielten sie die Stuben warm und boten Met und Bier aus großen Fässern an. Manchmal erklangen lautes Gelächter und Geschrei, dass er befürchtete, das Eis würde brechen. So ging es monatelang, bis die Eisschmelze einsetzte und die Häuser aufgegeben werden mussten. Im Laufe des Frühlings trieben die Pfosten an Land, durchnässt und manchmal beschädigt, aber die Bauern nutzten das Holz wieder und bauten im nächsten Winter aufs Neue.

Dem König gefiel es, dass die Bewohner die Kaufleute bei Laune hielten. So etwas war wichtig für einen gelungenen Markt, und den diesjährigen hatte er schon seit langem vorbereitet. Mochte der Handel gut werden!

Neugierig betrat er das Eis und spähte nach Björkö. In der Katzenbucht hatten sich mehrere Kaufleute versammelt, andere kamen geritten oder stakten auf Schuhen mit Knochenkufen über das Eis. Es sah ganz so aus, als würde der Markt gut besucht werden. Früh am nächsten Morgen würde er das Marktgeld bekommen, das jeder Kaufmann bezahlen musste, um am Handel teilnehmen zu können. Das Silber, das er erhielt, war für alle ein Gewinn, für Adelsö und Birka. Er verteilte das Geld zwischen der Stadt, dem Königshof und seiner eigenen Leibwache. Ja, es diente dem Wohl des gesamten Sveareiches. Aber die Kirche, nein, die forderte den Zehnten von allen und behielt das Silber selbst. Das war Diebstahl und Raffgier. Und niemand würde beides bezahlen können, König und Kirche. Deshalb durften Ansgar und seine Anhänger nicht zu mächtig werden.

Erik zog den Schlitten langsam hinter sich her. Er war schwer beladen. Felle, Bänke, Platten und ein Holzgestell ragten weit über die Kufen hinaus. Hinter ihm stapfte Estrid mit dem Kind. Sie waren spät dran; schon längst hätten sie ihren Marktstand aufschlagen müssen. Er drehte sich um, um sie zur Eile anzuhalten, besann sich jedoch anders. Ein Lächeln flog über sein Gesicht.

Estrid hatte sich in einen Umhang aus Biberpelz eingewickelt, Kopf und Gesicht waren unter einem großen Kopftuch verborgen. Nur die Nase war zu erahnen. Sie rannte fast, um mit ihm Schritt zu halten.

Er musste nichts sagen, das war beinahe nie nötig. Sie schien auf unerklärliche Weise immer zu verstehen, was er wollte. Er rief sich in Erinnerung, was nach der Begegnung in der Schankstube geschehen war.

Schon am folgenden Tag hatte sie ihn aufgesucht und

um Herberge gebeten. Sie war wortkarg und verschlossen gewesen, als ob etwas Ernstes sie bedrückte, aber er hatte sie nicht mit Fragen bedrängen wollen. Er war es nicht gewohnt, Gäste im Haus zu haben, und hatte ihr ein wenig unbeholfen angeboten, in der Stube zu schlafen. Aber sie fand sich schnell zurecht und nahm sich mit derselben Tüchtigkeit der Haushaltung an wie damals, als sie ihn und seine Männer in ihr Haus gebeten hatte. Er fühlte sich wohl in ihrer Gesellschaft, und nachdem er sich mit Snemun beratschlagt hatte, bat er sie, den Winter über zu bleiben. Schon lange hatte er jemanden im Haus vermisst und war meist bei Snemun gewesen. Jetzt bekam er beides: Gesellschaft und jemanden, der sich um das Haus kümmerte.

Erik blieb stehen und wartete auf Estrid. Unter all dem Pelz sah sie wie ein Gaukler aus, aber sie hatte eigensinnig darauf beharrt, sich so auszustaffieren. Sie würden viele Stunden am Marktstand stehen, und sie wollte nicht frieren. Estrid wusste, was sie wollte, und wenn sie einmal eine Entscheidung getroffen hatte, war es schwer, sie davon abzubringen.

»Mit deinen Männerbeinen machst du einen Schritt, wenn ich zwei mache«, keuchte Estrid, als sie ihn eingeholt hatte.

»Dann bist du sicher doppelt so weit gelaufen«, sagte Erik lachend.

»Ja, das will ich meinen. Hast du das erst jetzt begriffen?« Sie lächelte ihn an.

Estrid war unbeschwerter geworden, dachte er und erinnerte sich an ihre langen einsamen Spaziergänge mit dem Kind. Damals, als sie gerade nach Birka gekommen war, lag so viel Wehmut in ihrem Gesicht, als würde sie eine große Sorge bedrücken. Aber das Düstere war gewichen, und sie hatte angefangen, beim Essen zu reden und zu lachen. Und sehr bald war sie ziemlich schlagfertig geworden.

»Erik!« Sie schob den Schlitten. »Zieh doch, sollten wir uns nicht beeilen?«

Erik nickte, beugte sich aber zum Kind.

»Er friert doch nicht etwa?«

»Noch nicht, aber wenn wir noch lange warten, hat er es die längste Zeit warm gehabt.«

Erik betrachtete den Kleinen. Sein rosiges Gesicht war gerötet, sein schwarzes Haar umspielte in weichen Locken die Wangen. Er war ein hübsches Kind, und Erik hatte ihn lieb gewonnen. Toste spielte gern, und wenn Erik ihn hoch in die Luft warf und wieder auffing, bekam er vor Lachen fast keine Luft mehr. Erik hatte sich so an ihn gewöhnt, dass er sich kaum vorstellen konnte, ihn nicht mehr bei sich zu haben. Wenn Toste größer war, würde er ihm vielleicht die Seefahrt beibringen.

Erik schmunzelte über seine eigenen Gedanken. Wie anders alles geworden war. Estrid und das Kind ließen ihn weniger an Jorunn denken. Er und Jorunn hatten sich seit dem Tag auf Grönsö nicht mehr umarmt, und wenn sie sich in der Stadt begegneten, sagten sie nicht viel. Er hatte nicht an Vergangenes rühren wollen, hatte nicht gewagt, das zu tun. Es gab zu viel Schmerz zwischen ihnen. Und der Marderpelz, den er ihr hatte schenken wollen – er hatte es sich anders überlegt. Es war, als wollte er nichts am Leben erhalten, was Vergangenheit war und niemandem mehr diente. Er hatte das Fell in das Bündel gepackt, das er verkaufen wollte.

Nur der Gedanke, dass sie das Lager mit seinem Bruder teilte, machte ihn zornig, und jedes Mal, wenn seine Gedanken zum Haraldhof schweiften, überkam ihn Verbitterung. Nein, es war das Beste, sie für immer zu vergessen.

Natürlich kam es vor, dass er Estrid mit Jorunn verglich. Aber der Gedanke war verständlich. Er mochte beide, selbst wenn er Estrid noch immer nicht richtig nahe gekommen war. Er hatte sie noch nie umarmt, und in den Augenblicken, in denen Nähe zwischen ihnen entstanden war, war sie plötzlich scheu und zögerlich geworden, und er hatte sich nicht aufdrängen wollen. Dennoch brauchte er eine Frau. Eine, die er gern haben und der er nah sein konnte. Früher war er zu den Sklavinnen auf dem Snemunhof gegangen, aber seit Estrid in sein Haus gekommen war, hatte er das nicht mehr getan. Mit ihrer bloßen Anwesenheit hatte sie ihn dazu gebracht, zu verzichten. Warum, das verstand er selbst nicht.

Pferde schnaubten. Erik blickte über die Eisfläche. Überall waren Pferde, Fuhrwerke und Schlitten zu sehen. In der Katzenbucht draußen vor Björkö standen Menschen in dichten Trauben. Männer mit spitzen, pelzbesetzten Hüten nebst Händlern in wallenden Umhängen und dicken Röcken. Einige hatten Bronze an ihren Ledergürteln oder Silberbeschläge an den Pelzmützen befestigt, andere trugen Umhänge mit großen, verzierten Ringfibeln. Erik bemerkte, dass auch Kaufleute von weit her gekommen waren, die bunte Kleider trugen, wie er es noch nie gesehen hatte. Vielleicht würden sie von ihm kaufen und ihn reich machen.

Als Erik und Estrid die Bucht erreichten, schlugen sie schnell ihr Zelt auf, danach stellten sie Bänke und Tischplatten auf und spannten zuletzt das Holzgestell mit den Fellen auf. Anders als die reichen Händler hatte Erik keine Bude, aber er tröstete sich damit, dass schließlich das zählte, was man zu verkaufen hatte.

»Schöne Pelze sind das!«

Erik erkannte Snemuns Stimme und fuhr herum. Der Kamerad trug einen Langrock und Pelzstiefel, Kappe und Fäustlinge. Die Narbe an seinem Mund war vor Kälte gerötet. Er begrüßte sie herzlich und nickte in Richtung Schlitten.

»Ich sehe, ihr hattet viel Arbeit«, sagte er und half ihnen, die Felle loszubinden. Im Schlitten waren Pelze in Zehnerbündeln, Kragen und Pelzmützen verstaut.

»Ja, aber ich hatte auch Hilfe von meinem Mädchen«, sagte Erik scherzhaft und legte den Arm um Estrid.

Estrid lachte und schlang ihren Arm um Erik.

»Ja, der Knabe hier braucht jemanden, der Ordnung hält«, platzte sie heraus. Dann errötete sie heftig und zog schnell ihren Arm zurück. Er war ihr so nah gewesen.

»Kommt jetzt, ihr faulen Ochsen«, fuhr sie fort und drehte sich verlegen um.

Die Männer halfen ihr, und nach getaner Arbeit wandte Snemun sich an Estrid.

»Ich brauche für einen Moment Eriks Hilfe, aber ich verspreche, dass wir gleich zurück sind!«

»Ich komme schon klar«, antwortete Estrid und reihte die Pelze behutsam in unterschiedlichen Bündeln auf. »Aber bleibt nicht zu lange. Sonst habe ich alle Pelze verkauft und den Lohn selbst eingesteckt.«

Die Männer lachten, und Erik wollte sie plötzlich gern in ihre Pläne einweihen.

»Komm schon!« Snemun griff Erik und zog ihn mit sich, bevor er etwas sagen konnte.

Die Männer erreichten das vorbereitete Eisloch vorn in der Bucht. Das Wasser glänzte schwarz, und eine dünne

Haut aus Tran schillerte an der Oberfläche. In einem großen Kreis rund um das Loch steckten Wacholdersträucher, und zum Wasser hin war Asche gestreut. In einem einfachen Holzfass wurde das Öl für die Salbung aufbewahrt, Hergeir hatte einen hübsch verzierten Tiegel für seine eigene Zeremonie.

Der Häuptling hatte entschieden, dass sich während der Markttage jeder, der wollte, taufen lassen konnte. Darum hatte er angeordnet, dass ein Wasserloch offen gehalten werden sollte. Sie hatten reichlich Tran ins Wasser gegossen, damit es nicht wieder zufrieren konnte. Hergeir hatte darauf bestanden, dass es eine prächtige Zeremonie werden sollte. Erhaben, schön. Die Gläubigen würden langsam zum Eisloch schreiten, auf die Knie fallen und sich vor Ansgar verbeugen. Der würde daraufhin seine Gebete lesen, sein Kreuz heben und sie taufen. Der Häuptling war sehr darauf bedacht gewesen, die Zeremonie auf die Markttage zu legen und nicht erst später im Jahr stattfinden zu lassen. Er wollte die Bekehrung zu einem großen Schauspiel machen, das auch andere dazu bringen sollte, sich taufen zu lassen. Gleichzeitig sollten die Kaufleute sehen, dass die Führer in Birka der neuen Glaubenslehre wohlgesonnen waren.

Erik und Snemun blickten sich um und vergewisserten sich, dass niemand sie gesehen hatte. Erst dann wagten sie sich hinunter zum Strand. Leise rollten sie eine Tonne heran, schlugen schnell das Schloss auf und vergossen Tran und Schweinefett rund um die Eiskante auf dem geschmückten Platz, an dem der Häuptling getauft werden sollte. Dann tauschten sie Hergeirs prächtigen Tiegel gegen einen anderen, der ganz genauso aussah. Nun war für die Taufe alles bereit.

Sobald die Kaufleute ihre Marktstände eröffnet hatten, kamen der König und sein Gefolge in der Katzenbucht an. Knappen in roten Gewändern traten vor bis zur Hütte des Königs und stellten sich an der prächtig geschmückten Terrasse auf. Dort teilten sich die Männer in zwei Reihen, verbeugten sich tief und zogen sich zurück, bis sie zwischen sich eine offene Gasse geschaffen hatten. In den Händen hielten sie wunderschöne Luren aus Horn, verziert mit Wimpeln und Goldgirlanden. Als König Björn erschien, hoben die Knappen die Luren hoch, dass Stoff und Girlanden ein farbenfrohes Dach für den König bildeten. Dann bliesen sie die Eröffnungsfanfare, und der König schritt langsam voran. Als er die Terrasse erreicht hatte, blieb er mit erhobenen Armen zu seinem Volk gewandt stehen. Die Menschenmasse jubelte, und er nahm ihre Huldigungen stolz und dankbar entgegen. Dann hielt er eine kurze Rede in verschiedenen Sprachen und hieß die Kaufleute aus nah und fern willkommen. Die Knappen bliesen wieder in ihre Luren, und auf ein Zeichen des Königs konnte der Handel beginnen.

Leder und Pelz, Elchgeweihe, Eiderdaunen und Eisen. Die Stände der Heiden bogen sich unter den Waren, teils aus den Wäldern im Norden, teils von den benachbarten Inseln. Auch die Handwerker Birkas boten ihre Erzeugnisse an. Schmiedearbeiten, Kämme, Perlenketten, Riemenschnallen und schöne, gegossene Kleiderfibeln waren ordentlich auf Tüchern und Leder ausgebreitet. Die Händler riefen und überboten einander, fremde Sprachen klangen über das Eis.

Erik stellte fest, dass mehrere Kaufleute aus Nowgorod und Wolin gekommen waren, außerdem Händler aus Dorestad und Haithabu. Sie hatten Salz und Kräuter mitgebracht und hatten auch Schwertklingen dabei. Einer verkaufte Becher und Spielfiguren aus Glas, ein anderer Vorratsgefäße und ein Dritter Schmuck aus Bernstein und Silber.

Erik nahm seine Kaufmannswaage aus dem Lederfutteral, klappte sie auf und fingerte gut gelaunt an den Waagschalen herum. Um sich ein Schiff und einen Hof leisten zu können, musste er all seine Waren verkaufen, jetzt und auf den kommenden Märkten. Das Leder war weich und geschmeidig, hatte nicht einen Insektenstich, und die Pelze waren nirgends beschädigt. Die feinsten hatte er von einem Händler im Norden gekauft, und viele hatte er selbst erjagt. Jetzt musste er sie nur noch verkaufen. Dann würde er wieder jemand sein, mit dem man rechnen musste. Aufgeräumt wandte er sich an Estrid.

»Und jetzt werden wir Handel treiben.«

Sie nickte und legte Toste an die Brust. Der Junge war in Pelz und Wolle gehüllt, dass nur noch seine Augen zu sehen waren. Sie hatte ihn nicht früher stillen können, denn sie hatte zu viel zu tun gehabt. Erik wartete ungeduldig, bis Toste angefangen hatte zu trinken, und wiederholte:

»Wenn man handelt, weißt du, darf man nie mehr sagen als unbedingt nötig.« Er sah sie mit wissender Miene an. »Und wenn man nichts zu sagen hat, dann ist man still.«

Estrid blickte ihn verwundert an.

Erik fuhr fort:

»Es ist besser, denjenigen reden zu lassen, der kaufen will. So lange, bis er zu viel gesagt hat.«

»Ja? Und wenn er etwas über das Leder da wissen will?« Estrid wiegte das Kind im Arm, summte leise vor sich hin.

»Na, dann musst du Gutes über die Ware erzählen.«

»Aber woher weiß ich dann, ob ich mehr sage, als ich darf?«

Erik zögerte. »Ach, sag einfach irgendwas.«

»Sag, das nennst du Kaufmannskunst?« Estrid warf ihm einen belustigten Blick zu und legte ihren Sohn wieder in den Schlitten. Natürlich würde sie Erik immer helfen, seine Ware zu verkaufen, doch am besten tat sie das auf ihre Art.

Wie es ihm früher gelungen war, reich zu werden, war ihr ein Rätsel. Er schien ihr viel mehr ein Träumer und Wikinger zu sein als ein Händler. Außerdem arbeitete er immer zu viel für andere; wie sollte da das Handeln klappen?

Erik war ein Sonderling, froh und übermütig wie ein Kind, aber auch still und ernst. In seinen Augen glänzte Wärme. Sie empfand es als großes Glück, ihn getroffen zu haben. Sie hatte es nie bereut, dass sie zu ihm gegangen war. Und er hatte sie sogar gebeten, den Winter über zu bleiben. Nun teilten sie Brot und Herberge, Stille und Gesellschaft, obwohl sie nicht wie Mann und Frau miteinander lebten. Manchmal hatte sie sich darüber gewundert. Stieß sie ihn fort, ohne es selbst zu merken? Was zwischen ihr und Ansgar gewesen war, saß tief, und vielleicht scheute sie noch die Nähe.

Als Estrid ein paar Wochen bei Erik gewohnt hatte, begann sie, ihm mit den Fellen zu helfen. Sie nähte Kragen und Pelzmützen und folgte Erik auch zum Snemunhof, wo sie zusammen mit Sigfrid, Snemuns Frau, webte. Sie verstanden sich gut, färbten Stoffe und webten Schals aus Leinen und Wolle. Einiges davon sollte nun verkauft und der Gewinn geteilt werden. So konnte Estrid Erik etwas Geld geben. Und sie wollte in Birka bleiben. Am liebsten wollte sie gar nicht mehr an ihre alte Heimat zurückdenken, noch weniger an ihre Eltern. Vater und Mutter hatten sie zwingen wollen, Kräuter zu nehmen, um das Kind abzutreiben, das sie erwartete. Als sie sich weigerte, hatten sie stattdessen versucht, sie mit einem Witwer im Nachbarort zu verheiraten. Seit ihre Eltern zum christlichen Glauben übergetreten waren, lehnten sie alles ab, was in Sünde empfangen war, und machten sich mehr aus dem Wort Christi als aus ihr.

Als das Kind geboren war und sie sich wieder stark genug fühlte, hatte Estrid ihr Zuhause verlassen. In Birka war Ansgar, und dort würde sie sicher Arbeit finden. Aber das Treffen mit Ansgar ... nein, am liebsten wollte sie nicht daran denken. Obgleich ihr seither alles leicht von der Hand gegangen war. Dank Erik.

Um sie herum war der Handel in Gang gekommen. Salz wurde gegen Teer getauscht, Stoffe gegen Eiderdaunen, da und dort waren Krüge mit Honig zu sehen, und Saatgut fand neue Besitzer. Die meisten kauften und verkauften mit Münzen und Hacksilber, Silber, das ganz genau mit der Kaufmannswaage gewogen wurde. Sie wogen die Münzen wie Metall, um so die verschiedenen Währungen zwischen Ost und West wechseln zu können. So hatten sie es schon immer gemacht, aber in diesem Jahr hatte Birka seine eigene Münze erhalten, die silberne Birkamünze, die König Björn hatte prägen lassen. Eine runde Münze, deren Wert auf die Vorderseite gestempelt war.

Erik hielt sich dennoch an die Kaufmannswaage, wie viele andere Händler auch, wog Hacksilber und Münzen und teilte sie, bis die Schale mit Silber so viel wog wie die mit den Gewichten. Die Birkamünze mied er. Er hatte Gerüchte gehört, die besagten, dass neben Silber auch andere Metalle in der Münze waren. Da wollte er kein Risiko eingehen.

Eriks Felle glänzten verlockend auf dem Tisch, und er hatte von Anfang an viel zu tun. An Estrid hatte er viel Freude. Sie lockte Kaufwillige an, schäkerte und lachte, und Marder, Biber und Hermelin wechselten die Seite. Er sah sie zufrieden an. Nie hätte er geahnt, dass sie ihm eine so gute Hilfe beim Handeln sein könnte.

Später am Tag zog der König mit seinem Gefolge ein. Der Herrscher über das Reich der Svear und höchster Beschützer des Marktes wollte bei der Taufe anwesend sein. Die Knappen stießen ins Horn, und König Björn trat vor.

Mit seiner schrillen, ein wenig piepsigen Stimme verkündete er, dass der Häuptling Hergeir getauft werde und mit ihm die neu gegründete christliche Gemeinde.

In einen schweren Umhang mit Goldbordüren gekleidet, schritt der König mit seinem Gefolge langsam zum Wasserloch. König Björn verneigte sich tief und übergab dann den Platz an seinen Häuptling.

Hergeir hatte sich nicht aufhalten lassen. Obwohl die Opferverweigerer mit dem Zeichen des Kreuzes auf der Stirn versehen waren, hatte er sich nicht damit zufrieden gegeben. Er hatte mit der Taufe nicht länger warten können, und der König selbst musste gute Miene zum Geschehen machen. Birka war ein friedlicher Handelsplatz, und alle sollten sich hier willkommen fühlen. Diese Botschaft musste alle und jeden erreichen. Darum war er gezwungen, auch den Christen ihren Spaß zu lassen.

Die Menschenmenge drängte sich um das Wasser. Zuvorderst standen die, die getauft werden sollten, in weiße, bestickte Tuniken gehüllt. Hinter ihnen warteten die Bauern und Handwerker mit ihren Frauen und Kindern. Ganz hinten drängten sich Gesinde und Sklaven und versuchten, einen Schimmer des Wasserlochs zu erspähen. In der Mitte, nah an der Eiskante, kniete Ansgar. Er legte seine Stirn auf das Eis, und ihn durchströmte ein großes Glücksgefühl. Der Tag, auf den er so sehr gehofft hatte, war endlich angebrochen. All das hatte er Hergeir, dem Häuptling, zu verdanken. Er würde seine heidnische Befleckheit fortspülen, vor den Augen aller getauft werden und damit auch andere ermutigen, sich bekehren zu lassen. Ansgar stand auf. Es war Zeit, die Taufe abzuhalten.

Ansgar begann mit den Armen. Einen nach dem anderen rief er vor zum Wasser, betete für sie, legte seine Hand auf ihre Köpfe und ließ sie ins Wasser tauchen. Zuletzt weihte er sie mit dem wohlriechenden Salböl.

Die Menge murmelte und drängte nach vorn, um diese seltsame Zeremonie zu sehen. Weiß gekleidet knieten sie nacheinander nieder und ließen sich ins Wasserloch tauchen. Es war ein seltsamer Anblick, wie sie weiß und von Wasser triefend über das Eis eilten, um sich in einer der Hütten aufzuwärmen. Das Wasser war gerade so tief, dass ein Mann darin stehen konnte, und mit jedem, der die christliche Taufe empfing, wurden mehr Schlamm und Lehm vom Grund aufgewirbelt. Hergeir sah besorgt, wie das Wasser immer trüber wurde, und wollte sich nicht länger gedulden. Jetzt wollte er selbst getauft werden. Er gab Ansgar ein Zeichen, sich bereitzumachen.

Die Menge verstummte, und das einfache Holzfass mit Salböl wurde gegen Hergeirs prächtig verzierten

Tiegel ausgetauscht. Die Männer des Königs bliesen in die Luren, und der Häuptling trat vor.

Er schritt langsam hinaus aufs Eis, bekleidet mit einer bodenlangen Tunika. Sie war aus Seide gewebt und mit feinen Silberstickereien verziert. Er war barhäuptig, seine Hände nackt, und an den Füßen trug er Schuhe aus Hermelin. Er ging langsam, stolz und würdevoll, aber auch ein wenig zögerlich, als wäre er gerührt und ergriffen. Ansgar war aufgestanden, die Menschenmenge wartete, neugierig und still. Hergeir sank aufs Eis nieder, kniete, und der Mönch betete auf Latein. Dann öffnete er den Tiegel, um ihn zu salben.

Ein grässlicher Gestank entströmte dem schönen Gefäß und breitete sich unter den Umstehenden aus. Es roch nicht sauer oder faulig, nicht nach Dung oder ranzig, es stank vielmehr so stechend, dass es eine Hexe hätte vertreiben können. Es war windstill, und der scharfe Geruch blieb rund um das Wasserloch hängen. Die Leute wechselten bestürzte Blicke. Es war, als hätte der Teufel selbst alle Gerüche der Hölle entfesselt, Kot duftete im Vergleich geradezu lieblich.

»Empfange nun das heilige Sakrament«, murmelte Ansgar und tat, als bemerkte er den Gestank nicht.

Hergeir nahm die Salbung hoch erhobenen Hauptes entgegen und gab sich alle Mühe, sich nicht die Nase zuzuhalten.

Ansgar sah sich um. Was war passiert? Einen widerwärtigeren Geruch hatte er noch nie erlebt. Betreten gab er Hergeir das Zeichen aufzustehen.

»Nun hast du deinen alten Lehren entsagt, nun sollst du durch den Heiligen Geist gereinigt und erneuert werden.«

Hergeir verneigte sich, hob die lange weiße Tunika an

und betrat den geschmückten Platz am Wasserloch. Vorn an der Eiskante geriet er ins Schlittern. Es ging so schnell, dass er nicht mehr bremsen konnte, und ohne zu wissen, wie ihm geschah, schoss er wie ein Pfeil ins Wasser. Ansgar streckte entsetzt seine Hand nach ihm aus, und der Menschenmenge entfuhr ein erstauntes »Oh!«.

Dann schlugen sich alle die Hände vor den Mund und drehten sich um – das alles hatte ziemlich komisch ausgesehen, und sie konnten ihr Lachen kaum unterdrücken. Es planschte, blubberte und gärte im Wasserloch, und Hergeirs Flüche waren weithin zu hören. Aber es gelang ihm, sich wieder auf das Eis zu ziehen, und er stellte sich aufrecht hin, als wäre nichts geschehen. Aber es war etwas geschehen. Jetzt trauten sich die Heiden, und ihnen entfuhr die eine oder andere Gemeinheit.

»Wie soll der da uns führen, wenn er noch nicht mal sich selbst im Griff hat?«

Zustimmendes Gemurmel erklang rund um das Wasserloch.

»Komische Art, Fische zu fangen«, meinte ein anderer.

»Habt ihr gesehen«, rief ein Dritter, »der ist so gründlich getauft worden, dass Gott ihm das Wasser sogar in die Knie gefüllt hat.«

Ansgar tat, als würde er nichts hören, und vollzog die Zeremonie mit allem Ernst und aller Würde, die er aufbringen konnte, während der nasse Hergeir mit den Zähnen klapperte, dass alle Umstehenden es hören konnten. Mit gefrorenem Hemd lief er schließlich, so schnell er konnte, davon, um sich in seiner Bude zu wärmen.

Ansgar blieb stumm zurück. In dem dunklen Loch, in dem Öl und Tran das Wasser in Regenbogenfarben brachen, legten sich die Wellen. Aber plötzlich begann es zu blubbern. Große Luftblasen stiegen an die Wasseroberfläche, wurden größer und zerplatzten. Die Menge verstummte und starrte mit weit aufgerissenen Augen.

»Ran ist erzürnt, die Götter wollen Rache!«, rief Erik mit dumpfer Stimme. »Niemand soll die neue Lehre ungestraft annehmen.«

Er drehte dem Wasserloch den Rücken zu und beeilte sich fortzukommen. Es brodelte in ihm, und er konnte sein Lachen kaum unterdrücken. Dann fing er an zu rennen. Er musste sich umgehend die Hände waschen, bevor jemand merkte, wie sehr sie stanken. Ihm war Iltispisse über die Hand gelaufen, als er den Tiegel des Häuptlings gefüllt hatte.

Am Abend feierte der König. Erik war ihm eine größere Hilfe gewesen, als er zu hoffen gewagt hatte. Ohne dass die Schmach zu Streit oder Zweikampf geführt hatte, hatte die Taufe ein jähes Ende gefunden. Was als würdevolle Zeremonie gedacht gewesen war, war in ein heiteres Schauspiel ausgeufert, und anschließend war die Taufe ins Stocken geraten.

Den ganzen Abend hatte König Björn in seiner königlichen Hütte gesessen und sich erfreut. Es gab Spaß, Zecherei und allerlei Belustigungen. Als ihm dann auch noch ein russischer Kaufmann bereitwillig eine der schönsten Sklavinnen verkaufte, die er jemals gesehen hatte, war der Tag bestens gelungen. Kurz gesagt, alles hatte sich gänzlich zu seiner Freude entwickelt. Der König stand auf und dichtete, lachte und sang, und alle priesen sein Talent – auch wenn, für alle hörbar, nicht allzu viel Können in seinem Vortrag zu finden war.

Als der Mond am Himmel stand und alle seine Männer betrunken waren, zog er sich vergnügt in seine Herberge zurück. Er stellte die Knappen zur Wache ab, leerte einen letzten Krug und ging dann nach seiner dunkelhäutigen Sklavin sehen. Er wälzte sich über sie, um den Osten auf seine Weise zu genießen. Aber er schaffte es nicht mal mehr, seine Hosen auszuziehen, bevor er eingeschlafen war.

Der Gottesdienst war vorüber. Ansgar und Öyvind traten an den Altar und sammelten die Kerzen ein. Öyvind nahm die alten fort und setzte neue ein. Es war zugig in der Kirche, die Kerzen brannten schnell herunter, und das Wachs lief über die Kandelaber.

»Danke, mein Sohn«, sagte Ansgar und blickte den Jungen freundlich an. Endlich war die Prüfung überstanden. Nach dem, was bei der Taufe geschehen war, hatte Ansgar sich vor Beschuldigungen und Spott von seiner Versammlung gefürchtet. Aber Gott sei Dank war nichts passiert. Vielmehr schien es, als hätte der Widerstand draußen auf dem Eis sie alle vereint. Die Christen und Neugetauften waren noch überzeugter, für das Neue zu kämpfen, an das sie glaubten, und sie hatten nicht vor, sich von Schimpfworten und Schandtaten unterkriegen zu lassen.

Ansgar schloss die Augen. Nein, er gedachte nicht, sich von seinen Gegnern besiegen zu lassen. Im Auftrag des Kaisers war er den langen Weg nach Birka gereist, um Christi Evangelium zu predigen. Und er hatte auch vor, sein Tun fortzuführen, welche Missetaten auch immer sich gegen ihn richten sollten. Er würde niemanden im Stich lassen, der getauft werden und die Lehre des Herrn hören wollte.

In der Kirche war es kalt, und Ansgar erhob sich fröstelnd. Im selben Moment bemerkte er, dass die Außentür geöffnet wurde. Eine kräftige Gestalt in einem weiten Umhang kam auf ihn zu. Sie war nur im Gegenlicht zu sehen, und die Gesichtszüge ließen sich nicht erkennen. In der einen Hand hielt er einen Wanderstab, in der anderen trug er ein Bündel. Der Fremde ging mit langsamen, verhaltenen Schritten. Ansgar starrte ihn an, dann eilte er ihm plötzlich entgegen.

»Witmar!«, rief er mit freudiger Stimme. »Wie sehr ich dich vermisst habe.«

Ergriffen umarmte er den Klosterbruder. Er hatte ihm mehr gefehlt, als er sich selbst eingestehen wollte. Der Begleiter war wie ein Freund für ihn geworden, wie ein naher Verwandter.

Witmar lächelte breit und legte seinen Stab auf die Kirchenbank. Dann klopfte er umständlich den Schnee von seinem Umhang und setzte sich.

»Lieber Bruder, es war einsam dort ohne dich, und als ich hörte, dass ein Kaufmann auf dem Weg zum Markt war, bin ich mitgefahren. Er hat mich den ganzen Weg im Schlitten gezogen.«

Ansgar hörte zu, den Blick auf Witmar gerichtet. Sein Klosterbruder war nicht mehr so rund und kräftig um den Bauch wie früher, sein Gesicht war ein wenig müde und eingesunken. Aber sein Blick war klar und fest.

»Wie geht es deinem Bein?«

»Ich habe es noch, immerhin, aber hinken muss ich wohl für immer. Es war ein schwerer Hieb. Aber genug von mir, jetzt will ich von deiner Mission in Birka hören.«

»Sie geht gut«, sagte Ansgar und setzte sich neben Witmar. Er vermied es, dem Kameraden in die Augen zu sehen. »Und Öyvind hier, den Jungen des Bronzegießers, habe ich zum Chorknaben gemacht. Er hilft mir beim Netzeknüpfen und ist auch bei den Predigten dabei.«

Der Junge stand etwas abseits und sah die beiden stumm an. Witmar nickte ihm freundlich zu und wandte sich dann wieder an Ansgar.

»Und bei dir ist also alles in Ordnung?«, fuhr er bemüht fort. »Haben wir nicht gesagt, dass wir immer ehrlich zueinander sein wollen? Ich habe gehört, was bei der Taufe vorgefallen ist.«

»Ach ja, das«, murmelte Ansgar und wurde rot. »Es wollen nicht alle die neue Lehre annehmen, und einige würden mich gern von hier verjagen. Deshalb versuchen sie, mich vor allen zum Gespött zu machen. Aber Mission in fremden Ländern ... Keiner von uns hat wohl geglaubt, dass es einfach werden würde.«

»Nein, aber es hat auch keiner das Recht, Schabernack mit dir zu treiben. Niemand schmäht Gott den Herrn. Das darfst du nicht zulassen.«

»Das ist leicht gesagt«, antwortete Ansgar mit einem Hauch von Bitterkeit in der Stimme. »Aber ...«

Witmar schwieg und legte seine Hand auf Ansgars.

»Du musst etwas tun, damit die Menschen Gutes von dir denken. Dann glauben sie auch Gutes von der neuen Lehre.«

»Ich habe mein Äußerstes gegeben, um dem Herrn zu dienen.«

»Das ist das eine. Aber du musst auch gute Taten unter den Menschen von Birka vollbringen, damit sie dich wertschätzen und achten«, sagte Witmar entschieden.

Gute Taten? Witmar hatte Recht. In Birka gab es einiges, was er tun konnte.

Am nächsten Tag verkaufte Erik fast nichts. Ein paar Tische entfernt bot ein friesischer Kaufmann seine Felle zu niedrigeren Preisen als alle anderen feil. Mit schnellen, wieselartigen Bewegungen bediente er die Kunden, zeigte Bund für Bund und legte alles auf den Tisch. Er gestikulierte und scherzte, und immer mehr Menschen versammelten sich um seinen Tisch.

Zunächst nahm Erik die Sache gelassen, was er selbst noch übrig hatte, würde er sicherlich trotzdem verkaufen können. Aber der Tag verging, und seine Waren blieben unverkauft.

Schließlich verließ er seinen Marktstand und drängte sich zu dem Mann vor. Die Stimme des Händlers war hell und weich, sein Gesicht freundlich und schmeichlerisch. Erik verfolgte seine Angebote genau. Wieso konnte er seine Felle so billig verkaufen? Verwundert schlich er sich vor, zog seine Handschuhe aus und fuhr mit den Fingern über die Pelze.

»Feine Pelze hast du da, Fremder.«

Der Mann nickte abwesend, viel zu sehr mit Handeln beschäftigt, um sich um Erik zu kümmern.

»Marder und Eichhörnchen, schwarzer Zobel und Hermelin. Das Glück war auf deiner Seite, Kaufmann.« Erik drehte die Felle um, tastete und fühlte. Dann wählte er einen schwarzen Zobel aus und roch daran. Da war ein schwacher, fremder Geruch.

»Kaufen kannst du, aber ich mag es nicht, wenn du an meinen Waren herumfingerst!«, fuhr ihn der Kaufmann an und entriss ihm das Fell.

Erik zog sich zurück, wartete ab. Dann trat er wieder an den Tisch. Er entschied sich für ein schwarz glänzendes Fell und breitete es vor sich aus. Ohne dass der Kaufmann es bemerkte, zog er ein Leinentuch heraus und fing an zu reiben. Erik drückte fest auf und zog das weiße Tuch schnell über den Pelz. Anfangs war er unsicher, aber dann sah er es. Bei jedem Strich wurde das Leintuch dunkler. Der Pelz war falsch, er war mit einer Pechfackel eingeräuchert worden und hatte so seinen schwarzen Glanz bekommen.

»Du beschäftigst dich also mit Taschenspielertricks, du Wicht.« Erik zog sein Schwert und rammte es mitten durch das Pelzbündel.

Die Menge wich erschrocken zurück.

»Das hier wird dich daran hindern, andere zu betrügen.« Erik hieb erneut zu, und Fellfetzen flogen über den Tisch. Dann steckte er sein Schwert in die Scheide und stiefelte davon.

Im nächsten Augenblick hörte er hinter sich Stollen knirschen. Es gelang ihm, sich auf die Seite zu werfen, und der Speer des Kaufmanns schlug ins Eis. Mit einer weiteren flinken Bewegung zog Erik sein Schwert.

»Nimm deine Waffe und wehr dich, Milchbart«, brüllte er und richtete einen Hieb gegen ihn, aber der Kaufmann zog seine Klinge rechtzeitig. Das Metall klirrte, und der Schlag war so hart, dass Erik beinahe sein Schwert verlor. Der Kaufmann war stärker, als er gedacht hatte.

Der Friese lachte höhnisch.

»Du hast lange genug gelebt, einer wie du hinterlässt keine Trauer.«

Der Kaufmann griff mit beiden Händen sein Schwert und schlug nach Eriks Kopf. Erik fiel nach hinten und schrie, als wäre er verwundet. Als der Kaufmann überrascht sein Schwert sinken ließ, schnellte Erik wieder vor und schlug ihm die Waffe aus der Hand.

»Deine Untat wird dich teuer zu stehen kommen!«, schrie Erik und zielte mit der Klinge auf seinen Kopf. Blitzschnell zog er sie zur Seite, und Kopfhaut und Haare fielen auf das Eis.

»Zu dumm, wenn man in deinem Alter schon eine Glatze hat!«, höhnte Erik boshaft, versetzte dem Mann einen Tritt und steckte sein Schwert wieder in die Scheide. »Du hast Glück. Eigentlich hätte das Schwert dein Schicksal werden sollen, aber ich will den Marktfrieden nicht stören.«

Hakon Jarl, ein Kaufmann aus Kaupang, hatte beobachtet, was sich zugetragen hatte, und ging lächelnd auf Erik zu. »Du schlägst gut, einen wie dich könnte ich auf meinem Schiff noch brauchen«, sagte er mit breitem Grinsen. »Aber da solltest du nicht so bescheiden mit dem Schwert umgehen. Da solltest du lieber den ganzen Kopf nehmen.«

Erik verzog den Mund, und seine Augen begannen zu funkeln. Der Mann vor ihm war groß und stattlich, in Pelz und feinstes Biberfell gekleidet. Auf dem Kopf trug er eine dicke Lederkappe, und unter seinem Pelz schimmerten ein bestickter Umhang und ein silberner Gürtel hervor. Erik holte tief Luft. Diesen Mann umgab nicht ein Hauch von Armseligkeit, dieser Mann war reich. Ein Anflug von Neid überfiel ihn, aber er vertrieb ihn schnell.

»Auf Heerfahrt ziehen, in der Mannschaft eines anderen?«, überlegte Erik zweifelnd. Natürlich war ihm dieser Gedanke schon gekommen, aber am liebsten wollte er doch sein eigenes Schiff und seine eigenen Männer. Er räusperte sich:

»In deiner Gefolgschaft würde ich wohl um Gold und Silber kämpfen, aber dieser Pelzhändler da ist es nicht wert, mein Schwert schmutzig zu machen.« Erik streckte seine Hand aus. »Erik Bernsteinhändler. Ich habe dich übrigens früher schon gesehen. Hakon Jarl aus Kaupang, richtig?«

Der Jarl nickte und nahm Eriks Hand mit festem Druck.

»Dieser Schuft dürfte keine falschen Pelze mehr verkaufen.« Erik nickte in Richtung des Friesen. »Es ist schon ohne solche wie ihn schwer genug, Silber zusammenzubringen.«

»Warum gehst du nicht auf Wikingfahrt?«

»Ich bin gerade erst zurückgekehrt. Ohne Schiff«, setzte Erik mit einer Grimasse hinzu.

»Du hast es verloren?«

Erik nickte.

»Ich verstehe, aber du willst sicher bald wieder auf See.«

»Ja, auf meinem eigenen Schiff.«

Hakon Jarl schmunzelte.

»Ich bin genauso. Ich habe immer ein eigenes Schiff gehabt. Dann wünsche ich dir alles Gute.« Der Jarl hob die rechte Hand zum Gruß und entfernte sich.

Erik sah ihm lange nach. Ihm kam der Gedanke, dass er vielleicht lieber einer Mannschaft angehört hätte, als auf dem Eis zu stehen und Felle zu verkaufen.

In der Herberge drängten sich johlende Reiter und Leibwachen. Es war warm und feucht in der Hütte; es roch nach Rauch und nasser Wolle. Hier wurden Becher gehoben und Hörner gelehrt. Die Feuerstelle verbreitete einen warmen Lichtschein. König Björn setzte seinen Krug ab und strich sich den Schaum aus dem Bart. Die Wärme des Feuers hatte sein Gesicht gerötet, und jetzt wurde die Farbe noch kräftiger.

»Was sagst du da, der Kaufmann versuchte falsche Pelze zu verkaufen?« Der König schlug mit dem Krug auf den Tisch. »Ein Kreuzträger, sagst du?«

Der Reiter nickte.

»Ja, er trug ein Kreuz um den Hals, Euer Gnaden.«

»Hm«, der König trommelte gegen den Krug, wandte sich dann an einen seiner Berater. »Ich finde, es ist höchste Zeit, dass wir diesen Gottesmännern zeigen, dass wir Heiden entscheiden, was Recht und was Unrecht ist. Er soll bestraft werden!«

»Es wäre schlecht, jetzt Ärger heraufzubeschwören, Euer Majestät.« Der Berater schüttelte den Kopf.

»Aber der Kaufmann kann doch damit nicht durchkommen?« Der König führte den Krug an seine Lippen, legte den Kopf in den Nacken und trank. Dann stellte er den Krug mit einem Rülpser auf den Tisch. »Nein, wir müssen all diesen Christenbrüdern da zeigen, dass man mit uns in Birka nicht einfach machen kann, was man will.«

Der König winkte zwei Wachen zu sich.

»Ich will, dass ihr den Schurken bestraft. Aber lasst es nicht sein Ende werden, seht nur zu, dass es ihm ordentlich wehtut.«

Der Kaufmann starrte in das dunkle Wasser. Seine Hände waren auf dem Rücken gefesselt, sein Oberkörper nackt. Über die Brust lief ein grobes Tau. Die Wachen hatten zwei große Löcher ins Eis geschlagen. Sie würden ihn in das eine Loch hineintauchen und aus dem anderen wieder hinausziehen.

Der Mann fror, vor Kälte stockte ihm der Atem. Seine Hände schmerzten, sein Körper brannte, und er zitterte vor Kälte. Er versuchte nicht daran zu denken, wie es sein würde, untergetaucht zu werden, die Haut am scharfkantigen Eis, das Wasser, das den Körper weiter auskühlte. Sie mussten ihn schnell ziehen, damit er aus dem anderen Wasserloch herauskam, bevor es wieder zufror. Er fluchte über sein Schicksal. Felle zu räuchern und zu schwärzen, damit war er nicht allein, er hatte oft genug gesehen, wie Heiden dasselbe taten. Aber er hatte sie nicht verraten, er hatte sich nicht in ihre Angelegenheiten eingemischt.

Rundherum standen die Männer des Königs und hielten Neugierige zurück. Gleichzeitig vergrößerten sie den Kreis, sodass alle etwas sehen konnten. Die Menschenmenge drängelte, rief Schimpfworte und schrie.

»Jetzt kannst du schwimmen lernen, Betrüger!«

Die Wachen schlugen auf ihre Schilde und mahnten zur Ruhe. Dann ging einer von ihnen vor zum Kaufmann und löste die Schnur um seine Handgelenke.

»Nun wirst du dir wünschen, du hättest einen Pelz an. Einen richtigen, nicht nur irgendeinen alten, rußigen Fetzen, was?« Die Wache gab ihm einen Stoß in den Rücken, sodass er direkt ins Wasserloch fiel, und noch bevor er die Lungen mit Luft füllen konnte, wurde er unter das Eis gezogen. Die Menge drängte nach vorn.

»Gebt dem Hund ein Christenbad!«

»Lasst ihn schwimmen, bis er sich seinen Mann abfriert!«

Die Masse johlte vergnügt, erfreut über das unvermittelt anberaumte Schauspiel.

Der Wachknappe am entfernteren Wasserloch zog langsam am Seil, nicht zu schnell, aber auch nicht zu langsam. Der Kaufmann durfte nicht zu früh herausgezogen werden, dann war es ja keine Strafe, aber er durfte auch nicht zu zögerlich gezogen werden, denn dann konnte er auf den Grund sinken und stecken bleiben.

Das Seil gab plötzlich nicht mehr nach, und das Gesicht des Knappen lief rot an. Zwei Wachen lösten sich aus der Menge und kamen ihm zu Hilfe. Breitbeinig und mächtig stellten sie sich neben ihn und ergriffen das Seil. Dann zogen sie, fest und ruckartig. Das Seil riss.

Die Menge verstummte, glotzte dämlich ins Wasserloch. Die Wachen wühlten und bohrten mit Stöcken und Stangen, und ein mutiger Jüngling sprang mit einem Seil um die Füße geknotet ins Wasser. Aber der Kaufmann blieb verschwunden. Erschrockene Rufe wurden um das Wasserloch laut. Die Erkenntnis entging niemandem. König Björn hatte einen christlichen Kaufmann umgebracht. Diese Tat würde nicht ungesühnt bleiben.

11. Kapitel

Gudmund der Mächtige klopfte den Schnee von seinem Lederrock und schleuderte zornig seinen Geldbeutel auf den Tisch. Schon wieder hatte Erik ihn zum Narren gehalten. Im Schwertkampf draußen vor der Schankstube hatte er drei seiner Knechte verloren, und darüber hinaus war Tjalve verletzt. Der Verwalter sah gar nicht schön aus. Die Schwertklinge hatte einen Teil der Nase und einen Teil der Oberlippe abgeschlagen. Er lispelte stark und konnte nicht einmal verständlich über sein Elend fluchen. Jedenfalls war das, was er sagte, kaum zu verstehen.

Gudmund seufzte, öffnete den Geldbeutel und schüttete den Inhalt auf den Tisch. Dann setzte er sich und betrachtete zerstreut die Münzen. Gelegentlich nahm er sie in die Hand und ließ sie durch die Finger gleiten. Aber er beachtete das Silber nicht, so erfüllt war er von seinen Gedanken an Rache. Es dauerte eine ganze Weile, bevor er sich endlich zusammennahm und anfing, das Geld zu zählen. Die Birkamünzen waren nicht wie Dinare, dünn und fein mit sprödem Klang, sondern etwas dicker, und es ertönte ein dumpfer Laut, wenn sie auf den Tisch fielen. Plötzlich kam ihm das Gebot des Königs in den Sinn, das er früher am Tag erlassen hatte. Jetzt durften die Kaufleute die Birkamünze nicht mehr beschneiden oder wiegen. Sie war die Summe wert, die darauf gestempelt war, und wenn man sie beschnitt, wurde sie wertlos. Gudmund betrachtete das Geld. Als

Kaufmann in Birka war er stolz darauf, dass die Stadt endlich ihre eigenen Münzen prägte, und er hatte alle Geschäfte mit der neuen Münze gemacht. Aber warum dieses Gebot? Gudmund der Mächtige starrte das Silber misstrauisch an, bereute fast, dass er nicht auf die alte Weise mit der Kaufmannswaage gehandelt hatte. Nachdenklich nahm er zwei Münzen und wog sie in der Hand. Dann ließ er sie auf den Tisch fallen.

Torhild, seine Frau, kam in die Stube, aber er begrüßte sie nicht. Noch einmal nahm er die Münzen und ließ sie auf die Tischplatte regnen.

»Was ist los mit dir, warum grüßt du nicht?«, wunderte sich seine Frau und trat zu ihm.

»Die Münzen, schau dir die Münzen an. Findest du, dass sie so klingen, wie sie sollen? Glaubst du, sie enthalten so viel Silber, wie der König darauf gestempelt hat?«

Torhild nahm eine Münze und betrachtete sie nachdenklich. Wortlos befühlte sie sie.

»Eine schöne Münze ist das, und sie wiegt so viel, wie sie soll. Lass sehn.« Sie löste ihr Messer vom Gürtel und schnitt eine Kerbe quer über die Rückseite der Münze. »Auch in der Kerbe glänzt es wie echtes Silber. Mehr kann ich dir dabei auch nicht helfen.« Torhild schüttelte den Kopf und legte die Münze zurück.

Aber Gudmund zweifelte. Wenn die Unsicherheit ihn einmal gepackt hatte, fiel es ihm schwer, zur Ruhe zu kommen. Er musste Gewissheit haben. Entschlossen fuhr er mit der Hand über den Tisch und füllte das Geld in den Beutel.

»Ketil, der Bronzegießer, kann mir vielleicht weiterhelfen«, murmelte er, stand eilig auf und ging hinaus.

Ketil empfing ihn in seiner Werkstatt unten am Hafen. Gudmund bat ihn, drei Birkamünzen zu schmelzen, dann setzte er sich und wartete. Lange saß er bei dem Alten und sah zu, wie er die Münzen in einer Gussform schmolz. Der sehnige Mann trat fest auf den Blasebalg, bis das Feuer weiß und das Silber flüssig wurde. Dann hielt er Gudmund die Gussform mit den schimmernden Tropfen hin.

»Hier hast du dein Silber«, sagte er und betrachtete den Kaufmann neugierig. »Aber du wirst noch eine Weile Geduld haben müssen, bis es abgekühlt ist.«

Die Gussform war immer noch heiß, als Gudmund seine Kaufmannswaage hervorholte und sie auseinander klappte. Mit verbissenem Gesicht begann er zu wiegen: das Silber der eingeschmolzenen Münzen in der einen Waagschale und drei Birkamünzen in der anderen. Mit zusammengepressten Lippen starrte er auf die Waagschalen. Das Silber wog weniger, als es sollte. Wieder wog er das glänzende Metall, aber die Waagschale war mit den drei Münzen erneut schwerer als das Silber. Sie waren mit einem zu hohen Silberwert versehen. Mit jeder einzelnen betrog der König die Kaufmänner um mindestens ein Zehntel des Silbers!

Gudmund schloss und öffnete seine Hände und fluchte. Um des Handels und um Birkas willen. Die Zeit drängte, der König musste weg.

Auf dem Haraldhof war alles still. Der Wind strich über den Boden und wirbelte Schnee auf. Das Weiß schwebte über den Hof, fing sich an den Hauswänden und kam zur Ruhe. Die Schneewehen wuchsen immer höher, bis sie einzustürzen drohten. Am Grubenhaus lag der Schnee dick und schwer. Aus einem der Schuppen kroch eine dünne Rauchfahne.

Jorunn, die auf dem Weg zur Wohnhalle war, verlangsamte ihren Schritt. Ein seltsamer Geruch stach ihr in die Nase. Sie ging hinüber zum Schuppen und blieb an der Schwelle stehen. Drinnen lärmte ein Schleifstein, und Funken wirbelten um den Amboss.

Harald hörte sie nicht kommen. Er stand tief über einen Speer gebeugt, die Schneide kratzte gegen den Schleifstein. Jorunns dunkle, schmale Augen betrachteten ihn regungslos. Nicht ein Wort kam über ihre Lippen. Die blanke Speerspitze glänzte und ließ sie erschrocken zurückweichen. Sie blickte sich beunruhigt um.

Hier drinnen wurden Sensen und Harken, Äxte und Hacken aufbewahrt, doch hinten an der Holzwand entdeckte sie Waffen. Speere und Schwerter lehnten an der Wand, und auf den Bänken lagen blank geschliffene Messer. Jorunn schluckte, öffnete den Mund und schloss ihn wieder. Vielleicht durfte sie das nicht sehen. In den letzten Tagen war Harald einsilbig gewesen. Wenn sie ihn gefragt hatte, was ihn bedrückte, hatte er ihr nur den Rücken zugewandt. War es das, was ihn so beschäftigt hatte? Aber gegen wen wollte er kämpfen? Jorunn drehte sich in der Türöffnung um und ging zurück in die Stube. Sie würde ihn nicht jetzt fragen, sondern später, wenn sie glaubte, eine ehrliche Antwort erhalten zu können.

Spätabends, als sie zu Bett gegangen waren, schmiegte sie sich eng an ihn mit ihrer Sorge.

»Warum schleifst du im Schuppen Waffen?«, fragte sie leise.

Haralds Augen glänzten, wach und misstrauisch. Er konnte es ihr nicht anvertrauen. Die Vorbereitungen, Gudmunds Treffen mit Hergeir. Nein, er hatte geschworen, nichts zu verraten. Er konnte nicht mit Jorunn über eine Verschwörung sprechen, die er auch niemandem sonst offenbaren durfte.

»Warum ich Waffen schleife?«, entgegnete Harald abweisend und setzte sich im Bett auf. »Das ist meine Sache.«

»Aber ich bin deine Frau. Deine Feinde sind auch meine Feinde.«

»Das hier ist nichts für Weibsvolk.« Haralds Augen verdunkelten sich, doch sie bemerkte nichts.

»Aber wenn ich nichts weiß, wie soll ich dir dann helfen können?«, erwiderte sie verzweifelt und sah ihn hilflos an.

Eine Zeit lang hatte sie geglaubt, dass ihr Zusammenleben mit Harald gut gehen konnte. Nun war sie im Begriff, diesen Glauben zu verlieren. Ein Sommer, Herbst und Winter unter demselben Dach hatten ihr keine Freude geschenkt, und obwohl sie sich große Mühe gab, eine gute Ehefrau zu sein, hatte sich nicht viel geändert. Als Harald sich bekehren ließ und sie sich geweigert hatte, dasselbe zu tun, war er gehässig und grob zu ihr geworden. Sie wollte sich jedoch nicht seinetwegen taufen lassen. Diese neue Lehre war weder besser noch schlechter als die alte. Die Heiden schlugen sich und brandschatzten auf ihren Heerzügen, aber das taten die Christen auch. Der Unterschied bestand lediglich darin, dass die Christen dies mit ihrem Glauben rechtfertigten. Nein, sie selbst betete weder Christus noch das Göttergeschlecht der Asen an. Ihr hatte keine höhere Macht jemals helfen können. Was in ihrem Leben geschah, konnten Odin, Thor und Frey nicht bestimmen, und der neue Gott konnte das auch nicht. Sie musste sich auf sich selbst verlassen.

Als es Harald nicht gelungen war, sie zu überreden,

hatte er sie bedroht und geschlagen. Er, der sich als wahrer Christ betrachtete, fromm und sanft. Jorunn strich sich die dunklen Haare aus dem Gesicht und betrachtete Harald von der Seite. Wenn sie Zeugen finden könnte, dass er die Hand gegen sie erhoben hatte? Dann könnte sie sich vielleicht scheiden lassen. Aber wohin sollte sie dann gehen? Erik teilte sein Dach schon mit einer anderen Frau, und allein mit Gesinde und Sklaven auf dem Gudmundhof wohnen ... Nein, das war ihr zuwider. Vielleicht würde sich mit der Zeit alles zum Besseren wenden, wenn sie nur Geduld hatte. Ihre Gedanken wanderten zu Erik, wie schon oft zuvor. Im Traum konnte sie ihn ganz dicht bei sich fühlen, wurde von Liebe und Hitze getragen, bis sie aufwachte und erkannte, dass der Körper neben ihr abweisend und kalt war.

Warum hatte Erik sich in das Schicksal gefügt, das sie beide heimgesucht hatte? Hätten sie nicht doch einen Ausweg finden können? Erik hatte gefürchtet, geächtet zu werden, er wäre fortgejagt worden, und jeder hätte das Recht gehabt, ihn zu töten. Aber hätten sie nicht gemeinsam fliehen können? Hatte er sie nicht genug geliebt? War er deshalb so lange fortgeblieben und hatte sich bald schon eine andere Frau gesucht?

Nein, sie durfte sich nicht selbst dafür verurteilen, dass sie auf dem Haraldhof blieb. Sie hatte keine Wahl.

Harald saß aufrecht und starr neben ihr, der Geruch seines Körpers war stark und fremd. Jorunn scheute sich, zögerte einen Moment, streckte dann ihre Hand aus, um sich ihm wieder zu nähern.

»Harald, ich will dir doch beistehen. Nur darum frage ich, gegen wen du kämpfen willst.«

»Es geht dich nichts an.« Haralds Stimme klang barsch und unwirsch.

»Und all die Waffen im Schuppen?«, beharrte sie und drückte seine Hand.

Harald zog seine Hand zurück und starrte sie böse an. Dann, ohne Warnung, schlug er ihr hart ins Gesicht.

»Schweig, Weib, und wenn du über das sprichst, was du gesehen hast, wird dir das übel bekommen.«

Jorunn rang nach Luft. Sie spürte, wie Blut über die Wange lief. Ihr kamen die Tränen, aber sie brachte keinen Laut heraus. Dann griff sie nach ihrem Schaffell und rannte hinaus.

In dieser Nacht versteckte sie sich im Stall und machte vor Entsetzen und Schrecken kein Auge zu. Die Erinnerung an Haralds hasserfüllten, starren Blick und das Zucken in seinem Gesicht machte ihr Angst. Warum hatte er sie geschlagen? Weil sie seinen Glauben nicht teilte? Oder weil er tief in seinem Innern wusste, dass sie Erik noch immer liebte? Sie hatte gefragt, weil sie ihm helfen wollte, weil sie so gern als gute Frau an seiner Seite stehen wollte. Und dann das ... was war mit ihm geschehen? Harald war so anders geworden. Es schien, als wäre der neue Glaube ihm zu Kopf gestiegen, und er rechtfertigte jede Handlung mit Gottes Wort. Er hatte sogar davon gesprochen, jene zu vernichten, die nicht zur neuen Lehre übertraten. Bisher hatte sie seinen Worten nicht geglaubt. Nun verstand sie, dass es ihm ernst war.

Vorsichtig fuhr sie mit dem Finger über die Wunde. Sie schmerzte und pochte, aber blutete nicht mehr. Müde stand Jorunn auf und schleppte sich durch den Stall. Ein kalter Vollmond schickte sein bleiches Licht durch die Fensterluken und warf helle Felder auf den Erdboden. Zuerst sah sie nicht viel in der Dunkelheit, aber dann entdeckte sie etwas Eigentümliches. Vor dem

Verschlag lagen Zaumzeug und Sporen gestapelt. Das Leder glänzte vor Schafffett, und die Sporen waren mit neuen Riemen versehen worden. Nichts von alledem hatte am Vortag dagelegen. Jorunn blieb wie versteinert stehen, die Hände vor der Brust geballt. Die geschliffenen Waffen im Schuppen und das gebrauchsfertige Zaumzeug konnten nur eines bedeuten.

Draußen war es dunkel, und es hatte aufgehört zu schneien. Drinnen in dem kleinen, strohgedeckten Haus auf dem Snemunhof war es warm und heimelig. Auf dem Boden lag duftender Wacholder, und zuweilen sprangen Funken von den Fichtenzweigen im Holzfeuer. Die Truhen drüben an der Querwand und die selbst gewebten Wandbehänge waren im Dunkeln kaum zu sehen. Eine der Truhen stand offen.

Estrid beugte sich hinunter, legte den Geldbeutel hinein und verschloss sie. Das Schloss quietschte, als das Eisen einrastete. Sie drehte sich zu Erik und lächelte.

»Welch ein Jammer für echtes Silber. Still und andächtig sollte es sein. Und jetzt klingt das Schloss wie ein alter, winselnder Greis.«

»Oder wie Hergeir nach der Taufe.« Erik musste bei dem Gedanken an den Häuptling laut lachen und legte sein Schnitzmesser beiseite. Dann wurde er wieder ernst. »Die Taufe ist zwar ein bisschen anders gelaufen, als er sich das gedacht hatte, und vielleicht hätten wir dieses Christenvolk auch für immer mundtot gemacht, wenn der König nicht gewesen wäre. Wenn er nur darauf verzichtet hätte, den Kaufmann zu bestrafen. Sein Tod hat viele gegen den König aufgebracht.« Erik sah Estrid nachdenklich an. »Außerdem behaupten die Kaufleute, dass der König sie mit der Birkamünze betrogen hat. Es wäre nicht genug Silber darin.« Erik hielt inne und starrte ins Feuer. Das Holz war trocken und brannte gut, und ein schwacher, flackernder Schein erhellte den Raum. Eine Weile sah er den Flammen zu, dann wandte er sich wieder an Estrid. »Jetzt halten die Christen noch enger zusammen als je zuvor. Es heißt, sie wollten eine christliche Gemeinde gründen und sie beim Thing anerkennen lassen.« Er verstummte und wirkte mit einem Mal müde.

Estrid befestigte den Schlüssel an ihrem Gürtel und setzte sich an den Langtisch.

»Fast alle Felle sind verkauft, die Truhe ist voller Geld, und du klagst über die Christen. Freu dich über deinen Erfolg, gegen die anderen Dinge kannst du nicht viel unternehmen.«

»Und ob ich das kann«, erwiderte Erik stur. »Gudmund der Mächtige schickt fünf seiner besten Knechte aus, um mich zu töten. Er hat eine Menge Leute bei diesem Wagnis verloren.«

»Ja, ich habe von dem Heldenstück gehört«, entgegnete Estrid schmunzelnd, »zwölfmal mindestens. Aber die Christen, die sind Sache des Königs. Und Ansgar ... ja, früher oder später werden die Menschen schon dahinter kommen, was für Irrlehren er verbreitet.«

In Eriks Augen trat ein wachsamer Glanz.

»Was meinst du?«

»Ansgar blendet uns mit schönen Worten und verspricht viel. Aber warum ist er überhaupt hier? Unseretwegen oder um seiner selbst willen?«

Erik blickte diese Frau, die da an seinem Tisch saß, erstaunt an. Wie kam Estrid auf solche Gedanken, war es Ansgar doch nicht gelungen, ihr den Kopf zu verdrehen? Er griff nach seinem Messer und fuhr fort, an seinem

Tiegel zu schnitzen. Ihm fiel plötzlich auf, dass er und Estrid, obwohl sie sich oft bis spät in die Nacht unterhalten hatten, nur sehr wenig von Ansgar und der neuen Lehre gesprochen hatten. Anfangs war sie verstummt, sobald er Ansgar erwähnt hatte, und von sich aus sprach sie nie von ihm. Jetzt hingegen wirkte sie seltsam redselig.

»Glaubst du nicht an Ansgar und seine Mission? Meinst du, die Einwohner Birkas werden sich von ihm abwenden?«, fragte Erik neugierig.

Estrid zögerte. Sie trug die Suppe auf und rührte im Topf, bevor sie antwortete.

»Ansgar verführt möglicherweise zu Anfang. Er spricht von sich als dem Gesandten Gottes und des Kaisers. Bete zu Gott, und alles wird gut, predigt er, und mit diesem Versprechen hat er sicher viele bekehren können. Die Kaufleute hören des Geldes wegen zu und die Sklaven, weil sie hoffen freizukommen. Aber die anderen? Warum sollten sich die Menschen in Birka taufen lassen und einen Gott anbeten, der ihnen nichts zurückgibt?« Estrids Stimme klang scharf wie der Splitter eines Feuersteins. »Wir Svear opfern unseren Göttern für eine reiche Aussaat und Ernte, für neues Leben und gute Gesundheit. Und sieh doch, wie reich und wohlhabend die Menschen in Birka sind. Der neue, fremde Gott dagegen, wie entlohnt er uns? Ansgar sagt, er gibt uns Frieden im Himmelreich ...« Estrid blickte auf, ihre Augen funkelten. »Frieden im Himmel, ja, aber was haben wir hier in Birka davon?«

Erik brach in Gelächter aus. Estrid trocknete die Hände an ihrem Kleid ab und nahm die Löffel von der Wand. Ihre Wangen glühten, und ihre Lippen waren fest aufeinander gepresst.

»Nein, du«, fuhr sie schroff fort, »Ansgar will nur ein mächtiger Mann in seiner Kirche werden. Die Mission im Norden ist bloß ein Schritt auf diesem Weg. *Unser* Wohl will er nicht.«

Erik sah Estrid mit großen Augen an. Er hatte nicht einmal geahnt, dass sie über diese Dinge nachdachte. War es das, was sie bei ihren einsamen Wanderungen mit dem Kind beschäftigte? Jetzt sprach sie aus, was er selbst gedacht hatte, aber nie richtig in Worte fassen konnte. Er wurde von einer plötzlichen Wärme durchströmt. Estrid sprach seine Sprache, sprach ihm sogar aus der Seele. Er lächelte sie an, schlug dann verwirrt die Augen nieder. Ihre ungewohnte Kraft hatte ihn plötzlich verunsichert. Erik legte das Messer zur Seite. Den Tiegel, ja, den würde er ihr geben, wenn er fertig war. Er wollte ihr etwas schenken. Sie hatte für ihn gesorgt, und seit sie bei ihm eingezogen war, war er wieder guten Mutes. Dennoch hatte er ihr seither noch keinen Dank für all das, was sie tat, erwiesen. Auf irgendeine Art hatte er es ganz selbstverständlich angenommen. Jetzt plötzlich nahm er die Frau in seinem Haus wahr, sah sie mit neuen Augen. Auf einmal merkte er, wie schön sie war, sie begann gleichsam zu leuchten. Ja, Estrid strahlte, ihr Blick war warmherzig und schalkhaft, und das Haar fiel ihr weich und weiblich über die Schultern. Sie hatte etwas Starkes und Flammendes, das tief aus ihrem Innersten kam, eine Kraft, die ihr eine ganz eigene, ungewöhnliche Schönheit verlieh. An diesem Abend erkannte er sie, spürte sie, diese Kraft, als hätte sie all das bisher vor ihm versteckt. Er betrachtete sie schweigend, nahm ihr warmes Lächeln wahr, ihr rundes Gesicht und den wachen, offenen Blick, fand plötzlich, dass sie anziehend war. Die Frau vor ihm war voller Leben. Ihn überkam das unvermittelte Verlangen, sie zu umarmen und ganz nah bei sich zu haben. Die ganze Zeit war sie da gewesen, doch er hatte sie nicht gesehen. Wie hatte er so blind sein können?

Erik aß schweigend seine Suppe, brach sein Brot und war weit weg in seinen Gedanken. Als er gegessen hatte, stand er auf, ging zur Feuerstelle und wieder zum Tisch, nahm das Schnitzmesser und den Tiegel in die Hand, um sie gleich wieder auf den Tisch zu legen. Dann setzte er sich neben Estrid auf die Bank. Seine Hände zuckten nervös.

»Was du über Ansgar gesagt hast; du hast Recht«, murmelte er. »Aber was hat dich dazu gebracht, über all das nachzudenken?«

Seine Augen waren ernst, und sein Blick ruhte in ihrem.

»Ansgar, ach ...« Estrid verschloss sich wieder, sie wollte jetzt nicht darauf antworten.

Erik fühlte ihre Nähe und wollte nicht, dass das Schweigen sie wieder mit sich nahm. Er fasste sie an den Schultern und sagte leise:

»Du musst nicht antworten, ich habe mich nur gewundert.«

Ihre blauen Augen glänzten, und auf ihre Wangen waren rote Flecken getreten. Ihr dickes, strohblondes Haar war nachlässig im Nacken hochgesteckt, und eine breite Strähne fiel ihr in die Stirn. Auf der Nase schimmerten ein paar Sommersprossen. Er blickte in ihr Gesicht, musterte sie, als wäre es das erste Mal. Es strömte eine besondere Fröhlichkeit aus. Sie lächelte, und er spürte ihre Wärme und Weichheit. Unbeholfen strich er über ihre Wange, ließ seine Hand an ihrem Hals hinuntergleiten, weiter bis zu ihrem Ausschnitt. Er wusste nicht, wie ihm geschah, er hatte sie nie zuvor berührt. Sie saß stumm da und schien zu warten. Vorsichtig beugte er sich über ihr Gesicht und küsste sie. Dann nahm er ihr Gesicht in seine Hände. Ihre Augen blickten ihn sanft und klar an.

Estrid fühlte Eriks suchende Hände. Verwirrt nahm sie seine Liebkosungen entgegen, noch immer durcheinander und unsicher. Sie hatten so viele Abende zusammen verbracht. Warum jetzt? Sie hatte Angst, bald benutzt und bald enttäuscht zu werden. Sie wollte etwas sagen, aber dann bemerkte sie seinen Ernst, und ihre Gedanken zerstreuten sich. Sein Blick war voller Wärme und Zärtlichkeit, sein Gesicht leuchtete. Eine wundersame Freude durchströmte ihren Körper, und sie streckte sich ihm entgegen. Dieses Mal konnte sie sich nicht täuschen.

Erik nahm sie gefangen, küsste ihren Mund, ihre Wangen, ihren Hals. »Estrid!«, murmelte er. Ihre Lippen schmeckten salzig. Die Zärtlichkeit machte ihn schwach, und er zitterte in der Umarmung, verwirrt von seinen eigenen starken Gefühlen. Stumm reichte er ihr die Hand. Estrid schloss sie in ihre und spürte, wie alles, was gewesen war, dem Jetzt wich. Das mit Ansgar war, als wäre es nie geschehen, etwas Jenseitiges. Nun war sie bei Erik. Auf einmal besaß er eine unerklärliche Macht über sie. Als er sie wieder umarmte, kam sie ihm stürmisch entgegen. Sie wollte ihm gehören.

Lange lagen sie unter dem Fell. Er streichelte sie sanft, verwundert und glücklich über das, was geschehen war. Sie kroch dicht an ihn heran und legte ihm lachend den Arm um den Hals. Er wusste nicht, was er sagen sollte, war noch immer verwirrt in Herz und Verstand. Am liebsten wollte er über sie und sich und über das, was passiert war, sprechen, aber er fand keine Worte. Sie liebkosten sich und sprachen über alltägliche Dinge. Dabei fiel ihm wieder ihr Gespräch am Tisch ein. Er blies ihr leicht ins Haar und sagte:

»Ansgar hat dich nicht verführt. Du hast scharfe Augen, du. Aber warum hast du nicht schon früher über ihn geredet?«

Estrid zog seine Arme noch fester um sich und antwortete leise:

»Wir Weiber machen nicht viel Gerede um die Dinge, wir sehen, was wir sehen. So einfach ist das.«

Erik lächelte und biss sie neckend ins Ohr.

»Aber ich verstehe nicht, was dich dazu gebracht hat, den Mönch zu durchschauen?«

»Ansgar? Merkst du nicht, dass er zwar schöne Worte im Mund führt, aber kein Rückgrat hat? Solche Leute sind gefährlich.«

»Ja, aber woran erkennst du das?«, wandte Erik ein.

»Er lächelt zwar verbindlich, aber seine Augen bleiben kalt«, antwortete Estrid und streichelte ihm über den Rücken.

»Ja, aber, wie geht das?«, fragte Erik und spürte, wie seine Lust unter ihren Händen erneut erwachte.

»Kein ehrlicher Mensch lächelt immer. Und kann ein rechtschaffener Mann jemals Gesandter des Kaisers werden? Ach nein, lass uns über etwas anderes reden.«

Sie drückte sich fest an ihn und fuhr über seine Brust. Er hatte kaum Haare auf der Brust, nur ein paar, und die waren blond. Aber ihr gefiel das, die glatte Haut fühlte sich warm und weich an.

»Du musst sicher viel mit ihm geredet haben«, versuchte Erik erneut, er wollte das Gespräch über den Mönch noch nicht beenden. Er erinnerte sich, wie er in der Schankstube auf Estrid und Ansgar gestoßen war. Damals schien ein unausgesprochenes Einverständnis zwischen den beiden zu herrschen.

»Sei jetzt still!« Estrid legte ihm die Hand auf den Mund und streichelte ihn weiter.

Erik wollte noch mehr wissen, aber er kam vom Fragen ab. Ihre Hände waren erfahrener, als er gedacht hatte.

Im Morgengrauen wurden sie von harten Schlägen gegen die Tür geweckt. Erik ging schlaftrunken ans Fenster, zog die Klappe auf und spähte hinaus. Es war noch dunkel. Als seine Augen sich an die Dunkelheit gewöhnt hatten, gewahrte er eine Frau. Er erkannte ihre aufrechte, schlanke Gestalt. Jorunn! Was wollte sie hier? Leise schlich er hinaus.

Jorunn lächelte ihn schwach an, ihre Hände in die Seite gepresst. Sie suchte nach Worten, zögerte, es fiel ihr schwer, das über die Lippen zu bringen, was sie sagen wollte. Harald hatte sie bedroht. *Wenn du über das sprichst, was du gesehen hast, wird dir das übel bekommen*, hatte er gesagt. Aber sie konnte nicht schweigen, sie musste Erik warnen. Trotz der Gefahr hatte sie ihn aufgesucht.

»Erik, ich muss dich warnen.« Ihre Stimme trug die Worte kaum.

»Mich warnen?« Erik sah sie erstaunt an.

»Harald hat sich gerüstet. Der ganze Hof ist voll von Waffen.«

»Waffen?«

Erik blickte sie misstrauisch an. Warum kam sie jetzt? Hätte sie nicht früher kommen können oder gar nicht? Warum gerade jetzt, wo er endlich Frieden bei einer anderen Frau gefunden hatte? Sogar bei Nacht war sie noch dieselbe, dunkel, schön und begehrenswert. Das Atmen fiel ihm schwer. Sie störte ihn. Plötzlich begann sie zu schluchzen. Die Worte kamen leise und unzusammenhängend, zögernd zuerst, aber dann konnte sie sie nicht länger zurückhalten. Sie erzählte ihm von den Waffen im Schuppen und wie Harald sie geschlagen hatte. Alles, was sie in ihrer Einsamkeit ertragen hatte, brach aus ihr heraus. Dann lehnte sie sich an Erik, suchte seinen Schutz und seine Wärme. Erik legte den Arm um sie und versuchte zu trösten, spürte sie ganz nah bei sich. Lange standen sie so da, ohne dass einer von ihnen sich dem anderen entzogen hätte.

Von der Fensterklappe verborgen, beobachtete Estrid die beiden. Ihre Augen weiteten sich und wurden fast schwarz. Ihr Blick ging geradewegs durch die beiden hindurch, als wären sie gar nicht vorhanden, als hätte es sie nie gegeben. Erik, nein! Sie wollte sich abwenden, aber ihr fehlte die Kraft. Sie war ganz starr, wie ein Tier, das Gefahr witterte. Ihr Herz klopfte, die Hände zitterten, und die Zunge klebte am Gaumen. Erik, nein! Wie sie sich in seine Arme gelegt hatte, wie sie ihn geliebt hatte, mit der Gewissheit, dass sie sich endlich gefunden hatten. Und dann ... Nein, sie wollte das nicht glauben, wollte ihm vertrauen, aber was sie mit eigenen Augen gesehen hatte, konnte sie nicht ungesehen machen. Als er in die Stube zurückkehrte, hatte sie ihm den Rücken zugedreht und so getan, als würde sie schlafen. Sie konnte ihn nicht berühren, ihn nicht ansehen, wollte nur noch fort, weit, weit fort.

Am Morgen war der Himmel wolkenverhangen. Sie lagen tief über Inseln und Meer und schienen von einem

Unwetter niedergedrückt zu werden. Bald brachen Blitze durch die Wolkendecke, und über Björkö und Birka öffnete sich eine helle, rötliche Fläche. Der helle Bogen verdunkelte sich und wurde rot wie Ochsenblut. Die Alten und Erfahrenen blickten zum Himmel und warnten vor Thors Zorn, während Kaufleute aus Ost und West überlegten, ob sie sich auf das Eis hinausbegeben sollten. Aber es kamen weder Wind noch Schnee, und jene, die von einem Omen am Himmel gesprochen hatten, verstummten bald. Der Handel musste weitergehen, schließlich bildete er das Fundament für Birkas Wohlstand.

Es hatte noch immer nicht zu schneien begonnen, als Jorunn zum Markt wanderte. Sie blieb am Stadttor stehen und blickte über den Fjord. Von hier oben, aus großer Entfernung, ähnelte der Marktflecken einem kleinen Dorf. Buden und Zelte waren in Reihen an einer geraden, flach getretenen Schneestraße angeordnet, und Menschen mit Schlitten gingen auf der Marktstraße hin und her. Einige hockten in ihren Buden, die größten bargen sogar Platz für Kisten, Tonnen und eine Feuerstelle. Sie waren wie kleine Herbergen, und viele der weit gereisten Händler wohnten während des Marktes in diesen Hütten.

Jorunn schlenderte durch das Stadttor und langsam durch den Ort. Ein Straßenköter bellte, ein paar Kinder spielten im Schnee, und auf dem Platz waren einige Kaufleute mitten in einem lebhaften Geplänkel. Aus der Schankstube unten am Hafen klangen Gesang und Heiterkeit.

Langsam ging sie über das Eis. Sie fror und fühlte, wie die Schwermut an ihren Kräften zehrte. Noch hatte sie ihre innere Ruhe nicht wiedergewonnen, und sie zitterte bei dem Gedanken an die nächtliche Begegnung mit Erik. Sie hatte geglaubt, dass das, was zwischen ihnen gewesen war, verglüht wäre, aber als er den Arm um sie gelegt hatte, um sie zu trösten, war es gewesen, als wäre alles wieder zum Leben erweckt worden. Erik ... Nein, es war besser, zu vergessen, an ihn zu denken schmerzte zu sehr.

Sie ging an den Marktständen und den einfacheren Buden vorbei, bis sie endlich die Hütte ihres Vaters mit dem geschnitzten Falken über der Tür erreichte. Fröstelnd trat sie ein und versuchte das Feuer wieder anzufachen. Dann stellte sie Honigkrüge und Glasperlenketten auf die Platte an der Verkaufsluke. Als sie damit fertig war, wanderten ihre Gedanken zu Harald. Sie hatten nicht über das gesprochen, was geschehen war. Er hatte sie nicht um Vergebung gebeten und ging ihr aus dem Weg, wenn er sie sah. Sie selbst fürchtete seine Nähe und war besorgt um das, was geschehen würde. An dem Morgen nach der schrecklichen Nacht hatte sie bemerkt, dass die Waffen und alle Pferde fehlten, und hatte begriffen, dass Harald mit dem Verwalter und einigen Sklaven fortgeritten war. Sie war mit dieser Nachricht zu Erik geeilt, sicher, dass die Waffen bald zum Einsatz kommen sollten.

Jorunn öffnete die Klappe und lugte hinaus. Nur wenige Kaufleute waren auf dem Eis zu sehen, und sie bereute das Versprechen, das sie ihrem Vater gegeben hatte. Gudmund hatte sie gebeten, beim Verkauf zu helfen, weil er sich unwohl fühlte, und sie hatte seine Bitte nicht ausschlagen können. Warum schlossen sie die Hütte nicht einfach für einen Tag? Geld hatte er genug. Jorunn seufzte und lehnte sich hinaus. Wenn Erik nur bei ihr gewesen wäre. Sie brauchte ihn. Ihr traten Schleier vor die Augen, und sie konnte ihre Tränen nicht zurückhalten. Sie liefen ihre Wangen hinab, und alles verschwamm zu einem weißen Licht. Verzweifelt sank sie hinter der Luke zusammen und barg ihr Gesicht in den Händen. Warum, wollte sie schreien, warum war alles so gekommen?

Sie wusste nicht, wie lange sie so dagesessen hatte, als ein entferntes Geräusch sie aufhorchen ließ. Es klang, als würden Pferde kommen. Sie wischte die Tränen mit ihrem Wollschal fort und stand auf. Am Strand, unweit vom Stadttor im Norden, ritt eine Gruppe Männer über das Eis. Zuerst freute sie sich, dass mehr Leute zum Markt kamen. Doch dann fiel ihr etwas auf. Die Reiter trugen Speere und Schilde. Und die Pferde ... Sie rang nach Luft. Zwei von ihnen gehörten zum Haraldhof. Sie verharrte einen Augenblick, dann wusste sie, was zu tun war. Hastig schloss sie die Klappe und löschte das Feuer. Mit entschlossenen Schritten eilte sie zurück in die Stadt.

König Björn stieg vom Pferd und rieb sich seine schmerzenden Hände. Skeptisch betrachtete er den Himmel und ahnte den Geruch von Unwetter. Die Wolken waren dunkel und bedrohlich, der rote Horizont verkündete Unheil. Er band sein Pferd vor seiner Hütte an und ließ die Wachen draußen zurück. Dann betrat er den Vorplatz und ging ins Haus. Es war länger und breiter als alle anderen, und ein Langtisch und ein Bett mit Polster standen darin. An den Wänden hingen zwei orientalische Wandbehänge. Der größte, den der König am liebsten mochte, zeigte einen Samurai, der von drei leicht bekleideten Frauen umgeben war. Aber an diesem Tag sah der König nicht einmal den an. Stattdessen setzte er sich auf die Bank und zupfte zweifelnd an seinem Kinnbart, während er zu denken versuchte. Am Morgen hatte der Bernsteinhändler ihn wissen lassen, dass es Männer in Birka gab, die sich rüsteten. Mehrere Kreuzträger hätten sich bewaffnet, hatte er gesagt. Der König konnte es nicht glauben. Es wollte doch wohl niemand die neue Lehre mit Gewalt einführen? Wer stand hinter einer solchen Schandtat? Hergeir? Aber der würde es kaum auf ein Schwerterrasseln auf dem Marktplatz ankommen lassen. Den Marktfrieden zu brechen wäre ein großer Schaden für Birka. Oder hatte der Glaube ihn aller Vernunft beraubt? Dass sein Volk seit dem Gebot zur Birkamünze in Aufruhr war, wusste er, aber den Gewinn aus dem Münzhandel gedachte er zum Wohle Birkas zu verwenden. Deswegen musste doch niemand zu den Waffen greifen. Und den Christen, denen hatte er ihre Predigten doch zugestanden. Nein, Erik Bernsteinhändler musste eine falsche Nachricht erhalten haben.

Plötzlich stieß der Wind die Tür auf, und Schnee wirbelte über die Schwelle. Der König stand auf und spähte hinaus. Bei den Buden der Reichen war der Handel in Gang gekommen, doch mehrere der kleinen Stände waren geschlossen. Es waren nur vereinzelt Menschen unterwegs. Fröstelnd zog sich der König seine Pelzmütze über die Ohren. Vielleicht sollte er besser aufbrechen, sich drüben im Königshof ausruhen und abends zum Festmahl wiederkommen?

Das Versteck war durch einen großen Felsen geschützt und bot ihnen dennoch freie Sicht nach Westen. Gudmund pries Harald dafür, dass er sie hierher geführt hatte. Niemand hatte sie bemerkt, noch nicht. Die Pferde schnaubten und zerrten unruhig am Zaumzeug. Die

Kälte quälte sie, und es gefiel ihnen nicht, stehen zu müssen. Aber Gudmund der Mächtige wartete. Er würde auch den ganzen Tag warten, wenn er dazu gezwungen sein würde. Diese Gelegenheit würde er sich nicht entgehen lassen. Der Kaufmann reckte das Kinn vor und blickte übers Eis. Er konnte von Björkö über den ganzen Fjord bis hinüber nach Adelsö sehen. Unten auf dem Eis waren die Buden und Marktstände deutlich zu erkennen. Früher oder später würde der König sich zeigen. Gudmund rieb sich seinen Stiernacken, er sah verbissen aus. Hergeir wollte die Führung über Birka übernehmen. Wenn das gelang, würde Gudmund sein engster Ratgeber werden. Alles war vorbereitet. Aber Gudmund zweifelte, rutschte unruhig im Sattel hin und her. Hergeir glaubte, dass sie die Unterstützung der Männer in Birka sicher hatten. Aber was, wenn er sich irrte und das Volk gegen sie war? Gudmund richtete sich auf und versuchte, die unguten Gedanken zu vertreiben. Er war einfach nur müde. Sie hatten nichts zu befürchten.

Harald beobachtete seinen Schwiegervater. Ihm fiel auf, dass mit ihm etwas nicht in Ordnung war. Er ritt zu ihm und legte die Hand auf seine Schulter.

»Ist es noch nicht an der Zeit?«

Gudmund der Mächtige knetete das Zaumzeug und lächelte ein hastiges, ausweichendes Lächeln.

»Doch, sicher«, erwiderte er leise und deutete auf den See. Ein kleines Gefolge, das in Richtung Adelsö ritt, war aufgetaucht. »Dort, das muss der König sein. Wir warten noch einen Moment, dann reiten wir hinterher.«

König Björn und sein Gefolge waren so weit über den Björköfjord geritten, dass der Königshof bereits durch die Bäume zu sehen war. Das stattliche Gebäude stand imposant auf der Höhe, mit Sicht über das Wasser. Der König war stolz auf seinen Hof. Die Wände waren aus lehmgefülltem Flechtwerk, wie im Süden bei den Dänen, und ruhten auf Balken aus starkem Sveaholz. Von außen wurden sie von schräg gestellten Pfosten gestützt, die der König mit grinsenden Drachenköpfen hatte verzieren lassen. Hergeir hatte ihn verhöhnt, weil er Holzschnitzer damit beauftragt hatte, die Pfosten zu schmücken, aber der König hielt dagegen, dass Schönheit und Pracht für jemanden, der über andere herrschte, wichtige Dinge waren. Das Volk brauchte etwas, das es bewundern konnte, und einen so prächtigen Hof wie den Königshof gab es nirgends sonst im ganzen Reich.

Der König ritt gemächlich weiter, gefolgt von seinen zuverlässigsten Waffenknappen. Fünf Mann begleiteten ihn, den Rest der Wachen hatte er auf dem Eis zurückgelassen. Er wollte Hergeir zeigen, dass der Markt nicht nur für Birka und Björkö eine Rolle spielte. Das hier war eine Angelegenheit, die das gesamte Reich der Svear betraf. Und die Männer des Königs waren überall, auch wenn er selbst sich zurückgezogen hatte. König Björn trieb sein Pferd an, erfüllt von der Sehnsucht nach einem Horn voll Fruchtwein am Holzfeuer. Mit Kälte hatte er sich noch nie anfreunden können, und die Winter verbrachte er am liebsten vor der Feuerstelle.

Es begann zu schneien, stark und dicht, was das Vorankommen erschwerte. Sie ritten eine Weile schweigend, mit gesenkten Köpfen und zusammengekniffenen Augen. Nur der Wind war zu hören, ein Wind, der immer stärker wurde. Plötzlich bemerkten sie ein neues Geräusch. Der König horchte auf. Es klang wie Hufgetrappel.

Der Schnee wurde immer dichter, und der Königshof

verschwand hinter einer weißen Wand. König Björn murrte und wischte sich den Schnee aus den Augen. Das Geräusch von Hufen näherte sich, es donnerte und grollte wie Thor persönlich. Der Schnee ließ nach, und eine Gruppe bewaffneter Reiter wurde kurz sichtbar. Dem König wurde mulmig. Wenn Erik doch Recht gehabt hätte?

Die Reiter kamen schnell näher, und lautes Rufen durchschnitt die Luft. Ein Speer flog über seinen Kopf hinweg und bohrte sich ins Eis. Sein Pferd bäumte sich auf, und der König hatte große Mühe, sich im Sattel zu halten. Hätte er nur die Wachen nicht bei der Hütte zurückgelassen. Die fremden Reiter schienen mindestens doppelt so viele zu sein wie die Knappen an seiner Seite. Ratlos suchte er nach einer Fluchtmöglichkeit. Früher war er stark und kühn gewesen und hatte sein Schwert so schnell gezogen, wie eine Schlange zuschnappen konnte, aber jetzt litt er unter einem Hängebauch und an Gicht und benötigte Zeit zum Denken und Handeln. Ein neuer Speer landete dicht neben ihm, und sein Pferd zuckte zusammen.

»Wehrt euch, Knappen!«, schrie er benommen und zog sein Schwert aus der Scheide. Dann umfasste er den Griff mit beiden Händen und schwang die Waffe vor sich. Aber niemand fiel von seiner Hand, denn er selbst schwankte derart, dass er beinahe vom Pferd rutschte. Der König dankte dem Schneefall dafür, dass ihn keiner so gesehen hatte, und ging schnell zum Einhandgriff über.

Die Feinde kamen von allen Seiten. Sein Pferd wurde von einem Speer getroffen und sank tot zu Boden. Der König, der in den Steigbügeln festhing, fiel kopfüber, das Schwert in der Hand, und wenn Odin nicht mit ihm gewesen wäre, wäre er zweifellos sein eigenes Schicksal geworden. Ganz durcheinander kam der König auf die Beine und griff wieder nach seinem Schwert. Am liebsten wäre er einfach geflohen, aber nachdem er später kein heiteres Lied mit einem solchen Inhalt hören wollte, sammelte er sich und stürzte sich in die Schlacht. Im Schneegestöber versuchte er verzweifelt, die Angreifer auszumachen, aber alles, was er sah, waren die wogenden Schatten von Reitern und Pferden. Der Schnee nahm wieder zu, und der Eiswind war schneidend. Jemand stürzte sich auf ihn, und er hieb mit dem Schwert nach ihm. Der Mann stöhnte und sank vor seine Füße. Dem König entfuhr ein erstaunter Ausruf. Der Verwundete war einer der Christen, die Hergeir hatte taufen lassen. Der König fluchte laut. Er hatte Ansgar hier predigen lassen, und jeder, der wollte, hatte sich bekehren und taufen lassen können, und zum Dank legten sie sich in einen Hinterhalt. Als der nächste Reiter sich näherte, war der König außer sich vor Zorn. Ohne zu zögern, fasste er das Schwert mit beiden Händen, rief Odin um Hilfe an und hieb dem Angreifer in den Fuß. Sicherlich hatte er höher gezielt, aber das musste schließlich niemand erfahren. Jetzt hatte der König Gefallen an der Sache gefunden und rauschte kühn unter die Kämpfenden. Schaum stand ihm vor dem Mund, und er kämpfte wie ein Berserker im Pilzrausch. Aber sein Mut rechnete sich nicht, die Reiter waren in der Überzahl und obendrein besser gerüstet. Der Begleiter des Königs, Atle, begriff, dass der Kampf böse enden würde.

»Der Kampf wendet sich gegen uns, Herr«, rief er, aber König Björn kämpfte wie besessen weiter. Atle blinzelte in den Schnee. Vielleicht konnten sie sich zurückziehen und im Schneegestöber verschwinden?

Wenn nicht, würde der König bald den Todesstoß erhalten. Atle rammte seinem Pferd die Sporen in die Flanken und lenkte es direkt auf den König zu, beugte sich hinunter und zog seinen Herrn auf den Pferderücken.

»Was soll das?«, schimpfte der König, aber Atle antwortete nicht, sondern ließ die Zügel schießen. Sie waren nicht weit gekommen, als das Pferd scheute und sie beinahe abgeworfen hätte. Der Weg nach Adelsö war versperrt. Seite an Seite, Brust an Brust standen Reiter und Pferde, so dicht, dass nicht einmal eine Schwertklinge zwischen ihnen Platz gefunden hätte.

Der König schrie, und Atle drehte um, aber obgleich es ihm gelang, die Richtung zu wechseln, scheute das Pferd erneut. Eine schwere schwarze Rauchwolke quoll über das Eis. Der König hustete und riss die Augen auf. Vor ihnen tauchte ein Pferdegespann vor einem großen brennenden Feuerball auf.

Plötzlich war alles Rauch und Feuer. Das Pferdegespann ging durch. Die Tiere zogen einen Schlitten mit brennenden Reisigbündeln und Teerfässern. Die Pferde spürten die Flammen und versuchten, außer sich vor Angst, vor dem Feuer zu fliehen. In wildem Schein galoppierten sie geradewegs auf die Christen zu. Das Feuer wütete, und gewaltige Flammen leckten an den Reitern und Pferden. Schreckensschreie wurden laut, die feindliche Mauer brach auf und wurde auseinander getrieben. Die Christen ergriffen die Flucht. Gudmund der Mächtige, der den König bereits umringt und besiegt gewähnt hatte, wurde von alldem überrumpelt, und noch bevor etwas tun konnte, bäumte sich sein Pferd auf und warf ihn ab. Das Feuer schien überall zu sein, es verbrannte Kleider und Umhänge, versengte Hände und Haar. Gudmund wollte Luft holen, aber der Rauch brannte und stach in der Lunge. Er versuchte zu schreien, doch er brachte keinen Laut heraus. Heiliger Christ, hilf mir, betete er stumm und irrte wankend über das Eis. Er suchte im Rauch nach seinem Pferd, seiner einzigen Rettung. Fand er es nicht, würde er entweder umgebracht oder gefangen genommen werden. Wenn es ihm jedoch gelänge, sein Pferd einzufangen und zu fliehen, würde vielleicht niemand erfahren, wer hinter dem Überfall steckte. Plötzlich entdeckte er es, schnaubend und bebend, nicht weit von ihm. Gudmund der Mächtige fasste neuen Mut, ihm glückte es, sein Tier zu fangen, und er saß auf.

»Reitet zurück!«, schrie er mit heiserer Stimme und gab den Männern ein Zeichen, ihm zu folgen. Aber sie brauchten niemanden mehr, der sie zur Eile antrieb. Sie preschten im gestreckten Galopp davon und verschwanden in Richtung Björkö.

Allein auf dem Eis standen König Björn und seine Knappen. Er hatte Ruß im Bart, ein Arm war versengt, und ihm war herrlich schwindelig. Der Schlitten brannte noch immer, doch den Tieren war es gelungen, sich loszureißen. Der König stieg vom Pferd und näherte sich vorsichtig den Flammen. Er fuhr sich mit rußiger Hand übers Gesicht und staunte mit weit aufgerissenen Augen. Er konnte kaum glauben, was er sah. Was ihn gerettet hatte, war kein Feuerschlitten gewesen. Vor ihm brannte ein altes, leckes Boot auf Kufen.

12. Kapitel

Zwei Tage lang wütete der Sturm. Der Handel stockte, und die Menschen saßen frierend und ängstlich in ihren Häusern. Auf dem Fjord verbarg eine dichte Schneedecke alle Spuren des Geschehens, und wenn die Verwundeten nicht gewesen wären, hätte niemand geglaubt, dass der König überfallen worden war. Aber so wusste man es. Bewaffnete Kreuzträger hatten versucht, den König umzubringen, und im Schneesturm waren darüber hinaus zwei Kaufleute auf dem Eis erfroren.

In den Schankstuben und an den Langtischen wurde über nichts anderes gesprochen. Die Heiden meinten, dass die Asen sich an dem neuen Gott gerächt hatten. Andere behaupteten, dass die alten Götter nicht mehr stark genug waren, um die Menschen der Stadt zu schützen, und dass es deshalb besser war, sich bekehren zu lassen. Unruhe und Missstimmung lagen schwer über der Stadt, und der Bedrückteste von allen war der König selbst.

König Björn saß niedergeschlagen auf seinem Königshof und starrte die Wand an. Er war noch immer ganz mitgenommen von dem Überfall und ärgerte sich über die beiden Kaufleute, die auf dem Eis verschwunden waren. Ein Wintermarkt sollte Freude und Vergnügen bereiten und die Kaufleute reich machen, aber nicht Sorge und Elend mit sich bringen.

Der König jammerte erbärmlich und tat sich selbst Leid. Zu all dem Übel für Birka gesellte sich sein eigener

Kummer. Die Händler hatten sich geweigert, die Birkamünze anzunehmen. Sie hatten sie in zwei großen Tonnen gesammelt und unter großem Tumult zum Königshof gebracht. Die Unzufriedenheit der Kaufleute beunruhigte den König. Sie waren es, die Geld hatten. Die Münzprägung war schlecht vorbereitet gewesen, das war richtig, er hätte dafür sorgen müssen, die Kaufleute von Anfang an auf seine Seite zu ziehen. Nun galt es, ihr Vertrauen zurückzugewinnen. Der König fuhr fort, sich zu bemitleiden. Zu allem Elend hatte er seine orientalische Sklavin im Brettspiel verloren und wurde von schrecklichen Zahnschmerzen geplagt. Warum kam immer alles Unglück auf einmal, warum nie eins nach dem anderen?

Es zog in seinem Zahn und stach, als bohrte sich ein Kurzschwert hinein, und der König hielt sich missgelaunt die Wange. Zahnschmerzen statt Todesstoß. Vielleicht sollte er froh darüber sein, die Schlacht auf dem Eis überlebt zu haben. Aber die Unsicherheit nagte an ihm. Warum hatten sich die Christen gerüstet? Hatte er den Göttern nicht genug geopfert, oder hatte ihr Widerwillen gegen den neuen Gott ihn in dieses Unglück gestürzt? Der König wiegte sich langsam in seinem Stuhl hin und her und umklammerte die Armlehnen. Das Problem war Ansgar. Seine neue Lehre hatte Zwist unter die Menschen gesät und sie aufgewiegelt. Wären Erik und seine List mit dem Feuerschlitten nicht gewesen, hätte er selbst sein Leben lassen müssen.

Wenigstens dabei waren die Götter mit ihnen gewesen, und der König erkannte in dem Vorfall Omen und Warnung. Jeder, der den geringsten Verstand besaß, musste begreifen, dass der König überlebt und die Kreuzträger verloren hatten. Daraus mussten die Leute doch den richtigen Schluss ziehen und sich an den alten Glauben halten? Dieser Heilige Geist konnte schließlich nicht viel wert sein, wenn sein eigener, frisch getaufter Untertan das Leben verlor, noch bevor das Taufwasser auf seinem Kopf getrocknet war. Die Kaufleute, die erfroren waren, waren unter den Ersten gewesen, die Ansgar getauft hatte, kurz bevor Hergeirs Zeremonie begonnen hatte. Hergeir? War er für den Überfall verantwortlich? Der Häuptling? Ja, wer sonst sollte es sein? Fromm war er über alle Maßen, und hatte er nicht gesagt, ganz Birka sollte unter ihm christlich werden? Seine Ergebenheit war so groß, dass er wünschte, alle würden seinen Glauben teilen. So ein Mann stellte eine Bedrohung für den König und die bestehende Ordnung dar.

Der König murrte und schnippte eine Laus vom Hosenbund. Wie sollte er am besten dem Führer dort drüben in Birka begegnen? Mit Macht oder kostbaren Geschenken? Vielleicht war es das Beste, ihn einzusperren? Der König kratzte sich nachdenklich einen Läusebiss und grübelte. Ließ er Hergeir töten, würde er die Kaufleute in Birka gegen sich aufbringen. Das war nicht ratsam. Fett und satt kämpft man nicht. Am ehesten konnte Hergeir vielleicht besänftigt werden, wenn er direkt nach Ansgar zum Oberhaupt der Kirche auserwählt wurde und reichlich Silber für seine Kirche bekam. Wogegen sollte er dann noch kämpfen? War das möglicherweise ein Ausweg?

Das viele Denken machte den König müde, und nach einer Weile war er eingeschlafen. Er wachte erst am späten Nachmittag wieder auf, als einer der Knappen hereinkam und mitteilte, dass Besuch gekommen war. Schlaftrunken blickte der König zur Tür und erinnerte sich widerwillig daran, dass er nach Torulf Läusebart hatte schicken lassen, dem Zähnezieher. Die Zahnschmerzen, die ihn letzte Nacht gequält hatten, überkamen ihn erneut, und in seinem Kopf schwirrten wieder düstere Gedanken. Der Läusebart war bestimmt ein netter Mann, aber der König fürchtete um seine Zähne. Er wusste, dass Frauen nicht viel von zahnlosen Kerlen hielten, und mit Lücken im Mund zischte es so unwürdig bei den s-Lauten, wenn man redete.

»Genügt es nicht, einfach den Zahn zu besprechen?«, fragte der König wimmernd, als der Zähnezieher eintrat.

Torulf Läusebart, ein großer, kräftiger Mann, schüttelte den Kopf und bat den König, ganz weit aufzumachen. Dann beugte er sich darüber. Gestank von Met und altem Fisch schlug ihm entgegen.

»Hmm«, murmelte Läusebart und befühlte den Zahn mit dem Finger. Er war rau und scharfkantig wie ein feuergesprungener Stein.

»Aaaua«, schrie der König so laut, als hätte ihm jemand ein Schwert in den Bauch gerammt.

»Sieht schlecht aus, Euer Gnaden«, sagte Läusebart und legte seinen starken Arm um den Hals des Königs. »Ohne Zahn wird's wohl am besten sein.«

Mit diesen Worten zog er ein kleines Messer heraus und schnitt rund um den faulen Schneidezahn. Dann griff er nach einer Zange und kniff zu. Es knackte im adligen Maul, und der König schrie.

»Na also, hier ist er«, sagte Läusebart und hielt einen vergammelten Beißer hoch, der schon bessere Tage gesehen hatte. »Jetzt sollte auch der Schmerz verschwinden.«

»Diese Zange ist wohl für Pferde gedacht«, grunzte der König sauer und streckte fordernd die Hand aus. Torulf Läusebart hatte immer etwas Starkes zu trinken dabei, und der König musste seinen Schlund ganz dringend ordentlich spülen. Beor, Fruchtwein, hatte genau die nötige Stärke.

»Ich habe gehört, dass Ansgar vorhat, ein Treffen auf Hergeirs Hof abzuhalten«, sagte Läusebart und wischte das Blut von der Zange. »Er hat Sorge, dass die Neugetauften, nach dem, was auf dem Eis passiert ist, ihrem neuen Glauben entsagen.« Läusebart legte sein Werkzeug beiseite und reichte dem König eine Kanne mit Fruchtwein.

»Ah ja?«, sagte der König und horchte auf. »Der Mönch gibt nichts auf Warnungen und Zeichen. Für die Christen hat es auf dem Eis schlecht geendet. Ich an seiner Stelle hätte mich auf den Heimweg gemacht.« Der König nahm einen großen Schluck Wein und schmatzte zufrieden. Der Trank schmeckte so, wie er sollte.

»Scheint ein zähes Volk zu sein, diese Christen«, fuhr Läusebart fort und warf einen bekümmerten Blick auf die Kanne. Der König würde doch wohl nicht alles trinken wollen? »Aber woher sollen die Leute wissen, was sie glauben sollen?«, sagte er gedankenschwer. »Unglücksfälle suchen anscheinend beide heim, Heiden *und* Getaufte.«

»Vor höheren Mächten sind wir alle klein«, erwiderte der König philosophisch.

»Sollen wir dann beim Alten bleiben oder das Neue annehmen?«, fragte Läusebart unschlüssig.

»Ja, ich persönlich opfere am liebsten für Thor und Frey und lasse es mir gut gehen«, murmelte der König und befühlte mit der Zunge die Stelle, wo der Schneidezahn gesessen hatte. Die Lücke war groß. »Dennoch«, setzte er nachdenklich hinzu, »der Heilige Geist ist stark, im Frankenreich glauben fast alle an ihn. Wenn er erst einmal hier ist, wird er wohl auch bleiben. Seine Irrlehren zieht man dem Volk nicht so leicht wie einen Zahn.« Der König verstummte und blickte düster vor sich hin. Dann hob er die Kanne, lehnte sich zurück und leerte den Fruchtwein in einem einzigen Zug. Läusebart sah bekümmert zu, wie der Wein restlos im Schlund des Königs verschwand, und ging niedergeschlagen zur Tür. Das nächste Mal musste er daran denken, Becher mitzunehmen.

Jorunn saß gedankenverloren in der Wohnhalle. Unter dem Kessel über der Feuerstelle züngelten Flammen, und es duftete schwach nach Rüben. Das Fleisch lag zum Braten bereit. Sie waren gut versorgt hier auf dem Haraldhof, und ihnen fehlte es weder an Getreide, Fleisch noch Fisch. Vielleicht sollte sie einfach zufrieden sein? Aber unter ihren Augen lagen dunkle Schatten.

Der Webstuhl an der Tür war leer, und die Spindel war ohne Wolle. Sie schaffte es nicht, die Wolle zu kämmen, nicht zu spinnen, nicht einmal den Haushalt bewältigte sie. Getreide, Fleisch oder Fisch in den Topf, was sollte sie sich darüber den Kopf zermartern. Vor der Hochzeit war sie tüchtig im Haus gewesen, in vielem anderen nicht weniger. Sie hatte bei Aussaat und Ernte geholfen, gewebt, Bordüren gestickt und Perlenketten gefädelt. Wie flink und sicher hatten ihre Hände die Perlen zu buntem Schmuck zusammengefügt, und wie gewandt waren ihre Finger über Wolle und Leinen geflogen. Aber jetzt lag alles unberührt da.

Müde holte sie Tischplatte und Böcke und legte das Glättbrett und das faltige Tuch auf den Tisch. Dann begann sie langsam, den Glättstein auf den Stoff zu pressen. Das hübsch geschnitzte Brett aus Walrossknochen hatte sie von Harald zur Hochzeit bekommen. Die Hochzeit? Ach, wie sehr sie es bereute, sich auf diese Ehe eingelassen zu haben. Aber sie hatte doch nicht ahnen können, dass er sich so veränderte? Jorunn presste die Lippen zusammen und versuchte, die Tränen zurückzuhalten. Nun lebte sie mit einem Fremden, einer verschlossenen Seele, die nichts sagte und sie nur mit schwarzen, misstrauischen Blicken musterte. Nicht einmal als er mit versengten Kleidern und verwundetem Arm vom Eis zurückgekommen war, hatte er ihr erzählt, was geschehen war. Er schien sich für immer verschlossen zu haben. Oder wusste er mehr, als er sie ahnen ließ? Erschrocken dachte Jorunn daran, wie sie ihrer Rede freien Lauf gelassen hatte. Alles, was sie gesehen und gehört hatte, hatte sie Erik erzählt. Was, wenn Harald das erfuhr ... nein, daran durfte sie nicht denken.

Jorunn rieb den Glättstein vor und zurück und versuchte das Tuch zu glätten. Harald und ihr Vater handelten in Hergeirs Auftrag, so viel hatte sie verstanden. Und der Häuptling hatte sich seinerseits mit den reichen Kaufleuten von Birka zusammengetan. Gemeinsam hatten sie versucht, den König zu stürzen. Sie wünschte, sie hätte nichts gesehen und nichts gehört, und fürchtete sich, weil sie getan hatte, was sie tun musste. Als sie gesehen hatte, wie eine Schar Reiter dem König gefolgt war, hatte sie Erik gewarnt, obwohl sie Gudmund und Hergeir erkannt hatte, Männer aus ihrem eigenen Geschlecht, ihrer eigenen Familie. Von ihrem Glauben verblendet, wollten sie die neue Lehre mit Gewalt durchsetzen, obwohl nur ein kleiner Teil des Volkes hinter ihnen stand. Machtlüstern und selbstgerecht setzten sie sich über die eigenen Gesetze hinweg.

So etwas konnte sie nicht dulden. Und Erik – ein Mann, der treu zum König stand –, ihn würden sie sicher töten. Nein, sie hatte keine Wahl gehabt, sie war gezwungen gewesen, sie zu verraten. Wenn jedoch jemand erfuhr, dass sie es war, die Erik gewarnt hatte, dann ...

Jorunn faltete den Schal zusammen und biss sich in die Nagelhaut, bis sie blutete. Sie musste auf der Hut sein und durfte niemandem trauen.

Das alte Haus mit dem Strohdach bog sich unter dem schweren Schnee. Weißer Rauch stieg aus dem Abzugsloch, und hinter den Fensterklappen leuchtete mattes, goldenes Licht. Im Haus knisterte das Feuer, und an der Querwand brannte eine Öllampe. Sie steckte im Erdboden neben Tostes Bett.

Erik wiegte schweigend das Kind. Er hatte sich große Mühe gegeben und eine hohe, stattliche Wiege für den Jungen gezimmert. Sie war aus Kiefernholz, an Kopf- und Fußende geschnitzt und schaukelte herrlich auf gebogenen Asthölzern.

»Das Kind wird noch seekrank«, brummte Estrid, die auf einem Schemel bei ihren Näharbeiten saß.

»Wenn dein Kind einmal ein Wikinger werden soll, dann ist es nur gut, wenn er sich jetzt schon daran gewöhnt«, sagte Erik belustigt.

»Deine Kinder kannst du mit auf Wikingfahrt nehmen, aber Toste ist mein Kind.« Estrids Stimme war schneidend und ihre Augen ohne Glanz.

Erik verstummte. Warum war sie so? Vor ein paar Tagen hätte sie noch gelacht. Ruhe und Frieden, die sie beieinander gefunden hatten, waren plötzlich verschwunden. Erik hielt die Wiege an und starrte in den Raum. Es war sein Fehler. Das Treffen mit Jorunn hatte ihn verwirrt. Als er danach wieder zu Estrid gekommen war, war sie verändert, und den Umarmungen zwischen ihnen fehlte das warme, sanfte Gefühl, das vorher da gewesen war. Alles, was er über die Liebe sagte, klang falsch und plump.

Auch Estrid spürte das und wies ihn ab. Sie hatte gehofft, dass er etwas sagen würde, dass er von der Begegnung mit Jorunn erzählen oder um Verzeihung bitten würde. Dass er nur nicht so tat, als wäre nichts gewesen, als wäre Jorunns Besuch in dieser Nacht ohne Bedeutung. Durch die Fensterluke hatte sogar Estrid erahnen, fast spüren können, was für eine Spannung zwischen ihnen lag.

Dass sie früher verlobt gewesen waren, wusste sie, aber sie hatte geglaubt, dass sie sich darüber keine Gedanken machen musste, da es schon so lange her war. Aber Erik war so eigenartig gewesen nach diesem nächtlichen Treffen. Und es schien, als hätte er sie seither mehrmals gesehen. Aber immer wenn sie versuchte, mit Erik darüber zu sprechen, hatte er ausweichend geantwortet und ihr nichts sagen wollen.

Enttäuscht hatte sie sich zurückgezogen. Was zwischen ihnen gewesen war, gab es nicht mehr. Sie verstand das nicht, hatte so tief an ihre Freundschaft und Liebe geglaubt. Aber nun?

Erik merkte, was passieren würde. Er wollte es nicht, doch Jorunns Kraft war zu groß. Sie hatte sich ihm anvertraut und seinetwegen ihre Nächsten verraten. Jorunn war die Frau, mit der er eigentlich sein Leben verbringen wollte. Er konnte sie nicht länger aus seinem Herzen verdrängen. Arme Jorunn, sie brauchte ihn jetzt. Und er wollte ihr nahe sein.

Aber er konnte das, was geschehen war, nicht mit

Estrid teilen. Was Jorunn getan hatte, durfte er niemandem erzählen, nicht einmal der Frau in seinem eigenen Haus ... Das hatte er ihr versprochen. Wenn Jorunns Verrat aufgedeckt wurde, würde sie mit dem Leben bezahlen.

Erik dachte auch an Harald, seinen Bruder. Wie hatte er die Hand gegen Jorunn erheben können? Als Junge war er gewalttätig gewesen, aber Erik hatte geglaubt, dass das zur Kindheit und Jugend dazugehörte. Er selbst hatte sich immer einen Bruder gewünscht, der Freund und Verbündeter war, einen, den er bewundern und auf den er sich verlassen konnte. Stattdessen waren sie wie zwei Inseln, die durch abgrundtiefes Wasser getrennt waren. Nach der Hochzeit hatten sie nicht mehr miteinander gesprochen. Und jetzt, nein, jetzt gab es nicht einmal mehr Hoffnung auf eine Versöhnung. Das einzige, was geblieben war, war Hass.

Erik zog den Docht der Öllampe lang und betrachtete das Kind. Tostes Augen waren dunkel und schön, das schwarze Haar fiel weich um seinen Kopf. Wenn Erik Jorunn geheiratet hätte, hätten sie vielleicht einen Sohn wie Toste bekommen. Ein Lächeln glänzte in seinen Augen, und er streichelte dem Kleinen über die Wange. Einmal hatte er Estrid gefragt, wer der Vater des Kindes war, aber sie hatte sich geweigert zu antworten. Toste sah ihr nicht sehr ähnlich, dennoch hatte er etwas Vertrautes an sich. Früher oder später würde sie es ihm sicher sagen.

Erik seufzte tief. Wenn Estrid und er nur wieder zueinander finden könnten. Er wollte nicht auf sie verzichten, ihr helles Lachen, ihre Klugheit, Wärme und Fürsorge. Nein, er brauchte sie. Immer war sie da gewesen, um ihm zu helfen. Er lächelte bei dem Gedanken an den Feuerschlitten. Als Estrid hörte, dass der Gudmundhof sich rüstete, hatte sie sich mit Erik zusammengesetzt und Pläne geschmiedet. Der König musste gewarnt werden, und auch sie selbst mussten auf der Hut sein, fand sie. In der Stadt ging das Gerücht, dass Erik im Dienste des Königs stand. Wenn der König aus dem Weg geräumt würde, müssten sicher auch viele seiner getreuen Männer sterben. Darum mussten sie alles tun, um den König zu retten. Während sie sich unterhielten, kam Erik etwas in den Sinn, das er in Serkland gesehen hatte. Dort war er Zeuge geworden, wie eine Gruppe Chasaren angegriffen wurde. Um sich zu verteidigen, hatten die Chasaren einen brennenden Schlitten zwischen die Feinde geschickt. Es war große Verwirrung entstanden, und obwohl es mehr als doppelt so viele Feinde waren, waren sie geflohen. Als Estrid davon hörte, sagte sie mit fröhlichem Lachen:

»Erik Schiffer, was willst du mit einem Schlitten? In einem Boot ist mehr Platz für Brennmaterial, und ein geschickter Kerl wie du setzt einfach Kufen darunter. Wenn die Chasaren das schaffen, dann können wir das auch.«

Snemuns alter Spitzkahn musste genügen, und zusammen mit dem Kameraden machten sie Teertonnen und Reisig fertig. Im Morgengrauen waren sie bereit. Als Jorunn ein paar Stunden später von den Reitern berichtete, die dem König folgten, spannten sie die Pferde an und ritten hinterher. Erik kicherte leise vor sich hin. Zusammen mit Snemun hatten Estrid und er den König gerettet. Und Jorunn – ohne sie wäre es nicht gelungen. Eines Tages würde er das alles Estrid vielleicht erzählen können. Beide, Estrid und Jorunn, hatten ihn unterstützt, zwei Frauen, die ihm nahe standen. Warum nur war er so unzufrieden? Sollte er nicht glücklich und zufrieden sein? Oder war ihre Liebe zu viel für ihn geworden, engte sie ihn ein, obwohl er eigentlich frei sein wollte? Waren es vielleicht gerade ihre Wärme und Ergebenheit, die ihn bedrängten? Plötzlich hatte er das Bedürfnis, von beiden in Ruhe gelassen zu werden.

Du schlägst gut, einen wie dich könnte ich auf meinem Schiff noch gebrauchen. Erik erinnerte sich an die Worte des Kaufmanns auf dem Wintermarkt. Die Stube kam ihm auf einmal stickig und eng vor. Er stand auf und ging zur Tür. Estrid sah ihn fragend an. Er lächelte hastig, murmelte eine Entschuldigung und verschwand nach draußen.

Die Brunnenkurbel quietschte, als der Sklave das Wasser heraufholte, sonst war es still. Die Menschen, die sich auf dem Hofplatz versammelt hatten, standen eng beieinander, fröstelnd, wartend. Das Unwetter war abgeflaut, und der Hof des Häuptlings war schneebedeckt. Ansgar hatte noch nicht begonnen zu sprechen.

Drei Tage waren vergangen, seit Hergeir ihn zu sich gerufen und berichtet hatte, was vorgefallen war. Brutale Christen hatten den König überfallen, und zwei der gerade getauften Kaufleute waren auf dem Eis verschwunden. Nun wurden die Übrigen, die sich hatten taufen lassen, von Zweifeln gepeinigt. Und als Gesandter des Kaisers und Vertreter Gottes in Birka war Ansgar der Einzige, der sie beruhigen konnte. Darum wollte Hergeir, dass er das Wort an die christliche Gemeinde richtete. Ansgar faltete die Hände und blickte unruhig über den Platz. Wahrscheinlich dachte er an seine Predigt, aber es würde nicht leicht werden. Witmar beugte sich vor.

»Denk daran, was ich dir gesagt habe: eine gute Tat,

ein Wunder des Herrn oder Fürsorge für die, die schwer getroffen wurden. Einzig das kann die Zweifler trösten oder überzeugen«, flüsterte er und legte seine Hand auf Ansgars Schulter.

»Der Herr ist mit mir«, erwiderte Ansgar knapp. Er hielt nicht viel von den Mahnungen des Klosterbruders, er wollte am liebsten nach seinem eigenen Ermessen handeln.

»Aber du weißt, dass ich immer an deiner Seite bin, wenn du mich brauchst«, fügte Witmar mild hinzu. »Es könnte schwieriger werden, als du glaubst.«

»Ja, ja«, antwortete Ansgar ausweichend. Er überlegte, was er sagen sollte. Dann hob er den Kopf zum Himmel und bat den Höchsten um seinen Segen. Dies war eine schwere Prüfung, und er benötigte jede Unterstützung, die er bekommen konnte.

Würdevoll und mit geradem Rücken stieg er auf den Wagen, den Hergeir für ihn hatte holen lassen. Ansgar selbst hatte darum gebeten. Während er sprach, wollte er über den Leuten stehen, so wie Gott über ihnen allen stand. Ansgar hob die Hände und bat um Schweigen.

»Ein schweres Unglück ist uns widerfahren. Ein Berserker und Unhold hat versucht, den König zu beseitigen«, begann er. »Das ist eine Schandtat, das Werk eines Wahnsinnigen.« Er machte eine kurze Pause, um die Worte wirken zu lassen, und erhob dann die Stimme. »Unholde gibt es in allen Ländern und in jedem Glauben, aber eines Menschen Glauben darf niemals Gewalt rechtfertigen«, fuhr er fort. »Darum verdamme ich diese abscheuliche Tat – ich, genau wie euer Häuptling und alle, die ihr hier versammelt seid. In Birka sollen Heiden und Christen zusammen leben und sich aneinander erfreuen. Keiner soll den anderen töten.«

Gudmund der Mächtige stand ein wenig abseits und versteckte ein schlaues, vergnügtes Lächeln. Gott sei gepriesen. Ansgar schien nicht zu ahnen, wer hinter dem Überfall steckte. Stattdessen hatte Hergeir den Mönch für seine eigenen Interessen eingesetzt, um die Zweifler zu beruhigen. Die Klugheit des Häuptlings freute Gudmund, er benötigte Hergeirs Unterstützung.

Er selbst war noch immer aufgebracht wegen der Geschehnisse auf dem Eis, und jeden Tag dankte er Gott, dass er unbeschadet davongekommen war. Noch dazu, ohne dass ihn jemand bemerkt hatte. Dem Herrn sei Dank, der Name Gudmunds des Mächtigen würde niemals mit dem Überfall in Verbindung gebracht werden können. Der Sturm hatte alle Spuren zerstört, und die Männer hatten auch die Verwundeten mitgenommen, als sie in die Stadt zurückgeritten waren. Der Hinterhalt war also kein Aufstand gegen den König mehr. Nein, die Tat war von einem Unhold oder Berserker begangen worden. Das war die Erklärung, die die Leute hören wollten. Und die Wahrheit? Ja, die sollte am besten im Verborgenen bleiben.

Gudmund blickte auf. Ansgar schwieg und breitete seine Hände aus. Sein Blick war finster und starr, sein Körper leicht nach vorn geneigt. Die Menschenmenge wartete, unruhig von einem Bein aufs andere tretend.

Als Ansgar merkte, dass sein Schweigen die Anspannung wachsen ließ, wartete er noch einen Augenblick länger, bevor er fortfuhr.

»Nach dieser Untat sind zwei christliche Kaufleute auf dem Eis erfroren. Sie haben sich im Sturm verirrt. Glaubt nicht, dass das Thors Zorn oder die Rache der alten Götter war. Wir selbst sind es, die dieses Unglück über uns gebracht haben. Wir waren nicht stark genug im Glauben. Wir haben unser Leben nicht ungeteilt in die Hände des Herrn, des Höchsten, gelegt.«

Gemurmel wurde laut, die Menge raunte, die Gesichter, die sich ihm zuwandten, waren voller Zweifel. Ansgar merkte, wie seine Wangen sich röteten und wie seine Worte ihm Kraft gaben und ihn vorwärts trieben.

»Ihr sollt nicht an Gott dem Allmächtigen zweifeln. Er hilft einem jeden von euch, der Vertrauen zu ihm hat. Aber ihr müsst stark im Glauben sein. Es ist nicht genug, sich taufen zu lassen. Ihr, die ihr euer Leben Gott widmet, müsst euch zusammentun und eine christliche Gemeinschaft hier in Birka gründen. Erst dann kann der Herr sehen, dass es euch ernst ist mit eurem Glauben und dass ihr bereit seid, die alten Götter aufzugeben.«

Hergeir lauschte erleichtert. Ansgar hatte die Fähigkeit, so zu den Leuten zu sprechen, dass sie begriffen. Die Christen brauchten etwas, das sie in ihrer schweren Stunde stützte, und der Mönch war mit ihnen und gab ihnen wieder Hoffnung. Hergeir lächelte vergnügt. Der Mönch, der Gesandte Gottes und des Kaisers, würde sie alle retten.

Ansgar betrachtete jene, die sich vor ihm versammelt hatten. Dort standen Hergeir, der Häuptling, Gudmund der Mächtige und viele Kaufleute, die er wieder erkannte, aber auch Gesinde und Sklaven waren in Scharen gekommen. Mindestens zweihundert Alte und Junge hatten sich auf dem großen Hofplatz eingefunden. Keiner von ihnen durfte den Platz verlassen, ohne fest von seinem Glauben überzeugt zu sein.

Ansgar machte unmerklich eine Bewegung in Hergeirs Richtung. Der Häuptling verschwand und kehrte kurz darauf zurück, umgeben von Feuer und Rauch. Er trug einen Kessel mit brennender Kohle. Ein erwartungsvolles Raunen ging durch die Versammlung. Ansgar drehte sich zu Hergeir und nickte. Der Häuptling hob den Kessel, stürzte das Gefäß um und ließ die glühende Kohle in Ansgars Hände fallen.

Die Kohle fühlte sich wie scharfkantige Steine an, aber Ansgar verzog keine Miene. Er war wie in Trance. Nichts durfte seine Mission gefährden, nicht der Hauch eines Zweifels durfte unter den Versammelten keimen.

»So wie der Herr Seine Hand schützend über mich hält, so wird Er auch euch helfen«, stieß er hervor, während die schwarze, glühende Kohle zischend zu Boden fiel. Danach hob er seine Hände in die Höhe. Alle konnten sehen, dass sie nicht verbrannt waren.

Ansgar senkte die Stimme. Nun hatte er alles gesagt, was er sagen wollte, und hatte mit seiner Handlung gezeigt, was er mit Worten nicht zu sagen vermochte.

Stumm stieg er vom Wagen, bekreuzigte sich und blickte über den Platz. Die Menge war ergriffen von dem Wunder, das vor ihren eigenen Augen geschehen war. Kein Zweifel, kein Spott waren zu hören. Ansgar begriff auf einmal, dass er gewonnen hatte. Die Christen folgten ihm und würden ihn nicht im Stich lassen. Bald würden sie sich zu einer eigenen Gemeinde versammeln, dann hatte er, ein Mönch aus dem Kloster von Corbie, die erste christliche Gemeinde im Reich der Svear gegründet. Ein Lächeln glänzte in seinen Augen. Der Kaiser würde ihn sicher reich belohnen.

Als die Menschen sich zurückgezogen hatten, verharrte Gudmund der Mächtige auf dem Platz. Er wartete auf Hergeir und ging mit ihm ins Haus.

Sie setzten sich an den Langtisch in der Halle, und eine der Frauen brachte ihnen Met. Gudmund wartete, bis sie gegangen war, und sagte dann:

»Noch weiß niemand, dass wir im Hinterhalt lagen. Das ist unser großes Glück.«

»Nein, das stimmt nicht.« Der Häuptling schüttelte den Kopf und fuhr sich nachdenklich mit der Hand über die dünnen grauen Haare. Sie waren vom Schnee durchnässt. Er seufzte und holte tief Luft, bevor er fortfuhr. »Jemand muss unsere Pläne gekannt haben. Jemand, der bereit war, den König zu verteidigen.«

»Mit einem Feuerschlitten«, sagte Gudmund höhnisch.

»Genau das, ein Feuerschlitten, aber wie war das möglich?«

Gudmund verschränkte die Hände, und sein Stiernacken nahm eine flammend rote Farbe an. Ein Feuerschlitten?

»Vielleicht hat jemand den Kampf gesehen und ist dem König zu Hilfe gekommen«, schlug er unschlüssig vor.

Hergeir verneinte.

»Hat in diesem Unwetter jemand etwas sehen können? Nein!« Der Häuptling schlug zornig mit der Hand auf den Tisch. »Jemand muss von unseren Plänen gewusst haben und uns gefolgt sein. Nur so kann es zugegangen sein.«

Gudmund schwieg, ihm war nicht wohl zu Mute, und er spürte eine quälende Unruhe in sich aufsteigen. Hergeir hatte Recht, nur jemand, der ihnen wirklich nah gekommen war, hätte etwas erkennen können. Und außerdem musste es eine Weile gedauert haben, den Feuerschlitten vorzubereiten.

»Aber wer hätte etwas von dem Hinterhalt wissen können?«, stammelte der Kaufmann verwirrt.

»Nun, das Boot mit dem Feuer gehörte zu Snemuns Hof«, antwortete Hergeir kurz.

»Boot?«

»Ja, es war ein Spitzboot mit Kufen, kein Schlitten, wie du meinst. Einer der Fischer unten am Hafen hat die Reste wiedererkannt. Er sagte, das Boot müsse Snemun gehören, dem Großbauern oben auf dem Hügel.«

»Aber jeder hätte das Boot nehmen können«, wandte Gudmund zweifelnd ein.

»Das ist wahr«, stimmte der Häuptling schroff zu und lehnte sich schwer über den Tisch. »Aber es muss jemand gewesen sein, der bekannt dafür ist, dem König zur Hand zu gehen.« Hergeir verstummte, und die Männer tranken schweigend ihren Met.

Gudmund leerte seinen Becher und wünschte sich fort. Hätte er sich nur nicht von diesem Feuerschlitten überraschen lassen. Nun hatte ein Schlitten, nein, ein alter Kahn, sie alle zum Narren gehalten. Ein Boot? Plötzlich lichteten sich seine Gedanken, und er stieß einen leisen Pfiff aus.

»Ich glaube, ich weiß, nach wem wir suchen«, sagte er plötzlich. »Nach einem königstreuen Schiffer, der mit Snemun bekannt ist.« Gudmund blickte den Häuptling herausfordernd an.

»Bist du sicher?«

Gudmund nickte.

Hergeir sah ihn durchdringend an, und seine kleinen, scharfen Augen verengten sich zu Schlitzen. Dann räusperte er sich, aber seine Stimme war schwach, als er sagte:

»Nimm ein paar meiner Männer mit. Seht zu, dass ihr ihn aus dem Weg schafft!«

13. Kapitel

„Ich habe über das nachgedacht, was du mir geraten hast«, sagte Ansgar ein paar Tage später zu Witmar.

Sie saßen im Kaufmannshaus, jeder auf seinem Schemel, das Netz vor sich. In der Halle war es dunkel und kalt, nur die Herdstelle verströmte einen schwachen Lichtschein. Die Klosterbrüder konnten ihre Herberge bei dem Kaufmann teilen, und so knüpften sie gemeinsam Netze und aßen oft zusammen. Gelegentlich halfen sie einander auch beim Unterrichten in der Kirche.

Ansgar stand auf und ging zur Feuerstelle. Nachdenklich stocherte er in der Glut. Die Feuerstelle war groß und hielt sie warm, aber es zog kalt am Rücken.

»Ja, ich habe nachgedacht«, fuhr Ansgar fort und legte ein paar Scheite nach, bevor er sich wieder setzte.

»So?«, erwiderte sein Klosterbruder fragend.

»Du hast mit mir über gute Taten gesprochen, dass derjenige, der Gottes Lehre verkünden will, Gutes tun muss, um andere zu überzeugen.«

Ansgar machte eine kurze Pause und knüpfte eine Schlaufe ins Netz. »Das stimmt, aber es wird nicht leicht. Erinnere dich, dass die Seeräuber unsere Truhen genommen haben, die Geschenke für den König, alles, was wir besaßen.«

»Ja, wir können froh sein, dass wir mit dem Leben davongekommen sind. Sieh her«, sagte Witmar und hob sein Bein, dass die Narbe des Schwerthiebes zu sehen war.

Ansgar betrachtete widerwillig die rote Haut.

»Ja, aber der Herr war mit uns«, setzte er ernst hinzu, »und hier in Birka habe ich Ihm treu gedient. Ich habe einsam und arm gelebt, wie hinter den Klostermauern im Frankenreich. Ich habe gefastet und die Botschaft des Herrn verkündet, und die Netze, die ich während meiner Gebete geknüpft habe, habe ich den Heiden geschenkt. Was noch soll ich deiner Meinung nach tun?«

»Die glühende Kohle hat viele in ihrem Glauben gestärkt. Nur einer, der von Gott gesandt ist, kann solche Schmerzen aushalten. Aber du musst mehr beten und größere Almosen geben.«

Es wurde still, nur das Geräusch der Hände, die über das Netz eilten, war zu erahnen.

»Die Seeräuber«, rief Ansgar plötzlich, »sie haben mir nicht alles geraubt. Hier!« Er zeigte sein Silberkreuz, das er an einer langen Kette um den Hals trug. »Vielleicht kann dieses Silber mir helfen, etwas zu tun, wovon ich schon immer geträumt habe.«

Witmar blickte auf und betrachtete das Kreuz.

»War nicht die Reise zu den Heiden dein größter Traum?«, fragte er dann.

»Gottes Wort unter den Heiden zu verkünden, das tue ich im Namen Jesu Christi. Und jeder Einzelne, den ich für den Herrn gewinne, erfüllt mich mit dem größten Glück. Aber mein Traum ist es, die Schar von Gläubigen zu vergrößern, bis der ganze Norden christlich ist. Und um das zu erreichen, muss ich die Sklaven befreien.« Er nahm die Kette mit dem Silberkreuz und hielt es Witmar direkt vor die Augen. »Mit dieser Kette werde ich Öyvind freikaufen. Verstehst du?«

»Du willst den Jungen des Bronzegießers freikaufen?«, rief Witmar.

»Ja«, antwortete Ansgar, und seine Augen glühten. »Öyvind ist der Sohn einer kranken Witwe. Als sein Vater gestorben war, hat der Bronzegießer ihn als Sklaven in seinen Dienst genommen. Aber der Rauch schmerzt Öyvind in den Augen, und er würde der Werkstatt gern entkommen.«

Witmar ließ seine Arbeit sinken und blickte Ansgar nachsinnend an. Schon in Corbie hatte er höchste Achtung vor seinem Bruder gehabt. Nun wuchs seine Bewunderung. Nicht dass Ansgar nicht stur und eigensinnig war und mitunter allzu viel im Gedanken an seinen eigenen Vorteil tat. Aber er hatte auch die Fähigkeit zur Sorge um andere.

»Mit einigen Gliedern aus der Silberkette kann ich für Öyvind bezahlen«, fuhr Ansgar leidenschaftlich fort. »Dann kann er immer mit uns in der Kirche sein, als Chorknabe dienen und am Unterricht teilnehmen.«

»Das ist eine gute Idee. Und wir können auch andere Jungen freikaufen und zum rechten Glauben erziehen. Das ist eine gute Tat und im Sinne der Christen«, fiel Witmar ein.

»Dann können diese unsere Söhne das christliche Erbe weiterführen.« Ansgars Augen strahlten, und er umarmte Witmar.

Seine Mission würde weitergehen, weit über sein eigenes irdisches Leben hinaus.

Einige Wochen später war Öyvind frei. Der Junge suchte Ansgar sofort auf und fiel vor seinen Füßen auf die Knie. Sein größter Wunsch war es, nun Ansgar zu dienen, zum Dank für seine Freiheit. In der ganzen Stadt wurde darüber gesprochen, dass der Mönch den Sklaven freigekauft hatte. Nach diesem Tag kamen mehr Sklaven als je zuvor zu Ansgars Predigten, und die Bauern waren über diese Neuerung sehr beunruhigt. Die Sklaven verrichteten die schweren Arbeiten auf den Höfen und in den Werkstätten. Wie sollte es weitergehen, wenn sie befreit wurden?

In diesem Jahr kam der Frühling zeitig. Schon bald nach dem Markt brach das Eis, und die Wärme schmolz den Schnee von den Feldern. Der Himmel war klar, mit weißen Wolken, und die Sonne glitzerte bleich und noch kalt über den Björköfjord. Die Strände lagen leer und verlassen, nur im Wasser unterhalb des Burgberges waren Fischer zu sehen, die ihre Netze auswarfen.

Hinter den Stadttoren hingegen herrschte lebendiges Treiben. Überall eilten Leute zwischen Häusern und Schuppen umher, und bisweilen erschollen Rufe, wenn die Pferdegespanne versuchten, sich ihren Weg durch die Menge zu bahnen. Karren knarrten, Pferde schnaubten, und auf den Holzplanken lärmten Kinder zwischen Tonnen und Gerümpel. Vollkommen unvermittelt öffnete sich eine Klappe, und der Abfall vom Vortag spritzte gegen die Hauswand. Ein Kaufmann in grünem Lodenkittel sprang schnell zur Seite und fluchte laut, als er die Flecken auf dem Stoff bemerkte.

Am Brunnen unten auf dem Platz waren ein paar Frauen beim Wasserholen. Sie schwatzten und lachten, während die Kinder ungeduldig an ihren Kleidern zerrten. Eine der Frauen öffnete ihren Dutt und ließ die Haare in der Sonne glänzen. Sie stand still, ihr Gesicht der Frühlingssonne zugewandt. Die Fibeln, die ihr Kleid zusammenhielten, funkelten.

Einige Straßen entfernt schleppten Sklaven in weißen Kitteln Stroh und Mist aus Ställen und Nebengebäuden heraus, und unten im Hafen klangen Rufe und Gelächter aus den Booten der Schiffer. Die Seiler spleißten neue Seile, die Böttcher legten letzte Hand an ihre Tonnen, und aus den Schankstuben drangen entferntes Stimmengewirr und Fröhlichkeit. Es roch nach Frühling und Teer.

Draußen vor der Stadt waren die Felder noch kahl und feucht, im Norden waren sogar noch einige Schneeflecken übrig geblieben. Das Holz leuchtete violett, und das Gras des Vorjahres bedeckte gelb und platt die Hügel. Weiter draußen waren Männer zu sehen, die Äcker und Weiden rodeten, andere standen über Zäune und Werkzeuge gebückt.

An einer Holzbrücke, nicht weit von Snemuns Hof entfernt, lag eine tiefe Senke. Ein Mann mit Köcher und Bogen ging vorsichtig über die Brücke und verschwand im Gebüsch. Er ging lautlos, den Rücken der Stadt zugewandt. Gelegentlich hielt er inne und lauschte, um seine Wanderung fortzusetzen. Er hatte Rückenwind, dichte Sträucher und Büsche nahmen ihm die Sicht, sodass er nur ein paar Armlängen weit sehen konnte. Seine Sinne waren verschlossen und seine Gedanken weit weg. Vielleicht hätte er sonst die Männer bemerkt, die vor ihm in den Wald ritten.

Der Boden war weich und gab nach, und überall waren noch tiefe Wasserlöcher, Eis- und Schneereste des Winters zu sehen. Erik blieb stehen, glitt leise vorwärts durch die Bäume, um die Tiere nicht aufzuschrecken. Seine Lederschuhe sanken ein, und er zog sich vorsichtig auf trockeneren Boden zurück. Geräuschlos wich er Zweigen und Büschen aus. Er ging mit weichen, federnden Schritten, und sein Pfeilköcher aus Hirschleder fühlte sich leicht an. Ein paar Vögel sangen, sonst war es still. Er war seit über einer Stunde auf der Jagd, ohne

Beute gemacht zu haben, aber das bekümmerte ihn nicht. Er war unterwegs, um seine Gedanken zu zerstreuen. Ständig tauchten Jorunn und Estrid in seinen Gedanken auf, und er brauchte ein wenig Einsamkeit und Ruhe.

Nachdem er eine Weile gelaufen war, bemerkte er frische Spuren auf dem Boden. Pferdehufe. Warum war jemand hier entlanggeritten, statt den Pfad zu benutzen? Erik hielt inne und sah sich um. Hatte jemand beobachtet, wie er diesen Weg gewählt hatte?

Es war besser, vorsichtig zu sein. Wer den König töten wollte, war sicher auch hinter seinen Anhängern her. Die Senke machte einen weiten Bogen. In dem Teil, der ins Innere der Insel führte, wurde der Berg sichtbar. Dort gab es einen Felsvorsprung zwischen zwei Bergseiten, der eine schützende Grotte bildete. Da würde er sich verstecken können. Lautlos schlich er dorthin, aber ... Wenn er sich dort verstecken konnte, konnte ein anderer das auch. Was, wenn ... Sein Körper spannte sich, seine Muskeln zuckten unter der Haut. Schnell zog er sich zurück, um sich der Klippe von hinten zu nähern. Er lauschte mit gespanntem Bogen. Alles war ruhig. Er blickte sich suchend um und tastete nach etwas, mit dem er werfen konnte. Seine Hand umschloss einen Stein. Er zögerte und warf ihn dann direkt auf die Felsspalte. Lauschte, hörte keinen Laut. Er wartete erneut, bevor er einen größeren Stein schleuderte, der den Berg hinunterrollte und mit einem dumpfen Schlag auf den Boden prallte. Ein heulender Laut erklang, und im nächsten Augenblick wurde die Luft von Pfeilen zerrissen.

Erik duckte sich und wartete. Er ahnte das Geräusch von Hufen und hörte, wie eine Gruppe von Reitern näher kam. Er blickte über die Felskante. Am Kopf der Gruppe ritt Gudmund der Mächtige, hinter ihm Harald mit seinen Knechten. Harald und Gudmund! Die Unholde hatten ihm aufgelauert. All der Hass, der sich in ihm aufgestaut hatte, richtete sich nun gegen die Männer unter ihm. Gudmund, dieses Scheusal, hatte ihn seiner Verlobten beraubt und dafür gesorgt, dass er nun seinen eigenen Bruder zum Feind hatte. Durch das Schwert sollte er sterben! Und dieser Hundesohn hatte wahrlich noch Schlimmeres zu verantworten. Der Kaufmann hatte versucht, den König zu töten, um sich mit Gewalt seine Macht anzueignen. Jetzt hatte er sich in einen einfachen Hinterhalt gelegt. Wenn er wenigstens Manns genug gewesen wäre, ihn zum Kampf herauszufordern!

Erik spannte den Bogen, zielte, zögerte und senkte ihn wieder. Dieser selbstgerechte, reiche Mann dort unten war Jorunns Vater. Er konnte ihn nicht heimtückisch erschießen. Nein, er würde den Stiernacken in einem ehrlichen Zweikampf besiegen. Erik stand auf und brüllte.

»An einen Halunken wie dich verschwende ich keine Pfeile. Aber ich fordere dich zum Zweikampf heraus.«

Gudmund fuhr herum und stieß einen Schrei aus.

»Da ist er, der Heidenhund.« Gudmund hob seinen Speer, und ein höhnisches Lachen breitete sich auf seinem mürrischen, kantigen Gesicht aus.

»Zweikampf? Nein, du bist keinen Zweikampf wert. Du hast meinen Sklaven erschlagen und versucht, das Christentum aufzuhalten. Dafür wirst du sterben.«

Erik blieb ruhig stehen.

»Dass ich etwas gegen die neue Lehre habe, geht dich nichts an. Es gibt kein Gesetz in Birka, das mir den Glauben vorschreibt. Und Sote. Ja, er gehörte zu deinem Hof – Hinterhalt und Mord gegen Bezahlung haben denselben Schmied. Du warst es wohl, der ihn angeheuert hat. Ein Barbar bist du, und als Barbar wirst du sterben. Aber zum Zweikampf bist du wohl einfach zu feige.«

»Zügel deine Zunge, Schweinehund. Ein Halunke bin ich nicht – und um das hier hast du gebeten.« Gudmund holte Schwung aus der Schulter und schleuderte den Speer in einem gewaltigen Wurf.

Erik bemerkte die Handbewegung und warf sich zur Seite. Er rollte weiter und kam auf die Knie. In der nächsten Bewegung spannte er den Bogen und schoss den Pfeil ab. Gudmund schrie auf und fiel schwer verletzt zu Boden. Erik griff einen neuen Pfeil, aber Harald war schneller. Er hatte sich vor den Gefallenen gestellt. Erik senkte den Bogen. Die beiden Brüder sahen sich schweigend an, zögerten mit ihren Waffen. Erik handelte zuerst, hob den Bogen und schoss den Pfeil steil in die Luft. Dann drehte er sich um und begann zurück zum Hof zu gehen. Harald zauderte, machte dann einen Satz nach vorn und schleuderte seinen Speer. Er flog in einem weiten Bogen und landete direkt vor den Füßen des Bruders. Erik hob ihn auf, wog ihn in der Hand und warf ihn zur Seite. Harald fluchte und bedauerte, dass er den Speer nicht schon früher geworfen hatte.

Die ganze Nacht wachten Torhild und Harald an der Seite Gudmunds des Mächtigen. Gegen Mitternacht kam er wieder zu sich.

»Wenn meine Stunde gekommen ist und Gott es so will, muss ich sterben«, keuchte er. »Aber ich habe noch viele Wünsche.« Sein Atem ging stoßweise, und es fiel ihm schwer, Luft zu holen.

»Torhild«, sagte er müde, »du weißt, dass Harald wie ein Sohn für mich war – der, den wir nie bekommen haben. Ich will, dass er unser Erbe weiterführt. Das Haupthaus mit Nebengebäude, Werkstätten und Grubenhaus sollen in deiner Hand verbleiben. Aber die Felder und Häuser auf den anderen Höfen will ich Harald geben.«

Seine Stimme wurde matter, und sein Blick flackerte. Harald blickte verwirrt zu Torhild. Wollte Gudmund seiner Frau das wirklich antun?

Aber Torhild schien einverstanden zu sein und nahm Gudmunds Hand in ihre. Es war, als wäre sie damit zufrieden und erleichtert darüber, Gudmunds gewaltigen Besitz nicht führen zu müssen.

»Wenn das dein Wille ist, dann soll es so geschehen«, sagte sie leise und drückte seine Hand. »Aber noch ist deine Zeit nicht gekommen. Der Heilige Geist ist mit dir.«

Gudmund der Mächtige hob mühsam den Kopf.

»Harald«, flüsterte er, »du sollst den Kampf weiterführen, den wir begonnen haben. Birka muss bekehrt werden, und der König …« Seine Stimme erstarb.

Gudmund atmete in kurzen Stößen, rang nach Luft und schien nicht mehr zu können. Aber dann gelang es ihm, kaum hörbar hervorzupressen:

»Und der König, vertreib ihn oder räum ihn aus dem Weg. Birka wird nicht eher christlich, bis er verschwunden ist.« Gudmund sank zurück, und das Leintuch über seinem Bauch färbte sich tiefrot.

Die ganze Nacht fantasierte er und atmete schwer bis zum Morgengrauen. Er rang ein paar Mal nach Luft, dann war es still. Gudmund der Mächtige war tot.

Jorunn weigerte sich zu kommen, als Torhild sie rief, damit sie sich von ihrem Vater verabschiedete. Zu viele Sorgen und zu viel Unglück hatte ihr Vater über sie gebracht.

Im Sommer diesen Jahres war es König Björn wichtiger als gewöhnlich, zum Thing zu laden. Er war beunruhigt darüber, dass Ansgars Gemeinde stetig wuchs, und er wollte die Sache mit seinem Volk klären. Die Errichtung der Kirche hatte er nicht mehr verhindern können, nachdem sie auf Hergeirs Grund erbaut worden war. Aber er hoffte, dass das Volk die christliche Gemeinde beim Thing nicht anerkennen würde.

Die Christen sollten ruhig ihren Gott anbeten dürfen, neben den alten Göttern, das konnte sowohl für die Menschen als auch für die Stadt von Vorteil sein. Aber es durfte nicht so weit kommen, dass die neue Lehre die alte verdrängte.

Der König hatte gehört, dass Ansgar den alten heidnischen Glauben durch das Christentum ersetzen wollte, und manche behaupteten sogar, er habe Schmuck mit Thorshämmern eingezogen. Unter denen, die sich hatten taufen lassen, gab es mitunter auch welche, die meinten, dass die bestraft werden sollten, die noch immer den alten Asengöttern dienten. Diese Unduldsamkeit erschreckte den König. Warum konnten nicht einfach beide Glaubenslehren Seite an Seite leben, so wie es für das Volk das Beste wäre? Er war die Zwietracht leid, die mit der neuen Lehre gekommen war, und hatte entschieden, dass nach den Thingverhandlungen Odin, Thor und Frey mit großen Opfern gehuldigt werden sollte. Er hatte auch Ansgar einladen lassen, um ihm zu zeigen, wie mächtig der alte Glaube war. Vielleicht würde das den Mönch ein wenig demütiger gegenüber anderen Glaubensrichtungen stimmen.

König Björn hatte sogar aus nah und fern Schamanen, Gaukler, Fiedler und Geiger eingeladen, zusammen mit allerlei zauberkundigem Volk. Er wollte, dass ein großes

Fest gefeiert wurde, ein Opferfest, von dem man noch lange sprach.

Die Mittsommersonne flimmerte im heißen Sommerdunst und tauchte die Stadt in Hitze. Kein Wind, kein Lüftchen wehte in den Straßen, und aus den Gräben stieg ein dichter Gestank von Dreck und Abfall auf. Fliegen schwirrten, Hunde strichen an den Häusern entlang, und bei den Händlern am Marktplatz wühlte eine Gruppe Schweine in Essensresten.

Draußen vor der Stadt schien die Luft stillzustehen. Die grünen Wiesen lagen üppig unter dem hellblauen Himmelsgewölbe, und vereinzelt flogen bunte Schmetterlinge von Gräsern und Feldblumen auf. An den Hängen war das Heu noch immer nicht eingeholt. Unten im Hafen lagen Ruderboote und Spitzkähne auf dem spiegelglatten Wasser, und weiter draußen waren Knorren und Langschiffe an den Landungsbrücken und Pfählen vertäut. Am Kai und auf den Strandwegen wimmelte es von Passanten, deren Stimmengewirr sich mit Rufen und Lachen mischte. Die Verhandlungen würden bald beginnen, und die Menschen bewegten sich lärmend zur Thingstätte. Die Männer in ihren bestickten Röcken und geschnürten Hosen waren nass geschwitzt, die Frauen ächzten in ihren langen Kleidern. Einige Hunde bellten, ein Kind schrie, und alle spürten die Aufregung, die in der Luft lag.

Oben auf dem Thingplatz hatte der König bereits seine Leibwache versammelt. Er selbst saß in goldverziertem Umhang und bestickten Hosen im Schatten eines großen Baumes. Seine Stirn war verschwitzt, seine Hände klebrig und feucht. Die Warterei ermüdete ihn.

Als alle draußen auf dem Feld Platz genommen hatten, erhob er sich. Die Knappen hoben die Luren, und der König schritt vor zu seiner laubgeschmückten Hütte. Ein Herold verkündete dem Volk, welche Angelegenheiten den Tag über aufgegriffen werden sollten, dann konnten die Verhandlungen beginnen. Zunächst befasste sich der König mit den kleineren, nicht ganz so wichtigen Fragen. Der eine oder andere armselige Dieb wurde rasiert und geteert, aber der König erließ ihnen großzügig das Spießrutenlaufen. Dann wurde es Zeit für die Angelegenheiten, die die Bewohner der Stadt betrafen. Einwohner traten vor und brachten ihre Meinung zu Feldfrüchten und Weideland zu Gehör, zu den Wirtshäusern der Stadt, zum Eichenholzbelag auf den Straßen und zu der Notwendigkeit, im Hafen neue Brücken zu bauen. Der Wasserstand war nun schon sehr lange niedrig geblieben, und die Brücken mussten weiter ins Wasser hinaus verlängert werden.

Der König hörte zerstreut zu und scheuchte Fliegen aus seinem Gesicht. Seine Gedanken waren anderswo. Ansgar hatte den Wunsch geäußert, dass das Thing die neue christliche Gemeinde Birkas bestätigen sollte. Gerade so, als hätte der König nichts Besseres zu tun. Christenmänner hatten versucht ihn umzubringen, und jetzt wollten sie ihre Versammlung vom Thing anerkennen lassen. König Björn zog eine Grimasse, die Zähne und Zahnfleisch entblößte. Niemals hätte er sich damit einverstanden erklärt. Aber nach Björkörecht war es Sache des Volkes, in dieser Frage zu entscheiden, nicht allein seine – in dieser ebenso wie in vielen anderen Dingen. Der König hatte lediglich das zu verkünden, wozu das Volk Stellung beziehen sollte.

König Björn hörte noch eine Weile geduldig zu, aber als die Beschlüsse in den alltäglicheren Aufgaben wohl gefasst waren, gab er dem Herold ein Zeichen, dass er selbst übernehmen wollte. Die Knappen befeuchteten ihre Lippen und bliesen in die Luren, woraufhin der König das Wort ergriff:

»Meine Freunde von Birka«, begann er und blickte über die Menge. »Ich will nun eure Ansicht über die neue Lehre hören, die hier in der Stadt gepredigt wird. Der Moment ist gekommen, in dem wir beschließen müssen, ob wir den neuen Glauben anerkennen wollen oder nicht. Ich bitte einen jeden von euch, der es wünscht, seine Meinung dazu zu sagen.«

Unter den Versammelten wurden Stimmen und Gemurmel laut, und eine ganze Horde Männer meldete sich zu Wort.

Es traten mehrere vor und lobpriesen ihre alten Götter für das Glück und die Erfolge, die ihnen widerfahren waren. Sie fanden, dass Birka seine alten Asengötter und den uralten Glauben behalten sollte, dem schon ihre Vorfahren seit jeher gefolgt waren. Von einer neuen Heilslehre wollten sie nichts wissen. Andere dagegen standen auf und sprachen hingebungsvoll von der neuen Lehre und wünschten sich, dass auch andere zahlreich in Birka bekehrt würden. Sie wollten das Christentum durch das Thing bestätigt sehen. All diese Reden dauerten, und die Sonne ermüdete viele.

König Björn schwitzte, die Leibwachen stampften mit ihren durchweichten Lederschuhen, und der eine oder andere, der sich schon zu viel Bier hatte schmecken lassen, erleichterte seine volle Blase. Aber die Ungeduld kümmerte den König nicht. Er achtete genau darauf, dass jeder sein Anliegen vorbringen durfte. Zum Schluss wurde es dann aber selbst dem König zu viel, er fuhr sich mit einem seidenen Taschentuch über die Stirn und rief:

»Untertanen! Meint ihr, dass wir hier in Birka unserem alten Glauben entsagen und die neue Lehre annehmen sollen?«

Ein missmutiges Murren brach unter den Versammelten aus, gefolgt von groben Worten und Protesten. Dem König fiel es schwer, die Ordnung wiederherzustellen. Er fuhr fort:

»Seid ihr der Ansicht, dass wir die christliche Gemeinde hier auf Björkö anerkennen sollen, auf dass sie hier eine sichere Heimstatt hat und wachsen kann?« Es kamen neue Diskussionen auf, und in den hinteren Reihen wurde heftiger Tumult laut.

Reiche, Bauern und Handwerker traten vor und sprachen bald zum Vorteil der neuen Lehre, bald darüber, wie gefährlich der Glaube an den Heiligen Geist war und dass er die alten Götter erzürnen würde. Die Aufregung wuchs mit jeder Äußerung, und schließlich musste der König mit barscher Stimme zur Ruhe mahnen.

»Sollen wir also«, rief er und fuhr sich hastig über den Bart, »die neue Lehre an der Seite der alten leben lassen? Jeder Einzelne, der sich bekehren und taufen lassen möchte, soll willkommen sein. Damit würdigen wir den neuen Glauben, aber reizen unsere alten Götter nicht, indem wir die christliche Gemeinde hier auf dem Thing anerkennen. So wird der neue Gott nur ein weiterer unter unseren alten Göttern sein.« Der König holte tief Luft und hob die Stimme. »Ist das ein Vorschlag, auf den wir uns einigen können?«

In der Menge wurde es still, dann tat ein jeder lautstark seine Meinung kund. Ein alter, bärtiger Mann rief mit sonorer Stimme, dass das ein vernünftiger Vorschlag sei. Eine knochige, magere Frau stimmte ihm zu, und mehr und mehr schlossen sich den beiden an. Die wenigen Proteste, die es gab, ertranken im johlenden Beifall der Menge. König Björn wirkte mit einem Mal erleichtert und vergnügt. Er hatte sich große Mühe gegeben, die Versammlung so zu befragen, dass das Ergebnis nach seinen Wünschen geriet. Nun sah er, dass auch das Volk Ansgars Gemeinde nicht durch das Thing anerkannt wissen wollte. Und damit, dachte der König, würde sich alles Übrige gewiss mit der Zeit von selbst erledigen, während er selbst noch eine ganze Weile sicher auf Adelsö saß. König Björn forderte Ruhe und rief mit schriller Stimme:

»Ich habe euren Willen gehört, und so soll es geschehen. In Birka soll ein jeder seinen Glauben predigen dürfen, ohne dass wir die eine Lehre der anderen vorziehen.« Er gab ein Zeichen, dass der Beschluss gefasst war und dass die Beratungen des Tages damit beendet waren.

Die Knappen hoben wieder die Luren, und gleich darauf ertönten die Hornstöße, die verkündeten, dass die Verhandlungen abgeschlossen waren.

Etwas abseits von den festlich gekleideten Menschen stand Harald, umgeben von den Bewohnern des Gudmundhofs. Seine Kleider waren faltig, und Kittel und Hosen verströmten den Geruch von Schweiß. Sein Gesicht war wie versteinert und wirkte verbissen. Ihn umgab etwas Unangenehmes und Bedrohliches.

Dass die christliche Gemeinde nicht vom Thing anerkannt wurde, war eine große Enttäuschung und steigerte seinen Hass gegen den König. Harald starrte zornig vor sich hin. Er hatte nicht vor aufzugeben. Schon bald würde er einen bewaffneten Aufstand anführen können.

»Hast du Harald dort drüben gesehen«, flüsterte Estrid und knuffte Erik in die Seite. »Da, nur ein paar Ellen entfernt. Er sieht nicht gerade fröhlich aus.«

»Der Schurke hat sicher Böses im Sinn. Von einem, der Speere nach dem eigenen Bruder wirft, kann man nichts Gutes erwarten.« Erik spuckte die Worte fast aus. »Aber jetzt kann er gefährlich werden. Er hatte gehofft, dass Ansgars Gemeinde anerkannt werden würde.«

»Wird er sich nicht noch beruhigen?«, fragte Estrid unruhig.

Erik lächelte die Frau neben sich kurz an. Estrid war klug, manchmal dachte sie allerdings mit dem unschuldigen Verstand eines Kindes. Sie hatte nicht verstehen wollen, dass er Gudmund getötet hatte. Erst als sie begriff, dass er es getan hatte, um sein eigenes Leben zu retten, hatte sie sich beruhigt. Und dann, als sie begriff, dass sie ihn fast verloren hätte, wich ihre Schroffheit Warmherzigkeit und Güte.

Nach diesem Ereignis hatten sie wieder zueinander gefunden, und Erik hatte die Ruhe zurückgewonnen, die er vermisst hatte. Aber ganz sicher konnte er dennoch nicht sein. Harald hatte Gudmunds Rolle übernommen und führte nun die Christen an. Außerdem forderte er Genugtuung für Gudmunds Tod. Und er würde sich niemals mit einer Geldstrafe zufrieden geben. Er wollte Blutrache.

»Harald, nein, er wird nie Ruhe geben«, antwortete Erik nach einer Weile. »Ich kenne ihn viel zu gut. Er wird bis in den Tod für seine Rache und die Sache der Christen kämpfen.«

»Sag so etwas nicht«, sagte Estrid und schmiegte sich eng an ihn. »Ich habe Angst. Du darfst nicht zulassen, dass dir etwas zustößt.«

Erik strich ihr sanft übers Haar.

»Sorge dich nicht. Jetzt ist Thingfrieden, und niemand darf kämpfen. Wenn die Zeit kommt, werde ich mich um den Schurken kümmern. Vergiss Harald, heute Abend gibt es ein Fest, wir wollen uns freuen und Spaß haben.« Er beugte sich zu ihr hinab und küsste sie.

Ansgar saß auf dem Abtritt und verrichtete seine Notdurft, den Kopf tief in seine Hände vergraben. Im Hintergrund waren Flöten und Trommeln zu hören und das wilde Gejohle der Menge. Er verabscheute diesen Lärm und fühlte sich unpässlich. Sein Magen hatte ihm schon den ganzen Tag Schwierigkeiten bereitet. Und jetzt war er auch noch gezwungen, dem Opferfest beizuwohnen. Ihm blieb keine Wahl, König Björn hatte ihn persönlich in den Königshof geladen. Dieser Heuchler! *Natürlich bekommt Ihr Eure Gemeinde, Vater*, hatte er am Morgen mit seiner gespaltenen Zunge gesagt. *Ich werde dafür sorgen, dass sie beim Thing anerkannt wird.*

Dann hatte er die Fragen an das Volk so gestellt, dass sie gar nicht anders antworten konnten als so, wie der König es wollte. Die christliche Gemeinde wurde also nicht vom Thing anerkannt. Hier gab es nur das vage Versprechen, dass die Christen frei predigen durften, genau wie alle anderen. Pfui! Ansgar wollte dem verlausten Hund ins Gesicht spucken. Sein Zwerchfell verkrampfte sich, und er stöhnte jämmerlich. Sein Bauch hatte sich zu einem Blasebalg aufgebläht. Nein, es war nicht einfach, fromm zu sein und seinen Zorn zu zügeln.

Ansgar versank in Grübeleien. Vielleicht war er ungerecht. Kurz nach der Thingverhandlung hatte er den König aufgesucht und sich beklagt. Kaiser Ludwig der Fromme hatte große Erwartungen in die Mission in Birka und hatte sich Hoffnungen gemacht, dass er, Ansgar von Corbie, dort eine christliche Gemeinde errichten würde. Bevor ihm, dem Gesandten des Kaisers, das nicht geglückt war, konnte er auch nicht zurückkehren. Konnte ihm der König nicht aus dieser Klemme heraushelfen?

König Björn hatte teilnahmsvoll zugehört und anschließend eilig seine Ratsherren herbeirufen lassen. Nach einer hastigen Beratung beschloss der König, mit der Zustimmung seiner Ratsherren, in Runen ritzen zu lassen, dass er, Ansgar von Corbie, die erste christliche Gemeinde im Reich der Svear gegründet hatte. So hatte man sich darauf geeinigt, dass es, auch wenn die Gemeinde auf dem Thing nicht anerkannt worden war, in Birka dennoch eine Gemeinde und eine Kirche gab. Damit sollte sich der Kaiser zufrieden stellen lassen. Dann hatte König Björn ihm einen Buchenholzstab überreicht, auf dem er und seine Ratsherren in Runen Ansgars gute Taten in Birka bezeugten. Vielleicht sollte er sich damit begnügen, aber er war dennoch enttäuscht. Er hatte mehr erwartet.

Draußen schwoll der Lärm an. Ansgar erhob sich müde, richtete seine Kleider und schüttelte seine Abscheu ab. Er hatte versprochen, beim Opferfest anwesend zu sein. Nachdenklich trat er aus dem Abtritt. Er wollte sich noch waschen und die Abendgebete sprechen. Dann nahte die Begegnung mit dem König.

»Ah, Vater, willkommen!«, rief König Björn, als er wenig später den Mönch erblickte. Er reichte ihm ein Horn, bis zum Rand mit echtem Met gefüllt. »Skål!«, rief er freimütig und hob sein goldverziertes Horn hoch vor den Kopf. Dann prustete er und leerte den Trank mit ein paar großen Zügen.

»Skål«, nickte Ansgar matt und nippte vorsichtig am

Met. Unschlüssig blickte er sich um. Die Wolken waren dunkel und schwer, und es dämmerte bereits. Überall flackerten Kerzen und Feuer, und Schatten tanzten zwischen den Bäumen. Es sah heidnisch und beängstigend aus. Der König bemerkte Ansgars Zaudern, wischte sich den Schaum aus dem Bart und sagte stolz:

»Vater, lasst mich Euch zu unserem Harg führen, unserem Opferplatz.« Mit diesen Worten griff er ausgelassen Ansgars Arm und führte ihn zu einer großen Ansammlung von Steinen, die um drei hohe Holzhaufen gelegt waren. Der König verlangsamte seinen Schritt und geleitete ihn zwischen die Götterstatuen. Ansgar begriff, dass das eine Art Altar sein musste, ein Platz, an dem die Heiden zu ihren Göttern beteten und ihnen Opfer brachten. Feuer glommen, und der Vollmond flackerte im Rauch, magisch und dunkel. Ansgar fühlte Unwillen gegenüber diesem Spuk, seine Wangen glänzten rot. Direkt vor ihm stand Thor, links und rechts daneben saßen Odin und Frey, umgeben von Rauch. Odin war mit kräftigen Farben bemalt, und auf seinen Schultern waren zwei Raben zu erahnen. Ansgar betrachtete den einäugigen Holzgott und schauderte. Odin war nicht weiß, sanft und schön wie Jesus Christus, nein, dieser Heidengott war bärtig und hässlich. Aber Frey, der Gott der Liebe, war er vielleicht dennoch stattlich? Ansgar sah hinüber zu dem sitzenden Asengott. Aber, heiliger Jesus, wie er aussah! Dieser Gott des Friedens und der Wollust saß da, in schimpflicher Freude, seine Männlichkeit schändlich entblößt. Ansgar senkte den Blick und tat, als würde er in eine andere Richtung blicken.

»Thor herrscht über Donner und Blitz, Wind und Sonnenschein. Ihm opfern wir, wenn Seuchen oder Hungersnöte drohen«, leierte der König herunter und fingerte an seinem Hals nach der Kette mit dem Thorshammer. »Ich trage ihn immer. Viele verehren ihn.«

Der König zeigte Ansgar den Silberschmuck.

»Odin ...« Der König machte eine kurze Pause und nickte zu der Figur mit dem starrenden Auge. »Odin ist der Gott der Weisheit, des Kampfes und des Todes. Ihm opfern wir im Krieg. Er ist es, der uns die Kraft und Stärke gibt, unsere Feinde zu bekämpfen.«

Ansgar betrachtete voller Abscheu die vergoldete Holzskulptur. Sein Blick versuchte zu entkommen, er wollte nichts mehr sehen und nichts mehr hören.

»Und dann haben wir noch Frey«, fuhr der König munter fort. »Er schenkt uns Frieden und Genuss. Er ist ein herrlicher Gott, der uns alle glücklich macht. Ihm huldige ich am allermeisten.« Der König stieß Ansgar viel sagend in die Seite.

Ansgar, der völlig unvorbereitet war, machte vor Schreck einen Satz nach hinten und trat schief auf. Ein stechender Schmerz durchfuhr seinen Körper. Hatte er sich jetzt auch noch den Knöchel verstaucht? Er kniff den Mund zusammen, stützte sich mit der Hand ab und hob den Fuß. Der König konnte sich das Lachen kaum verkneifen.

»Und Ihr, der Ihr von Euch selbst sagt, dass Ihr ein Mann der reinen Lehre seid, Vater ... Ja, gerade Ihr solltet Euch vielleicht auf etwas anderes stützen.«

Ansgar blickte hoch, und das Blut schoss ihm ins Gesicht. Beschämt nahm er die Hand von Freys Männlichkeit.

Die Musik wurde lauter, und Heidenpriester tauchten auf, warfen kleine Zweige auf den Boden und riefen die Götter an. Der König erklärte, dass sie das taten, weil sie hören wollten, welche Opfer die Götter verlangten. Anschließend stimmten die Priester einen eintönigen Gesang an, tunkten Birkenreiser in eine große Schale und weihten den Altar mit Opferblut. Ein Silberring oben auf dem Altarstein wurde dunkelrot gefärbt, bis er in Opferblut schwamm. Ansgar schluckte und brachte kein Wort heraus.

»Kommt«, sagte der König und zog den Mönch fort. »Lasst mich zeigen, wie wir die Götter besänftigen.«

Sie schritten in die zunehmende Dunkelheit. Der Vollmond leuchtete über dem Wald, und die Feuer loderten Funken sprühend in den Himmel. Auf einer Lichtung zwischen Eichen stand ein großer Opferstein. Ringsherum brannten Feuer, und festlich gekleidete Menschen drängten sich schwitzend im Licht. Schafe blökten, Ochsen brummten, und Pferde zerrten an ihren Halftern. Noch einmal spürte Ansgar seinen Widerwillen wie eine schwere Plage, und er sehnte sich nach Ruhe und Frieden in seiner eigenen Kirche. Im Feuerschein tauchten schattenhafte Gestalten auf, und er erkannte die Heidenpriester. Wiegend näherten sie sich den Opfertieren. Die Geschöpfe schienen zu ahnen, was sie erwartete, sie zerrten unruhig an den Seilen und stießen schrille, angstvolle Rufe aus. Der Gesang der Priester steigerte sich, und unter lauten Beschwörungen zogen sie lange Messer hervor. Die Dolche wurden erhoben und zeichneten verschlungene Muster in den Himmel, bevor sie gesenkt und in die Tiere gestoßen wurden. Jubel übertönte laute Schreie, und Menschen drängten sich um die warmen Tierkörper. Auf ein Zeichen der Priester stürzte sich die Menge auf die Tiere. Unter Rufen und Gelächter rissen sie so viel Fleisch an sich, wie sie erwischen konnten.

Ansgar wich vor dem grässlichen Schauspiel zurück und unterdrückte einen Entsetzensschrei, als der König ihm ein Stück Fleisch reichte. Niemals würde er es über sich bringen, rohes Fleisch zu essen, noch weniger, es in der Achselhöhle zu wärmen, wie der König vorschlug. Nicht einmal gebratenes Fleisch würde er in dieser Nacht hinunterbringen. Ihm war seit langem der Appetit vergangen. Hörner wurden geleert, Bier und Met flossen in Strömen, und das Volk hoffte, dass die reichen Opfergaben ihnen Frieden und eine gute Ernte schenken würden. Der Mond stieg höher, und die eintönigen Gesänge der Priester gingen in Lieder über, die alle kannten.

Ein Vorsänger begann, dann stimmte die Menge ein. In diesem Augenblick bereute Ansgar, die Sprache der Svear studiert zu haben. Unüberhörbar laut und klar stimmte der Sänger eine Schändlichkeit nach der anderen an, und das Volk sang aus voller Kehle mit. Ansgar stöhnte, fühlte Ekel aufsteigen. Solche Lieder gab es ganz sicher nicht auf Lateinisch, das konnte er beschwören, denn schimpflichere Dinge konnte man gar nicht dichten. Glücklicherweise stimmten die Fideln an, Harfen und Flöten fielen ein, und bald waren die Worte nicht mehr zu hören. Ansgar atmete leichter, aber ahnungslos, wie er war, hatte er sich zu früh gefreut.

Im nächsten Moment traten ein Priester und eine Frau aus der Menge, und Ansgar ahnte neue Schrecken. Sie bewegten sich heftig im Takt der Musik und umarmten einander unter dem Jubel des Volkes. Bald tanzten sie mit so sündigen Bewegungen, dass Ansgar der Atem stockte. Ihm stieg die Röte in die Wangen, und er blickte zu Boden. Die Fideln wiederholten ihre Melodie wieder und wieder, die Trommler schlugen, und die Menschenmenge sang hitzig und wild. Schließlich konnte er es nicht lassen, hinzusehen. Das Paar am Opferstein hatte sich vereinigt, eng umschlungen gaben sie sich der Art von Sünde hin, die großer Entsagungen und vieler Gebete bedurfte, um wieder gutgemacht zu werden. Aber sowohl Priester als auch Publikum ließen sich mit großer Begeisterung gehen, und als der Priester einen freudigen Moment später den Opferstein mit seinem Samen begoss, jubelten alle. Ansgar starrte mit wildem Blick und glühenden Wangen. Die Röte flammte über sein ganzes Gesicht, eine Farbe, die ins Hochrote überging, als er plötzlich bemerkte, dass er ganz und gar nicht unberührt von dieser Art Auftritt geblieben war. Hastig wandte er sich ab und fächelte sich hektisch Luft mit seinem Mantel zu. Hoffentlich hatte ihn niemand beobachtet.

Nach der Zeremonie wurde ein Wagen mit großen Eichenfässern hervorgezogen. Die Zapfen wurden herausgeschlagen, und jeder durfte sich nehmen, so viel er wollte. Die Hitze stieg, die Trommeln donnerten, und die Menschen wogten und drückten sich aneinander. Der Rhythmus wurde schneller, und in Rauch und Dunkelheit umarmten Männer und Frauen einander fiebrig. Ansgar sah sich verwirrt um, wusste nicht, wohin er sich wenden sollte. Er suchte aufgebracht nach dem König, aber der stand auf dem Bierkarren und sang, von ihm war kaum Hilfe zu erwarten. Ansgar zögerte, dann ging er. Mit großen, würdevollen Schritten verließ er das Opferfest. König Björn sollte nicht auch noch das Vergnügen haben, ihn gedemütigt zu sehen.

Erik sang, die Arme fest um Estrid geschlungen, und schwankte im Takt mit der Musik. Er sang laut, und bei jedem Refrain griff er Estrid fester um die Hüfte. Sogar

Snemun und Mård sangen mit, während ihnen Bratfett und Met aus dem Bart tropften. Nur Schwarzbart blieb stumm. Er starrte ein junges Mädchen mit hellem rundlichem Gesicht an. Sie hatte einen roten, üppigen Mund, das dunkle Haar fiel ihr weich über die Schulter. Er konnte den Blick kaum von ihr abwenden.

Erik hob sein Horn.

»Trinkt, Freunde. Der Mönch wird nicht mehr lange unter uns sein«, rief er und wies in die Dunkelheit, in die Ansgar verschwunden war.

»Es zahlt sich immer aus, gegen den zu kämpfen, der im Unrecht ist«, erwiderte Snemun und erhob sein Horn auf Thor.

»Und wer bestimmt, was Recht ist?«, wandte Estrid kurzerhand ein.

Für einen Moment war es still.

»Ja, Ansgar jedenfalls nicht«, antwortete Erik entschieden.

»Ach, hört auf, euch über den Mönch zu streiten. Es gibt Wichtigeres«, knurrte Schwarzbart und schielte nach der Jungfrau. »Außerdem reist Ansgar sicher bald. Er wäre dumm, wenn er nicht begriffen hätte, dass er lange genug hier gewesen ist.«

»Und wenn er nicht von sich aus geht, dann werde ich wahrhaftig selbst dafür sorgen«, kicherte Estrid, vom Bier berauscht.

»Wie denn?«, fragte Mård wissbegierig.

»Das kannst du?«, lachte Schwarzbart ungläubig. »Nein, meine Freunde, jetzt muss ich mich um wichtigere Angelegenheiten kümmern.« Er hob den Becher zum Gruß und lenkte seinen Schritt auf die Jungfrau zu. Nach einer Weile verschwanden auch Mård und Snemun.

Erik hatte den Arm um Estrid gelegt.

»Wie bringst du Ansgar dazu, abzureisen?«, fragte er neugierig.

»Willst du das wirklich wissen?«, fragte Estrid gedankenlos.

»Das weißt du doch, sonst finde ich keine Ruhe«, antwortete er lachend.

Estrid horchte auf, sie fühlte sich sicher in Eriks Arm. Sie war selig und freudetrunken und wiegte sich beschwingt im Takt der Musik. Sollte sie es ihm erzählen? Sie hatte schon lange darüber nachgedacht, ihm zu sagen, wie es gewesen war. Vielleicht war dies der richtige Augenblick. Er sollte es erfahren, schließlich liebte er den Jungen. Außerdem wollte sie, dass er wusste, wie sehr sie ihm vertraute. Sie waren einander so nah gekommen, dass sie jetzt bereit war, ihm etwas anzuvertrauen, das früher im Verborgenen gelegen hatte. Sie lehnte sich an ihn.

»Erik«, murmelte sie dumpf. »Das Kind ... hast du nicht bemerkt, wem Toste ähnelt?«

14. Kapitel

Von allen Männern Ansgar? Nein, das konnte nicht wahr sein. Erik wich entsetzt zurück. Er musste sich verhört haben. »Halt mich nicht zum Narren, Estrid, wer ist der Vater des Kindes?« Eriks Stimme hatte plötzlich einen schneidenden Klang.

»Ich sagte es doch, glaubst du mir nicht?«, fragte Estrid leise und warf ihm einen ängstlichen Blick zu. Vielleicht hätte sie besser doch nicht mit ihm darüber geredet.

»Du lügst!« Erik starrte sie mit dem verwirrten Blick eines Betrunkenen an. Hatten sie und Ansgar ...? Wie blind war er gewesen, er hätte es wissen müssen. Der Mönch hatte sie immer so seltsam berührt.

»So, du lässt dich also mit Kreuzträgern ein?« Er sah sie höhnisch an.

»Es ist nicht so, wie du denkst«, antwortete sie verstört.

»Da kommt er daher, der Mönch, und redet von Hingabe an den Herrn, predigt Treue und Entsagung, und dann rollt er sich mit dem erstbesten Weib auf den Bauch. Er ist ein noch größerer Heuchler, als ich gedacht hätte. Und du ...« Er packte sie. »Hast du deinen Spaß gehabt, ja? Antworte!«

Estrid schwieg.

»Nun, sag was. Wie war er denn?«

Estrid befreite sich aus seinem Griff. Die Demütigung schnürte ihr den Hals zu.

»Hör zu! Es ist nicht so, wie du denkst, er hat mich überrascht.«

»Ist er unter der Türschwelle durchgekrochen? Nein, ich verstehe schon. Einer wie Ansgar verführt in Wort und Tat. Aber dich mit ihm teilen, das will ich nicht.« Bebend vor Wut, stieß Erik sie von sich fort.

»Hör doch, so war es nicht ... ich ...« Estrid stockte, es fiel ihr schwer, ruhig zu bleiben.

»Nein, du, das will ich mir nicht anhören.« Erik unterbrach sie, bevor sie etwas hatte sagen können.

Estrid starrte ihn an. Sie zitterte vor Abscheu, und die Ungerechtigkeit brannte auf ihren Wangen. Sie trat einen Schritt auf ihn zu, ballte die Faust und schlug fest zu. Dann ging sie, ohne sich umzudrehen.

Erik fuhr sich mit der Hand über die Wange. Er blutete. Missmutig beugte er sich nach ein paar Blättern, um das Blut zu stillen. Estrid, der er restlos vertraut hatte, hatte in den Armen des verhassten Mönchs gelegen. Toste war Ansgars Kind, der liebe, gute Knabe war der Sohn des Mönchs. Wie sollte er ihn jemals wieder ansehen können, ohne an Ansgar zu denken? Und warum erzählte sie das gerade jetzt, da sie wieder zueinander gefunden hatten?

Die Enttäuschung übermannte ihn, und Tränen stiegen ihm in die Augen. Schwerfällig ging er zum Eichenfass, füllte den Becher bis zum Rand und leerte ihn in einem Zug. Um ihn herum spielte Musik, und es murmelte und kicherte hinter Büschen und Bäumen. Er blickte sich um, ratlos. Er fühlte sich einsam und verlassen. Der Rauch hing tief über dem Festplatz und stach in der Nase. Er hustete, füllte den Becher aufs Neue und wankte zwischen die Bäume. Dort sank er nieder und legte den Kopf auf den Boden, um zu schlafen.

Jorunn fand ihn neben einem Baumstumpf ruhend. Er hatte seine Tunika ausgezogen, Schweiß glänzte auf seiner Haut. Neben ihm stand ein leerer Becher. Sie betrachtete ihn erstaunt. Warum lag er allein hier? Es musste etwas passiert sein. Als sie ihn das letzte Mal gesehen hatte, hatte er Estrid im Arm gehalten und mit Snemun und Schwarzbart angestoßen. Plötzlich wurde Jorunn unruhig, entdeckte das Blut auf seiner Wange. Sie vergaß Harald und die anderen vom Gudmundhof. Erik brauchte vielleicht Hilfe.

Sie blickte hastig über ihre Schulter, um sich zu vergewissern, dass niemand sie gesehen hatte, und beugte sich über ihn. Als sie ihm so nah war, wurde sie von dem großen Verlangen erfüllt, ihn zu berühren. Sanft strich sie über seine Wange und ertastete mit den Fingern die Wunde. Er schlug nach ihrer Hand, grunzte und rollte sich auf die Seite. Sie setzte sich und hob seinen Kopf auf ihre Knie. Vorsichtig befühlte sie die Wunde. Das Blut war getrocknet, es war wahrscheinlich nichts Gefährliches. Erleichtert atmete sie auf und merkte, dass sie ihn nicht wieder loslassen wollte. Sie spürte seine Wärme auf ihrer Haut und lehnte sich vorsichtig näher an sein Gesicht. Lange saß sie so da, ihr Gesicht ganz nah an seinem. Dann fing sie an, ihn zu streicheln. Ihre Hand fuhr über seine Wange, in dieser Berührung lagen die Zärtlichkeit und Wärme, die sie immer für ihn empfunden hatte, ein Gefühl, das sie vergeblich versucht hatte zu vergessen und zu zerstören.

Erik lag reglos. In seinem berauschten Zustand nahm er die warme Berührung wie etwas Fernes, die sanften Frauenhände wie etwas unendlich Entlegenes wahr. Er wollte nicht aufwachen, er wünschte sich, eins zu werden mit diesem lieblichen Gefühl. Langsam kam er zu

Bewusstsein und ahnte die Hände, die da waren, weich und anschmiegsam. Er roch den Geruch von Laub und Erde und wusste, wo er war, spürte, dass jemand über ihn gebeugt saß.

Unsicher versuchte er mit dem Blick Halt zu finden. Eine Frau? War die Freude des Opferfestes auch zu ihm gekommen? Eine Frau. Sein Kopf hämmerte, der Boden kühlte ihn. Die Frau streichelte ihn unentwegt. Wer war sie? Seine Sinne erwachten, und er streckte neugierig die Hand aus.

Jorunn ergriff sie, liebkoste mit ihren Fingern seine Handfläche. Sie hatte sich auf gefährliche Pfade begeben. Harald, der sie nicht allein zum Opferfest hatte gehen lassen, hielt sich in der Nähe auf. Er konnte jeden Moment auftauchen. Noch konnte sie gehen und sich in der Dunkelheit fortschleichen, noch war Zeit, sich auf den Weg zu machen. Aber sie rührte sich nicht. Der Mann vor ihr hielt sie zurück.

»Erik«, flüsterte sie, »ich bin es, Jorunn.« Sie wusste nicht, ob er sie hörte, fühlte nur, wie der Griff um ihre Hand fester wurde. Im nächsten Augenblick setzte er sich auf. Seine Augen weiteten sich, sein Mund öffnete sich verwirrt. Langsam nahm er ihr Bild in sich auf, unendlich langsam, als ob er nicht glauben konnte, was er sah. Dann begriff er. Jorunn. Er streckte die Arme aus und zog sie zu Boden.

»Nein, nein«, keuchte sie und wusste, dass diese Worte nichts bedeuteten.

Er sah sie an, ihr Bild flimmerte vor seinen Augen.

»Jorunn«, flüsterte er und öffnete seine Kleider.

Der Geruch von Met mischte sich mit dem Duft von Nadeln und Laub. Sie lag unter ihm, fühlte ihn, lachte vor Rausch und Freude. Dann drückte er sie fester auf den Boden, atmete heftig und drang in sie ein. Jorunn zog ihn dicht an sich. Die Erde unter ihr war hart, und der Mond schaukelte im Rauch.

Als die Sonne durch den Morgendunst brach, erwachte Estrid, steif und verfroren. Sie streckte ihre Hand nach Erik aus. Er war nicht da, der Platz neben ihr war leer. Müde richtete sie sich auf und sah sich um. Entfernt sang ein Vogel, und noch immer stieg Rauch sacht von den Feuern auf. Unter Büschen und Bäumen schliefen Männer und Frauen oder lagen in zärtlicher Vereinigung beisammen. Toste wimmerte leise, und sie blickte auf ihn nieder.

Sie musste wieder an den Vortag denken, an Eriks wüstes Auftreten, das sie so enttäuscht hatte. Unvermittelt überfiel sie der Schmerz, der schwere Kummer, jemanden verloren zu haben. Sie hatte geglaubt, dass er ihr Vertrauter war, jemand, auf den sie sich verlassen konnte. So hatte sie ihre Vertrautheit bei der Arbeit, am Langtisch und abends vor dem Holzfeuer gedeutet, so hatte sie ihre Nähe in den zärtlichen Stunden erlebt. Und dann das!

Er hatte sie nicht einmal ausreden lassen. War sie ihm gleichgültig geworden? War es doch Jorunn, nach der er sich sehnte, trotz allem? Estrid konnte die Tränen nicht zurückhalten. Freude, Lachen, Nähe und die schönen Stunden, die sie zusammen verbracht hatten, war all das nun vorbei? Sollte sie nie wieder ihre Gemeinschaft und hingebungsvolle Liebe erfahren? Das Gefühl, das zwischen ihnen gewachsen war, hatte sie mit Vertrauen erfüllt, und ahnungslos hatte sie ihm ihr Geheimnis anvertraut. Sie hatte erwartet, seinen Arm um ihre Taille zu spüren, seinen Kopf an ihrer Brust. Stattdessen hatte er sie beleidigt. Warum? Was mit Ansgar geschehen war,

war lange her, Vergangenheit, aber Erik hatte sie nicht einmal erklären lassen. Weshalb war er so zornig geworden? Sie schauderte bei dem Gedanken, dass er vielleicht nie zu ihr zurückkehren würde.

Zu ihrer Familie konnte sie nicht mehr, niemals. Aber in Birka alleine für sich sorgen? Wie sollte das gehen? Hoffentlich durfte sie bei Snemun auf dem Hof bleiben!

Toste bewegte sich in ihrem Schoß und begann zu weinen. Sie strich ihm sanft und beruhigend über die Stirn und tröstete sich damit, dass sie wenigstens ihr Kind hatte. Während ihr die Tränen über die Wangen liefen, nahm sie ihn hoch und wiegte ihn leise.

Als Harald Jorunns Blick begegnete, wusste er, dass etwas geschehen war. Finstere Gedanken krochen in ihm hoch. Die glänzenden Augen, ihre geröteten Wangen. Wer hatte sie umarmt, wem hatte sie sich in dieser Nacht hingegeben?

Er hatte sie während des Opferfestes aus den Augen verloren, und obwohl er lange nach ihr gesucht hatte, hatte er sie nicht finden können. Dunkelheit und Rausch hatten ihn durcheinander gebracht, und er hatte sich im Wald verirrt. Schließlich hatte er sich schlafen gelegt, müde, erschlagen und viel zu erschöpft, um zu denken. Am Morgen hatte er bemerkt, dass er nur ein paar Armlängen vom Opferstein entfernt geschlafen hatte. Benommen war er aufgestanden und an den schwach rauchenden Feuern vorbeigegangen. Überall lagen ausgetrunkene Becher und abgenagte Knochen. Auf dem Opferplatz grienten die Pferdeköpfe von ihren Pfählen. Es stank nach Blut und Met. Er hatte lange gesucht, bis er Jorunn schließlich an der Brücke vor dem Königshof entdeckte.

In dem grauen Morgenlicht schien ihre Schönheit so prächtig wie die einer Statue, strahlend und farbenfroh. Sie trug eine rote Tunika, und das lange, wallende Haar glänzte wie Tau. Ihre Haut war weiß, ihre Augen schwarz, und die silbernen Armreifen funkelten. Es schien, als wartete sie auf ihn, und voller Freude ging er ihr entgegen. Dann musterte er sie mit klarem Blick. Es war etwas geschehen. Ihr Lächeln war falsch, ihr Blick wich ihm aus, fast verschämt.

Ein Stich durchfuhr sein Herz. Sie verbarg etwas vor ihm. Seine Sinne verdüsterten sich, und Schweigen umschloss alle Worte. Er schob das Boot ins Wasser und gab ihr mit einem Nicken zu verstehen, dass sie sich setzen sollte. Dann ruderte er mit starrer Miene auf den Fjord hinaus, nach Hause, nach Birka. Sein Atem ging heftiger. Jorunn sah ihn unruhig an und erriet, was er ahnte. Aber sie war fest entschlossen, ihm nichts zu sagen. Sie hatten einander während des Opferfestes verloren, aber es war nichts passiert. Nichts. Und sie hatte lange nach ihm gesucht, vergeblich. Sie versuchte Mut zu schöpfen, doch sie spürte, dass Harald sie anstarrte.

»Mit wem hast du die Nacht verbracht?«, fragte er plötzlich hasserfüllt. Jorunn schüttelte den Kopf, ihr Blick wich ihm aus.

»Mit niemandem. Ich habe dich gesucht, aber nicht gefunden. Du warst plötzlich verschwunden.«

»Versuch nicht, mich zu täuschen, du weißt, wovon ich spreche.« Harald sah sie verbissen an und tauchte die Ruder wütend ins Wasser.

»Ich bin nicht die, die etwas verbirgt, sondern du, Harald. Du gibst dich deinen Gebeten hin und kommst nachts nicht mehr zu mir. Du sprichst nicht über das, was du tust, und sagst nicht, wohin du gehst. Du hältst mich außen vor, du siehst mich nicht. Nicht einmal dann, wenn du einen Schwerthieb in den Fuß bekommst. Erik war niemals so.«

Noch während sie dies sagte, bereute Jorunn ihre Worte. Haralds Lippen wurden weiß, und er fixierte sie mit starrem Blick.

»Ich verstehe, Erik ist immer noch in deinen Gedanken. Mit ihm bist du zusammen gewesen. Vielleicht warst du es ja auch, die ihrer Zunge freien Lauf ließ und den König vor dem Hinterhalt gewarnt hat?«

Jorunn spürte, wie ihr das Blut aus ihrem Gesicht wich. Er hatte sie seinen Verdacht bisher nie ahnen lassen. Jetzt hatte er sie durchschaut. Angst kroch ihr unter die Haut.

»Nein, nein!«, schrie sie. Harald sah, wie sie sich duckte, und bemerkte ihren verschreckten Blick. Plötzlich kannte er die Wahrheit. Sie spaltete und zerriss seine Sinne. Jorunn hatte ihn verraten, Jorunn hatte Erik gewarnt. Er sprang auf, das Boot krängte.

»Erik ... du liebst ihn noch. Ihn, der dich drei Jahre im Stich ließ und deinen Vater getötet hat. Einen solchen Hund hast du lieb!«

Er kam hasserfüllt auf sie zu, die Finger zu Klauen gekrümmt. Jorunn sah seinen flackernden Blick und das zuckende Gesicht. In diesem Augenblick wusste sie, dass kein Wort mehr helfen konnte, nichts. Es war zu spät.

Sie wollte etwas sagen, sich wehren, aber die Worte gehorchten ihr nicht. Hilflos registrierte sie, wie er seine Hände öffnete und schloss und wie der Wahnsinn seinen Blick verschleierte. Er wollte sie schlagen, und er wollte hart schlagen.

Ein starker Geruch nach Maische strömte ihr ins Gesicht, als er sich vorbeugte und zuschlug. Instinktiv hielt sie sich schützend die Hände vors Gesicht. Der erste Schlag traf den Kopf. Ihre Hände wurden zur Seite gerissen und ihr Gesicht entblößt. Beim nächsten Schlag schürften seine Knöchel ihre Haut auf. Das Blut hielt ihn nicht auf, steigerte seine Raserei. Seine Fäuste prügelten auf ihr Gesicht und ihren Körper ein, er trat und schlug, bis sie schwankte und wimmernd zusammenbrach. Sie sank auf den Schiffsboden, wehrlos dem nächsten Schlag ausgesetzt. Harald hörte nicht auf. Der Schmerz und die Verzweiflung, die sie in ihm geweckt hatte, rauschten durch seinen Körper und machten ihn blind. Außer sich vor Zorn, riss er eines der Ruder an sich und stieß es ihr in den Leib. Ihre Kleider rissen, Jorunn schrie, aber er konnte sich nicht bremsen. Ihr Gesicht platzte auf, Blut spritzte aus der Wunde, doch er beruhigte sich nicht. Erst als ihm das Ruder aus der Hand rutschte und das Boot fast kenterte, besann er sich.

Starr vor Schreck sah er Jorunns gemarterten Körper, das entstellte Gesicht, seine blutigen Hände. Jorunn, seine eigene Frau ...

Von Ohnmacht erfüllt, trat er zu ihr, unfähig zu begreifen, was geschehen war. Er sprach zu ihr, streichelte sie und versuchte ihr das Blut abzuwaschen. Jorunn! Ihr Gesicht war schwer verwundet, ihr Körper rot und geschwollen, aber sie atmete schwach. Vorsichtig deckte er sie mit seinem Umhang zu und setzte sich an die Ruder. Niemand durfte etwas erfahren, niemand durfte etwas sehen. Was geschehen war, hatte nie stattgefunden. Verzweifelt begann er nach Birka zu rudern. Seine ganze Welt war ins Wanken geraten.

Zitternd musterte er die zusammengesunkene Frau. Seine Geliebte. Nein, es war nichts passiert, alles würde werden wie vorher, und sie würde zu ihm zurückkehren. Er würde sie um Vergebung bitten, wieder gutmachen, was geschehen war, sich um sie kümmern und sie lieben. Für immer. Wenn sie nur wieder gesund wurde. Der Gegenwind nahm zu, und das Rudern war schwer und mühsam. Harald keuchte und blickte unruhig übers Wasser. Ab und zu schlugen die Wellen über den Steven, aber er bemerkte es nicht. Birka, Björkö, endlich nahten die Pfahlsperren. Harald spähte zum Strand und hielt Ausschau nach einer leeren Brücke, einem Platz, an dem sie niemand anlegen sah.

Im selben Moment hörte er einen Schrei.

Jorunn war aufgestanden. Das dunkle Haar hing blutig herunter, die zerrissenen Kleider flatterten um ihren Körper. Harald erschauerte beim Anblick der taumelnden Frau. Sie wimmerte, ihr Blick war gebrochen und irr. Harald ließ die Ruder los, um sie zu stützen, aber er war nicht schnell genug. Jorunn schwankte, glitt über die Reling und versank im Wasser. In diesem Augenblick stieß das Boot gegen die Sperre, und Harald verlor das Gleichgewicht. Als er wieder auf die Füße kam, war Jorunn verschwunden.

Verstört blickte er über die Wellen. Sie musste ganz in der Nähe sein. Er hastete nach achtern, vielleicht war das Boot abgetrieben worden. Die Wellen waren dunkel und hatten Schaumkronen. Keine Jorunn. Vielleicht wurde sie nur von den Pfählen verdeckt? Dann würde er sie gleich finden. Er würde sie einfach ins Boot ziehen und sie wärmen, die Wunden waschen und dafür sorgen, dass sie keine Schmerzen hatte. Aber wo war sie? Er blickte sich suchend um. Seine Augen tränten. Sie war bei ihm gewesen, ganz nah. Wenn er doch nur um Vergebung bitten, sie wieder im Arm halten könnte. Jorunn! Er fiel auf die Knie und betete zu Gott dem Allmächtigen. Aber das Wasser blieb still. Jorunn war verschwunden.

Bleich und reumütig kehrte Erik nach Birka zurück. Er hatte Estrid auf Adelsö nicht gefunden, und er nahm an, dass sie mit einem der Fährmänner übergesetzt haben musste. Warum sollte sie auch auf ihn warten? Erik fluchte über sich selbst. Wie sehr er bereute. Arme Estrid. Und Jorunn ... Was zwischen ihnen geschehen war, hätte niemals passieren dürfen. Aber sie hatte ihn verführt. Hitze und Verlangen hatten ihn überkommen, und ihre Umarmung war voller Begehren gewesen. Aber als der Rausch sich gelegt hatte, war alles so anders gewesen. Sie hatten sich nichts zu sagen gehabt. Es war, als könnten sie nicht über sich sprechen, nicht über das, was zwischen ihnen gewesen war. Stattdessen unterhielten sie sich über Ereignisse wie den Tod Gudmunds des Mächtigen und den Überfall auf den König. Erik erzählte, wie er gezwungen war, Gudmund zu töten, um nicht selbst zu sterben. Und Jorunn hatte zugehört. Sie war nicht verbittert und hatte ihn nicht angeklagt, nicht einmal geweint. Es war, als wäre ihr der Tod des Vaters gleichgültig. Erst als sie ihm sagte, dass Harald sie geschlagen hatte, konnte sie ihre Tränen nicht länger zurückhalten. Sie weinte, den Kopf an seine Brust gelehnt, haltlos und verzweifelt. Nachdem jeder das seine berichtet hatte, verstummten sie. Sie hatten aus einem Brunnen geschöpft, der nun versiegt war, so als wären sie sich fremd geworden. Verlegen versuchten sie einander zu erreichen, aber Gedanken und Worte trieben vorbei und lösten sich in nichts auf. Das Schweigen wurde dichter, und Erik bemerkte plötzlich, dass er an Estrid dachte. Jorunn nahm die Veränderung wahr, wurde verschlossen und abweisend. Dann hatten sie sich getrennt, unbeholfen und verwirrt, beide voller Schuldgefühle. Jorunn eilte zurück zu Harald und er zu Estrid.

Auf der Fähre nach Björkö dachte Erik an Jorunn und an das, was geschehen war. Das starke Gefühl, das einmal zwischen ihnen bestanden hatte, war plötzlich verschwunden. Wie war das möglich? Lag es an Estrid? War sie ihm trotz allem wichtiger, als er geahnt hatte? Er vermisste sie, erinnerte sich daran, dass sie ihm etwas über Ansgar und das Kind hatte sagen wollen und er sich nicht einmal die Mühe gemacht hatte, ihr zuzuhören. Beschämt sah er ein, wie schlecht er sie behandelt hatte. Wie sollte er das wieder gutmachen? Er war ein Scheusal; würde sie ihm je verzeihen können?

Als er an Land kam, schlug er den Weg ins Handwerkerviertel unten am Hafen ein. Ketil Bronzegießer war bei der Arbeit. Auf der Bank lagen Riemenschnallen und Ringnadeln, am Herd einige Werkzeuge. Der Alte sang vor sich hin, während er einen Tiegel über dem Feuer balancierte. Das Metall schmolz. Erik wartete, bis Ketil die rot glühende Masse in die Gussform gegossen hatte.

»Bronzespangen, hast du so was?«, fragte er und sah sich um. In der Werkstatt lagen Wachs, Lehm und Reste von zerschlagenen Gussformen herum. Er bückte sich, nahm eine der Formen und betrachtete sie im Licht. Dann pfiff er und reichte dem Bronzegießer die Form.

»Genau so eine Spange, die ist nach meinem Geschmack.«

Der Alte wischte sich den Schweiß von der Stirn, trocknete seine rußigen Hände und besah sich die Form.

»Meine schönste Spange. Ich sehe, du hast eine schöne Frau.« Ketil Bronzegießer fuhr mit den Fingern über das Muster in der Form. »Gerade diese hier habe ich verkauft, aber du kannst eine ebenso schöne bekommen. Dafür will ich im Gegenzug ein Fell von dir.«

Erik nickte und gab ihm die Hand darauf. Der Alte lächelte und suchte die Bänke der Werkstatt ab. Nach einer Weile fand er, was er suchte. Zufrieden reichte er ihm eine verzierte Fibel, mit Vögeln und Schlingen geschmückt.

»Mit dem Weibsvolk muss man sich gut stellen, sonst fliegen sie auf und davon.« Der Bronzegießer zeigte auf den Vogel und lachte laut.

Erik besah sich die Spange und drehte sie ein paar Mal in der Hand. Sie war schwer und schön. Er nickte anerkennend, nahm den Schmuck und verabschiedete sich.

Wie Recht er hatte, der Greis – das, was man am liebsten hatte, musste man gut behandeln. Mit schnellen, entschiedenen Schritten ging er den Hügel hinauf zu seinem Haus. Estrid war sicher zornig und verärgert, vielleicht würde sie ihm nie verzeihen. Unvermittelt ergriff eine große Unruhe von ihm Besitz, und sein Herz pochte, dass es schmerzte. Was, wenn sie ihn verließ? Er beschleunigte seinen Schritt und kam keuchend oben auf dem Hügel an. Es schimmerte Licht durch die Fensteröffnung, und er atmete erleichtert auf. Einen Augenblick verharrte er vor dem Haus, bevor er seinen Mut zusammennahm und die Tür öffnete. Der Duft von Wacholder und frischem Brot schlug ihm entgegen, das Feuer knisterte im Herd. Sie saß mit dem Rücken zur Tür an der östlichen Giebelwand, Toste in ihrem Arm verborgen. Sie sang für den Kleinen, und ab und zu beugte sie sich über ihn und küsste sein Haar. Erik beobachtete sie und spürte Zärtlichkeit in sich aufsteigen. Dann richtete er sich auf und ging zu ihr. Wortlos legte er die Spange auf ihre Knie.

»Vergib«, murmelte er.

Jorunns versehrter Körper wurde einige Tage später an Land gespült. Männer, Frauen und Kinder versammelten sich am Strand. Neugierig starrten sie die Tote an. Sie erkannten Jorunn, die Tochter Gudmunds des Mächtigen. Viele hatten sie beim Opferfest gesehen, doch nun war sie tot. Es fiel ihnen schwer, das zu glauben, eine so junge und schöne Frau.

Ein alter Greis konnte berichten, dass er gesehen hatte, wie Jorunn zusammen mit Harald auf Adelsö in ein Boot gestiegen war, ein anderer wusste, dass Harald in Björkö allein an Land gegangen war. Harald selbst hatte gesagt, sie sei über Bord gefallen und ertrunken. Harald war ein tüchtiger Kerl, und wenn er etwas sagte, dann entsprach das auch der Wahrheit. Aber dennoch. Alle sahen, dass Jorunn übel zugerichtet war.

Raunen und Gemurmel wurden laut. Der Körper war verletzt worden, als er von den Wellen gegen die Pfähle geworfen worden war, sagten einige. Andere flüsterten, dass Jorunn vielleicht umgebracht worden war. Misstrauen und Zweifel hingen über der Stadt, und Gerüchte wurden durch die Straßen getragen. Doch niemand hatte etwas gesehen, und niemand hatte etwas gehört. Und niemand hatte Gewissheit. Nach einer Weile verebbte das Gerede.

Jorunns Tod veränderte Erik. Am Anfang weigerte er sich, ihn zu akzeptieren. Später plagten ihn Kummer und Schuldgefühle. Warum hatte er sie gehen lassen, warum hatte er sie nicht mitgenommen? Dann wäre das nicht passiert.

Er lag schlaflos in düsteren Gedanken, unfähig, die

Sorgen von sich fern zu halten. Es gab keine Jorunn mehr, sie, die einst seine Verlobte gewesen war. Er trauerte und wurde still und wortkarg.

Jorunn hatte Angst vor Harald gehabt. Ob er etwas mit ihrem Tod zu tun hatte? Oder war sie wirklich ertrunken? Erik grübelte, und Estrid bemerkte, wie er litt. Zuerst ließ sie ihn in Frieden, aber als sie merkte, dass er immer tiefer in Grübeleien versank, besann sie sich anders.

»Es hilft nichts, allein zu trauern. Lass mich wissen, was dich bedrückt«, sagte sie eines Abends und setzte sich neben ihn auf die Schlafbank.

Erik schüttelte den Kopf, seufzte tief und verbarg sein Gesicht in den Händen. Estrid fuhr ihm liebevoll durch die Haare.

»Ist es wegen Jorunn? Du musst es nicht verbergen. Ich weiß, wie viel sie dir bedeutet hat«, fuhr sie mit fester Stimme fort.

Erik saß noch immer stumm da, das Gesicht in den Händen vergraben. Estrid rückte dicht an ihn heran, so wie sie es immer tat, wenn sie sich ganz nah waren.

»Du musst nichts sagen, aber vielleicht würde es dir helfen«, sagte sie sanft.

Erik nahm die Hände vom Gesicht. Ein leichtes Lächeln glomm in seinen Augen. Estrid wollte ihm helfen, wie immer. Vielleicht war es gut, ihr alles zu erzählen. Er nahm ihre Hand.

»Jorunn war meine Verlobte«, sagt er abwesend mit wehmütiger Stimme. »Sie ...«

Erik biss sich auf die Unterlippe und verlor sich in Gedanken. Es war schwer, darüber zu sprechen. Estrid drückte seine Hand und lächelte ihn aufmunternd an. Er schwieg lange, doch dann war ihm, als müsste all das Dunkle, Schmerzhafte hinaus.

Seine Stimme bebte vor Bitterkeit, als er begann. Er schilderte, wie Jorunn und er sich auf die Hochzeit vorbereiten wollten, und wie er gezwungen wurde, auf Wikingfahrt zu gehen, um sich das Muntgeld zu beschaffen. Er ließ nichts aus, und obwohl ihm die Scham auf den Wangen brannte, erzählte er ihr, was auf dem Opferfest geschehen war.

Estrid hörte zu, ohne ihn zu unterbrechen, und er wunderte sich, wie leicht es war, sich ihr anzuvertrauen.

»Aber beim Opferfest, da war es anders, als du es dir vorgestellt hattest?«, fragte sie vorsichtig. »Jorunn und du, ihr habt euch nicht wieder gefunden wie früher?«

»Nein. Was ich für Liebe hielt, war vielleicht nur die Sehnsucht nach etwas, das ich nicht bekommen konnte, etwas, das es vielleicht nicht einmal gab.« Er lächelte eine Spur verlegen.

Estrid sagte nichts und streichelte seine Hand. Aber ihre Augen blickten ernst.

»Was man nie bekommen kann, ist immer besser als etwas anderes«, sagte sie dann ruhig. »Aber man darf auch nicht die Augen verschließen vor dem, was man hat«, setzte sie hinzu, und ihre Augen glitzerten wie Katzengold.

Erik musste lachen.

»Nein«, sagte er und küsste sie leicht auf die Wange. »Du hast Recht. Manchmal können sogar scharfe Augen blind sein.« Er zog sie dicht zu sich und streichelte sie schweigend. Eine tiefe Zärtlichkeit erfüllte ihn, und er drückte Estrid fest.

»Estrid«, murmelte er und sah ihr ins Gesicht. Sie nahm seinen Kopf zwischen ihre Hände und betrachtete ihn innig. Erik, dachte sie, du darfst zu keiner anderen

Frau gehen, nie mehr. Das ertrage ich nicht. Bei mir sollst du sein, bei mir bist du zu Hause. Verstehst du? Die Gedanken überwältigten sie, aber sie sagte nichts. Stattdessen beugte sie sich vor und drückte behutsam ihre Lippen auf seine. Sie küsste ihn sanft und merkte, wie seine Unruhe verschwand. Erst war er ganz still, aber dann erwachte in der Begegnung ihrer Lippen die Lust. Als er ihren Mund öffnete, schloss sie die Augen, als wollte sie ihn für ewig festhalten. In diesem Moment war das Gefühl zwischen ihnen ein kostbarer Schatz, den sie für immer bewahren wollte. Mit einem Mal fühlte sie sich glücklich und wollte sich der Freude und der Wärme, die ihr entgegenströmte, öffnen. Sie löste ihre Kleider, und als er sie suchte, glitt sie ihm auf einer Woge der Glücks entgegen.

Vom Holzfeuer war nur noch Glut übrig geblieben, und Erik musste es neu anfachen, bevor sie sich wieder an den Langtisch setzen konnten. Inzwischen hatte Estrid Eier aus dem Hühnerstall geholt und Butter, Brot und Sauermilch auf den Tisch gestellt. Dazu einen kleinen Krug mit Honig. Der gute, süße war zwar ein Reicheleuteessen, aber in ihrer Freude fühlte sie, dass dies der richtige Moment für eine solche Köstlichkeit war.

Sie blickte Erik an und lächelte warm. Er saß am Tisch, folgte ihr mit dem Blick und knetete unruhig seine Hände. Er muss doch immer etwas in den Händen haben, um sich ruhig zu halten, dachte sie zärtlich, erkannte aber, dass ihn noch immer etwas zu bekümmern schien. Es ist nicht nur Jorunn, um die er trauert, es gibt noch etwas anderes, dachte sie. Sie stand auf, ging zu ihm und stellte sich hinter ihn. Dann blies sie ihm leicht in den Nacken.

»Es scheint, als wäre es nicht nur Jorunn, an die du

denkst, du grübelst noch über etwas anderes«, sagte sie leise.

Erik sah auf.

»Ja, ich denke daran, dass sie vielleicht noch leben würde, wenn ich sie nicht hätte gehen lassen.«

»Ja, und wäre die Trockenheit nicht so schlimm, würde die Ernte prima werden, sagte der Bauer.« Estrid richtete sich auf. »Erik, so darfst du nicht denken. Es war ein Unfall.«

»Nein, das glaube ich nicht. Jorunn war geschickt im Wasser, und als Kinder sind wir sogar bis Grönsö geschwommen. Es muss etwas passiert sein. Sie war so schwer verletzt, sie hätte nicht so ausgesehen, wenn sie nur gegen die Pfähle gestoßen wäre.«

Erik verstummte, versuchte das Bild von Jorunns übel zugerichtetem Körper zu vertreiben. Er wünschte, er hätte sie nicht gesehen, wäre nicht zum Strand hinuntergegangen.

»Aber wie hätte sie sterben können, wenn sie nicht ertrunken wäre?«

Estrid setzte sich neben ihn und nahm seine Hand.

»Harald muss sie geschlagen haben. Vielleicht hat er herausgefunden, wo sie in der Nacht gewesen ist oder dass sie es war, die den Hinterhalt gegen den König aufgedeckt hat. Dann hat er sie geschlagen, rasend vor Zorn und Eifersucht. Nur so kann es gewesen sein.«

»Bist du sicher?«

»Nein, ich ahne es nur. Aber ich muss Gewissheit haben, sonst finde ich niemals Ruhe. Und darum gibt es nur einen Ausweg. Ich muss die Wahrheit aus Harald herauszwingen.«

Estrid zog ihre Hand zurück und sah ihn erschrocken an.

»Nein, das kann böse ausgehen!«
»Es ist schlimmer, keinen Frieden zu finden.«

In dieser Nacht konnte Erik keinen Schlaf finden. Er wurde von dem Mahr geritten, und seine Kleider färbten sich dunkel vor Schweiß. Früh am Morgen stand er auf, nahm Speer und Schild von der Wand und steckte sein Schwert in die Scheide. Ohne Estrid zu wecken, schlich er sich zum Stall. Lautlos sattelte er sein Pferd und ritt davon. Niemand sollte etwas erfahren. Er wollte allein reiten.

Der Gudmundhof lag auf einer Ebene hoch über den anderen Höfen, nicht weit vom Haraldhof. Es war ein großer und schöner Hof mit viel Land und zahlreichen Nebengebäuden. Nach dem Tod Gudmunds des Mächtigen führte Harald den Besitz des Schwiegervaters und den Hof, den Torhild geerbt hatte. Er war mächtig und vermögend, sein Bruder. Eriks Hand schloss sich noch fester um den Speer. Harald besaß mehrere Höfe und viele Felder und Weiden. Er selbst dagegen lebte von der Gnade seiner Freunde. Nein, bald sollte eine neue Ordnung herrschen.

Erik ritt entschlossen auf den Hofplatz. Er war von einem hohen Zaun umgeben, und innen ließen sich die Nebenhäuser mit ihren Torfdächern erahnen. Im Norden lagen das Grubenhaus und die Schmiede. Das Gatter stand offen. Erik hielt sein Pferd an. Das große Holztor war sonst immer verschlossen. Zögernd ritt er weiter und sah sich um. Der Hofplatz war leer, nur unten auf der Koppel standen ein paar Kühe und grasten. Er saß ab und ging langsam auf das Hauptgebäude zu. Alles war so still. So seltsam still. Erik blickte sich wachsam um. Es konnte ein Hinterhalt sein. Vorsichtig schlich er sich zur Wohnhalle. Von dort waren Geräusche zu hören. Mit erhobenem Schwert und dem Schild vor sich trat Erik über die Schwelle.

15. Kapitel

Der Himmel hing dunkel und grau über der Anhöhe, das Gras schimmerte nass. Der Weg war glatt und lehmig. Ein Karren ächzte auf dem Weg bergauf, und ein Hund kläffte ihm hinterher. Der Regen fiel ruhig. Ansgar und Witmar stapften langsam zur Kirche hinauf. Als der Regen stärker wurde, blieben sie stehen und schlugen ihre Mönchskapuzen hoch, dann nahmen sie ihre Wanderung wieder auf. Witmar hinkte, und Ansgar stützte ihn.

»Der König hat mich wissen lassen, dass der Kaiser ein neues Stift nördlich der Elbe einrichten will. Dort will er eine Kirche für alle Barbaren bauen«, sagte Ansgar an den Klosterbruder gewandt.

»Eine Kirche im Norden? Was sagst du da?« Witmar machte vor Überraschung einen Schritt zur Seite und stolperte in einen Jungen, der mit einem Reisigbündel an ihm vorbeilief.

»Ja, so ist es«, entgegnete Ansgar zurückhaltend. »Der Beschluss soll bald in Diedenhofen gefasst werden.«

»Aber woher weißt du das?«, fragte Witmar zweifelnd.

»Ein kaiserlicher Bote aus Hamburg hat den König besucht und ihm dies mitgeteilt. König Björn hat mich sofort rufen lassen.«

Witmar lachte.

»Ja, ich verstehe den König. Er will vermutlich, dass du gleich morgen abreist.«

Ansgar antwortete nicht und ging stumm weiter. Dann blieb er auf dem Hügel stehen, um zu verschnaufen. Vom Pfad aus konnte er seine Kirche sehen, dort wo sie sich über den Hügel erhob. Gemeinsam mit Hergeir hatte er ein ansehnliches Gebäude zu Stande gebracht. Die Kirche war aus stehenden Brettern zusammengefügt, hatte ein geschlossenes Dach und schöne Holzschnitzereien über dem Eingang. Groß war sie nicht, diese Heimstatt des Herrn, aber dessen ungeachtet hatte Ansgar sie in sein Herz geschlossen. Es war *seine* Kirche, die erste, die im Reich der Svear errichtet worden war. Er sollte sich freuen, und vielleicht wäre er auch glücklich gewesen, wenn nicht die Arbeit in der Gemeinde so schwer geworden wäre. Nach dem Überfall auf den König war er auf harten Widerstand gestoßen. Immer mehr drohten ihm und forderten ihn auf zu gehen. Man gab ihm für vieles, was geschehen war, die Schuld. Wäre er, der Verkünder der neuen Lehre, nicht mit seinem Irrglauben gekommen, hätten sich auch keine christlichen Verbrecher gegen den König erhoben. Auch wären keine Familien und Blutsbande an dem neuen Glauben zerrissen. Aber nun hatte er, Gottes Gesandter, Irrlehren gepredigt und Zwietracht unter den Menschen der Stadt gesät. Es war das Beste, wenn er aufbrach und nie mehr zurückkehrte.

Der Hass, der sich gegen ihn richtete, war schwer zu ertragen, und sogar die Heiden, die sich ihm gegenüber großzügig und freundschaftlich gezeigt hatten, kehrten ihm den Rücken. Ansgar dachte an die Klosterbrüder, die ihn davor gewarnt hatten, unter den Barbaren zu predigen. Jetzt verstand er sie.

»Dass ich aufgebe, darauf haben viele gewartet, seit ich hier bin«, antwortete er müde, »aber die Heiden vor dem Wahn des Teufels zu erretten ist wichtiger als alles andere.«

»Dann solltest du in der neuen Kirche im Norden wirken. Vielleicht kannst du dort nützlicher sein«, schlug Witmar vor.

Ansgar sah seinen Klosterbruder anerkennend an. Witmar verstand.

Ihm hatte er nicht einmal berichten müssen, er ahnte schon. Ansgar faltete seine Hände und blickte über die Landschaft.

»Du ahnst, dass ich mehr zu sagen habe«, erwiderte er dann lächelnd und wandte sich wieder an Witmar. »Es ist wahr. Der Bote hatte eine Note des Kaisers bei sich. Darin stand, dass das neue Stift einen Erzbischof braucht.«

»Der Kaiser hat also dich berufen?«, fragte Witmar.

Ansgar nickte.

»Als Erzbischof dort würde ich alle Völker im Norden führen, während Hergeir die Mission in Birka übernehmen könnte.« Ansgar nahm seine Wanderung wieder auf. »Ich glaube, wir haben hier an diesem Ort getan, was wir tun konnten. Nun müssen wir weiter. Im Frankenreich können wir alle bekehren, Slawen, Dänen und Svear. Und die neue Kirche soll offen für *alle* Heiden sein, auch für die christliche Gemeinde in Birka.« Ansgar sah seinen Klosterbruder leidenschaftlich an.

Witmar zögerte mit seiner Antwort.

»Ich verstehe«, sagte er dann und betrachtete Ansgar nachdenklich. »Ich verstehe«, wiederholte er. »Du hast einen Entschluss gefasst. Wann brechen wir auf?«

Die Halle war leer, aber aus der Kammer drangen jammernde Laute. Mit dem Rücken zur Wand, schlich Erik zur Tür. Ein saurer Gestank ging von dort aus. Vorsichtig öffnete er die Tür und schaute hinein. Der festgestampfte Erdboden war dicht mit breiten Kiefernholzplanken ausgelegt, und an den Wänden hingen bunte Wandbehänge. Am andern Ende des Raumes standen Truhen und verzierte Stühle mit Armlehnen. Das hier war keine gewöhnliche Kammer, sondern der Raum eines reichen Kaufmanns. Hier hatten sie also gewohnt, Gudmund der Mächtige und seine Frau Torhild. Erik ging ein paar Schritte weiter und erblickte das Bett mit den hohen Bettpfosten. Das Klagen kam von dort, gefolgt von hohlem, blechernem Husten. Dort lag eine Frau, zur Hälfte unter Fellen und Kissen verborgen. Sie setzte sich mühsam auf und drehte sich zur Tür, als sie jemanden kommen hörte. Ihr Gesicht war bleich und fahl, und die gelbe Haut spannte über den Wangenknochen. Ein paar graue Haarsträhnen waren unter einem schmutzigen Kopftuch zu sehen. Erik blieb wie angewurzelt stehen. Torhild! Hier war sie, die Hexe, sie, die immer so auf ihren Stand bedacht gewesen war. Nun lag sie hier in Schande und Erbärmlichkeit.

»Erik der Schiffer!«, zischte sie, und ihre Augen weiteten sich. »Wagst du dich her, du, der du Gudmund getötet hast!« Ihre dünne Stimme barst in einem furchtbaren Hustenanfall.

»Wo ist Harald?«, fragte Erik barsch, ohne sich um ihr Keifen zu kümmern.

Torhild schwitzte im Fieber, und ihr Atem ging schwer.

»Und das soll ich dir sagen?« Sie griente boshaft.

»Wo ist Harald«, wiederholte Erik und machte drohend ein paar Schritte auf sie zu.

»Ich weiß es nicht. Er ist früh in den Wald geritten, die

Knechte hat er auch mitgenommen. Aber treffen wirst du ihn gewiss. Er wird sich an dir rächen, und Kreuzträger gibt es viele.«

Erik musterte die Frau im Bett voller Abscheu. Er hatte sie nie gemocht. Einst hatten sie und Gudmund der Mächtige die gewaltige Mitgift für Jorunn gefordert, das Muntgeld, das so hoch war, dass er gezwungen war, auf Wikingfahrt zu gehen. Torhild hatte Schuld an viel Bösem. Nun musste sie selbst leiden. Das gefiel ihm.

»Harald ist also mit Waffen und Pferden in den Wald gezogen? Er, der für dich sorgen sollte, als wäre er dein eigener Sohn«, höhnte Erik spitz. »Nun werden sich wohl die Sklavinnen um dich kümmern.«

Er ging zur Tür. Das alte Weib wusste nicht viel, das war ihm klar. Aber über eine Sache hatte er Gewissheit gewonnen. Harald hatte sich in den Wald zurückgezogen, um Männer für seine Sache zu gewinnen. Eines Tages würde er mit einem großen, bewaffneten Gefolge wiederkommen. Harald, sein Bruder, war nicht mehr länger Bauer auf dem eigenen Hof. Er war ein Aufrührer geworden.

Die Augustsonne brannte heiß, und die Felder auf Hergeirs Land waren trocken und versengt. In der Kirche war es kühler, und Ansgar blieb nach seiner Predigt lange dort. Er wollte ein wenig Ruhe haben. Nachdenklich saß er in einer der Kirchenbänke und betrachtete den Altar. Zwei große silberne Kerzenleuchter bildeten den Rahmen für den Wandteppich, auf dem Jesus am Kreuz zu sehen war. Die Kaufmannsfrau hatte ihn für Ansgar gewebt. Er lächelte bei dem Gedanken daran. Sie war eine der etwa zweihundert Seelen, die er für seine Gemeinde gewonnen hatte. Wenn er doch noch mehr für seine Sache hätte einnehmen können, aber nun kam es ihm eher so vor, als müsste er sich über jeden freuen, den er nicht wieder verloren hatte.

Hergeir, der Häuptling, hatte schon seit langem keine Geduld mehr. Die neue Lehre durfte nicht nur neben der alten bestehen, meinte er. Um wirklich voranzukommen, hatte er gesagt, musste der Asenglaube ganz und gar ausgerottet werden. Darüber hinaus hatte Ansgar Gerüchte gehört, nach denen sich einige Christen im Wald versteckten, um sich zu rüsten. All das beunruhigte ihn, und er hatte dem Häuptling deutlich gemacht, dass der neue Glaube mit friedlichen Mitteln durchgesetzt werden musste. Birkas Bewohner konnten nicht alle auf einmal bekehrt werden, man musste geduldig und beharrlich arbeiten, um neue Anhänger zu finden, sonst konnte die Mission ein Misserfolg werden. Worte statt Gewalt, hatte er gepredigt. Aber Hergeir schien nicht zu hören.

Ansgar stand auf, griff nach einem Leinentuch und begann einen der Kerzenleuchter sorgfältig zu polieren. War der Häuptling wirklich der richtige Mann, um seine Rolle in Birka zu übernehmen? Nein, das würde nicht gut gehen. Sobald er wieder in seiner Heimat war, musste er dafür sorgen, dass ein Missionar aus dem Frankenreich hergeschickt wurde.

Auf seinem Heimweg strich er auf Nebenstraßen zum Hafen hinunter. Er sah sich um in der Stadt, die er bald verlassen würde. Ein Kürschner kam ihm entgegen, den Arm voller Pelzwerk, und ein Sklave schleppte zwei Körbe mit Holz. Ein paar Frauen mit Kopftüchern gingen so dicht an ihm vorbei, dass er ihnen ausweichen musste. Er begegnete ihren Blicken; sie waren schmähend und schwarz. Am Marktplatz verlangsamte er seinen Schritt und blickte zum Brunnen. Dort standen Alte und Junge ins Gespräch vertieft. Eine junge Frau mit blonden Haaren hielt ein kleines Kind auf dem Arm. Ansgar wurde blass und schluckte schwer. Estrid! Er atmete schneller, das Herz raste in seiner Brust. Die Erkenntnis packte ihn mit verheerender Kraft. An dem Tag, an dem er reiste, würde er sie und das Kind für immer verlassen. Sein eigenes Kind verlassen, das nicht einmal getauft war. Und wenn er fort war, würde Estrid dann ihr Versprechen halten und nie erzählen, was geschehen war?

Ansgar blickte ihr stumm nach, als sie Richtung Stadttor verschwand. Er wollte ihr nachlaufen, sie aufhalten, doch er beherrschte sich. Er würde nicht jetzt mit ihr sprechen, sondern sie bei einer günstigeren Gelegenheit aufsuchen.

Am nächsten Morgen wartete er, bis sie allein war. Lange betrachtete er das kleine Haus mit seinem schiefen Rücken und dem Strohdach. Er stellte sich vor, wie sie hier mit dem Kind wohnte, einem Kind, dessen Vater er selbst war. Seine Hände klebten, und Schweiß stand ihm auf der Stirn. Unentschlossen näherte er sich dem gezimmerten Häuschen. Er schlug die Mönchskappe herunter, strich sich die Haare aus der Stirn und holte tief Luft. Er klopfte an. Er hörte Schritte, es ging jemand zur Tür. Als sie aufgeschlagen wurde, sah er sie. Estrid. Sie blieb auf der Schwelle stehen.

»Ansgar! Dass du jetzt kommst ...«, brach es aus ihr heraus, bevor sie ihre Zunge zügeln konnte. Sie trug den Kleinen auf dem Arm, ihre Wangen glänzten rot. Wie schön sie war. Sie strahlte eine jugendliche Schönheit aus, die ihn alt erscheinen ließ. Ihr Gesicht war frisch, ihre Haut glatt und das Haar im Nacken zu einem Knoten geschlungen. Ihre Leinentunika war mit geklöppelter Spitze verziert und schmiegte sich an ihren Körper, das lange blaue Kleid harmonierte mit ihren blauen Augen. Er sah sie verstohlen an, erinnerte sich, wie sehr er sie begehrt hatte. Nun wollte er ihr so viel sagen und fand keine Worte.

»Estrid«, murmelte er, verstummte und blickte verlegen zu Boden. Wusste nicht, was er sagen sollte. Dann platzte es aus ihm heraus, schnell und ohne Zusammenhang: »Ich bin gekommen, um den Kleinen zu taufen.«

Sein Blick richtete sich auf das Kind. Sein Kind. Ein Kind, in Sünde empfangen, ein Kind, das er nicht hatte anerkennen wollen. Er sah sie freundlich und offen an, sein dunkles Haar fiel ihm in vollen Locken in die Stirn. Seine Nase war ein wenig klein, die Lippen voll und wohlgeformt, und seine braunen Augen glitzerten. Ansgar starrte ihn an und trat erstaunt einen Schritt zurück. Bei Gott, wie sehr ihm das Kind ähnelte: das Haar, die hohe Stirn, die braunen Augen. Jeder, der sich jemals auf den Gedanken einlassen würde, konnte erkennen, dass das Kind seines war. Estrid sah seinen Blick, aber sie blieb ruhig. Ansgars Hände zitterten. Eine seltsame Wärme durchströmte ihn. Sein Kind. Plötzlich wollte er den Kleinen streicheln. Ihm war, als wollte er sich zu Estrid und dem Kind bekennen. Warum hatte er sie verleugnet? Warum verlangte der Herr ein solches Opfer?

Toste krähte und betrachtete Ansgar aus seinen großen, braunen Augen.

»Unser Sohn wird nicht getauft werden«, sagte Estrid bestimmt und verwehrte ihm ihr Haus.

Verwirrt sah er sie an, sein Blick irrte flackernd umher, dann wandte er sich wieder ihr und dem Kleinen zu.

»Obgleich ...«, murmelte er, aber die Worte, die ihm immer beigestanden hatten, hatten ihn verlassen.

Estrid drückte Toste eng an sich.

»Dein Herz mag dem neuen Gott zugewandt sein, aber in dieses Haus kommt er nicht.«

Estrid fiel auf, wie verwelkt und geschrumpft Ansgars stattliche Gestalt wirkte. Aber sie ließ sich nicht erweichen. Ihr Blick war immer noch kalt.

»Einst habe ich dich gesucht«, fuhr sie fort, »aber da wolltest du mich nicht wiedererkennen. Der Heilige Geist war dein Leben, dein Ein und Alles, und bei dir fanden weder ich noch Toste Platz. Du hast uns verleugnet. Nun ist es zu spät. Geh deiner Wege und trete mir niemals wieder unter die Augen!«

Kurz flackerte Wehmut in ihrem Blick, dann verdunkelte er sich, und ihre Gesichtszüge wurden wieder hart und schroff. Estrid drehte sich um und schlug die Tür hinter sich zu. Verzweifelt hörte er das Türschloss klappern.

Ein nasskalter Wind fegte über die Stadt an dem Tag, als Ansgar Birka verließ. Die Wellen rollten aschgrau heran, der Himmel verbarg sich hinter Wolken. Der Herbstmorgen war eisig kalt, und Nebel hing silbrig über den Feldern und Höfen. Unten im Hafen peitschte der Wind.

Erik lief unruhig auf der Brücke auf und ab und warf gehetzte Blicke in die Straßen. Warum zögerte er, der Mönch? Eriks Blick schweifte über das Meer und fiel auf die Schiffe an den Pfosten. Ihre Rümpfe schaukelten langsam in der Dünung, und die mächtigen Steven hoben sich über das Wasser. Bald würde der Mönch fortsegeln. Erik konnte es kaum glauben. Wie lange hatte er auf diesen Moment gewartet, und jetzt war es endlich so weit, ohne Kampf, ohne Blutvergießen.

Der Widerstand gegen Ansgar war mit jedem Tag größer geworden, und nun wollte der Braunkittel die Stadt verlassen, solange er sein Haupt noch tragen konnte.

»Erik, hier bist du!«, rief Snemun erfreut und lief ihm vergnügt entgegen. »Hast du gesehen, er fährt jetzt, der Mönch, und ganz von selbst.«

»Nicht einen Tag zu früh«, antwortete Erik mit einem breiten Grinsen. »Vielleicht wird alles wieder so wie früher.«

»Ach, wohl kaum wie früher«, gab Snemun zurück, setzte sich auf die Brücke und ließ die Beine baumeln. »Dazu ist Ansgar wohl zu schlau. Dass er fährt, bedeutet nicht, dass er seine Mission aufgibt.«

»He, mach mir nicht meine gute Laune kaputt. Das Schiff ist zum Ablegen bereit. Er geht für immer, verstehst du das nicht?« Erik ließ sich neben seinen Kameraden auf der Brücke nieder.

»Ansgar soll Erzbischof werden und Oberhaupt der christlichen Kirche des Nordens. Da gibt er wohl kaum den Gedanken auf, Birka zu bekehren. Er schickt einen anderen oder kommt selbst zurück, da bin ich mir sicher.«

»Dass das nie geschehen möge!«, stöhnte Erik und spuckte in hohem Bogen ins Wasser. In seinem Innersten ahnte er jedoch, dass sein Kamerad Recht hatte. Das Christentum würde nicht einfach mit Ansgar verschwinden, es war wie ein Unkraut, das gediehen war und nur schwer auszurotten sein würde.

»Auch wenn Ansgar fährt, so bleiben doch Hergeir und die Gemeinde der Christen. Außerdem, wer weiß, wann Harald zurückkommt. Es heißt, er würde von Ort zu Ort ziehen und um Männer werben. Der Kampf gegen das Christentum hat gerade erst begonnen«, meinte Snemun und schnitt eine Grimasse.

Erik knurrte und bekam einen missmutigen Zug um den Mund.

»Harald, pfui auf diesen Tölpel! Und das soll mein Bruder sein.« Er spuckte nochmals aus und sah grimmig über den Fjord.

Der Wind nahm zu, und Eriks Blick fiel wieder auf das Boot. Segeltuch, Tonnen und Kisten standen bereits an ihrem Platz, die Ruder lagen bereit. Zunächst würde das Schiff Kurs auf Tälje nehmen. Von dort aus würde es weiter nach Süden fahren, den Wind im Rücken.

Fast beneidete er die Mannschaft an Bord und witterte die Gerüche von Schiff und Meer. Er wandte sich an Snemun.

»Hör mal! Kreuzträger und Landstreicher, vergiss sie. Lass uns wenigstens heute fröhlich sein. Wir werden uns noch früh genug um das Pack kümmern müssen. Und rüsten die, so rüsten auch wir.«

Er wurde von Lärm unterbrochen, der vom Strand herüberklang, und kurz darauf erschienen Ansgar und Witmar auf der Brücke. Sie trugen bodenlange Kutten, um die Taille ein Seil geschlungen. Ein junger Knabe in einem Kittel begleitete sie.

Ansgar ging langsam und mit hoch erhobenem Kopf, gefolgt von einer großen Menschenmenge. Erik beobachtete ihn aus kalten Augen. Dieser Mönch sollte nie wieder nach Birka zurückkehren, nicht wenn es nach ihm, Erik dem Schiffer, ging. Ein schlaues Lächeln huschte über sein Gesicht, und er sprang hastig auf die Füße. Entschieden drängte er sich durch die Menge und stellte sich dem Mönch in den Weg. Als Ansgar an ihm vorüberschritt, beugte er sich vor und raunte mit leiser Stimme:

»Hier wirst du nie mehr willkommen sein, Mönch.

Verlass Birka, so wie du Estrid und das Kind verlassen hast. Das ist am besten für uns alle.«

Ansgar trat einen Schritt zurück, er wurde blass, und seine Kehle war wie zugeschnürt. Witmar fasste seinen Arm und sah ihn beunruhigt an.

»Was fehlt dir?«, fragte er ängstlich und stützte den Kameraden.

Ansgar rang nach Luft, schluckte, richtete sich aber wieder auf.

»Nein, nein, es ist alles in Ordnung. Lass uns an Bord gehen.«

Mit diesen Worten schob er Erik beiseite und setzte seinen Weg über die Brücke fort. Ansgar spürte, wie sein Herz raste und sein Mund trocken wurde. Aber in seinem Innern fühlte er eine große, lodernde Kraft. Niemand durfte sich ihm in den Weg stellen. Niemand.

Ansgar, Hergeir und Witmar schritten zum Schiff, und die Gläubigen, die sich zum Abschied versammelt hatten, drängten sich um sie. Die ganze christliche Gemeinde war gekommen, die Menschen standen überall auf der Brücke und am Strand. Einige der Frauen weinten, andere guckten stumm, viele beteten kniend. Gerührt blickte Ansgar auf die seinen. Viele würden ihn vermissen: Kaufleute, Frauen und die Sklaven, die sich hatten bekehren lassen. All diesen Menschen hatte er eine neue Lehre schenken können, die ihrem Leben einen neuen Sinn gab. Sein Tun war nicht umsonst gewesen. Und Öyvind ... Ansgar schaute zur Seite. Der Junge würde ihm fehlen, und er fühlte große Schuld, weil er ihn verlassen musste. Aber seine Mutter lebte irgendwo im Frankenreich, und Ansgar hatte versprochen, sie zu suchen. Wenn es ihm gelang, sie zu finden, würde er einen kaiserlichen Boten oder einen Schiffer benachrichtigen, der auf dem Weg nach Birka war. Der könnte auf der Rückreise Öyvind mitnehmen. Dann würde er selbst den Knaben zu seiner Mutter bringen.

Bis auf weiteres sollte der Junge in Hergeirs Obhut bleiben. Öyvind hatte geweint, als Ansgar ihn zum Häuptling gebracht hatte, und auch er selbst war den Tränen nah gewesen. Er litt darunter, ihn zurückzulassen. Sollte er den Jungen vielleicht trotz allem mitnehmen? Nein, Ansgar verwarf den Gedanken und wandte sich an den Häuptling.

»Kümmere dich gut um Öyvind. Ich werde für euch beide beten. Und vergiss nicht, Gott dem Allmächtigen so zu dienen, wie ich Ihm gedient habe. Möge der Herr mit dir sein.«

Mit diesen Worten umarmte er Hergeir und küsste ihn auf beide Wangen. Öyvind, der stumm neben ihnen gegangen war, sah den Mönch traurig an. Er versuchte etwas zu sagen, aber die Worte wollten ihm nicht gehorchen. Stattdessen brach er in Tränen aus.

»Ich werde für dich beten, Öyvind«, sagte Ansgar gerührt und breitete seine Arme aus. Er drückte den Jungen fest und innig, und als er ihn losließ, musste er wegsehen. Seine Augen verschleierten sich, und er merkte, dass er weinte. Nein, er konnte nicht ohne den Jungen fahren, konnte Öyvind nicht im Stich lassen. Ansgar blieb stehen, seine Hände zitterten.

»Hergeir, ich nehme den Jungen mit mir, ich kann ihn nicht bei dir lassen«, brachte er schließlich heraus.

Der Häuptling starrte ihn verblüfft an, befeuchtete seine Lippen, um etwas zu sagen, doch er stockte. Verwirrt legte er seine Hände auf die Schultern des Jungen und trat mit ihm vor zu Ansgar. Dann ließ er die Hände sinken und tat ein paar Schritte zurück.

»Du bist es, der über den Jungen bestimmt«, sagte er ruhig.

Ansgar strich Öyvind unbeholfen über die Wange. Dann lächelte er breit, und seine Augen strahlten.

»Wenn du willst, kannst du mit mir reisen«, sagte er ernst. »Vielleicht ist es besser, wenn wir gemeinsam versuchen, deine Mutter zu finden.«

Öyvind blickte zweifelnd auf. »Ich darf reisen?«, stammelte er.

»Es ist mir ernst«, antwortete Ansgar. »Ich habe mich anders entschieden. Du kannst mit mir kommen, ich verspreche es. Hol deinen Lederbeutel und deine Kleider. Ich warte auf dich.«

Der Junge verharrte einen Augenblick, während seine großen dunklen Augen sich vor Erstaunen weiteten. Dann breitete sich ein seliges Lächeln über sein Gesicht, und er rannte davon.

Als das Schiff eine Stunde später ablegte, stand Öyvind am Vordersteven. Seine Augen leuchteten, und er konnte kaum stillstehen.

Die Männer tauchten die Ruder ins Wasser, und als sie die Sperre passiert hatten, zogen sie die Ruder wieder ein und hissten das Segel. Das Schiff entfernte sich, und bald blähte der Wind das Segel.

Ansgar blickte mit geradem Rücken zu der Stadt hinüber, die achtern verschwand. Mit einem zufriedenen Lächeln wandte er sich an Öyvind.

»Im Frankenreich ist immer noch Sommer. Dort wirst du dich wohl fühlen.«

»Ja, ich weiß«, lachte Öyvind. »Du hast es mir ja oft genug erzählt.«

Ansgar lächelte, und der Anblick des Jungen erfüllte ihn mit Wärme. Dank Öyvind würde die Sehnsucht nach all den anderen, die er bekehrt hatte, nicht so groß sein. Kurz wanderten seine Gedanken zu Estrid und dem Kind, aber er verscheuchte sie schnell wieder. Er hatte seinen Auftrag in Birka vollendet. Nun lag seine Zukunft in den Händen Gottes und des Kaisers.

Als das Schiff an Adelsö vorüberglitt, ließ König Björn mit Flaggen und Musik salutieren. Seit der Bote aus Hamburg gekommen war und die Nachricht von der neuen Kirche im Norden überbracht hatte, freute er sich. Schon da war ihm klar geworden, dass Ansgar fortgehen würde.

Zwei Langschiffe sollten den Mönch auf seiner Fahrt gen Süden begleiten. Diese Schiffe schickte der König, um Ansgar vor neuen Überfällen zu schützen. Der Kaiser würde ihm sicher wohlgesonnen sein, wenn er erfuhr, wie besorgt der König der Svear um den Mönch war. Das Gefolge erfüllte jedoch noch einen anderen Zweck. Die Männer an Bord sollten dafür sorgen, dass Ansgar das Land tatsächlich für immer verließ.

Als das Schiff vor dem Hafenpier auftauchte, wollte der König dem Mönch Lebewohl sagen. Aufgeräumt nahm König Björn in seinem prächtigsten Schiff Platz und ließ sich von den Knappen auf den Fjord hinausrudern. Wohlbehalten auf Ansgars Schiff angekommen, überschüttete er den Mönch mit Worten und Ehrbezeugungen, und als Erinnerung an die Zeit in Birka überreichte er ihm eine kleine, geschnitzte Holzskulptur. Odin. Leise kichernd betrachtete er Ansgars betretene Miene, hob die Hand zum Gruß und kehrte ins königliche Boot zurück. Während er sich zum Hafen zurückrudern ließ, schweiften seine Gedanken wieder zum Nachmittag. Eine neue Sklavin war im Königshof eingetroffen, und selten hatte er etwas so Schönes gesehen.

Den restlichen Tag würde er ganz sicher Frey huldigen. Wie gut, dass es Ansgar nicht gelungen war, ihn zu bekehren.

Der Winter kam, und Kälte und Dunkelheit senkten sich über Birka. Im spärlichen Licht der Kienhölzer saßen die Frauen bei Näharbeiten oder webten, während die Männer Netze knüpften und Werkzeug schnitzten. Gelegentlich brach Erik auf, um zu jagen, doch er nahm lieber Schneestollen oder Knochenkufen und begab sich aufs Eis hinaus, um zu fischen. Ein paar Mal hatte er das Pferd vor den Schlitten gespannt und Estrid und Toste mit nach Adelsö genommen, und sie waren auch zusammen draußen Ski gelaufen. Aber mit Snemun ging er am liebsten angeln.

Wenn sie bei ihren Ruten saßen, sprachen sie oft über die Zukunft und was sie tun mussten, um das Rüsten der Christen zu stoppen. Von Harald hatte man immer noch nichts gehört, aber es wurde berichtet, dass er in Tälje und Uppsala gesehen worden war. Dort scharte er christliche Männer um sich. Ein anderes Gerücht wusste, dass er von Stadt zu Stadt ritt und unter den Neugetauften um Mitstreiter warb. König Björn sollte gestürzt werden und die christliche Lehre den Asenglauben ablösen.

»Ich hätte ihn töten sollen, damals im Wald«, sagte Erik unzufrieden und schlug seine Axt hart ins Eis.

»Pass auf den Schaft auf!«, rief Snemun, der ein Stück entfernt ein Loch schlug. Das Loch im Eis durfte nicht zu groß werden, aber auch nicht zu klein. Gerade so, dass man bequem einen großen Hecht herausziehen konnte.

»Da glaubte ich noch an Bruderschaft und Versöhnung und schoss den Pfeil steil in die Luft«, fuhr Erik bitter fort. »Wie ich diesen Streich bereue. Hätte ich Harald damals getötet, würde Jorunn vielleicht noch leben, und wir hätten es nicht nötig, uns jetzt wegen dieser Kreuzträger im Wald zu beunruhigen.«

»Es ist nicht einfach, vorher schon alles zu wissen, was man hinterher weiß«, antwortete Snemun und hieb die Axt mit aller Kraft, dass die Klinge das Eis durchschlug. Wasser strömte aus dem Loch nach oben. »Aber die Kreuzträger rüsten sich, und darum müssen wir etwas unternehmen, um Birkas Frieden zu sichern.«

Erik, der inzwischen auch ein Loch ins Eis geschlagen hatte, griff nach seiner Angelrute und ließ Leine und Köder im Wasser verschwinden.

»Ich bin es leid, über Harald und seine Christen zu sprechen«, erwiderte er hitzig. »Was ich brauche, ist Silber. Ich habe es satt, mein Dasein in dieser Hütte hier in Birka zu fristen. Ich habe kein Schiff, keinen Hof, aber wohne zusammen mit einer Frau und einem Kind, für die ich sorgen muss. Harald kommt noch früh genug zurück, und dann begegnen wir ihm mit bewaffnetem Gefolge. Aber so weit wird es noch lange nicht sein.«

Snemun wickelte seine Leine ab, setzte sich in die Hocke und ließ sie auf den Grund sinken.

»Ja, ich verstehe«, sagte er dann. »Du willst auf Wikingfahrt. Gibst du dann den Kampf gegen die Kreuzträger auf?«

Erik hob und senkte die Schnur, indem er kurz und kräftig daran zog.

»Nein, nein, aber ich brauche Silber.«

»Und was ist, wenn die Christen angreifen?«, warf Snemun ein.

»Dann erschlagen wir sie und plündern sie bis auf die nackte Haut.« Erik hob seine Angelrute und wedelte sie durch die Luft wie ein Schwert.

Es ging auf den Frühling zu, und noch immer hatten sie nichts von Harald gehört. Auf dem Gudmundhof war Torhild genesen und hatte die Führung wieder übernommen, doch weder sie noch das Gesinde wussten etwas Neues zu berichten. Der Fjord war noch zugefroren, nur draußen auf dem Meer war das Eis schon aufgebrochen. Auf den Feldern glänzte und glitzerte der Harsch, in der Stadt selbst war der Schnee grau und schmutzig. Als das Tauwetter einsetzte, stieg Gestank von Abfall und Kot aus den Straßen auf.

Es war klar und kalt an dem Tag, als die zwei Kaufmänner übers Eis in die Stadt kamen. Sie betraten die Schankstube unten am Hafen, wo sie sich sofort Met bestellten. Während sie sich ihre Bäuche füllten, erzählten sie jedem, der es hören wollte, was sich im Inland zugetragen hatte. So erfuhren die Bewohner Birkas, dass Harald und seine Männer bei einem Festmahl verbrannt worden seien, nicht einmal eine halbe Tagesreise von Uppsala entfernt.

Einige Männer wollten sich taufen lassen und hatten Harald und seine Knechte deshalb zu einer prächtigen Mahlzeit eingeladen. Als sie in die Halle traten, waren sie überredet worden, Umhänge und Schwerter abzulegen, woraufhin sie sich an den Tisch gesetzt hatten.

Den ganzen Abend über aßen und tranken sie reichlich und hatten viel Freude, während die Gastgeber ihnen immer wieder die Hörner füllten. Schließlich waren Harald und seine Männer so betrunken gewesen, dass sie unter die Bänke gefallen waren, worauf die

Gastgeber sie ins Nebenhaus geführt hatten, damit sie dort ihren Rausch ausschlafen konnten. Dann, als die Männer schliefen, hatten sie das Haus in Brand gesetzt. Selbst die, die wach wurden, konnten sich nicht mehr nach draußen retten, und Harald und sein Gefolge waren verbrannt.

In Birka herrschte große Bestürzung unter den Christen, und viele fragten sich, wie Harald und seine Leute in eine solche Falle hatten geraten können.

Hergeir richtete eine Gedenkstunde für Harald in der kleinen Holzkirche aus, und die Gläubigen versammelten sich zahlreich, um für den Toten zu beten. Aber weitaus mehr waren darüber beunruhigt, wie es nun weitergehen sollte. Wer sollte nach Harald die Führung übernehmen? Sollten die Christen gerächt werden, oder sollte die Mission von nun an einen friedlicheren Weg einschlagen?

Als Erik vom Tod des Bruders hörte, war er fast enttäuscht. Er hatte Harald selbst ins Jenseits befördern wollen. Doch dann kam ihm die Geschichte seltsam vor. Harald war stets misstrauisch Fremden gegenüber gewesen. Für gewöhnlich trank er auch nicht so viel. Und noch viel weniger ließ er sich überlisten. Dennoch war er das Opfer einer Brandstiftung geworden. Vielleicht hatte der neue Glaube ihn leichtsinnig gemacht. Er hatte ihn auch in anderen Dingen sehr verändert, und möglicherweise ließ ihn die neue Lehre glauben, alle wären gutherzig. Auf diese Weise hatte er sich hereinlegen lassen.

Erik zweifelte, aber nachdem man von seinem Bruder nichts mehr hörte, begann er der Geschichte Glauben zu schenken. Er würde niemals seinen eigenen Bruder töten. Dies war anderen vor ihm gelungen.

Zwei Winter waren seit Eriks Rückkehr nach Birka vergangen, und er hätte eine ganze Menge Geld beisammenhaben müssen. Doch das Glück ließ ihn im Stich, auf der Jagd wie beim Fischen, und auf dem Wintermarkt hatte er nicht alle seine Felle verkaufen können. Er hatte auch diesmal wieder billige Pelze aus dem Norden eingekauft, beim Handeln jedoch keinen Gewinn machen können. Die Tage vergingen, und er begann das Leben, das er führte, in Frage zu stellen. Woher sollte er je genügend Silber für ein eigenes Heim nehmen?

Zweifel nagten an ihm, und er wurde unruhig und rastlos. Zusammen mit Estrid empfand er Freude und Glück, er sollte zufrieden sein. Aber sie konnte seine Unruhe nicht stillen. In ihm loderte eine Kraft, die stärker war als alles andere, eine Urkraft, die drohte, ihn zu zerreißen. Er musste hinaus und fort.

Ein grauer Dunst hing über den zwölf Schiffen, die vor Tälje lagen, bereit zum Ablegen. Es waren Langschiffe mit dreißig oder zwanzig Bänken, schnelle Boote, die überall vorwärts kamen. Aber die Schiffe waren eingeschlossen. Ein dünner Gürtel Frühjahrseis lag immer noch draußen in der Bucht, und weißer Raureif umgab Schiffskörper und Masten wie eine dünne Haut. Das Frühjahr nahte, aber das Eis war noch nicht überall aufgebrochen.

Ein breitschultriger Mann mit glattem blondem Haar und groben Händen ging am Strand auf und ab. Immer wieder spähte er über die Bucht, als wartete er auf etwas, doch dann drehte er sich wieder dem Land zu. Um den Hals trug er das Kreuz Christi, und ab und zu schien sein Gesicht zu zucken.

Ungeduldig ging er zu einem dunkelhaarigen Krieger,

der seine Hände an der Feuerstelle wärmte. Der Mann hatte eine vernarbte Oberlippe und eine übel zugerichtete Nase. Tjalve Tryggvessohn, der einst Verwalter auf dem Gudmundhof gewesen war, wurde nunmehr Tjalve Nasenlos genannt, nachdem er seine Nase bei einem Schwertkampf fast gänzlich eingebüßt hatte. Seit diesem Vorfall war er mürrisch und empfindlich und hatte geschworen, die Tat zu rächen.

»Das Eis muss jetzt aufgehen. Wir können hier nicht mehr lange versteckt liegen«, sagte Harald Sigurdsohn an den Verwalter des Gudmundhofes gewandt. »Es genügt, wenn uns ein einziger Mann verrät, damit alle wissen, dass wir leben. Wir müssen bald von hier verschwinden. Nur weil zwei Kaufmänner erzählt haben, dass man uns verbrannt hat, müssen noch lange nicht alle glauben, dass wir tot sind.«

»Das Eis liegt immer noch in der Bucht, und der Björköfjord ist auch noch nicht aufgegangen«, antwortete Tjalve und stand auf. Gemächlich zog er seine Handschuhe an.

»Aber wir können Birka nur einnehmen, wenn wir sie überrumpeln«, erwiderte Harald.

»Trotzdem müssen wir erst mal dahin segeln können«, erwiderte Tjalve trocken. »Hast du vergessen, dass wir das Haus angezündet haben, als die Sklaven noch darin schliefen? Alle glauben, dass wir die Toten waren.«

»Du hast Recht, diese List war schlau eingefädelt«, erwiderte Harald beruhigt und ließ die Schultern fallen. »Aber wir müssen trotzdem vorsichtig sein. Mit zwölf Mannschaften sind wir so viele, dass es unmöglich ist, allen zu vertrauen.«

Die Männer verstummten und starrten auf die Bucht.

Weit draußen hatte das Eis zu schmelzen begonnen. Mit einem Wetterumschwung und scharfem Wind würden sie innerhalb einer Woche aufbrechen können.

Nach mehreren Tagen mit hässlichem Wetter kamen milde Winde aus Süden auf. Auf Björkö schmolz der Schnee in den Gräben und auf den Feldern, und oben auf dem Hügel ließ das Tauwetter auch die letzten Schneewehen verschwinden. Im Hafen und unten am Strand roch es nach Holz und Teer. Schiffskörper wurden abgedichtet, Taue verknüpft und Masten und Rahsegel in Ordnung gebracht. Das Eis würde in Kürze aufbrechen, und die Schiffe wurden zur Fahrt gerüstet.

Als der Wind den Frühling und den milden Duft von feuchter Erde brachte, nahm Erik Toste in den Arm und ging auf den Burgberg hinauf. Dort, von der höchsten Stelle Björkös, blickte er über das Meer, das in der Ferne verschwand. Yorvik und Ribe, Dorestad und Wolin, irgendwo weit, weit draußen lagen die großen Handelsstädte. Er erinnerte sich an die lärmenden Märkte, das Gedränge, Rufen, Lachen. Wenn er auf Wikingfahrt ginge, könnte er das Silber, das er brauchte, vielleicht in einem einzigen Jahr beschaffen. Ein einziges Jahr!

Du schlägst gut, ich brauche Männer für meine Mannschaft. Erik dachte an die Worte des Kaufmanns Hakon Jarl vom letzten Jahr. Damals war er nicht gefahren, sondern bei Estrid geblieben. Aber jetzt? Erik stapfte hinunter zum Hafen, strich um die Schiffe und sog den Duft des Meeres ein. Bald würde das Wasser offen liegen. Erik sah sehnsüchtig über den Fjord, und obwohl er Toste bei sich hatte, wählte er schließlich den Weg an der Schankstube vorbei. Ein Horn Bier mit den Schiffern im Wirtshaus, und es würde ihm sicher besser gehen.

Während Toste schlief, redete er mit den Männern über seine Jahre auf See, schmunzelte und lachte und erlebte einen seltsamen Rausch von Freude. Erst als Toste aufwachte und Hunger hatte, konnte er sich aufraffen, nach Hause zurückzugehen.

Estrid empfing ihn mit unruhigem Schweigen. Am Abend schmiegte sie sich dicht an ihn und legte ihren Kopf auf seine Brust. Sie schliefen eng umschlungen ein. Nachts wachte sie auf und umarmte ihn und schien seine Gedanken zu erahnen. Sie hielt ihn fest, als wollte sie ihn nie wieder loslassen, und drückte ihren Körper an seinen. Seine Haut war warm, und sie spürte seinen ruhigen Atem.

»Erik«, flüsterte sie und weckte ihn mit sanften, sinnlichen Bewegungen.

Erik fühlte die glühende Haut an seinem Körper und nahm den Duft nach Frau wahr. Schlaftrunken drehte er sich zu ihr und liebkoste sie. Er spürte ihre Lust und sank zu ihr in die Nacht. Sie trafen sich hitzig und schliefen verschwitzt in den Armen des anderen ein. Aber Estrid schlief unruhig, und ein wehmütiger Zug umspielte ihren Mund.

Zwei Tage später brach das Eis vor der südlichen Landzunge auf, und das erste Schiff segelte nach Birka. Es war ein stattliches Kriegsschiff mit dreißig Bänken, der Falke; sein Bauherr und Eigner war der norwegische Kaufmann Hakon Jarl aus Kaupang. Er war mit seinen Männern auf dem Weg gen Süden. Erik lief ihm am nächsten Tag in der Schankstube über den Weg.

»Erinnerst du dich?«, rief er fröhlich, als er den Kaufmann erblickte. »Du warst der Ansicht, dass ich gut mit dem Schwert umgehen kann, aber segeln kann ich auch. Hast du noch immer Platz in deiner Mannschaft?«

Als Erik an diesem Abend nach Hause kam, wusste Estrid, was geschehen war, noch bevor er etwas sagen konnte. Mit wachsender Unruhe hatte sie bemerkt, wie er immer länger im Hafen geblieben war, ohne einen Grund dafür zu haben. Da begann sie zu ahnen. Und an jenem Abend strahlte sein Gesicht in einem neuen Glanz. Estrid wartete auf das, was er ihr zu sagen hatte, wie auf einen Schlag ins Gesicht.

»Ich habe einen Platz an Bord bekommen«, murmelte er und sah auf die Tischplatte. »Aber ich bleibe nicht lange fort«, setzte er hastig, fast atemlos hinzu. »Wir wollen gen Süden, an die fränkische Küste. Der Schiffer kennt einen Platz, an dem wir reichlich Silber bekommen können.«

Estrid blickte ihn müde an, war nicht überrascht, aber fühlte dennoch große Sorge. Sie schlug die Augen nieder, wollte nicht, dass Erik sah, wie sehr sie diese Nachricht traf. Dann erhob sie sich und schritt langsam durch den Raum, die Hände auf dem Rücken verschränkt. Sie sprach kein Wort. Nach einer Weile blieb sie hinter ihm stehen und schlang die Arme um seinen Hals.

»Fahr du, aber ich habe nicht viel Geduld, also bleib nicht zu lange fort.« Danach küsste sie ihn, richtete sich stolz auf und ging hinaus. Erik sah ihr lange nach, plötzlich verwirrt.

Vier Tage später lichtete Hakon Jarl Anker. Er hatte fünf Schiffe als Begleitung gewonnen, sodass insgesamt sechs Langschiffe nach Süden segeln würden. Das Eis war aufgebrochen, und ein milder Frühlingswind wehte über den Fjord.

Erik hatte sich für die Wikingfahrt gerüstet und

Schwert, Bogen und seinen Elchlederhelm mit an Bord genommen. Am Gürtel trug er die Kaufmannswaage und einen Lederbeutel mit Münzen. Im Schiff stand auch seine Kiste mit dem aus gewalktem Wollstoff genähten Schlafsack, Angelschnur, Schuhen und Kleidern. Alles war so, wie Estrid meinte, dass er es brauchte.

Er setzte sich ans Ruder, sog die frische Luft durch die Nase und atmete Meer und Salz.

Endlich unterwegs.

Er fühlte sich so glücklich wie seit langem nicht mehr.

Das Meer verhieß Freiheit und Unbekanntes. Nun lag seine Zukunft in der Hand des Schicksals.

Unmittelbar hinter den Palisaden setzten sie Segel, und während der Vordersteven stieg und sank, spähte Erik achtern zum Ufer. Wo war Estrid? Sie hatte gesagt, dass sie Abschiede nicht mochte. Aber trotzdem, hätte sie nicht am Strand stehen können? Erik spürte, dass er sie vermissen würde. Sie hatten so viel Nähe und Freude beieinander gefunden, sich zusammen so wohl gefühlt ... Und nun? Sie benötigten Geld für Schiff und Hof, das war auch Estrid klar, aber sie wollte dennoch nicht, dass er fuhr. Erik war auch nicht glücklich darüber, sie und das Kind zu verlassen, aber es wäre schlechter gewesen, zu Hause zu bleiben. Und Snemun hatte versprochen, seiner Familie beizustehen.

Hätte sie nicht wenigstens kommen können, um Lebewohl zu sagen? Er hatte doch versprochen, nicht so lange fortzubleiben. Erik sank auf seine Kiste. Kalte, frostige Winde pfiffen über das Wasser, und achtern schwamm eine große Eisscholle vorbei. Erik fröstelte. Sie waren früh im Jahr aufgebrochen. Das Eis in den

Schären und in den Buchten war gerade erst aufgegangen. Er hob den Blick. Das Segel blähte sich stramm und gewaltig im Wind, flatterte kurz und straffte sich wieder. Noch einmal sah er zum Ufer hinüber. Wie froh er gewesen wäre, wenn Estrid dort gestanden hätte. Hätte sie nicht wenigstens seinetwegen zum Strand kommen können, um zu zeigen, dass sie ihn gern hatte? Für einen Augenblick schien seine Begeisterung für die Seefahrt zu schwinden.

Lautes Rufen riss Erik aus seinen Gedanken. Vor ihnen war ein großes, fremdes Schiff aufgetaucht. Es hatte einen breiten Bug und hielt mit vollen Segeln auf Adelsö zu. Es waren sicher keine Seeräuber, die wären im Langschiff gekommen. Aber ein so prachtvolles Schiff war in dieser Gegend nur selten zu sehen. Offenbar hatte es eine schwere Last an Bord. Als das Schiff näher kam, sah er, wie tief es im Wasser lag. Etwas Rundes, Großes glänzte beim Mast, und er musste sich gegen die Sonne die Hand vor die Augen halten. Dann erkannte er, was es war. Eine Kirchenglocke!

Eriks Augen weiteten sich. Eine Kirchenglocke im Heidenland? Das Metall schimmerte, und der Wind schlug gegen den Klöppel. Eine Christenglocke vor Birka? Plötzlich wurde ihm alles klar.

Die gewaltige Glocke war für die Kirche in Birka und die neue Gemeinde auf Björkö bestimmt. Er hatte Kirchenglocken in Dorestad gesehen, hatte sie lärmen hören und sich darüber gewundert, wofür die Christen diese seltsamen Monstren brauchten. Er fluchte leise, als er die Bedeutung dieser Schiffslast erkannte. Ansgar hatte seine Mission in Birka nicht aufgegeben. Im weit entfernten Frankenreich wollten der Kaiser und sein Gesandter, dass die christliche Gemeinde in Birka fortbestand. Vielleicht würde Ansgar sogar neue Priester schicken, wie Snemun vorhergesagt hatte. Kreuzträger, die Ansgars Unterricht fortführten und die Gemeinde und Versammlung, die er einst gegründet hatte, bewahrten.

Erik spuckte ins Wasser. Der Kampf war noch nicht überstanden. Dieses Mal würde er wirklich dafür sorgen müssen, dass er nicht zu lange fortblieb.

Während das Schiff im Gefolge Hakon Jarls nach Süden ins Frankenreich segelte, hissten zwölf Langschiffe eine halbe Tagesreise von ihnen entfernt die Segel. Mit Drachenköpfen am Steven und straffen Segeln hielten sie nördlichen Kurs auf Birka.

16. Kapitel

Erik stand im Boot und hatte die Ruderpinne zwischen die Knie geklemmt. Seine Locken wirbelten ihm um den Kopf, und er pfiff laut vor sich hin. Hakon Jarl lachte breit. Er verstand die Freude des Schiffers am Ruder.

Er selbst hatte fast sein ganzes Leben lang Handel getrieben, und obwohl er ein vermögender Mann war, fuhr er immer noch zur See. Er liebte das Meer und die Herausforderung, unbekannten Menschen in fremden Ländern zu begegnen. Mittlerweile war er nicht mehr so schnell mit Speer und Schwert wie früher, und durch sein rotes Haar zogen sich graue Strähnen. Außerdem hatte er den Daumen der linken Hand verloren und konnte das Schwert nicht mehr mit beiden Händen führen. Aber er war umso glücklicher, einen Mann wie Erik bei sich zu haben. Der Bernsteinhändler war geschickt mit dem Schwert und kannte sich noch dazu am Steuer aus. Dass er darüber hinaus auch noch sang, Flöte spielte und immer guter Laune zu sein schien, machte die Sache nicht eben schlechter.

»Nicht übel, wieder auf See zu sein, oder?«, sagte Hakon und legte seine Hand freundschaftlich auf Eriks Schulter.

»Es fühlt sich an, als hätte ich ein verlorenes Liebchen wiedergefunden!«

Die Männer lachten herzlich, und Erik setzte sich auf die Achterducht. Er blickte übers Wasser. Sie segelten noch immer innerhalb der Schären, und graue Inseln und nackte Felsen tauchten zu beiden Seiten des Schiffes auf. Sechs Langschiffe hatte der Jarl gerüstet, Schließlich war er ein wohlhabender Mann. Erik beobachtete ihn von der Seite. Seine Züge waren klar, die Nase gerade und der Mund ein wenig gebogen. Seine graublauen, tief liegenden Augen funkelten wach. Der Jarl war etwas in die Jahre gekommen, aber sein Verstand war flink wie der eines Knaben. Erik war zufrieden. Hakon Jarl war ein Mann nach seinem Geschmack.

»Noch einen Tag oder zwei, dann erreichen wir offenes Meer«, fuhr der Kaufmann gedankenvoll fort. »Aber um diese Jahreszeit ist die See grimmig. Hoffentlich ist der Wind nicht zu stark.«

»Nein, ein zugefrorenes Schiff segelt nicht weit. Übrigens, bald sollten wir unser Nachtlager aufschlagen. Es beginnt schon zu dämmern.«

»Ja, Hauptsache, wir finden eine geschützte Bucht, wo wir unsere Boote hochziehen können«, stimmte Hakon Jarl zu und spähte Richtung Ufer.

»Eine Bucht ohne Eisschollen«, ergänzte Erik und sah sich um.

Lange spähten sie in alle Himmelsrichtungen. Plötzlich glaubte Erik, weit vor sich ein Segel zu sehen. Nein, er hatte sich sicher getäuscht. Um diese Jahreszeit hatte kaum jemand sein Boot zu Wasser gelassen. Und wenn man überhaupt irgendwohin segelte, dann nach Süden. Dieses Schiff schien jedoch auf dem Weg nach Norden zu sein. Aber im Norden und Osten lag noch immer Eis. Erik blinzelte. Vor ihm lag nur das dunkle, aschgraue Meer. Kein Schiff war zu sehen. Er musste sich geirrt haben.

Hakon Jarls Schiff passierte ein paar steinige Schären

und segelte auf den offenen, ungeschützten Fjord hinaus. Dort war die See rau, und nach einer Weile entschied Hakon, abzufallen und zwischen den Inseln Windschatten zu suchen. Von weitem entdeckte er eine Insel mit Sandstrand und einige höher gelegene Felsplatten. Dort würden sie ihr Lager für die Nacht aufschlagen können.

Die Schiffe steuerten auf das Ufer zu, die Segel wurden eingeholt, und die Männer kletterten von Bord. Frierend zogen sie die Boote auf den Strand. Dann sammelten sie Holz für die Lagerfeuer. Erik holte Feuerstahl und Flintstein hervor, um Feuer zu machen. Er hielt plötzlich inne. Waren das, was er auf dem Wasser zu sehen geglaubt hatte, möglicherweise doch feindliche Schiffe? Sie mussten vorsichtig sein. Wind blies über den Strand, und Wellen schwappten ans Ufer. Von den Booten drangen Lachen und Gemurmel der Männer herüber. Erik horchte auf. Da war auch noch ein anderer Laut, etwas, das wie Ruderschläge auf dem Wasser klang. Er hob die Hand, und die Männer verstummten. Dann hörten sie es auch; schweres, taktfestes Rudern.

Hakon Jarl spähte über das Wasser und presste die Lippen zusammen. Seine Schiffe waren mit Pelzen, Wachs und Honig beladen, und die Schiffskasse war ebenfalls gefüllt. Das Letzte, was er jetzt gebrauchen konnte, waren feindliche Schiffe. Doch wenn es nötig sein würde, würde er sich nicht kampflos ergeben.

Erik lauschte unruhig. Dann gab er Hakon Jarl mit einem Zeichen zu verstehen, dass er nachsehen wollte, wer die Fremden waren. Geduckt lief er über den Strand, kletterte auf einen der Felsvorsprünge und versteckte sich hinter einigen Büschen. Vorsichtig schob er die Zweige beiseite. Vor ihm lag das dunkelgraue Meer, eingehüllt in feuchten Dunst. Etwas weiter entfernt waren eine Bucht und zwei kleinere Inseln zu sehen, umgeben von Schären und Felsen. Möwen schrien in der Luft, und ein kalter Wind ließ ihn zittern. Es waren keine Schiffe zu sehen, nur kaltes, ödes Meer. Dann plötzlich bemerkte er eine Bewegung, etwas, das über eine Landzunge herausragte. Ein Langschiff. Im nächsten Augenblick tauchten weitere Schiffe auf. Waren es die, die er schon früher gesehen hatte?

Es waren weder Handelsschiffe aus fernen Ländern noch Knorren oder Fischerboote. Es handelte sich um flache, schlanke Langschiffe, die schnell über die Wellen ritten. Die Männer ruderten gleichmäßig gegen den Wind, die Schilde hingen an der Reling bereit. Das waren Drachenschiffe auf Heerzug!

Von bösen Ahnungen erfüllt, starrte er die flachen, prächtigen Schiffe an. Sie fuhren nördlichen Kurs und hatten dieselbe Fahrrinne gewählt wie sie selbst, in einem schmalen, tückischen Gewässer, das nur wenige kannten. Die fremden Schiffe hatten offensichtlich Schiffer, die die Gegend gut kannten. Aber Kriegsschiffe auf dem Weg nach Norden? Zu dieser Jahreszeit? Es lag noch fast überall Eis, außer vor Tälje und Birka, und wollte man nach Tälje, dann war das der falsche Weg. Aber Birka ... Schlagartig wurde Erik klar, was sich anbahnte. Es mussten die Christen sein, die sich gerüstet hatten. Nun wollten sie die Stadt angreifen, bevor die Seeleute ihre Schiffe ins Wasser gebracht hatten. Birka sollte überrumpelt werden.

Erik schluckte, ein schweres, würgendes Gefühl überkam ihn, und sein Mund wurde trocken. Estrid und das Kind? Wer war in Birka, der sie verteidigen konnte? Würde die Stadt einem Angriff vom Meer standhalten können? Der Wind kühlte seinen Körper aus, doch davon spürte er nichts.

Die feindliche Flotte musste aufgehalten werden!

Lautlos glitt er den Hügel hinab und lief gebückt zurück zu den anderen.

»Feindliche Schiffe«, keuchte er. »Zwölf Drachenschiffe auf dem Weg nach Norden. Sie segeln nach Birka.«

Die Männer brachten kein Wort heraus. Hakon Jarl rieb sich den Bart und sah ihn zweifelnd an.

»Bist du sicher?«, fragte er dann.

Erik nickte.

»Da draußen sind zwölf Kriegsschiffe.«

»Hoffentlich entdecken sie uns nicht«, murmelte der Jarl mit zusammengebissenen Zähnen. »Wir können zwar kämpfen, aber zwölf Langschiffe aus dem Weg zu räumen verlangt das Wohlwollen der Götter und von vielen eine Reise nach Walhall.«

»Das mag sein, aber wir können die Boote weiter den Strand hinaufziehen und sie hinter Ästen und Büschen verstecken«, schlug Erik drängend vor. »Wenn wir nicht entdeckt werden, können wir sie überrumpeln. Wenn sie uns jedoch zuerst angreifen, dann …«

Hakon Jarl schwieg. Er trug eine Angst in sich, eine Zögerlichkeit, die dem Gedanken an all das entsprang, was er zu verlieren hatte.

Erik bemerkte dies.

»Hör zu, es ist ein guter Vorschlag, und die Zeit ist knapp.«

In den Augen des Jarls funkelte es, und er entschied sich schnell.

»Seht zu, dass ihr die Schiffe hochzieht, und versteckt sie!«, befahl er. »Passt auf, dass euch niemand sieht.

Wenn ihr fertig seid, treffen wir uns dort hinter der Felsplatte.« Er wies auf einen Felsen Richtung Inselmitte.

Die Männer innerhalb jeder Mannschaft waren gut aufeinander eingespielt, und es dauerte nicht lange, bis alle Schiffe den Strand hinaufgezogen worden waren. Immer wieder warfen sie unruhige Blicke aufs Meer, während sie die Masten umlegten und die Schiffsrümpfe sorgfältig abdeckten. Anschließend nahmen sie Fichten- und Wacholderreisig und verwischten ihre Spuren im Sand. Dann ließen sie sich im Schutz des Hügels nieder, um zu warten.

Das Meer war kalt, und in den Felsschluchten lag bisweilen noch Schnee. Die Kälte brannte auf der Haut, die verschwitzten Wollkleider wurden steif, und alles, was nass war, gefror im Wind. Einer nach dem anderen begann zu frieren, aber keiner traute sich, Feuer zu machen. Nichts durfte sie verraten.

»Komm!« Hakon Jarl gab Erik ein Zeichen, ihm zu folgen. »Wir müssen nachsehen, was es für Schiffe sind.«

Leise schlichen sie den Fels hinauf und legten sich hinter ein paar große Büsche. Sie stützten sich auf die Unterarme, und Erik fiel nasser Schnee in den Lodenrock, aber er nahm sich nicht die Zeit, ihn abzuschütteln. Am Fuße des Berges waren die Schiffe zu erahnen.

»Bei allen Raben Odins!«, keuchte er und sank wieder auf den Bauch. Nur ein paar Bogenschusslängen entfernt, lag die ganze feindliche Flotte auf einer Insel versammelt. Die Männer hatten die Schiffe auf den Strand gezogen und machten Feuer. Einige hantierten mit Kesseln und bereiteten das Essen vor, andere ruhten sich aus oder sahen nach ihren Waffen. Als Schutz gegen den Nordwind hatten die Männer ein großes Segel neben den Kochfeuern gespannt. Auf das gewaltige Segeltuch war ein großes Kreuz gemalt. Das Kreuz des Heiligen Geistes und der christlichen Kirche.

»Kreuzträger ...«, murmelte Hakon Jarl leise. »Zwölf Schiffe unter dem Christuskreuz. Das sind mindestens 250 Mann da unten, 250 Gottestreue, die für die christliche Lehre kämpfen.«

»Ja, zum Vergnügen sind die nicht unterwegs«, bemerkte Erik trocken. »Und wir sind knapp 80 Mann in unseren Schiffen. Auf See können wir sie nicht schlagen. Wir müssen sie mit einer List überrumpeln.«

»Das wird nicht einfach«, murmelte Hakon Jarl nachdenklich und sank auf den Felsen. »Das Beste wäre, einfach zu warten, bis sie weitersegeln.«

»Und zulassen, dass sie Birka überfallen? Nein, nein«, rief Erik in verzweifelter Besorgnis und dachte an Estrid und das Kind. Wenn die Kreuzträger sie töten würden! Das durfte nicht geschehen. Was ihm selbst zustieß, war eine andere Sache, aber Estrid und Toste, nein!

Erik griff Hakons Schulter und schüttelte ihn.

»Wenn diese Unheilsbringer uns entdecken und angreifen, können uns nicht einmal mehr die Götter helfen. Um sie besiegen zu können, müssen wir zuerst zuschlagen«, sagte er entschieden.

»Und was meinst du, wie wir die Kreuzträger überwältigen sollen?«, fragte Hakon Jarl zweifelnd und befreite sich aus Eriks Griff.

Er stützte sich auf und blickte über den Berg. Die Männer mit den Drachenschiffen waren in eine tiefe Bucht zwischen zwei Inseln gesegelt. Dort lagen sie im Windschatten, aber dort würde es auch einfach sein, sie anzugreifen. Erik hatte etwas Ähnliches schon einmal gesehen.

»Wir hindern sie daran, fortzusegeln«, sagte er grübelnd. »Dann haben wir sie im Sack.«

»Und wie soll das zugehen?«, fragte Hakon Jarl skeptisch.

Erik kicherte, und seine Augen funkelten listig.

»Das wird schon klappen. Ich habe da eine Idee«, murmelte er.

Ein halber Mondwechsel war vergangen, seit Erik aufgebrochen war. Estrid hatte sich noch immer nicht an ihr neues Leben gewöhnt, es kam ihr leer und langweilig vor ohne ihn. Sie vermisste Erik sehr, und um sich zu zerstreuen, ging sie oft zu Snemuns Hof. Dort webte sie mit Sigfrid, Snemuns Frau, denn in ihrer Gesellschaft war die Sehnsucht nach Erik nicht mehr ganz so schwer zu ertragen. Estrid hatte sich in Gesellschaft der Nachbarin immer wohl gefühlt, und seit Erik fort war, verrichteten sie einen großen Teil ihrer täglichen Arbeiten gemeinsam.

An diesem Morgen hatten sie beschlossen, zum Steg zu gehen, um Wäsche zu waschen, und machten sich plaudernd und lachend auf den Weg. Der Wind war kühl, und Estrid fröstelte. Als die Sonne geschienen hatte, hatte Frühling in der Luft gelegen, doch nun war es plötzlich wieder kalt und klamm.

»Hast du einen Wollschal? Die Kälte bringt mich um«, sagte Estrid frierend an Sigfrid gewandt. »Wir müssen doch nicht alles heute waschen, oder? Ich habe überhaupt keine Lust, meine Hände in dieses Eiswasser zu tauchen.« Estrid blickte grimmig auf die Eisschollen, die sich weiter vorn in der Bucht gesammelt hatten.

Snemuns Frau verzog den Mund. Ihr rotes Haar leuchtete, und ihre hellblauen Augen glänzten.

»Das wäre ja noch schöner, was ist los mit dir? Seit wann fürchtest du dich vor ein wenig kaltem Wasser?«

Sigfrid war keine anmutige Frau. Ihr kräftiges Gesicht, ihre breite Nase und die straffe Haut ließen sie grob und männlich erscheinen, aber wer sie kennen lernte, fand schnell, dass sie schön war. Die kleine, leicht nach vorn gebeugte Frau begegnete allen mit Wärme und Fürsorge, und ihre schnelle Zunge brachte viele zum Lachen. Dass sie und Estrid die Gesellschaft der jeweils anderen suchten, beruhte nicht nur auf dem Umstand, dass sie Nachbarinnen waren. Beide waren eigensinnig und stark und schätzten einander hoch.

»Was mit mir los ist?«, sagte Estrid. »Ja, Erik ist fort, und keiner weiß, wann er wiederkommt. Als wir endlich anfingen, wie Mann und Frau zu leben, segelte er seiner Wege. Es gibt wahrhaftig das eine oder andere, das ich gerne mit ihm besprechen würde.«

»Männer bleiben Männer«, unterbrach Sigfrid und versuchte zu trösten. »Früher zog Snemun auch auf Heerfahrt, aber ein Schwerthieb in die Wade und die Wunde an der Lippe haben ihn auf andere Gedanken gebracht. Von dem Tag an hielt er mehr davon, sich auf dem Hof nützlich zu machen. Erik wird sicher auch bald einsehen, dass er nicht für immer Wikinger spielen kann.«

»Erik? Ha, der Mann wird spielen, bis er nicht mehr kann, da bin ich mir sicher. Deshalb habe ich auch nie versucht, ihn zum Bleiben zu bewegen. Das wäre niemals gut gegangen.« Estrid beugte sich zum Korb und nahm ein paar Wäschestücke heraus. »Aber ich habe mich nicht von ihm verabschiedet«, fuhr sie fort. »Ich wollte ihm zeigen, dass ich nicht selbstverständlich für ihn da bin. Das wird ihn sicher beunruhigen, und wenn er mich lieb hat, kommt er gewiss bald zurück.«

Estrid betrachtete die Kleider in ihrer Hand, ein paar schmale Hosen, einen Kittel, eine Tunika und ein paar Wollstrümpfe. Sie konnte Erik noch in den Sachen riechen.

»Eriks alte zerlumpte Kleider«, sagte sie und lächelte schief.

»Tja, er hat dir offenbar einiges zur Erinnerung dagelassen«, erwiderte Sigfrid säuerlich und band sich ein Kopftuch um die Haare. »Ist das alles, was du zum Abschied bekommen hast?«

Estrid kniete sich ans Wasser und begann langsam, die Kleider zu waschen.

»Nein, Erik hat mir auch diesen Schmuck geschenkt«, sagte sie und zog ein Bernsteinamulett hervor, das sie um den Hals trug. Sie legte den Kopf in den Nacken, damit Sigfrid es sehen konnte. »Aber er hat mir noch etwas anderes geschenkt.«

»So?«, fragte die Nachbarin erstaunt.

»Ja, Erik …«, hob Estrid an und vergaß plötzlich die Kälte. »Ich ahnte, dass er fortsegeln und vielleicht für lange Zeit nicht wiederkommen würde. Vielleicht sogar niemals. Der Gedanke war so schwer zu ertragen. Deshalb wollte ich von ganzem Herzen etwas haben, das ihm gehört.«

»Du sprichst in Rätseln, Estrid, oder ist es das, was ich glaube?«, fragte Sigfrid und sah sie forschend an.

Estrid lächelte eine Spur verlegen.

»Ja, es ist, was du glaubst«, erwiderte sie ruhig. »Ich erwarte sein Kind. Und ich weiß, was auch immer geschieht, dass ich dafür sorgen werde.«

Sigfrid nahm Estrid in den Arm.

»Ich glaube an dich. Was auch passiert, du wirst es schaffen. Und ich werde dir helfen.«

Estrid nickte stumm und blickte sie dankbar an.

»Ich habe schon darüber nachgedacht, was ich gern tun würde. Auf dem Markt haben wir ein gutes Geschäft gemacht. Können wir nicht eine Webstube im Hafen aufmachen?«, schlug sie freudig vor.

»Oder eine Schankstube, Lederwerkstatt oder Kammmacherei«, setzte Sigfrid hinzu. »Doch, es gibt viele Dinge, die wir tun könnten!«

Die Frauen sahen sich an und fingen an zu lachen. Sie wussten, dass sie etwas finden würden. Sie arbeiteten gern zusammen.

»Jetzt lassen wir die Wäsche Wäsche sein«, beschloss Sigfrid und stellte den Korb beiseite. »Wir haben viel zu bereden. Das hier hat Zeit bis morgen. Lass uns nach Hause gehen und uns etwas Gutes gönnen!«

»Ja, ein Bier, das schon lange mit viel Honig darin gezogen hat«, kicherte Estrid vergnügt.

»Oder ein paar Schlucke Met!«

Die Frauen trugen die Wäschekörbe ins Badehaus und kehrten fröhlich plaudernd zum Snemunhof zurück.

Das Schiff näherte sich dem Strand, lautlos und ruhig. Nicht einmal das Eintauchen der Ruderblätter war zu hören. Einem Geisterschiff gleich glitt Hakon Jarls Knorren sachte in die Bucht. Der Eiswind hatte zugenommen, und es war noch kälter geworden. Erik schlug seinen Kragen hoch und zog die Fellkappe in die Stirn. Wie die anderen hatte er sich das Gesicht mit Fett eingeschmiert. Der Wind war kalt, sie würden sicher nass werden und frieren. Doch das Fett linderte die Kälte. Sie mussten einfach an alles denken. Der Plan durfte nicht misslingen.

Vorsichtig hob Erik den Kopf und spähte zu den prächtigen Drachenschiffen hinüber. Sie waren hoch auf den Strand gezogen worden. Auf den Booten rührte sich nichts. Wie Erik vermutet hatte, schliefen die Männer nicht an Bord, sondern hatten sich ihr Lager an Land eingerichtet. Erik stieß Hakon in die Seite und zeigte zur Insel. Nicht weit vom Strand, hinter einem Felsen, hatten die Männer einen Windschutz errichtet. Sie hatten Reservesegel in den Bäumen festgebunden, sodass sie ein Dach bildeten. Unter dem unruhig flatternden Segeltuch lagen die Männer und schliefen, tief in ihre Schlafsäcke verkrochen. Ein paar Feuerwachen behielten die Feuer im Auge, sonst war alles still.

Unruhig hielt Erik nach weiteren Lagerplätzen Ausschau, aber er konnte nichts entdecken. Am Lager war alles friedlich. Die Christen schienen nicht mit einem Überfall vom Meer aus zu rechnen. Um diese Jahreszeit waren nur wenige Schiffe auf dem Meer unterwegs, und die Männer hatten nicht einmal Wachen bei den Booten zurückgelassen. Das war gedankenlos und leichtsinnig, und Erik grübelte, wer nun nach Haralds Tod die Christen anführte. Konnte es Tjalve sein, der Verwalter vom Gudmundhof, oder war er mit Harald verbrannt? Nun, es konnte ihm schließlich egal sein. Feind war Feind.

Ein letztes Mal blickte Erik sich um, dann gab er ein Zeichen, und die Männer füllten ihre Lederrucksäcke mit Wasser. Bevor der Mond hinter den Wolken hervortrat, mussten sie die Boote erreicht haben.

Weiter draußen, an der schmalsten Stelle der Bucht, war noch ein weiterer Knorren zu erahnen, der lautlos über das Wasser glitt. Hakon Jarl und seine Männer hatten alle Seile zusammengetragen, die sie an Bord ihrer Schiffe finden konnten, und sie zu einem dicken Tau von vierzig Armlängen verknüpft. In der Mitte hatten sie mehrere ellenlange Ketten befestigt, die von ihren Kochstellen stammten. Nun konnten sie das gewaltige Seil ausspannen, ohne dass es sich verhedderte.

Die Männer ruderten zum westlichen Strand, und vier von ihnen sprangen an Land. Sie trugen das Tauende langsam den Strand hinauf, bis sie ein paar große Kiefern erreichten. Sie spannten das Tau rund um die beiden größten Bäume, befestigten es mit einem halben Schlag und einem Palstek und schlichen sich lautlos zum Boot zurück. Wohlbehalten an Bord, ruderten die Männer das Schiff auf die andere Seite der Bucht, sodass das Tau sacht ins Wasser glitt. In regelmäßigen Abständen beugten sich zwei Mann über die Reling und befestigten ein leeres Holzfass an dem Seil. Doch das Tau durfte nicht zu schwer werden, damit es nicht sank. Nichts durfte schief gehen.

Der andere Strand war steinig und konnte nur schwer angelaufen werden. Das Seil ließ sich nur mühsam an Land ziehen. Es war noch schwerer vom Wasser, acht Mann mussten es an einer Eiche befestigen. Als die Männer das vollbracht hatten, lag das Seil quer über die Bucht gespannt, einen halben Mann über der Wasseroberfläche. Hakon Jarls Männer schoben das Boot ins Wasser und zogen sich vorsichtig am Seil entlang. Rasch lösten sie die Holzfässer. Jetzt konnte niemand mehr sehen, was sich in der Nacht verbarg.

Ein paar Bogenschusslängen entfernt, schlichen Eriks Männer zu den hochgezogenen Langschiffen am Strand. Wortlos trat jeder zu einem Schiff. Sie öffneten ihre gefüllten Lederrucksäcke und ließen das Wasser über Segeltuch und Taue rieseln, bis Stoff und Hanf mit Wasser getränkt waren. Die Männer arbeiteten leise und schnell und durchnässten selbst Duchten und Rudergriffe. Bei dem eisigen Wind würden Schoten und Segel bis zum Morgengrauen eingefroren sein.

Erik war als Erster fertig und lief geduckt zurück zum Boot und freute sich diebisch. Gegen eine solche Hinterlist würde nicht einmal der Höchste etwas ausrichten können. Und wenn er vom Himmel steigen würde, würde er ausrutschen. Der ernsten Situation zum Trotz brodelte Erik innerlich vor boshaftem Vergnügen, und er musste tief Luft holen, um nicht in lautes Lachen auszubrechen.

Die Männer kehrten nacheinander zum Boot zurück, ohne dass die Feuerwachen sie bemerkt und Alarm geschlagen hatten. Lautlos verschwand Eriks Schiff in der Nacht.

Auf der Insel trafen Hakon Jarl und Erik wieder aufeinander. Der Wind wehte immer noch kräftig, und die Männer ließen sich hinter den Klippen nieder.

»Jetzt haben wir sie«, sagte Erik und rieb sich vergnügt die Hände.

»Ja, aber noch haben wir den Sack nicht zugeschnürt«, wandte Hakon Jarl nüchtern ein. »Wir dürfen auf keinen Fall entdeckt werden, bevor wir angreifen können.«

Erik schüttelte den Kopf und lächelte siegesgewiss.

»Nein, nein. Die Schiffe sind bereit, und sobald alle Taue gefroren sind, können wir sie überfallen.« Er hielt zwei Seile in die Höhe. »Ich habe diese beiden auch mit Wasser übergossen. Jetzt müssen wir nur noch warten, bis sie vereist sind.«

»Du denkst wirklich an alles«, entgegnete Hakon vergnügt. »Ja, sechs Schiffe gegen zwölf. Es könnte tatsächlich gelingen.« Dann blickte er zu Erik hinüber und begann zu lachen. Wahrscheinlich hatte er sich umsonst Sorgen gemacht.

Harald Sigurdsohn vom Haraldhof wachte von der Kälte auf, die in seinen Schlafsack kroch. Am Abend hatte er nicht darauf geachtet, wohin er ihn gelegt hatte, und ein scharfer Stein hatte ein Loch am Fußende hineingerissen. Verschlafen starrte er in die Nacht. War er erst einmal wach, fiel es ihm schwer, wieder einzuschlafen.

Der schneidende Nordwind frischte auf, und das Segel über seinem Kopf flatterte wild. Harald richtete sich auf und sah zum Strand hinunter. Dort lag sein Schiff. Heerfahrt. Es hatte ihn große Mühe gekostet, eine Flotte zusammenzustellen, doch nun waren sie endlich auf dem Weg nach Birka. Hoffentlich erreichten sie die Stadt, bevor das lausige Wetter in einen Schneesturm überging. Als das Eis aufgebrochen war, hatte er geglaubt, die Kälte sei endgültig vorüber, aber jetzt schien es, als sei der Frost noch einmal zurückgekehrt. Das war ein großer Dämpfer, obwohl bei diesem Wetter andererseits auch niemand eine Flotte vom Meer erwarten würde. In Birka würden die Turmwachen sich vermutlich nicht einmal darum kümmern, den Fjord im Auge zu behalten. Nein, zu dieser Jahreszeit tranken sie für gewöhnlich lieber etwas Warmes oder versuchten sich anderweitig warm zu halten, als nach Feinden Ausschau zu halten. Harald schmunzelte. Am Abend des nächsten Tages würden sie zuschlagen. In der Dunkelheit würden seine Späher erst Hergeir und seine Männer warnen, dann würde seine Flotte lautlos in den Hafen gleiten. Mit den Schiffen draußen vor der Stadt und Hergeir und seinen Verbündeten überall auf ganz Björkö würden sie jeden Widerstand schnell niederschlagen können. Und wenn Birka erst eingenommen war, würde der König auf Adelsö ihnen nicht mehr viel entgegenzusetzen haben. Nein, die Tage dieses verlausten Heiden waren gezählt.

Er fror in seinem undichten Schlafsack und tastete verschlafen nach einem Gegenstand, um das Loch abzudichten. Sein Geldbeutel! Er leerte ihn und stopfte die Münzen in seinen Schuh. Dann formte er einen Stopfen aus dem Leder und steckte ihn in das Loch. Jetzt würde er endlich schlafen können. Er warf einen letzten Blick auf das Meer und kroch wieder in den Lodenstoff. Der Mond, der aus den Wolken hervorlugte, spiegelte sich im Wasser, und die Wellenkämme schimmerten. Die Wellen schlugen hoch. Vielleicht sollten sie die Boote lieber weiter hinaufziehen? Nein, noch herrschte keine Gefahr. Sein Blick wanderte weiter zu den Lagerfeuern. Dort hockten die Wachen vor den Flammen und versuchten sie am Leben zu halten. Nur das Feuer weiter unten am Strand war ausgegangen. Harald fluchte. Diese verdammte Feuerwache, dem Mann würde eine Lektion gut tun. Die Feuer mussten brennen. Wollte der faule Idiot, dass sie alle erfroren? Im selben Moment fiel ihm ein, dass es Tjalve war, der die Wache unten am Strand hatte. Herrgott, der Verwalter des Gudmundhofes musste eingeschlafen sein. Wenn er ihn nicht aufweckte, konnte er am Morgen tot sein. Widerwillig kroch Harald aus seinem Schlafsack und wankte Richtung Ufer.

Plötzlich meinte er, fremde Geräusche vom Wasser zu hören. Verwirrt hielt er inne und lauschte.

Hakon Jarls Schiff kam vorsichtig näher. Die Ruder durchbrachen unhörbar die Wasseroberfläche. Die Männer an Bord wussten, dass ein einziger Laut ausreichen konnte, um sie zu verraten. Würden sie entdeckt, wäre die Schlacht verloren.

Die Schiffe waren gut gerüstet. Auf jedem einzelnen standen zwei Tonnen im Bug. In der einen war Teer, die andere war gefüllt mit Krähenfüßen, gespreizten Eisenstücken, die, ganz gleich, wie man sie auch warf, immer mit einer der nadelscharfen Spitzen nach oben landeten. Die Männer selbst trugen Äxte und Schwerter, an der Reling lehnten Speere, Bögen und Schilde bereit.

Die Männer ruderten leise und schnell. Als sie das äußerste Ende der Bucht erreicht hatten, teilten sie sich in zwei Gruppen. Drei Schiffe folgten Hakon Jarl, der in den östlichen Teil der Bucht ruderte, die anderen Schiffe folgten Erik nach Westen. Es war stürmisch, und der Mond war hinter dunklen Wolken verschwunden.

Jetzt hörte er das mystische Geräusch wieder. War es möglich, dass etwas über das Meer näher kam? Harald starrte in die Bucht. Für einen Moment ließ der Wind nach, und Harald glaubte, Ruderschläge zu hören. Nein, er musste sich irren, nicht um diese Jahreszeit. Aber ... Plötzlich wurde er skeptisch. Was wäre, wenn jemand gesehen hatte, wie sie sich rüsteten? Wenn jemand sie aufhalten wollte? Da draußen waren möglicherweise Schiffe unterwegs.

Mit zwei Schritten war er bei Tjalve und schüttelte ihn.

»Auf, du fauler Hund.«

Tjalve bewegte sich träge und murmelte etwas Unverständliches.

»Auf, hab ich gesagt!« Harald versetzte ihm einen Tritt in den Magen. Tjalve keuchte vor Schmerz und war mit einem Schlag hellwach.

»Hörst du was?«, fragte Harald angespannt.

Tjalve lauschte und schüttelte den Kopf.

»Siehst du denn etwas?«

Tjalve kam schwankend auf die Beine, rieb sich die Augen und blinzelte verschlafen über die Bucht. Er konnte nichts Ungewöhnliches bemerken. Wovon redete Harald da? Widerwillig trat er ans Ufer und spähte in die Dunkelheit. Das Meer war dunkel, weiße Wellenkämme ließen sich weiter draußen an der Landzunge erahnen. Aber dort? Im nächsten Augenblick entdeckte er etwas Fremdes, das sich ihnen auf dem Wasser näherte.

»Schiffe«, stieß er hervor. »Bewaffnete Schiffe!«

Nun sah Harald sie auch: dunkle Schiffskörper und Reihen von Rudern, die sacht ins Wasser getaucht wurden.

»Gott steh uns bei«, brach er hervor und blickte bestürzt zu Tjalve. »Die Schiffe sind auf dem Weg in die Bucht.«

»Und sie sind für den Kampf gerüstet«, rief Tjalve erschrocken aus.

»Feinde …«

Die Ruderschläge kamen immer näher, die Männer standen wie versteinert. Harald starrte, er bekam keinen Laut heraus. Dann begriff er, was gerade geschah.

»Macht euch zum Kampf bereit«, schrie er schrill und rannte zu den Booten. Tjalve seinerseits eilte zum Lager hinauf und rüttelte Leben in die Männer. Schlaftrunken griffen sie nach ihren Waffen.

Haralds Männer waren gut in Form, und jeder wusste, was von ihm erwartet wurde. Nordwind wehte hinaus aufs Meer. Sie würden geradewegs auf die Feinde zusegeln und längsseits gehen. Unter Schreien und Rufen liefen sie hinunter zum Strand und schoben ihre Boote ins Wasser.

»Vernichtet die Schiffe bis auf den letzten Mann!«, brüllte Harald hitzig und zog sich auf sein Schiff. Den Feind würden sie bald in die Flucht geschlagen haben.

»Hisst die Segel!«, befahl er und griff nach der Rahstange.

Aber weiter kam er nicht mehr, seine Beine gaben nach, und er fiel kopfüber. Tjalve reichte ihm die Hand zur Hilfe, rutschte jedoch selbst aus. Die Männer stolperten übereinander, einige fielen vornüber auf die Nase, andere kopfüber, die Füße in der Luft. Schiffsboden und Duchten waren rutschig wie Seife, und die Männer fanden keinen Halt. Als sie unter großen Anstrengungen die Segel hissen wollten, war das Schot eisig und glitt ihnen aus den Händen. Alles war von einer dünnen Eisschicht überzogen.

»An die Ruder!«, brüllte Harald zornig und schleuderte die unbrauchbaren Seile fort. Er rutschte wieder aus. »Zur Hölle, was ist das glatt!«, konnte er noch sagen, bevor er mit der Nase gegen einen Balken auf Deck schlitterte.

Als Erik die Schiffe vom Strand ablegen sah, wurde er blass und fluchte laut. Was war schief gegangen? Wie in aller Welt waren sie entdeckt worden? In einem Enterkampf Mann gegen Mann würden sie nicht viel entgegenzusetzen haben.

»Die Krähenfüße, macht die Krähenfüße bereit«, rief er. »Aber wartet, bis die Schiffe ganz nah herangekommen sind.«

Sogar Hakon Jarl ließ Schimpfworte hageln, als er sah, dass die Kreuzträger ihre Langschiffe ins Wasser schoben. Mochten die Drachen prächtig zugecist und schwer zu manövrieren sein. Wie sonst sollte ihr Plan gelingen?

Hakon sah sich unruhig um. Im Westen schien Erik seine Schiffe gut beisammenzuhalten. Er selbst hatte seinen Teil der Bucht taktisch günstig abgeriegelt. Auf diese Weise würden sie die feindliche Flotte spalten oder die Kreuzträger zwingen, geradeaus zu rudern. Erneut spähte er zum Ufer. Sämtliche Schiffe hatten den Strand verlassen. Die Zeit war gekommen.

Mit voller Kraft schlug er zwei Speere aneinander. Kurz waren nur das Meer und der Wind zu hören, aber dann antwortete Erik auf die gleiche Weise. Im nächsten Augenblick hörten die Ruderer in den Schiffen achtern auf zu rudern. Sie warteten einen Moment und begannen dann vorsichtig, sich der feindlichen Flotte von hinten zu nähern. Lautlos schlossen sie in der Dunkelheit hinter Haralds Schiff auf. Die Christen waren in der Falle gefangen. Achtern und seitlich befanden sich Hakons und Eriks Schiffe, vor ihnen lag das Tau unsichtbar, scharf und eisig.

Die Christen bereiteten ahnungslos ihren Angriff vor. Angespannt starrten sie über das Wasser, die Speere bereit. Dann schossen Hakons und Eriks Männer ihre Pfeile ab. Aus allen Richtungen prasselten sie pfeifend auf die Feinde nieder. Mehrere von Haralds Männern wurden getroffen. Manche verletzt, andere fielen tot um. Die Christen griffen nach ihren Bögen und antworteten mit einem heftigen Gegenschlag. Aber in der Dunkelheit konnten sie kaum etwas erkennen, und ihre Pfeile richteten nur wenig Schaden an. Da erst begriffen die Männer, dass sie umzingelt waren, und versuchten verzweifelt, dem Pfeilregen zu entkommen. Mit voller Kraft ruderten sie vom Feind fort – direkt auf das Tau in der Dunkelheit zu.

Als die ersten Drachen gegen das Reep stießen, gingen einige der Männer über Bord, andere stolperten kopfüber übereinander. In großer Verwirrung versuchten sie, wieder auf die Beine zu kommen, aber viele rutschten mit der Waffe in der Hand aus oder wurden von den Pfeilen der Heiden getötet.

»Zum Angriff!«, brüllte Harald heiser, doch die Männer hörten ihn nicht. Die, die noch in der Lage waren zu kämpfen, schossen auf die feindlichen Schiffe im Dunkeln, andere warfen ihre Speere. Aber auch diese Waffen verursachten kaum Schaden.

»Entert sie, tötet sie!«, rief Harald heiser, aber die Männer hörten ihn nicht. Als sie sahen, dass die Feinde näher kamen, versuchten sie wegzurudern. Aber Ruder und Seile glitten ihnen aus den Händen, und ihre Schiffe stießen zusammen oder verfingen sich im Tau.

Dann holten Erik und Hakon zu ihrem nächsten Schlag aus. Flink schleuderten sie die Krähenfüße und rollten die Teerfässer nach vorn. Haralds Männer sprangen auf, die Schilde vor der Brust, aber ehe es zum Schwertkampf kam, hatten Erik und Hakon ihre Schiffe wieder zurückgerudert.

Die Christen konnten sich kaum wehren. Sie rutschten auf dem glatten Schiffsboden aus und verletzten sich an den Krähenfüßen. Viele wurden von Speeren und Pfeilen getroffen. Sie verzeichneten große Verluste und wurden nervös. Ohne Haralds Befehl abzuwarten, nahmen die Männer die Ruder auf und versuchten erneut, aus der Bucht zu gelangen. Sie schlugen auf das Tau ein, doch bevor es ihnen gelungen war, das Reep zu zerschlagen und die Ketten zu lösen, ertönte eine kraftvolle Stimme:

»Klar im Vorschiff!«

Die Männer am Vordersteven der Schiffe des Jarl holten schnell Kessel mit glühender Kohle, die sie im Vorraum versteckt hatten. Dann tauchte die ganze Besatzung, Mann für Mann, ihre Brandpfeile in den Teer und zündete sie mit der Kohle an. Der Teer zischte, und das Leinzeug fing Feuer. Rasch spannten die Männer ihre Bögen.

»Jetzt!«, schrie Hakon, und flammende Pfeile zerrissen den Himmel. Wie böse Omen gingen sie auf die Schiffe des Gegners nieder und entflammten die Teerfässer.

Harald, der vergebens versuchte, seine Männer zum Kämpfen anzuhalten, erkannte die Gefahr. Seine Lippen wurden weiß, und sein Gesicht begann zu zucken. Hastig sah er sich um. Achtern glitzerte das Wasser. Eine Lücke war zwischen den feindlichen Schiffen entstanden. Vielleicht konnte er dort entkommen.

Ein Brandpfeil flog auf sein Boot zu und bohrte sich ins Holz. Mit einem Satz sprang er herbei und zog ihn wieder heraus. Jetzt galt es, keine Zeit zu verlieren. Er musste fliehen.

Während der Rest der Flotte vorn kämpfte, gab er seinen Männern ein Zeichen, rückwärts zu rudern. Still und leise glitt das Schiff aus dem Kampfgetümmel. Ohne entdeckt zu werden, umrundeten sie die Landzunge im Osten und verschwanden in der Dunkelheit. Hinter ihnen flackerten hohe Feuer in den Himmel. Die Schiffe brannten in der Bucht.

Harald verzerrte sein Gesicht, seine Augen füllten sich mit Tränen, seine Haut kribbelte, und sein Mund öffnete und schloss sich lautlos. Die Tränen brannten hinter den Lidern, und verzweifelt ballte er die Fäuste. Es waren seine Schiffe, die dort loderten. Die christliche Flotte gab es nicht mehr. Der Überfall auf Birka war zunichte gemacht worden.

Außer sich vor Schmerz, starrte er auf das mächtige Schauspiel. Bei Gott, er hatte viel verloren! Jetzt musste er von vorn anfangen, eine neue Mannschaft für seine Sache anwerben. Und es würde viel Zeit brauchen, um eine neue Flotte zu rüsten.

Harald faltete die Hände und blickte gen Himmel, in einem verzweifelten Versuch, Kraft zu schöpfen. Nein, er würde nicht aufgeben, niemals. Bleich und erschöpft wandte er sich an seine Mannschaft und befahl ihnen, nach Tälje zurückzurudern.

Als der Morgen graute, konnte jeder sehen, dass die christliche Flotte eine schwere Niederlage erlitten hatte. Verbrannte Schiffe waren in der Bucht gesunken, Wrackteile und tote Körper waren an die Strände gespült worden. Erik stand am Ufer und betrachtete die Verwüstung.

Fast wäre es ein Sieg auf ganzer Linie gewesen. Sie hatten die Christen mit Mann und Maus vernichtet und die, die nicht durch Speer und Schwert gefallen waren, waren in den Flammen umgekommen. Birka war gerettet, aber die Schlacht war noch nicht gewonnen. Ein Schiff hatte entkommen können, Haralds, das Schiff seines Bruders.

Zuerst hatte Erik geglaubt, Hakon wollte ihn auf den Arm nehmen, als er berichtete, dass seine Männer Harald erkannt hatten. Sie hatten einen Brandpfeil auf sein Schiff geschossen, und Harald selbst hatte ihn herausgerissen. Dann war das Schiff in der Dunkelheit verschwunden.

Harald lebte also? Ja, die Kaufleute in der Schankstube, die erzählt hatten, wie Harald und seine Männer verbrannt waren, waren sicher seine Handlanger gewesen. Harald war schlau wie ein Fuchs, und der Brand war sicher seine Idee gewesen. Eine heimtückische List verbarg sich hinter der ganzen Lügengeschichte.

Die Freude über den Sieg verebbte, und Erik schleuderte zornig einen Stein ins Meer. Er schnellte mit ein paar Sprüngen über die Wasseroberfläche und verschwand. Er griff nach einem zweiten, jedoch ohne ihn zu werfen. Nachdenklich wog er ihn in der Hand. Der Kampf um die neue Lehre würde weitergehen.

Harald hatte sicher vor, einen neuen Versuch zu wagen. Die Kreuzträger würden erneut rüsten und eines Tages nach Birka zurückkehren. Vermutlich würden sie nicht in diesem Sommer angreifen und auch nicht im nächsten. Aber früher oder später würden Harald und seine Männer wiederkommen.

Ein Vogelschwarm zog am Himmel vorüber, und Erik folgte ihm mit dem Blick. Die Vögel waren auf dem Weg nach Norden. Er konnte ihre Flügelschläge hören. Ob sie nach Birka flogen? Vielleicht sollte er umkehren. Estrid und Toste würden sich sicher freuen, ihn zu sehen, und er selbst ... Ja, sollte er zurückgehen, zu Estrid und dem Kind?

Er schleuderte den Stein in die Luft und fing ihn wieder auf. Nein, die Gefahr war gebannt. Estrid und Toste waren gerettet, und es würde einige Zeit dauern, bis die Christen wieder gerüstet waren. Er konnte die Reise ins Frankenreich fortsetzen und trotzdem noch immer rechtzeitig heimkehren, um Birka zu verteidigen. Schließlich musste er nicht so lange fortbleiben.

Er sah hinaus aufs Meer und spürte, wie das Abenteuer sein Herz erfüllte. Als er sich zu Hakon Jarl umwandte, funkelten seine Augen, und ein breites Lächeln erhellte sein Gesicht.

»Hakon, worauf warten wir? Ist es nicht an der Zeit, weiterzusegeln?«

Nachwort

Der historische Roman WIKINGERBLUT schildert die Zeit um 830, als Ansgar nach Birka kam, um das Christentum zu predigen. Der Mönch Ansgar, König Björn, Hergeir und ein Schiffer, der Ansgar nach Birka brachte, existierten wirklich. Ebenso basiert ein Großteil des beschriebenen Geschehens auf historischen Fakten. Die Hauptpersonen sowie ihre Erlebnisse hingegen sind frei erfunden.

Für alle, die mehr über Birka in dieser Zeit wissen möchten, gibt es viel zu lesen:

Schamoni, Wilhelm (Hrsg.): Das Leben des heiligen Ansgar von seinem Nachfolger Rimbert, Patmos 1965.

Wahl, Mats: Die Leute von Birka. So lebten die Wikinger, Oetinger 2002.

Hansen, Konrad: Die Welt der Wikinger, Sabine Groenewold Verlage 2002.

Lindh, Knut: Wikinger. Die Entdecker Amerikas, Piper 2002.

Simek, Rudolf: Die Wikinger, C. H. Beck 2002.

Eric Walz bei BLANVALET

Der fulminate historische Debütroman
eines jungen Berliner Autoren.

Clive Cussler bei BLANVALET

»Das ist Clive Cussler in Spitzenform!«
Kirkus Reviews